人情的流轉

國民小說讀本

凌性傑
石曉楓 編著

目次

Contents

推薦序

人生走跳難免烏青，看過來人如何療傷止痛

廖輝英

元月二十三日半夜自洛杉磯回來，正面撞上台北從未有過的寒流，在洛磯山脈被掃射兩小時的谷底和山頂之風，雌伏數十小時後，伺機二路同發，匯捲台北冽風，將我擊倒。這週間，我半睡半醒、時睡時醒。一直昏沉呆滯，從未如此活過。

然後，依編囑讀了十四篇令人心跳大力摶動的《人情的流轉：國民小說讀本》，書名非常文雅平順的稱為「人情的流轉」。可不是嗎？我們最攔不住的就是人生和感情；我們最被眩惑、永遠翻滾其中難以平穩站立的正是這些如大江東去、不准重來的淘淘人生！小說裡最好看的就是故事、最舒心養性的也是故事；最長知識的也是故事！人生有多少故事？幾乎人人都有一大本幾十則，難怪小說奇情怪趣，不能割捨。如果你還沒有讀過喜歡而且有感覺的小說；如果你覺得日子很無聊，沒有動力，我給個建議：開始翻開這本《人情的流轉》讀讀看，最起碼你的「國民人生」會有趣多了。

主編序

故事的力量

凌性傑

在我的求學生涯中遇到過許多好老師，他們讓我知道：最好的教育就是跟學生說故事而不是說教。不論真實或虛構，每一個精采的故事背後總是蘊藏強大的能量，足以豐富我們的人生。成為老師之後，我也希望自己是一個說故事的人，把個人遭遇或是喜歡的故事分享給學生，在別人的故事中照見自我。我也常常在課程進度壓力下，硬是擠出時間陪學生看展覽、看電影、讀小說，探索教科書之外的文學世界。

回望成長之路，閱讀是我跟這個世界和解的祕密通道。我在面對考試壓力的時候，每天都要讀一點課外書，跟分數、跟現實功利無關的書。尤其是現當代小說，在我的中學時光提供了一處心靈得以休憩的樂園。當我專注地走入他人的故事，自身的悲喜變得非常微渺，那些文字幫助我卸除執著，緩解了焦躁不安。更值得珍惜的經驗是，透過讀小說擁有理解的喜悅。我喜愛的那些小說家，勇於探索理性與感性，勇於追求心靈的自由。他們深刻理解人性，在文字裡寄託了哀矜、悲憫、寬諒與同情。文學教育具有情感教育的功能，那是一種最細緻的心靈境界，也是最具有美感的溝通。文學教育也可能是最溫柔的公民教育，畢竟，沒有理解，何來寬諒與同情？

所以我喜歡講讀現代小說，不囿限於課綱與課本，也沒有預設任何尺度與禁忌。其中的取擇標準，是品味這一關。這些年課綱變動，國文課時數大幅縮減，課堂無法完成的只好期待課後的自學閱讀。如今我能夠做的就是編選一套兼顧現實與理想的讀本，一方面照應語文鍛鍊的需求，一方面推廣文學教育。石曉楓老師在大學開設現當代文學課程，我則是一直任教於中學，深深覺得閱讀能力與文學品味的養成不能局限於校園、教科書。基於這樣的理念，《人情的流轉：國民小說讀本》的編選兼顧文學表現與閱讀樂趣，挑選十四篇短篇小說以饗讀者。選集中的創作者年齡差距跨越四十年，成長歷程與生活空間也大不相同。這些小說家開展的主題各擅勝場，他們以自己的腔調，寫出具有穿透力的作品，達成細緻且深度的溝通。書中選錄的作品繁複多樣，有台灣土地人情，有兒童、青少年的成長變化，有政治苦難亦有疾病與死亡。小說家選取不同的敘述人稱，或冷靜節制，或怨悱憂傷，有的觸及自我認同、情慾掙扎，有的關注日本殖民統治、二二八事件、文化大革命……

十四篇小說敘述風格各異、個性鮮明，但都能貼近青少年的心理，叩擊生命中種種值得探問的議題。《人情的流轉：國民小說讀本》選文排列不以交代文學史為主要任務，而是把一套美好的語言座標勾勒出來。好看、有情味、有美感且適於教學討論，是我對這部小說選集的期待。為了貼近教學現場的需求，特別商請新世代小說家楊富閔撰寫台灣小說發展簡史，導覽台灣現當代小說美麗的星系，指認那些閃閃發光的名字。

語文的學習需要日積月累，需要下工夫練習才能精熟。不管在哪一個國家，本國語文一定列為國民教育的核心課程。因為，理解與表達的能力，關係到一個國家的人民如何認識自我、如何與他人對話溝通。語言文字不僅是人際溝通的工具，更是我們探索意義世界的關鍵。語文能力之優劣，直接影響到國力。民主社會若要有深刻的對話溝通，必須先讓國民的「聽、說、讀、寫」變得愈來愈優異。想要提升閱讀理解與書寫表達的能力，除了仰賴學校教育，我認為還要有一系列的國民讀本，提供更多自主學習的機會。這就是規畫「中文好行」書系的初衷。

在這個書系裡，有美麗的文字風景，也有迷人的意義路標。書系裡的每一本書，可以用作自主學習，也可以做為共同學習討論的讀本。這一套書編選的起點與定位，是提供正道大法，讓國、高中階段的青少年精進語文能力。背後則隱藏著一個更大的心願：希望促進親子共讀，邀請家長們一起參與青少年的學習。同時也希望，這一套簡要易懂的國民讀本，可以讓久別校園的社會人士重溫讀書之樂。讀書的快樂、理解的快樂，將會陪伴著自己面對生活中的煩悶無聊，找到一個美好的意義出口。

擁有學習動能的生命，不會枯竭無趣。透過不斷學習讓生活變得更有趣味，也是我們現代人的重要課題。反覆閱讀《人情的流轉：國民小說讀本》裡的篇章，我察覺故事的力量如此神祕，默默陪伴有時茫然無措的我。小說筆法虛構裡有最真實的世界觀，我們恍然明白之際，也就有了理解、寬諒、同情。

主編序

在心靈版圖裡刻寫人性：關於小說的閱讀

石曉楓

我喜歡讀小說，因為小說和電影一樣，都能讓人經歷相異的生命情境，看遍萬般世事人情；而正是在這些人情的流轉、世事的滄桑裡，我們學會了對身處的世界多些同情的想像、悲憫的注視以及體貼的理解。

這些體貼的理解，是否需要以相同的時空與年齡背景為前提？在這部讀本裡，我們試圖藉由選文自行現身，提出解答。十四篇小說裡，有來自兩岸相異環境的創作者，年齡層則遍布老、中、青三代，輩分較高的鄭清文（一九三二—）和黃春明（一九三五—），在本書裡選錄的小說是〈三腳馬〉和〈蘋果的滋味〉，二文都發表於一九七〇年代，〈三腳馬〉寫日治後期至光復後台灣小人物的故事；〈蘋果的滋味〉裡的江阿發一家，則生活在美援時期的台灣社會底層。〈三腳馬〉指涉的「三腳仔」，是台灣被殖民統治時期留下的歷史符號，那是做為殖民統治者走狗，回頭魚肉鄉里同胞終至被棄的故事。〈蘋果的滋味〉則藉由美援時期台灣工人與美國上校的相遇，「撞」擊出種種峰迴路轉、酸甜難表如蘋果般的滋味。至於李昂（一九五二—）的〈彩妝血祭〉則以一九五〇年代白色恐怖下的遺腹子為著墨對象，在政治陰影裡繪飾著性別認同的色彩，創造出「彩妝血祭」的凌厲效果。嚴歌苓（一九五七—）的〈柳臘姐〉同樣有對陰鬱人性的揭示，隱含在看似不解世事的孩童視角之下，而其中文化大革命則是造成柳臘姐命運起伏不可或缺的背景。

這些小說裡所體現的事件，包含一九四〇年代的太平洋戰爭、一九五〇年代台灣的白色恐怖、一九六〇年代的美援時期，以及一九七〇年代中國的文化大革命、一九八〇年代台灣社會解嚴後的政治與性別抗爭議題等。在相異的背景與時空環境下，人性與權力是隱含於伏流下的共同主題，權力的掌握、權力的失去、權力的爭取以及權力的順勢而起，讓我們從小說裡讀出不可測的人生；而殘缺與自卑、痛苦與贖罪、施捨與加害、善意與惡靈間的弔詭與角力關係，更緊緊揪住人性弱點，兩端拔河。也因此，〈蘋果的滋味〉雖意在對美援時期提出尖銳的批判，〈柳臘姐〉雖存在著文革背景的惘惘威脅，我們則深信跨越時代、地域的限制與隔閡，人性與人情依舊會閃爍著或明或晦的幽光，逗引我們去體會、去感受並深思那些或隱或現的人我關聯。

除了特定時代背景的反映之外，還有一類作家難以迴避的主題：青春，無論是青春的進行式書寫或追憶，那裡頭都包含了對於成長的體會與反省。或許因為長期在青春正盛的大學校園裡任教，對於成長小說，我有更多的偏愛與注目。關於這批作品，我們可以先從敘述視角的選擇說起，讀者會發現作家在進行成長書寫時，有一類乃是以兒童視角為之。從兒童視野裡望出去的世界有何不同？或者說，我們從這類作品裡可以重新思考，成人所想像的兒童世界，究竟存在了多少誤解與偏差？白先勇的〈玉卿嫂〉、林海音的《城南舊事》固然典型俱在，在本書所選錄的作品裡，朱天文（一九五六—）〈外婆家的暑假〉側寫家庭問題；胡淑雯（一九七〇—）〈奸細〉直面學校生活；

嚴歌苓的〈柳臘姐〉則凸顯了時代因素，這些作品互為參照，暗示了在學校、家庭及浮世裡懵懂度日的孩童，其心眼之清明恐怕超乎想像。張愛玲曾在〈造人〉裡說：「小孩不像我們想像的那麼糊塗。父母大都不懂得子女，而子女往往看穿了父母的為人。我記得很清楚，小時候怎樣渴望把我所知道的全部吐露出來，把長輩們大大地嚇唬一下。」也因此，作家如何在小說裡表現兒童早熟的心思與稚氣的行止？讀者如何由此重新觀照自我的成長歷程？都是很有意思的體察角度。

當然，成長小說裡描繪最多的還是青少年階段，從較普泛的解讀（而非特定時代或個人因素）角度而言，余華（一九六〇—）〈十八歲出門遠行〉提供了概括性的象徵意義：出門遠行的成長之旅裡，仍有對過往家庭生活的耽溺，也有「在路上」所遭逢的欺騙、友誼與掠奪，然而個人必須意識到，一旦啟動成長之旅，就永遠處於獨自面對的狀態，一往無回。這趟青春之旅，有人走得像〈寂寞的十七歲〉裡的楊雲峰，軟弱又徬徨；也有人奔馳如〈穿紅襯衫的男孩〉裡的小黑般，恣意且瘋狂；當然，亦有如陳淑瑤（一九六七—）〈村女娥眉〉裡，清淺且隨興的日常過法，青春自有各種不同的呼吸方式。

在成長歲月裡，最為糾葛纏繞的，恐怕還是解不開的三角習題，賴香吟（一九六九—）的〈霧中風景〉、許正平（一九七五—）的〈光年〉，恰恰提供了兩種不同的情感樣本。〈霧中風景〉的情調有如安哲羅普洛斯（Theo Angelopoulos，1935-2012）電影的氛圍般，朦朧詩意且沉鬱，相形之下，〈光年〉裡行星、恆星與彗星的繞行，則在複雜的情感關係中，始終保有生命最初的清新與淡淡哀愁感。性別認同、親子關係、理想憧憬等多元命題，究竟如何容納在短短的篇幅裡？其中畫面感的示現，又是如何浮托而出？讀者也可以由兩篇作品裡去揣摩、去體會。

再進行到成人階段的描摹，廖輝英（一九四八—）〈油麻菜籽〉和葛亮（一九七八—）〈安的故事〉，向讀者們展示了愈來愈沉重的生命課題與情感的艱難性。〈油麻菜籽〉以小見大，從少女的生命成長史，具體而微地映照出台灣一九六〇年代以來的家庭流蕩史、經濟社會成長史，小說雖題名為「油麻菜籽」，卻對「查某囡仔是油麻菜籽命，落到哪裡就長到哪裡」的宿命，進行了溫柔的翻轉。相較之下，〈安的故事〉裡的主角「安」則是性格亮烈而鮮明，她的生命經歷展現了新一代的成長史，雖則擁有更自主的抉擇與更廣闊的天空，然而經驗無法複製，每一代所需面對的生命課題，還是必須各自承擔。

十四篇小說所呈顯的風格或淡雅、或濃麗，情感張力或激越、或平和，時代背景與個人感性或彰顯、或隱微，然而其中最堅定而一貫的美學信念是，它們都是能引發讀者對世事、對人情有深沉觸動的作品。行文至此，我不免思及張愛玲在其短篇小說集自序裡，曾經概括眼中所見、筆下所寫，引來一段意味深長的話：「我們明白了一件事的內情，與一個人內心的曲折，我們也都『哀矜而勿喜』吧。」文學所能發揮的最大影響，或正是這種對世情的體恤與生命氣度的陶養，而這亦正是最珍貴且最值得珍視的，人的品質。

三腳馬

——鄭清文

○

我從台北坐了三個鐘頭的車，到外莊找我工專時的同學賴國霖。最近我們開了一次同學會，難得自畢業以後二十多年第一次再見到他。在會上，大家做自我介紹的時候，才知道他回到故鄉開一家木刻工廠，專門製銷各種木刻品。

他的工廠規模相當的大，占地有兩百多坪，前落兼做店面。我來這裡，主要是想找些馬匹的作品。我收集馬匹多年，已收集了大大小小兩千多件，有木頭的，也有石頭的。今年是馬年，我預備利用這個機會多收集一些。

他已給我看了許多木刻。也許因為大量生產的關係，那些作品都過於規格化。我們正在走動觀看，突然牆角有一隻奇特的馬引起了我的注目。那隻馬低著頭，好像在吃草，也好像不是。牠的臉上有一抹陰暗的表情，好像很痛苦，也好像很羞慚的樣子。我收集了那麼多的馬，就從來沒有看過這樣的表情，就是繪畫，恐怕也找不到。

我把它拿起來仔細的看了一下，才發現那隻馬竟跛了一條腿。這使我感到非常驚奇和惋惜。從馬身上的線條看，牠比另外的馬都來得生動有力，尤其是臉部的表情，絕對不是其他的作品所可以比擬的。牠是素面的，沒有上漆，甚至於沒有用砂紙磨過，還可以看到刀鏤的痕跡。從牠被放在不顯眼的地方看來，可以推測牠沒有受到重視。賴國霖看到我拿在手裡把玩，不忍釋手，就告訴我說：

「那是一個怪人刻的。他喜歡刻一些殘廢的馬，我們去他家收購，有時隻數不夠，他就把殘廢的加了進去，他說不能賣，等他多出來，把殘廢的換回去，就像當作零錢找來找去。」

「你店內有沒有他刻的？我是說普通的馬。」

「有，這就是。」他隨手拿一隻給我看。「你覺得怎麼樣？」

「這就奇怪了。跟其他的差不多。也許你們使用模子的關係。不過，牠的眼睛，和其他的不一樣。你看一般的馬的眼睛是看側面的，他的馬是看前面的。還有，這些鬃毛，尾部和大腿也不一樣。但完全不能和那一隻跛腳的比。你看，這是動的、活的馬，而且有表情。要表現動物的表情，實在太難了。」

「他刻的馬，都是經過我們再修整過的。我們都說他太懶，連砂紙都不磨一下。為了這，我們還扣他的工錢呢。」

「那個人的作品多不多？」

「我也說不出來。看他把東西亂堆在一起，我們也不知道什麼是作品，什麼不是。不過，我們所要的，卻愈來愈少了。以前，我們一個禮拜要去收一次，現在就要兩三個禮拜，甚至一個月才去一次。他放著正經的工作不做，一個人躲在那裡，刻一些奇奇怪怪的東西。」

「他真的不賣？我是說，像那些跛腳馬？」

「我也不知道。誰知道這個怪人心裡想著什麼。」

「你是不是可以帶我去看他？」

「去看他？做什麼？」

「我想看看有什麼特別的東西。」

「特別的東西？」。

「就是跛腳馬之類的奇奇怪怪的東西。」

賴國霖用機車載我去。我們在彎彎曲曲的山路上駛了有半個鐘頭。當我們駛到坡頂，就停了下來。由高處望下看，看到山巒間有一塊比較平坦的地方，大概只有一、二十戶民家散落其間，有的相鄰，有的隔開一些距離。

「那就是深埔村。」賴國霖說，又開了機車，駛下山坡。

那是一間非常簡陋的土塊厝，所砌的土塊都已蝕損，裡頭的稻草已鬆開，像尺蠖翹出來。這一間土塊厝算是邊房，正廳也是土塊厝，只是在表層多塗上石灰，看起來比較新淨。

門是半掩著。賴國霖輕推了一下，一走進去，我就聞到木料的香味。因為外面陽光強烈，突然走進到幽暗的房間，眼前什麼都看不見。我們在裡面站了一下，才漸漸看到在竹格子的小窗底下坐著一個六十多歲的老人。白多於黑的頭髮剪得很短，鬍鬚也已有五、六分長。

「國霖嗎？」

「是的，吉祥叔，我給你帶來一位客人。」

「客人？從哪裡來的？」他望著我看了一下。

「台北。」

「台北市嗎？」

「是的。」賴國霖說。

當我的眼睛已習慣，我就把四周掃視一下。在窗下有一尺高的工作檯，放著木槌和各種雕刻刀。老人坐在地上一塊扁平的小板上，雙腳微曲，往前伸，雙腿間放一隻還不知是何物的木塊，地上全是木片，牆角橫豎地堆著一些作品。

「你的朋友是台北來的？」我還沒有看清楚那些作品，老人又開口了。

「是的，他是我的同學，在台北讀書時的同學。」

「你知道台北的近郊有一個叫舊鎮的地方？」

「我是舊鎮的人，我在那裡住了三十年，一直到十幾年前才搬到台北。」

「你住在舊鎮什麼地方？」

「警察分局對面。」

「警察分局，是不是以前的郡役所？」

「是的。」

「從你的歲數和住的地方看來，你應該認得我。」他說，慢慢轉向我。

「我認識你？」

「還認不出來？」他指著自己的鼻梁說。從眉間到鼻梁上有一道白斑，好像是一種皮膚病。

「是不是……」

「你認得了？我就是白鼻狸。你是誰的兒子？」

我告訴他父親的名字，也告訴他父親以前開木器店。

「我記得他。我以前曾經打過他。」

「我知道。父親曾經告訴過我。」

「你父親還在嗎？」

「不，已去世了。」

「他有沒有講過我什麼？」

「……」

「你說，我不會介意。」

「我父親說，三腳的比四腳的更可惡。」

他沉默了片刻，然後從工作檯上拿起一個四、五寸大的相框。「你認識她嗎？」

「不認識。」

「她是我的查某人。」

「我好像記得她的姊姊和妹妹都當過老師。」

「對，對的。」

「這一位呢？」我指著左下角一張兩寸大，已發黃的照片。

「這是我的第一張照片。我第一次到台北時照的，寄回來給我母親的。」

照片上是剃著光頭。我注意看著他的鼻梁上，卻找不到那一道白色斑。他好像已覺察到。

「那是照相師修過的。為了這，他還多拿了我五錢。」

「你是說，很小就已有了？」

「嗯，很小，很小……」

一

「烏腳麞，白鼻狸……」

一行五人，以阿狗為首，各人拿著陀螺，半走半跑，往墓仔埔前進。阿祥比那五個人中最小的阿河還矮了半個頭，也在後面緊緊地跟著。

「烏腳麞，白鼻狸，轉去，不要跟屎尾。」殿後的阿金大聲說，把手裡的陀螺猛打下去。

「我也有……」阿祥說。天氣很冷，說話時會冒出白煙。
「有什麼？有蘭鳥？」阿成說。
「我也有干樂[1]。」
「什麼干樂？自己刻的？比蘭核還小！」阿進說。
「我阿舅說，要買一顆這麼大的給我。」阿祥說，用手比了一個碗口。
「買來再講。」阿金說。
「我阿舅住在台北。」
「台北有什麼稀罕。」
「轉去，不轉去，拿你來脫褲。」
阿祥一手捏著陀螺，一手拉著褲頭。他的褲頭繫著一條布繩子。他太小，沒有辦法像大人，把褲頭一摺一塞就可以繫牢。
「轉去。」阿金回頭推了他一把，他倒退了一步。阿金是阿福伯的最小兒子。第一次叫他「白鼻狸」的就是他。
有一次阿福伯在山上捉了一隻白鼻狸，放在鐵絲籠裡，準備拿到外面去賣。牠的毛黃裡帶黑，鼻梁是一條長長的白斑，通到淺紅色的圓圓的鼻尖。牠的一隻腳被圈套夾斷了，走起路，一跛一跛的。

1 編按：閩南語，意指「陀螺」。

「你也是白鼻狸。」阿金突然指著他的鼻子說。

這以後，大家都叫他白鼻狸，好像已忘掉了他的名字。

他怔怔地望著五個人，看他們彎進竹屏背後。

他舉起手，把手裡的陀螺打下去，但沒有打好，陀螺橫轉起來。

「幹！死干樂！」阿祥罵了一聲。

他撿起陀螺，把繩子纏好，順著原路折回來，看路邊有一壺茶，就蹲下去猛灌了兩碗。

他回到阿福伯的菜圃邊。本來，在這四面環山的一點耕地，是一片貧瘠的赤仁土，居民都種植著番薯、樹薯或花生，只有阿福伯經常到外面，聽了人家的意見，闢了不到半分地的一小坵，改種了一些蔬菜。

他感到下腹脹脹的，但還不夠。他站在菜圃邊等著。那些捲心白菜已種下一個月了吧，菜心開始曲捲，種在邊緣的，已有三棵的葉子轉黃了。如果不是阿金，也不會有人叫他白鼻狸了。他想著。

冷風迎面吹過來，在竹屏上呼嘯。他略微縮著身子。小腹更加鼓脹起來了。他看看四周，知道沒有人，就趕快拉起褲管，用力把小腹一擠。尿水冒著煙向第四棵白菜灌了下去。尿水灌著菜葉，和菜心。他用力擠，集中在一棵白菜上。尿也在土上冒泡，但很快地消失在土裡。他感到滿身舒暢，萬一有人看到，他就說在灌肥。

「咿哎！」突然有人大喊一聲，從竹屏後猛衝了出來。

阿祥顫了一下，還沒有看清楚是誰，尿已收進去了。
衝出來的，卻是阿狗和阿金他們五個人。他實在不能相信。他們怎麼能繞了一個大圈子，躲到這邊的竹屏來了？

「我知道一定是你這隻白鼻狸。」

「我怎麼了？」

「你灌尿。」

「我灌肥呀。替你們灌肥還不好？」

「難道你不知道灌燒尿，會鹹死菜。你看看那三棵。」

「那不是我弄的。」

「不是你，還會有誰？」

「真的不是我。」

「白鼻狸偷吃果子，還會說是牠吃的？我們抓白鼻狸來剝皮，把他的褲子脫下來。」阿金說，雙手把他抱住。

「不要，不要。」他掙扎著。手亂揮，腳亂踢。

阿進抓住他捏著陀螺的手。阿河阿成拉了他的腳。只有阿狗站在一邊笑著。

阿金把他的褲子往下一拉，褲頭滑出布繩子，好像竹筍脫殼，褲頭鬆開，褲也掉了下來。

「哈、哈、哈！」阿金拉掉他的褲子，往空中一撒褲子順著風飄了一下，飄落在地上。

「哈、哈、哈！」大家也跟著大笑起來。

阿祥猛掙著身子。風很冷，吹著他的屁股和下肢，但他不顧一切，拿起陀螺，對準阿金背部猛砸過去。

「哎唷！」阿金叫了一聲，伸手到背部一摸，手指已染了血。

「娘的！」阿金回頭過來，用拳頭往他的臉上猛揮過來。

他的牙齒撞了一下，咬到了自己的舌頭。嘴裡鹹鹹的，他知道已流血了。

二

天空碧藍如洗，太陽猛烈地照著，一望過去，起起伏伏的山巒，盡是鬱綠的相思樹，在無風的太陽底下，靜靜地佇立著。

阿祥已走了兩個小時的路。赤仁土的山路只有一、兩公尺寬，沿著一條小溪蜿蜒而下。這是通往外界的唯一一條路。每當雨後，水牛走過，就在路上留下許多腳印，經太陽晒乾，就變得尖銳刺腳。

阿祥打著赤腳，邊走邊跑，裹著書本和便當的包袱巾從右肩到左腰部打斜地繫著。

他在山路上又行走了一段，然後下坡到溪邊，踏上鋪在水中的石頭。水位較低的時候，隔著半步的距離鋪著的石頭便露出水面，人可以踩踏過去，一到下雨天水位漲高，有些地方也深過腰部，聽說在暴風雨的季節，溪水猛漲，曾有人想硬涉過去，卻被溪水沖走了。

有人迎面而來，是阿福伯。在鄉下，住在路程兩、三個小時內的人，都算鄰居。

「阿福伯。」他叫了一聲，有點不好意思。他一路上一直怕見到熟人。他正在溪中央，要躲也來不及。

「阿祥，你上街了。」

阿福伯並沒有問他為什麼不上學。鄉下沒有禮拜幾的觀念，也不重視上學不上學。他一腳踩進水中，讓阿福伯過去。水很涼，他覺得很舒服。乾脆就兩腳都站到水裡。腳底有點滑。是長在石頭上的青苔。他站穩了腳，把手也伸進水裡浸一下，連心裡都感到涼爽。

如果阿福伯碰到父親，告訴他說在路上碰到了自己，父親追問起來該怎麼辦？他站上來，回頭看看阿福伯。但他更怕那位新來的日本老師井上先生。井上先生白白胖胖，和又黑又乾的村人都不一樣。井上先生來的第二天，就叫學生把桌椅全部搬到後面，騰出空地來，叫大家跪下去，用竹棍子在每一個人頭上敲了一下。井上先生看看他的鼻子，又加了一棒。

「馬鹿野郎，青蕃，無教育，捧庫拉……」

井上先生一邊喊一邊打。全班學生沒有一個人知道為什麼被打，這一件事發生之後，隔天就有十分之一的學生不再來上課。

「讀書有什麼用？」有人說。

「我才不去跪他。我只跪我祖公。」

阿祥挨打的機會要比其他的同學多，每一、兩個禮拜，至少要被打一次。每次被打，腦袋上都腫起來，像長著一個瘤。為什麼呢？他實在想不出道理，也許是因為鼻上那一道白斑。

他實在不想讀下去。但每次都想到阿舅。阿祥所以能到一個鐘頭路程的內埔去讀書，完全是阿舅竭力說服父親的。

「你要認真讀書，讀完了來台北。」

阿祥知道他今天一定會挨打。本來，他是不會遲到的。他走到半路，在路邊樹上看到一隻奇怪的鳥。牠的樣子像水鴨，但鼻上卻有一塊紅肉冠，有點像蕃鴨，但小得多。他不知道這叫什麼鳥。他追了一程，結果連跑帶衝趕到學校，還是沒有趕上。

井上先生揮動著竹棍子的樣子一直在他眼前晃動。還有那棍子敲在頭上的清脆聲音。他跪在地上等著，要來就快一點來，但又怕它真的來。一棍打下去，眼淚都擠了出來。

他在學校——說得正確一點只是分教場，附近徘徊了一下。忽然又想起阿舅住在台北，要坐火車去。他到現在連火車都沒有看過。聽說，火車走在鐵軌上，那是要到外莊才能看到的。

他走過了中埔，太陽已相當的高，也相當的熱。他走到樹蔭下，把包袱巾解下，取出便當。飯是夠的，佐餐的只有三片蘿蔔乾和一小撮豆豉。有時，父母到街上才買一點鹹魚回來。不到幾分鐘，他把所有的東西都裝進肚子。太陽已快到中天了。從家裡走到內埔的分校要一個多小時，由內埔到中埔也要一個多小時，由中埔到外莊也要一個多小時，加起來也要四個小時多。

他的心又開始蹦蹦地跳著。這和想到井上先生的棍子的時候是差不多的，不過他早已把井上先生的事忘掉了。

他不知道火車什麼樣子，也不知道鐵軌什麼樣子。阿舅雖然曾經在稻埕上畫給他看過，但他還是沒有正確的輪廓和確實的感覺。

他也曾經要求父母帶他出去。但他們都說他太小。

他爬過一個小山崙，忽然看到山凹下去。他站在崙頂，在兩堵山壁之間，看到了鐵路。那就是鐵路嗎？他以為要到外莊才能看到，他知道這裡離外莊不遠，卻還不到外莊。

兩條鐵軌向兩邊延伸。他不知道哪一邊是通往台北的。哪一邊都是一樣的吧。他凝然望著。他的視線順著鐵路來回地移動著。一邊，在遠處，他看到了一個山洞。

他攀下山坡。鐵軌是鋪在許多木頭上，木頭上有煤屑、有鐵銹。他蹲下去看看鐵軌的上面銀亮而平滑，在太陽下不停地閃著光。他用手去摸它，好像上次偷摸土地公的臉一般。

「嗚——嗚——嗚——」從山洞那邊傳來汽笛的聲音。

他猛醒過來，起立退到山邊。火車從他面前急擦過去。他什麼都看不清楚。火車過去之後，才覺得車上有人看著他，對他笑著。

他拔腳追了過去。火車就在他面前。他追著，追著。

三

小學一畢業，阿祥就到台北阿舅所開的食堂幫忙。他先學掃地、洗碗筷、擦桌子，然後端菜，招呼客人。後來，他也學會騎腳踏車送麵飯。他學得很快，尤其他很會認路。雖然他第一次到大都市來，時間又不很長，卻比那些來得更久，年紀更大的孩子更管用。

阿舅很高興，有時也叫他去採購或跑銀行。他很快就成為阿舅最得力的助手。

有一天，已是深夜十一時以後，他送麵到榮町一家布店，有四、五個店員正在玩四色牌。

「麵來了，有燒沒？」一個店員說。

「白鼻的。」另一個叫他。「湯哪會這麼少？你偷飲了？」

他騎車子送來，難免溢出了一些湯。而且麵泡久了，也會吸湯。

「對，他真像白鼻狸。喂，少年家呀，聽說你是從內山來的，那邊一定有很多的白鼻狸吧。」另一個幫腔說。

「趕快洗牌了，不去睬他嚒。」

「喂，是你老爸白鼻，還是你老母白鼻？」

「不要講笑，講笑也要有程度。」另一個說。

阿祥用雙手把麵一碗一碗端起來放在桌上。他很用力，手在發抖。他怕把湯再溢了出來。他把提麵箱的蓋子蓋好。當他再騎上腳踏車的時候眼淚已流了出來。他一腳踩在地上，用手背把眼淚擦掉。為什麼？為什麼每一個人都叫他白鼻狸呢？他想離開故鄉，也是因為在那裡每一個人都叫他白鼻狸。來到城市裡，認識的人不多，但只要一熟，就又叫他白鼻。

這幾個人他並不熟，卻這樣叫他，而且還侮辱他的父母。他沒有直接回到店裡。他到公園邊的派出所去報案，說有人賭博。

警察要他帶路。因為送食物去過派出所，他和警察也認識。警察把那些人抓去拘留。雖然他只到門口，沒有跟警察進去，他們也猜想他去報案的。他們在牢裡叫飯的時候，把他臭罵了一頓。

他又去報告。警察警告他們，如再這樣就不放他們出去。

這時候，他更清楚地覺得，人分成兩種，一種是欺負人的，一種是受人欺負的。井上先生是前一種，自己是第二種。但現在，他親眼看到那幾個店員由第一種變成第二種，而自己又好像從第二種變成了第一種。

那些店員釋放出來以後，曾經到店裡找過阿舅和他聲言要報復。但他不怕他們。警察曾經說他是好國民，好日本國民，以後有什麼事和他們多多聯絡。

有一次，阿祥在晚上送麵的時候，從巷子裡跑出幾個人，把他連車帶人推倒在地上，痛打一頓，等他爬起來，碗和箱都破了，輪圈也已扭彎。他又跑去報案，警察來了，那些人也早已沒有蹤影了。

他回來店裡，阿舅很不高興。

「我對你講過，我們生意人，應該規規矩矩做生意，其他的事全不必管。你卻不聽。最好，你先回鄉下去，也比較安全，等一些時候，我再寫信叫你來。」

阿祥並沒有回鄉下。他跑到派出所訴苦。他們看他聰明，就留下來做工友。因為他是台灣人，有語言上的方便，又因為送飯麵的關係，對附近的地形和居民都很熟悉，他們有時也帶他出去辦案，有時也叫他自己打聽一些消息。在名義上，他是工友，卻兼有線民的身分。

在這一段時間，他感觸最深的是隔開拘留所的那一道木格子。不管是誰，一進那裡，就銳氣全消，變得那麼柔順，不管是知識分子，或者是有錢的商人，都會趴在格子上求他給他們一杯水。

有時，他也看到警察把犯人提出來，帶到後面的浴室，用水龍頭沖著他們，像鼠籠裡的老鼠一般，沖得全身透溼，連腳都發軟。有時，警察還把橡皮管插進犯人的嘴裡，用手捏住犯人的鼻子，把水不停的灌進去。犯人一邊哀叫，一邊把水不停地吞，等肚子都脹了，警察叫他趴在地上用腳蹬著，教他把水吐出來。

目前，他只是一個工友，只是一個未成年的孩子，但只因他站在木格子的外邊，裡面的人都要用哀求的眼睛望著他。在裡面的人，從來沒有叫他白鼻的。

當然，他是要站在木格子的這一邊的。但他不是要做一輩子的工友，也不是一輩子的線民。他要把這木格子擴大到整個社會。他要做警察，只有這樣，所有的人才會尊敬他，才會畏懼他。

他把這種決心告訴那些警察。他們教他讀什麼書，怎麼讀，也教他如何參加考試。他第一次沒有考取，第二次卻順利地通過，而且名列前茅。

四

曾吉祥和吳玉蘭坐在石階。石階有二十多級，每級寬二尺，高八寸，長有二十多尺，上面是通往慈佑宮的寬大的通道，下面就是大水河的水面，石階本身就是河堤的一部分，也算是碼頭。

烏黑的天空上點綴著稀疏的星星，從四周照出來的探照燈時明時滅，有時獨自尋索，有時在天空上交會在一起。

日本已向美國宣戰，預防是必要的。

「不行，阿爸說結婚不能用日本的儀式。」吳玉蘭微低著頭，眼睛注視著大水河的流水。水影隨著探照燈的明滅而閃爍不定。

「妳老爸真頑固。」

「不能說他頑固。他說，我們有我們的儀式。」

「妳是受過教育的人，不能像那種無教育的人。」

「阿爸也讀過書，只是讀不同的書。他曾經說過。讓我們姊妹讀書最沒有用，讀一些奇奇怪怪的東西，講起話來，沒有一句聽得懂。」

「部長桑勸我這樣做。他勸我，其實這就是命令。」

「我姊夫也說我們應該用自己的儀式。他還到過內地讀書呢。」

「妳不要再提到他，他是可疑的人物。他需要我保護，將來也需要我救他。本來，親戚裡有他這樣的人，對我很不利。他們將不會信任我。至少不會像以前那樣信任我。這一次，我決定要用日本人的儀式，有一半也是為了妳有這樣的親戚。」

「不過阿爸說，不照我們的方式，就不准我們。」

「不准，就……」曾吉祥倏地站了起來。

「曾桑。」吳玉蘭也站了起來。

「妳自己怎麼想呢？」

「……」

「妳的決定很重要。在台灣，還沒有這種例子。寶貴就寶貴在第一次。妳可能還不知道。政府正在計畫推廣皇民化運動。以後，不但要按照日本的儀式結婚，還要拜他們的神，還要改姓名，譬如說，我姓曾，可以改成曾我，曾我兄弟的曾我。妳們姓吳，日本人也有，不過很少，而且讀法不同。要徹底皇民化，最好也要改個姓。日本現在已把南洋的許多地方占領過來，以後我們都要去南洋，那地方太大了，我們要去做指導者。」

「我姊夫說，日本會……」

「不要說。妳要說什麼，我已知道。妳一說出來就犯罪。我就不能不捉人。我不能捉妳，因為我必須保護妳，但妳的親戚，我就無能為力了。我有責任保護國家。任何人造謠就是危害國家。日本一定會打勝仗的。部長桑說得對，我們應該做模範，開風氣，我們要看許許多多的人追隨在我們的後面。」

「……」

「妳怎麼說？」

「我答應過您的話，一定會做到。」

兩個月前，他們一起在宿舍後面的網球場打球。雖然是公共球場，由於運動的性質和意識的問題，只有一些日本人、警察、老師和讀中學以上的男女學生，這些屬於所謂優秀分子才能使用。兩個人打完球之後，她就到他宿舍休息，順便看看他的球拍。以前，她雖然也去過，卻都是和其他的朋友一起去。

他打網球是在訓練所受訓時學習的。他學過柔道、劍道和網球。柔道、劍道是護身術，也是晉陞的手段。他已是黑帶。網球卻是社交活動的重要一環。他在台北做工友的時候，就已把這看在眼裡了。

她的球技雖然不出色，他卻喜歡她的體態。自從和她打球之後，她的影子就一直在腦際出現。她穿著白色的短衣，白色的短褲。白色的襪子、白色的布鞋，纏著白色的髮帶，手拿著球拍，微蹲著身子的體態，還有那嬌甜的聲音。這些都是家庭和教育的結果。

從教育而言，她比他高。她雖然不是有名的高女，卻也是私立的女學校畢業的。和他只有小學畢業完全不能相比。

今天，她也穿著一身的白，只是頭髮有些散亂。她把白色髮帶取下來，用手把頭髮往後攏一攏。她和他坐得那麼近。但兩個人之間卻有那麼大的距離。要消滅這種距離，只有一個辦法，就是征服她。而現在卻是一個最難得的機會。

他一下子撲過去。

「您要我，應該好好的商量。您再碰我，我只有一死。」她低沉地說。

「原諒我。」他跪在榻榻米上，雙手托前，頭一直低到可以觸著榻榻米。「我很愛妳。請妳答應我。」

「……」

「玉蘭桑……」

「您父母也贊成用日本儀式？」

「他們鄉下人，不會有什麼意見，就是有什麼意見，我也可以說服他們，萬一說服不了，我還是要用這種儀式。」他的聲音很堅決，也有點高昂。

他說完，視線由吳玉蘭身上慢慢轉開，看著大水河的對岸，再轉向天空。幾道探照燈依然交迭在天上尋索。在大水河的下游那邊便是台北市。他依稀看到總督府的高塔。

「噗通。」河裡遠處傳來渾重的聲音，有人擲了石頭。

「噗通。」「噗通。」石頭愈擲愈近，一直擲到石階下的水面。

「誰！」曾吉祥大聲叫了起來。

「不理他們。」

「顯然是故意的。」

「今天，就是故意的，也不理他們。」

「噓！」從堤頂那邊傳來吹口哨的聲音。

「查埔帶查某！」是小孩子的聲音。

「噓！」

「噗通。」

「咿唷，查埔帶查某。」

「白鼻的。」

「畜生！」曾吉祥倏地站起來。

「曾桑，拜託您。」

「好吧，不過……」

「我可以答應。」

「您父母呢？」

「我會盡力勸他們。」

五

「日本輸了。」

「日本輸了。」

開始，大家都竊竊私語，還有點不敢相信。大家都知道日本雖然不會打到一兵一卒，雖然日本的報紙一再說著沖繩玉碎，雖然米國已在廣島和長崎投了兩顆原子彈，雖然大家都知道日本遲早要投降，但大家都沒有料到是今天。

今天，大家都似乎感到有點異樣。早上，天空一片晴朗，卻寧靜得出奇。已沒有警報，也沒有飛機的聲音。

郡役所裡，大家顯得很緊張，精神有點恍惚。

有人把收音機放在郡役所前庭，到了中午時分，郡守以下每一個人都跪在地上聆聽天皇陛下的玉音。收音機的效果並不好，雜音太多，而且天皇陛下的聲音在顫抖，顯得已泣不成聲了。開始，大家只是默默地跪著，然後有人跟著飲泣。每一個人都緊張地握著拳頭，頭愈垂愈低。有人用手搥地。

曾吉祥也跪在人群之中，他不知道是悲還是苦。他只是愣愣地跪著。這件事好像與他無關，也好像有切身的關係。

玉音播放完畢，大家還向收音機行禮，久久無法站立起來。

「日本輸了。」

這一句話變成有分量了。他看到郡守起來。街長、課長、主任、巡查部長繼續起來。有些人垂頭喪氣，但也有些人好像已有了決心，臉上露出堅決的表情。

「日本輸了。」他走到街上，已有人大聲地說。

「日本輸了？」回到家裡，妻迎面出來，幫他脫下衣服。

「輸了。」

「以後怎麼辦？」

「我也不知道。」一輩子裡，他沒有這樣徬徨過。

「米國兵會把每一個人都殺死？」

「妳相信？」

「我當然不相信。」

「那妳還問？」

「日本人真會宣傳。就是現在，我還想著從沖繩的絕崖縱身自殺的女學生，我是指那些姬百合。」

「妳想那些幹麼？」

「我是說，如果您……」

「我怎麼樣？」

「如果您下一聲命令，我什麼都不怕。」

「馬鹿，我們不同，我們不是日本人。」

「我知道不是日本人，但您是日本警察呀。」

「我把這制服丟掉就行了。」

「可以丟嗎？」

「日本已沒有國家了，難道還會管我？」

「可是……」

「郡守還命令我們本島人維持治安。」

「玉蘭，玉蘭。」有人在外面喊著。

「姊姊，請進來。」

「妳姊夫說，曾桑要趕快逃。」

「為什麼？」

「妳看現在民眾還平靜，因為事情來得太突然，大家不知道怎麼做。也許明天，也許一個禮拜之後，一旦有人發難，說不定還會打死人呢。」

「那我們母子怎麼辦？」

「孩子可以暫時放在我家。」

但曾吉祥還不相信民眾會怎樣。他說他有義務維持舊鎮的治安。

到第二天，舊鎮也開始有了情況。

開始是巡查部長的自殺。在播放玉音當天，內地就有幾個日本的大官自殺。自殺好像會傳染，報紙上幾乎天天都有報導。部長雖然只是一個小官，但在舊鎮卻是一件大事。

舊鎮本來是平靜的小鎮，鎮民都安分守己。但報復之風很快地傳到了舊鎮。

據說，最先發難的是一個鑲牙師的兒子。鑲牙師沒有執照，接近密醫。這個鑲牙師在戰時因為一位開業牙科醫師的密告，被抓去拘留。一旦終戰，他兒子在中學學過柔道，就去找牙醫算帳，在公眾面前把對方摔在地上。然後，這個兒子又去找抓過父親的琉球籍警察。

這時，民眾一下子覺醒過來，大家喊著「冤有頭，債有主」，各自尋找仇人報復。

有些警察被拉在廟前跪著，向代表著我們的神陪罪。有個屠夫，在戰時因私宰被警察抓去拘留灌水，這時候卻拿著宰豬的尖刀抵著兩個警察的背部從海山頭走到草店尾，押著他們遊街示眾。他很得意，比誰都得意。

台灣人的警察，大部分是辦事務的，與民眾沒有什麼瓜葛，都能相安無事。只有一個姓賴的，被大家拖到慈佑宮前面的廣場。

「打死他！」有人喊著。

「打死這走狗！」有人應著。

「饒我，饒我。」他跪在地上，不停地叩頭哀求，他的妻子也跪在旁邊。

「打死他！」又有人喊著。

「狗，三腳，死好。」有人踢他。

「死狗呀，打死你！」又有人拿著棍子棒他。

「哎唷，哎唷！」

姓賴的警察，只是第二號罪人。他被打斷了一條腿。

「把姓曾的，把白鼻狸抓出來。」但沒有一個人知道白鼻狸逃到哪裡去。

當民眾來敲門的時候，曾吉祥迅速地逃到屋頂上。當天晚上，他悄悄地逃出了舊鎮，卻沒有機會帶走他的妻子。

但大家並沒有放棄他。大家把他家裡的一些家具打壞之後，扣住了玉蘭。

「人，我也不知道跑到哪裡。除此之外，你們有什麼要求，我都可以辦，你們打死我，我也不會有怨言。」

大家決定要她在慈佑宮廟前演戲，一連三天，在這三天內，她要準備香菸，讓鎮民無限制取吸。

那時，被日本禁止已久的子弟戲開始復出，爆竹的聲音已替代了炸彈的聲音，大家都可以再聽到鑼聲和鼓聲。民眾開始在各廟寺行香，答謝眾神賜給平安。

在慈佑宮的對面，靠著河堤邊的地方搭著戲台，戲棚的前簷上用紅紙寫著「民族罪人曾吉祥敬奉」幾個大字。在戲棚前和廟前之間，用平底籮一籮一籮放滿香菸，輝煌的燈光，把這一條通道照得有如白天。每一籮香菸上面，都掛著紅旗，同樣寫著「民族罪人曾吉祥敬奉」幾個大字。他的妻子玉蘭就跪在廟上向全鎮民謝罪。

「來呀，來去吃白鼻仔菸！」鎮民相互招呼，熙熙攘攘前往慈佑宮。「來呀，來去看白鼻仔戲！」

雖然大家沒有抓到他，心裡不無遺憾，但聊勝於無，時間一過，也把這一件事淡忘掉了。

六

「當時你幾歲？」曾吉祥老人問我。

「十二歲吧。」我略微想了一下。

「你還記得那麼清楚？」

「這是一件大事情。」

「已三十三年了？」

「嗯，三十三年了。」

「唉，舊鎮，舊鎮……」

「你沒有再回去過？」

「回去？怎麼回去？」他略微抬起頭來看我，而後又低下了。我很清楚地看到他的鼻子，雖然歲月使他的整個臉都已老化，卻無法消除鼻部那道不同的顏色。

「唉，舊鎮，舊鎮是我的夢魘。」他又嘆了一口氣說，他的眼睛望著牆壁，但他的視線卻好像已穿過牆壁看到牆外的一點，遙遠的一點。

「我不知道什麼叫夢魘。也許舊鎮的經驗便是我的夢魘吧。我一直想忘掉舊鎮，卻不能夠。雖然，我離開舊鎮已那麼久，我一閉起眼睛，就會看到那些善良，有時也是愚蠢的人的臉孔。我也記得你的父親，那個子矮小、雙腳向外彎的善良的木匠，鎮上的人都以伯叔稱呼他。他已不在了？」

「嗯，不在了。」

「我因為要他做一個書桌，他遲疑了一下，我就打了他一個嘴巴，他年紀比我大。但我還是打他。我的背上背負著一個國家。我當時這麼想著。我還記得他看我的眼神。那眼睛充滿著憎惡和忿恨。但，我覺得權威比仇恨還要強大。

「我也記得那個叫柴扒鳳的女人。她應該是你們的鄰居。在領配給豬肉的時候插了隊，我就叫她跪在大家面前，頭上還頂著一木桶的水。既然是配給，每個人都可以買到。卻有人一定要插隊。這本來是一件小事，我也可以裝著不知，但我曾經聽日本人指著這一點，貪小便宜不惜破壞秩序的這一點，指責台灣人的愚蠢和無教育。以前，日本老師以這樣的眼光看我，我卻很快學會以同樣的眼光看自己的同胞。

「我也記得那個叫阿灶的屠夫。有人密告他豬肉裡灌了水。他不承認，我就叫他吃水。現在，我還聽得到他哀叫和求饒的聲音。

「那是一場噩夢，沒有終止的噩夢。我有極強的記憶力和敏銳的推斷力。我以這做本錢，完成了自己，以王者的姿態君臨舊鎮。我自以為是虎、是獅子。但骨子裡，我卻是貓、是狗。我學會借重日本人的力量。

「我自認為是王爺，但舊鎮的人卻把我看做瘟神。我知道他們在避開我。但也有人逢迎我，正如我逢迎日本人一般。玉蘭也曾經勸過我不能過分。因為舊鎮是一個小鎮，她家又是個舊家，推算起來，幾乎有三分之一的鎮民不是她家的親戚便是朋友。但我如何能放手呢？人在權威的絕頂，自然會沉醉其中，而忘掉了自己。

「然而，有一天，日本打敗了。老實說，就是日本人自己也有預感，只是沒有人想到會來得那麼快。因為事情來得太突然，我還沒來得及想怎麼辦的時候，玉蘭的姊夫，那位律師就叫我逃匿。

「我不聽他的話。我以為我還可以繼續領導鎮民，一直到有一天忽然發現這些馴鹿已變成了猛虎。在倉皇中，我一個人逃出了舊鎮，回到鄉下來。這是唯一可以逃避的地方。真沒有想到父親竟不收留我。他說我不再是他的兒子。我知道因為結婚的儀式開罪了他。我實在沒有想到一個鄉下人有這種氣節。幸好母親苦苦央求，他才把這個放農具的小倉庫騰出來給我暫住。父親有一點田地，但他不讓我耕種。其實，我也無法耕種。母親偷偷地送東西來給我吃。

「我在默默地等著玉蘭來團聚，或者情勢平靜下來，我可以去找她。真想不到，經過不到兩個月，她竟因為患了傷寒，獨自走了。當這消息傳到了這裡，我實在不能相信。」

「我還記得，當時她家周圍還圍著草繩，大家都說傳染病，遠遠地繞過。」

「這時候，我忽然感到我是世界上最孤獨的人。在這世界上，再也沒有什麼可以替代她的了。現在，我還能記得她打球的姿勢。戰爭剛結束的時候，她曾經表示過，如果我自殺，她會毫不猶豫地跟著我。我也好像可以看到她一個人跪在廟前向民眾謝罪的情形。

「聽說，在面對著狂暴的民眾，她是那麼鎮靜，那麼勇敢。她以一個弱女子，為了我這個人，擔負了民族罪人的重負。民眾罵她，她向民眾求恕，但不是為了她自己。有人唾她，她也不去拭擦。我是一個男人，卻讓自己的女人出醜受辱。

「難道她不會有怨言嗎？我連見她最後一面也不能夠。她就是有怨言，又如何申訴呢？我不知道她是怎樣瞑目的。

「我何幸得到這樣一個女人呢？我的罪孽太深，所以必須得到她而又喪失她？在所有的人，包括我的親人都厭棄我的時候，只有她一個人默默地承受著，而我還沒有機會表示感激和愧疚之情，她就默默地走了。

「她一死，我的整個心也死了。其實，要死應該早一點死。在日本投降的時候，我就應該死。許多日本人都自殺殉國，我卻沒有這分勇氣。我卻說我不是日本人。我是一個民族的罪人，我應該以死來謝罪。但我沒有，我反而逃到這深山來。你看我這個人有多可恥，我逃到這裡來，讓她替我向國民謝罪，而我卻還在心裡想著有一天當情勢平靜下來的時候，我還可以回去當警察呢。

「但玉蘭的死，使我的想法完全改變了。從那一天開始，世上再沒有曾吉祥這個人了。其實，在日本投降那一天，他就應該不復存在了。他的人民，他的親戚朋友，他的父母都已唾棄他了，只是他恬不知恥地留了下來而已。

「唉，玉蘭。」他又拿起那張照片仔細地看著。「你真的認不出她？」他的手在發抖，他的眼神還有一點木然，看來還是乾涸的。

「我知道她。可能當時年紀太小，實在認不出來。」

「不認得她的人，何止是你一個人！以你的年齡還不認得她，可能全舊鎮，已沒有幾個人認得她的吧。剛才你還說，舊鎮擴展很快，你回去，在街上已不容易碰到熟人了。我知道人家會很快地把她忘掉的。」

「你沒有替她刻個像？」

「我試過，但不能刻。她雖然是我的妻，雖然曾經那麼近，我卻不能刻。她離開我太遠了。她的身體，我曾經摸過，但那不是屬於我的。她的心雖然曾經屬於我，我卻捉摸不到。她的臉，她那臨去的臉，是帶著什麼表情呢？到現在還沒有人告訴我。

「我知道她只有一個心願。就是死在我的身邊，埋在我的身邊。聽說她的父母都已先後去世，聽說舊鎮都已改變了，我卻一直沒有再去過。我不敢去。開始，我怕那些人記恨於我，而後，我又怕我的不純玷污她的土地。我沒有臉再見到她的親人。我也想把她的骨灰帶到這個地方來的，但我怕她在生的時候沒有來過，會不會太生疏。

「她的兒子也已長大成人。我說她的兒子，因為我沒有資格。目前，他已離開舊鎮到台北去。本來，我想事情平靜過去，就把他們接到身邊來，沒有想到她猝然撒手而去，把他留給她姊姊撫育成人。他也曾經來看過我，叫我去和他同住。但我不敢面對著他，看著他比什麼都痛苦。他有一點像玉蘭，我希望他能像其他的人一般唾棄我。

「我想應該把我和玉蘭的事告訴他。但我不能夠開口。在沒有人的時候，我可以和玉蘭說話，但如果她真的出現，我怕一句話也說不出來的吧。我無法刻玉蘭，這也是一個原因吧。」

「你刻那些馬，是一種自責？」

「當時，台灣人稱日本是狗，是四腳，替日本人做事的走狗，是三腳。」

「你為什麼只刻馬？而不刻其他的動物？」
「因為他們要的是馬。我刻著，刻著，突然間，好像在那些馬身上看到了自己，所以就試著把自己刻上去。」
我把地上、牆角的馬一隻一隻拿起來，雖然每一隻的姿勢都不一樣，卻都有一個共同的特點。牠們的表情和姿態都充滿著痛苦和愧怍。
「你打算如何處理牠們？」
「我也不知道。」他遲疑了一下。「也許，有一天，我會把牠們全部燒掉。」
「燒掉？」
「因為牠們和別人無關。」他無力地說。
「你能不能賣一隻給我？」我鼓起勇氣說。其實，我心裡想著，只要我付得起，我想全部買下來。
「賣給你？」他又遲疑了一下，把臉慢慢轉向我。「好吧，你挑一隻吧。這三十三年來，我沒有見過舊鎮的人。我一直想見舊鎮的人，也一直怕見到。」
「但，我也已離開舊鎮了。」
「至少，你知道舊鎮曾經有一個叫白鼻狸的警察。」
我挑了一隻。牠三腳跪地，用一隻前腳硬撐著身體的重量。牠的頭部微微扭歪，嘴巴張開，鼻孔張得特別大，好像在喘氣，也好像在嘶叫，牠的鬃毛散亂。我再仔細一看，有一隻後腿已折斷，無力地拖著。

「這一隻，就送給你吧。」他遲疑了一下說。

「為什麼？」

「我心裡一直怕挑到這一隻。怕來的事，往往來得早。有一天晚上，我夢見玉蘭回來。我已好久沒有夢見過她了。我怕已把她忘了。我看到她，跪在我面前哭著。我也哭了。我一直以為不再會有眼淚了。但那天晚上，我哭得連枕頭都溼了。早上，我一起來，就決心把所有的工作推開，一心刻著一隻馬。就是你手裡的這一隻。看馬要看眼睛，你看看牠的眼睛吧。」

我先看馬，再看他。他那乾涸無神的眼睛突然溼潤起來。

我趕快把頭轉開，把手裡的馬輕輕地放了回去，拉著賴國霖默默地退出來。

——選自《三腳馬》，麥田

●——————○ **筆記／殘缺裡的救贖　凌性傑**

青少年霸凌事件中，常出現肢體或語言的暴力。弱勢者被取綽號、被蔑視、被欺凌，甚至不被當人看。〈三腳馬〉故事中的主人翁曾吉祥承受屈辱，只能用手背把眼淚擦掉並且質問為什麼，為什麼每一個人都叫他白鼻狸？不管在故鄉或來到城市，別人惡意地對待他，還侮辱他的父母。小說中直接剖析這樣的境遇：「人分成兩種，一種是欺負人的，一種是受人欺負的。」〈三腳馬〉揭露眾暴寡、強凌弱的真相，道出生存的悲傷。作者探究日本殖民統治時期台灣人的命運，同時也讓我們看見青少年成長的困境，他藉由筆下小說人物之口點破：「三腳仔比四腳仔更令人憎恨」。日治時期台灣人的用語中，四腳仔（狗）泛稱日本人，甘為日人走狗、仗勢欺壓同胞的台灣人則稱作三腳仔。木雕三腳馬的形象與日治時期的三腳仔，正好形成對照。

小說開頭以木雕三腳馬做為主要線索，確實啟人疑竇。一個怪人喜歡雕刻殘廢的馬，其鮮明的形象強化了故事性，描述殘缺、彰顯救贖的企圖也呼之欲出。在強權統治底下，不幸福的人生往往跟殘缺的人性有關。幼時被取笑、被壓迫的曾吉祥，當上警察後成為壓迫者（三腳仔）。日本戰敗投降後，他為了躲避報復而隱匿遁逃，妻子為他承受所有責難，後來染病過世。他從此獨居山中，以雕刻為業。他刀下刻出的馬，表情陰暗痛苦又帶有幾分羞慚，「好像在那些馬身上看到了自己，所以就試著把自己刻上去。」鄭清文以沒有生命的木雕三腳馬，影射三腳仔的內心世界，寄託了同情悲憫。作者並未告訴我們孰是孰非，也沒有強加譴責與批判。只是讓情節變化起伏，一層一層逼近人物的內心。物件與精神環環相扣，寫得神采不凡。小說技巧最高明的狀態無非如此，看似渾然天成實則是匠心獨運。

鄭清文，生於一九三二年，台北新莊人。台灣大學商學系畢業，後任職銀行多年，現已退休。著有小說《簸箕谷》、《狹地》、《校園裡的椰子樹》、《最後的紳士》、《三腳馬》；兒童文學《燕心果》、《天燈．母親》等。一九九八年麥田出版社發行《鄭清文短篇小說全集》共七冊。近作《青椒苗：鄭清文短篇小說選3》榮獲二〇一三台北國際書展大獎「小說類．年度之書」；二〇一五年更以〈蚵仔麵線〉入圍《一〇三年小說選》，創下迄今入圍二十一次的傲人紀錄。

蘋果的滋味

——黃春明

車禍

很厚的雲層開始滴雨的一個清晨，從東郊入城的岔路口，發生了一起車禍：一輛墨綠的賓字號轎車，像一頭猛獸撲向小動物，把一部破舊的腳踏車，壓在雙道黃色警戒超車線的另一邊。露出外面來的腳踏車後架，上面還牢牢地綁著一把十字鎬，原來結在把手上的飯包，被拋在前頭撒了一地飯粒，唯一當飯包菜的一顆鹹蛋，撞碎在和平島的沿下。

雨愈下愈大，轎車前的一大灘凝固的血，被沖洗得幾將滅跡。幾個外國和本地的憲警，在那裡忙著鑑定車禍的現場。

電話

「……他上午不會來……嗯、嗯，沒關係，這件事情我二等祕書就可以決定……嗯、唔……不、不，聽我說，你要知道，這裡是亞洲啊！對方又是工人，啊？——是不是工人……是工人！所以說嘛，我們惹不起。嗯……聽我說完這個。這裡是亞洲唯一和我們最合作，對我們最友善，也是最安全的地方，啊……聽我說完嘛！美國不想雙腳都陷入泥淖裡！我們的總統先生，我們的人民都這樣想……唉！不要再說別的，送去……嗯！好的，一切由我負責……好，我馬上就掛電話……對……對，就這樣辦。再見！」

迷魂陣

一個年輕的外事警官，帶著一個高大的洋人，來到以木箱板和鐵皮搭建起來的違章矮房的地區。這裡沒有脈絡分明的通路，一切都那麼即興而顯得零亂。他們兩人在這裡面繞了一陣子，像走入迷魂陣裡打轉。「嗨！在這個地方小孩子玩捉迷藏最有意思啦！」跟在外事警官後頭的洋人笑著說。

「是的，我也有同感。」不管怎麼，他總覺得洋人雖然笑著說，但是語意是曖昧的。洋人會不會笑我找不到江阿發的住家，有虧警察的職責？他想這實在太冤枉了。洋人大概不會知道外事警察只是協助管區派出所，處理與外國人有關的案件吧。他後悔沒先去找管區，直接把洋人帶到這兒來。現在連自己也陷在摸索中。

他稍低著頭，一個門戶挨一個門戶，尋找門牌號。跟在後頭的洋人，整個頭超出這地方的所有房子，所以他看到的盡是鐵皮和塑膠布覆蓋的屋頂，還看到拿來壓屋頂的破輪胎和磚，有些屋頂上還擱著木箱和雞籠之類的東西。他回頭看到洋人對這裡屋頂的景色，臉上顯露出疑惑的神情時說：「他們的新房子快蓋好了，河邊那裡的公寓就是。等他們搬過去，這裡馬上又要蓋大廈。」說完了之後，他為反應的機警而自傲，也為撒謊本身感到窘迫。他想要不是洋人堅持要來拜訪江阿發的家，他才不會帶外國人來這種地方。他一直注意對方的回話，但是他只聽到那種意義極有彈性和曖昧的美國式對話間，聽者不時表示聽著的「哼哼」聲，而使他專心尋找門牌號的注意力，叫一時想知道洋人此時的種種想法分心了。

他們沉默地走了幾步，在巷間遇到一個背著嬰兒的小女孩。但經他們問她的時候，她才一開口，他一下子愣住了。洋人卻在旁輕輕地叫：「噢！上帝。」原來她是一個啞巴。

他們走遠了，那個啞巴女孩望著他們的背影，還「咿咿啞啞」地喊叫連著手勢比個沒完。

一陣驟雨

停歇過一陣子的雨，又開始滴落下來。每一滴滴落下來的雨點都很大，而在這以各種不同質地當材料的屋頂上，擊出一片清脆的聲響。年輕的外事警察內心的焦慮，經雨點催打，一下子就升到頂點。他正想是否告訴洋人先回管區派出所，恰在難堪的猶豫間，突然發現前面的門牌號就是二十一號之七。

「在這裡！」

「真的？」洋人也跟著他高興的叫了起來。

雨勢也一下子落得緊密，他們顧不得文明人造訪應有的禮貌，當阿桂母女兩人，從醃菜桶猛抬頭時，已經和這未經請進的外人駭然照個正面。儘管那位洋人滿臉堆著親善和尷尬的笑容，由警察和洋人突然闖進，母女兩人瞬間的想像中，意識到大事臨頭而叫恐怖的陰影懾住了。

密密的雨點打在鐵皮上，造成屋裡很大的噪音，警察不得不叫嚷似的翻譯洋人的話。阿桂聽不懂國語，只看見警察那麼使勁張嘴閉嘴，再加上手勢，使她更加懼怕的望著阿珠，希望阿珠能告訴她什麼。但是她看女兒驚駭而悲痛的用力抿著嘴的臉孔，驚慌地問：「阿珠，什麼事？」

「媽——」緊緊抿閉的嘴，一開口禁不住就哭起來。

「什麼事？快說！」

「爸、爸爸，被汽車壓了——」

「啊！爸爸——？在哪裡？在哪裡……」阿桂的臉一下子被扭曲得變形，「在哪裡……」接著就喃喃念個不停。

警察用很蹩腳的本地話安慰著說：「莫緊[1]啦，免驚啦。」他又改用國語向小女孩說：「叫妳媽媽不要難過，妳也不要哭，他們已經把妳爸爸送到醫院急救去了。」洋人在旁很歉疚的說了些話，並且要求警察替他轉告她們。

「這位美國人說他們會負責的，叫妳媽媽不要哭。」當他說的時候，洋人走過去把手放在阿珠的頭上，自己頻頻點頭示意，希望她能明白。

這個時候，那個背著嬰兒的啞巴女孩，淋了一身雨從外面闖進來。她不知裡面發生了什麼事，一進門看到剛才遇見的警察和洋人，驚奇的睜大眼睛大聲地連著手勢，咿咿啞啞地叫嚷起來。阿桂仍然恍惚而痛苦的呻吟著，「這怎麼辦？這怎麼辦……」當啞巴意識到屋裡充滿著悲傷的氣氛時，咿咿啞啞的聲音一下子降低，而悄悄地走過去靠在阿珠的身邊。

「她是妳妹妹？」警察驚訝的問阿珠。

阿珠點了點頭。警察難過而焦急的，「快把圍巾解下來，嬰兒都溼了。」然後轉向疑惑著的洋人說：「是她的妹妹。」

「噢！上帝。」洋人又一次輕輕地呼叫起來。

雨中

阿珠在頭上蓋一塊透明的塑膠布，急急忙忙走出矮房地區，向弟弟的學校走去。

---

1 編按：閩南語，意指「不要緊」、「沒關係」。

雨仍然下得很大，她的背後有一邊全溼透了，衣服緊緊貼在身上。其實只要她一出門，好好把塑膠布披好，就不至於會淋溼。她一路想著。她想沒有爸爸工作，家裡就沒有錢了。這一次媽媽一定會把我賣給別人做養女。這一次不會和平時一樣，只是那麼恐嚇她，「阿珠，妳再不乖我就把妳賣掉！」

但是，這一次阿珠一點都不害怕。她一味地想著當養女以後，要做一個很乖很聽話的養女，什麼苦都要忍受。這樣養家就不會虐待她，甚至於會答應她回家來看看弟弟妹妹。那時候她可能會有一點錢給弟弟買一枝槍，給妹妹買球和小娃娃。

她想著想著，一點也不害怕，只是愈想眼淚流得愈多。不知不覺，弟弟的學校已經在眼前了。

公訓時間

早晨公訓的時間，學校裡沒有半聲小孩子的聲音溢出教室外。幾個嗓門較大，聲音較尖的老師的聲音，倒是遠遠就可以聽見。老校長手背後，像影子沿著教室走廊悄悄走著。

三年級白馬班的女級任老師，右手握教鞭站在講台上，指著被罰站在她左邊牆角的江阿吉對大家說：

「這個學期都快結束，江阿吉的代辦費還沒繳。」她回頭看阿吉，「江阿吉！」低著頭的阿吉趕快抬頭望她。接著說：「你每天的公訓時間都站在那裡，你不害羞嗎？」阿吉趕快又把頭低下去。「林秀男今天繳了，只剩下你一個人站，你有什麼感想？」座席間的小孩子，都轉頭望著林秀男，林秀男先得意的仰頭笑笑；而後又害羞似的低下頭。「嗨——江阿吉，你什麼時候可以繳？」老師走到講台的盡頭，靠近阿吉，用教鞭輕輕觸了一下小孩的肩頭，「啊？」江阿吉抬頭想回答什麼，望到老師的眼睛，小孩又垂下頭。老師又用教鞭觸一下問。「阿吉！什麼時候繳？」

「明，明天。」江阿吉小聲的說。

「啊？——」老師把聲音揚得很高。「你的明天到底是什麼時候？」全班的小孩子都笑了。「我已經不相信你說的話了。老師不要你明天繳，下個禮拜一好了。你不要以為一站，站到學期結束就可以不繳了。反正你不繳老師還有別的辦法。記住！下個禮拜一一定要繳，知道了吧！」阿吉點點頭。「好！知道最好。」

阿吉深深地點了一個頭，頭都沒抬，就往座位跑。

「喲——喲！」老師叫起來了。阿吉被喊住，他在同學們的席間回頭望老師。同時同學都笑了。「你幹什麼？你這樣幹什麼，回來，回來，你還沒有繳，還是要站啊！你要是明天能夠繳，明天開始就不要站，不然老師對林秀男太不公平啦！」同學又轉向林秀男看看，林秀男又得意、又害羞，一時不知叫他怎麼好地低下頭。

對江阿吉的事好像告了一段落，老師回到講台的中間向台下的學生問：「小朋友，這一週的公訓德目是什麼？」她目光往下一掃，沒有一個不舉手的。「好，大家把手放下，一起說。」

「合——作——」全班齊聲地叫。

「對了，合作，像江阿吉，大家的代辦費都繳了，只有他一個人不繳，這叫不叫合作？」

「不叫——」全班的學生又叫起來。

才鬆了一口氣的阿吉，一下子又聽到老師提他，他又緊張起來，他想他是一個不合作的人。但是想到代辦費就想到爸爸的一雙眼睛直瞪著他。這時他懷念起南部鄉下的小學來了。他想不通為什麼在南部爸爸一直告訴媽媽說北部好，要是在南部，代辦費晚繳，楊金枝老師也不會叫人罰站。

阿珠一走到三年白馬班的教室，一眼就看到阿吉站在那裡。她一下子靠近窗口，禁不住地帶著懼怕的聲音叫：「阿吉！」阿吉一看是姊姊，心裡「啊」地叫了一聲，隨即把頭低低地下垂。有點受到驚擾的老師，急忙地走出教室。所有的小孩子往教室外面望，裡邊的都站了起來。

「江阿吉是妳的弟弟嗎？」

阿珠點點頭，然後說：

「我爸爸被美國車撞倒了。」

「有沒有怎麼樣？」

教室裡跟著一陣騷動。

「不知道。」阿珠哭著。

「好。妳不要難過。」老師回頭走進教室，學生很快地坐好。「江阿吉，你快跟你姊姊回去看你爸爸。」阿吉反而沒顯得比罰站難過。他向老師深深鞠個躬，慢慢地回到座位收拾書包。

這時全教室的眼光都被阿吉的一舉一動牽動著，一直到他走出教室和阿珠走開。

「阿松的教室在哪裡？」阿珠問。

「那邊。」阿吉用手指向教室盡頭的那一邊。

上天橋

雨勢並沒有減弱，阿珠蹲下來替阿松把塑膠布包好，「自己都不會穿！」她又一時想到自己將被賣做養女的事，她縮回一隻手，分別把兩邊的眼淚揮掉。「不要難過，姊姊會回來看你們的。」其實阿吉和阿松並沒顯出絲毫的難過，只是茫然，而又被阿珠的話弄得更糊塗罷了。「走！快一點，媽媽在等我們。」阿珠牽著阿松，阿吉隨在身邊，他們三個一道走出學校的大門。

當他們在學校附近的馬路口，望著兩邊往來的車子想穿越的時候，一聲尖銳的哨子聲，從對面的候車亭傳過來。

「阿吉，不行！警察在這裡。我們上天橋吧。」

阿吉走在前面，輕快地蹬著台階，阿松有點焦急地叫，「阿兄——，等我一下。」

「你自己不快，還叫人等你。」阿珠抬頭望著以天為背景站在那兒回過身子來的阿吉叫，「阿吉——等一等阿松。」她又低頭催著說，「快！阿吉等你。」

阿吉一邊等著姊姊趕上來，一邊俯覽底下往來的車輛。最後看著還差五六級就上來的姊姊和阿松。

「姊姊，我不想上學了，」阿吉開始帶著悲意的話，使在下面的阿珠停下來抬頭望他。阿松不停地往上爬。

「阿吉，」她低頭一邊沉思，一邊跟在阿松的後頭上來，「阿吉，你這話叫爸爸媽媽聽見了怎麼辦？」她拉著發愣的阿吉一把，他們在天橋上走著。

「我們繳不起代辦費！」

「等爸爸有錢就會繳啊。」

「人家學期都快結束了……」

「沒關係！」阿珠安慰著說：「等我去做人家的養女，我會給你錢的。」

「妳要去做人家的養女？」阿吉驚訝地問。

「嗯！」儘管她回答得這麼堅決，一時淚水湧上來，隨她怎麼揮也揮不盡。

「媽媽要妳去做人家的養女？」

「這次會是真的啦，爸爸被美國車撞到了……」

阿吉還是不能了解，同時也想像不到爸爸被美國車撞到的時候，和他們以後的關係。相反地這時的注意力，卻叫他注意到阿松不在他們身邊。「噫！阿松呢？」他們猛一回頭，看到阿松蹲在天橋當中的一邊欄杆，望著底下過往的汽車出神。

「阿松——」阿珠叫著。

「阿松最討厭了，每天帶他上學，他總是這樣，他還帶小石子丟車子哪！」

「阿松——」阿珠見阿松沒理，氣憤地跑過去。

阿吉在這一頭，看著阿珠拉阿松過來的樣子，禁不住笑了一下。

「我回家一定告訴媽媽。阿吉說你每天都這樣。」

「阿吉也是，是他先做的！」阿松瞪著阿吉說。

「我哪裡有？」阿吉又禁不住地笑起來了。

「走！走！媽媽一定急死了。上天橋就上了半天！」

「姊姊，背我下去。」阿松站在往下的階梯口不動。

阿珠一句都沒說，蹲下來讓阿松走過來撲在她的背上。

坐轎車

阿桂聽說丈夫流了很多血，現在正在急救中，想到這裡只有無助地哭著，口裡還喃喃地咒詛說：「我說做工哪裡都一樣，他偏不聽，說到北部來碰碰運氣。現在！我們碰到什麼呀！天哪！我們碰到什麼來著……」

當他們走到大馬路的時候，阿桂還哭著，她顧不得路在哪裡，任憑阿珠帶她走。

原先的那一位警察和洋人，站在一部黑色的大轎車外面，向他們揮手。

「媽媽，美國仔在那裡，阿吉，帶他們往這邊走。」

那洋人看到他們走過來，隨即鑽到車子裡面，開動引擎等著，警察也鑽了進去，坐在洋人的旁邊。到了車旁，阿桂的哭聲有意無意變大聲了，至少她是有一種心理，想要美國人知道他們正遭遇到絕境哪。

警察探出頭說：「進來啊！」

阿桂只顧傷心哭泣，阿珠望著緊閉的車門，也不知如何下手好。在猶豫間，阿吉伸手拉住把手，拉不動。索性左腳踏在車身，雙手握緊把手，使勁用力往後拉，還是不動。這時洋人才發現他們還沒把門打開，他「呃」地叫了一聲，就在前座半轉身，探身過來從裡邊打開門，阿吉差些就往後翻過去。

要不是警察替他們安排座位，阿桂母子，他們真不知怎麼入座哪。還好，因為帶著幾分不慣與懼怕鑽進車子，所以阿桂的頭撞上門沿並不很重，只是受到一點驚嚇，同時，沒料到車子裡的那分豪華的氣氛加在一起，使阿桂一時變得木訥不哭了。

車子才開動不久，阿桂意識到自己坐進車子裡突然不哭的情形，反而使剛才慟哭的樣子，顯得有點假詐。於是乎她又喃喃地低吟，逐漸放聲縱情地大聲號哭起來。

警察心裡不忍聽見阿桂傷心的哭聲，他回過頭說：

「江太太，好了好了，不要哭得太傷心，說不定江先生只是一點撞傷。但是妳哭得太傷心了，會使他變嚴重，說不定會死掉哪！快不要哭了！」本來他也很難過的，但是差一點就為自己所說的話，逗得笑起來。他趕忙回頭朝前，緊緊咬住下唇。

阿桂不但真正很傷心地哭著，雖沒聽清楚警察對她說什麼，總覺得他們關心著她的哭聲，因此她更大聲地哭，並且模模糊糊地說：

「……叫我們母子六個人怎麼活下去？怎麼活下去……」

警察又想好了另一句話想勸阿桂，回過頭來看她哭得渾身抽動的樣子，已經湧到喉頭的話又給吞進去了。他想到她這樣哭泣，是不容易勸阻的。換個角度來看，一位窮婦能這樣發洩，未嘗不是一件很合乎個人的心理衛生的事。想到這裡，他覺得自己是自私的。

阿珠抱著小嬰兒緊靠著媽媽，沉入做一個養女可能遇到的事情的想像裡。阿吉、阿松還有啞巴跪在後座，面對車後窗望著遠去的街景嘻笑。爸爸撞車的事，早就隨遠去了的街景，拐個彎而不見了。

車子沿著一條平穩的山路跑，後座上的三個小孩，都擠到靠風景的邊窗，看山腳下一直變小的房子，阿吉和阿松還能夠互相指著什麼，興奮地說看那邊看這邊地小聲叫，然而那個啞巴女孩，她也興奮極了，但說出來卻變成大聲叫嚷：「咿呀——巴巴巴……」

白宮

一座中型的潔白醫院矗立在風景區的山崗上，旁邊的停車場雖然停了不少的車子，但是沒看到人走動。其中幾輛白色的轎車和救護車，還有圍欄著朝鮮草的白色短籬笆，尤其是在雨後顯得更醒眼。

車子到達停車場，阿桂仍然傷心的哭著。

「好了，好了，到了不要再哭了。」警察說。

但是，這時候的阿桂，看到白色冷冷的醫院，看不到有人走動所產生的幻覺，想到丈夫就在這裡面，她已經快接觸到問題的答案，死了？殘廢或是怎麼的？本來可以抑制的情緒，變得更禁不住。她蒙著臉由阿珠牽她走，因為過於抑制悲痛的哭聲，聲音悶在喉嚨裡聽起來有點像動物殘喘的哀鳴。

當阿桂他們跟著那一位洋人踏進醫院，阿桂內心裡那一股湧溢不住的悲傷，給醫院裡嚴肅的氣氛鎮住了。她清醒的來回看看有一點受新環境驚嚇的孩子們，把他們拉在一塊，然後蹲在啞巴女孩的面前，用手語比比自己的嘴，同樣地又在啞巴的嘴邊比一比，要啞巴安靜，啞巴點了點頭，隨著咿啞地叫了一聲，自己馬上意識到犯錯，同時看到阿桂怒眼瞪她。她本能地往後退一步，阿桂把她拉近，用手勢在嘴邊比著用針線縫嘴的樣子，啞巴嚇得猛搖頭。

警察從詢問台那邊走過來，告訴阿桂說：

「江先生的生命沒什麼危險，只是腿斷了，現在正在手術。等一等就出來。」

阿桂從警察的表情，和聽他的語氣，再猜上幾句，也概略知道意思。她望著詢問台那邊，那位洋人帶著安慰的微笑和一位洋護士走過來，洋人很努力地一邊說，一邊彎下腰在左腿上比一比，在右腿上比一比，然後點點頭，這時很出乎大家的意外，啞巴女孩似乎聽懂了什麼，走到洋人面前，拍拍洋人的腿，咿啞地比手畫腳起來。洋人微笑著向她點頭。

洋護士帶他們到一間空病房等江阿發。一聽阿發沒有生命的危險，阿桂的心安多了，她和孩子們一樣，開始注意醫院裡能看到的每一件東西，每一個走動的人，她心裡想在這種地方生病未嘗不是一件享受。當洋人和警察走離開病房的時候，阿珠問阿桂說：

「媽媽，爸爸要住在這裡是不是？」

「我不知道。」

「要住多久？」阿珠有點興奮地說。

「死丫頭咧！妳在高興什麼？」她自己差些要笑出來。

阿珠也看出來媽媽不是真正在生氣，所以她放膽地說：

「我要小便。」

阿珠沒料到，阿桂竟然笑著說：

「我也是，從早禁到現在。糟糕！這裡要到哪裡去便尿呢？」

「不知道。」

「糟糕！」正在叫屈的時候，看到阿吉和阿松跑進來。「你們兩個死到哪裡去了？」

「我們去小便？」阿松說。

「你們到哪裡去小便。」阿桂急切地追問。

「那裡！」阿吉隨便一指，「這裡出去彎過去再彎過去就到了。」

「死孩子，你們真不怕死，這裡是什麼地方，你們竟敢亂跑！」阿桂說：「在什麼地方？帶我去。」

「那裡！」阿吉高興得奪門就要出去。

「等一等！慢慢走，不要叫。」

阿吉和阿松帶著阿桂她們到廁所，兄弟兩個就跑回到空病房來。

「阿兄，這裡什麼都是白的。」阿松驚奇的說。

「這裡是美國醫院啊。」

「他們穿的衣服是白的，帽子鞋子也是白的。」

「房子也是白的。」阿吉一邊看一邊說：「床單被子，還有床也是白的，窗戶也是白的……」

阿松心裡有一點急，看得見的，能說的都給阿吉說光了。他翻著白眼想了想，衝口說：「小便的地方也是白的！」

「還有……」阿吉想說什麼的時候，阿桂和阿珠她們已經回到病房來了。一進門阿桂就責備著說：

「妳這個死丫頭，放一泡尿好像生一個小孩，等妳老半天才出來。一個男的美國仔一直對我說：『諾！諾……』誰知道諾諾是說什麼死人，真把我急死了。」然後她轉了口氣問：「那麼妳怎麼小便？」

「是不是坐在那上面？」

「妳坐了？」她看到阿珠點了點頭，才安心地說：「我也是。」這時，她無意中看到阿珠的胸前突然鼓出來，她伸手去抓它，「這是什麼？」

阿珠退也來不及，只好隨阿桂探手把它拿了出來。

「這衛生紙，好好哪！」阿珠不好意思地說。

「呀，妳這死丫頭。」她從阿珠的胸前掏出一團潔白的衛生紙，稍做整理說：「真是！妳被人看到了怎麼辦？」她轉過身背著孩子，把疊好的衛生紙，塞在自己也在廁所裡藏好的部分。她看到肚子鼓得太厲害了，向阿珠抱過小孩放低一點來掩飾。她又說：「這孩子今天怎麼搞的？睡死了。」她打量著自己拉拉那裡。

這時候，警察突然走進來，阿珠和阿桂嚇得連警察都看得出來。警察馬上安慰著說：

「不要怕，不要怕，沒有危險了。馬上就可以看到他了。放心——」才說完，那一位原先一起來的洋人和一位護士，匆忙的走進來，看看裡面，和警察交談了一下，警察就對阿桂他們說：「大家都出來一下。」

阿桂帶著小孩子們走出走廊，然後兩個男護士走進去，把原來的空床抬出來。不一會兒，帶輪子的病床，平放著江阿發默默地被推了過來，推進病房裡面。

看到這情形的阿桂他們，她和阿珠又哭起來，但是聲音不大，阿吉阿松和啞巴，站在門口愣愣地望著裡面，看護士在那裡忙碌。小孩子簡直就不敢相信那就是爸爸，除了閉著的眼睛，和鼻子嘴巴，其他地方也都裹著繃布。

阿松心裡懷疑，禁不住悄悄地拉阿吉的袖子，小聲問：

「阿兄，那白白的也是爸爸嗎？」問後他的眼睛和嘴巴張得特別大。

帶翅膀的天使

現在整個病房都是江阿發一家人。因為全身麻醉藥效還沒退淨的關係，阿發還在昏迷狀態。阿桂又悲傷起來了。這和開始時想像所引起的害怕不同，現在的悲傷是著實面對著一個全家大小依靠他生存的主宰。他已經兩腿都斷折，頭和胳臂都有撞傷，極可能變成殘廢者。這怎麼辦？這怎麼辦？她喃喃飲泣，眼望阿發的眉目，期待他趕快醒過來。阿珠抱著嬰兒，流著淚又開始編織她做養女的遭遇。這次重新想起來，沒有早上去帶阿吉的路上想得那麼勇敢了，她害怕得有幾次差些就哭出聲來。其他三個小孩，看到媽媽和姊姊都那麼悲傷，自己也就不敢亂動亂吵。他們靜靜地這裡看看，那裡看看，有時心裡想到什麼，想一想，看一看，也就不敢說出來。

過了一陣子，有一位修女護士走了進來，看看病人，又看看阿桂他們，然後說：

「有沒有醒過來？」

除了那位啞巴女孩，可把阿桂他們嚇了一大跳，他們簡直不敢相信他們聽到什麼。修女看到他們的表情，知道他們為什麼驚嚇，所以她笑著說：

「我會說你們的話，我是修女，我在聖母醫院工作，現在我奉天主的名字，由美國醫院借調到這裡來，為江先生服務。」她看看阿桂他們大小，「妳一家大小都在這裡了？」

阿桂除了向她點點頭，不知怎麼才好。要不是自己正悲傷著，看一個完全和自己不相同的外國女人，說本地話說得那麼流利，實在滑稽得想笑。孩子們都瞪著驚奇的眼睛露出笑容來，使他們想到卡片上帶翅膀的天使來。不管怎麼，這位修女的出現頓時使他們一家人，感到世界開闊了一點。就因為這樣，阿桂更覺得應該讓外人明白她的困境。怎麼辦？她想了想，還是老方法，剛才一直就這麼悲傷過來的，她馬上恢復到修女未來之前的樣子，望著江阿發的臉，手沒什麼意義地摸摸，開始喃喃地哭泣著說：這怎麼辦？這怎麼辦好呢？一家大小七口人啊，不要吃不要穿啦？啊！這怎麼辦？為什麼不撞我，偏偏撞上你？阿桂真的愈想愈難過，隨修女怎麼勸也沒什麼用，反而愈勸愈使她激動。修女也知道，這種情形對阿桂這樣的女人，讓她再面對殘酷的事實，很快就會叫她堅強起來。修女趁阿桂還在哭的時候悄悄地走避一下。

阿桂仍然哭她的……悽慘哪！這怎麼辦好呢？這怎麼辦好呢？

「媽媽、媽媽，修女走了。」阿珠抬著淚眼說。

阿桂馬上抬頭回過來，看了一看，然後由哭紅了的眼睛瞪著阿珠，有點惱怒地說：「她走了關我們什麼事！妳叫我幹什麼？」看阿珠低頭，接著又說：「妳爸爸撞成殘廢你們都看到了，以後你們每個人都要覺悟，眼睛都給我睜大一點。」

阿珠一下子又聯想到養女的事。她沒想到告訴媽媽說修女走了，媽媽會生那麼大的氣。她完全是好意，以為媽媽是在訴苦給修女知道哪！冤枉哪！這麼一想，阿珠不知道哪裡還有淚水，一下子又簌簌地落個不停。

「阿吉和阿松！」阿桂看到阿珠的樣子，覺得有點委屈了她，於是她轉了目標，「你們兩個也一樣！爸爸不能打工了，你們就要替爸爸打工。」

不知怎麼搞的，阿吉心裡有忍不住的好笑，咬緊下唇低頭避開媽媽看見。站在旁邊的阿松，聽媽媽威嚇著說要替爸爸打工，他竟認真地，乖乖而順從地說：「好。」

這一下阿吉可忍不住了，嘴一咧開竟咯咯地笑起來了，儘管阿桂咬牙罵：「呀！好好，死孩子，你瘋了！快死啦……」這一下沒讓他咯咯的笑聲傾個光是不能罷休的了。

信主的有福了

一方面麻醉藥效的退盡，一方面是阿吉咯咯地鏗鏘笑聲，同時使江阿發甦醒過來。他微微地呻吟了一聲，全室的氣氛馬上又變了另一種。阿桂一手按著他的胸：「不要動！你的腿更不能動。」

阿發躺著用力勾頭，想看清楚自己的腿：「我的腿怎麼了？」

「兩腳都斷了。」

阿發聽說兩腳都斷了，勾起來的頭，一下子乏力似的跌回枕頭嘆了一聲。「我以為這一下子死了，」望著天花板沉默了一下，眼睛還發愣說：「小孩呢？」

「都來了。都在你的旁邊。」

「爸爸。」阿珠小聲的叫。阿吉阿松也叫了，啞巴雖然沒叫，她悄悄地和大家排成一排，靠著床沿和媽媽相對。阿桂看阿發默默地一個一個看著自己的孩子的時候，忍禁不住在另一邊哭起來了。這時大家好像都變很笨，木訥得不知說什麼好。愈是這樣，每個人的心裡愈是難過，每個人都期待有誰先開口說話。這時阿珠手裡抱的嬰兒「哇」地哭了。

「孩子給我。」阿桂說，阿珠繞過去把嬰兒給了媽媽。「這傢伙好像知道你出事了，早上到現在沒哭半聲。現在一定餓了。」阿桂一邊說一邊把乳房掏出來給小孩餵奶。整個房子，除了小孩吸吮奶的聲音之外，又沉默下來了。

阿發的心裡實在難過，想到自己的傷殘和眼前的這一群，他在懷疑自己是不是死了？為什麼不死？要嘛就死掉，不然讓我這樣活下來怎麼辦……

「這裡是什麼地方？」阿發驚訝地問，好像現在才意識到似的。

「美國醫院。」

「啊！美國醫院？我們哪來的錢？」

「我也不知道，是美國仔和一個警察把我們帶來這裡來看你的。」阿桂說。

「他們呢？」

「他們說等一會兒就來。」

阿發再也不說一句話了，好像有很多心事地躺著，臉上的表情，一會緊，一會鬆，讓阿桂猜測到他多少是在自責。於是阿桂說話了。

「你想一想，我們以後的日子還那麼長，怎麼過？」說到此，鼻子一酸淚也下，聲音也怨，「我告訴過你，當初你就不聽。我說要是打工的話，到哪裡都一樣，你偏不信，說什麼我們女人不懂，到大都市可以碰運氣。打工又不是做生意，有什麼運氣可碰？有啦！現在我們可碰到了吧……」

「媽媽——好了。」阿珠急得叫起來了。她看到爸爸沒說話氣得臉發青，她知道媽媽要是不停地嘀咕下去，爸爸一定會大發脾氣，一發不可收拾。這種情形阿珠看多了，他們每次都是這樣吵起來的。阿桂也知道，只是一到了這種情況，自己也不知道該怎麼辦才好。總算阿桂及時不再講下去。沉默中只聽到阿發激動的大口的呼吸聲。阿桂記起護士的交代，有必要時，按床頭邊的電鈕。她按了電鈕，沒有一下子，那位和藹的修女就跑進來了。

「醒過來了。」修女一進門看到阿發就說，然後一直走到阿發的身邊，手放在他的額頭：「有沒有感覺到怎麼樣？」

阿發和阿桂他們剛才一樣，頭一次聽外國人說本地話給嚇住了。

「很好，沒發燒。」她從袋子裡取出體溫計，拿在手裡甩一甩，看一看，「嘴張開。含著就好了。」她把體溫計放在阿發的口裡。然後眼睛忙著看每一個人笑著說：「你們現在還怕不怕？嗯？」

「怕也是這樣，不怕也是這樣。煩惱就是啦。」阿桂說。

「你們信不信天主？」她看到阿桂啞口無言，接著說：「信主的必定有福！」

這時候，原先那一位洋人和警察一道進來了。他們抱著好幾個裝滿東西的袋子。修女和他們打個招呼，天主的事情也暫且作罷。

他們把一樣一樣的東西放在桌子上：「這是三明治，這是牛奶，這是汽水，這，這是水果罐頭，還有這是蘋果。」警察一樣一樣念著。「中午你們就吃這些。」

小孩子們都望著紙袋出神。修女把阿發的體溫計抽出來看，「很好，沒有發燒。」隨即她在床尾拿起紀錄表填寫紀錄。洋人和警察靠近阿發，對他笑笑，阿發也莫名地跟著笑笑。

「這位是格雷上校，是他的車子撞到你的。」警察對阿發說。

格雷上校連忙伸手去握住阿發的手，嘴裡巴拉巴拉地說個沒完。阿發從他的表情也可以猜到幾分對方的歉意。

警察翻譯說：「他說非常非常的對不起，請你原諒。他說他願意負一切責任，並且希望和你的家庭做朋友。」

阿發和阿桂不會聽國語，但是他卻猜到是格雷撞到他，所以他抱怨而帶著呻吟的聲音說：

「呃——是你呀！你應該多小心一點，我遠遠看到你的車就先閃讓開了，想不到你卻對準我衝來，唉唷！現在你撞上我，連我的整個家也撞得亂七八糟了……」格雷上校很想知道阿發說了什麼，他望著警察，警察望著他搖搖頭。後來還是在後頭的修女，把阿發的意思說給格雷先生聽。

從此修女就替格雷上校充當翻譯。

「……除了保險公司會賠償你以外，這一次在道義上格雷上校自己，還有因為公事的關係，他的服務機關也願意負擔責任，不會讓你們因為江先生的殘廢，生活發生問題。並且格雷先生想徵求你們的同意，想把你們的啞巴女兒送到美國去讀書。」一下子大家目光都集中到啞巴身上，害啞巴嚇得發愣，要不是格雷先生把手放在啞巴的頭上撫摸她，啞巴可能想像得很可怕。阿桂和阿發互相看了一看。修女又說：「沒有關係，這等以後再商量好了。那麼這裡有兩萬塊錢，」她從格雷手上接過紙包，放在阿發的胸上，「你們先用它生活，以後還要給的。」

兩萬！這可把阿發和阿桂弄昏頭了，錢已送到面前，不說幾句話是不行的，說呢，說什麼好？在不知所措的當兒，他們兩個只覺得做錯了什麼事對不起人家似的不安。

一直站在旁邊的警察突然開口說：

「這次你運氣好，被美國車撞到，要是給別的撞到了，現在你恐怕躺在路旁，用草蓆蓋著哪！」

阿珠湊近爸爸的耳邊把警察的意思說給他聽。阿發一下子感動涕零地說：「謝謝！謝謝！對不起，對不起……」

蘋果的滋味

他們一邊吃三明治，一邊喝汽水，還有說有笑，江阿發他們一家，一向就沒有像此刻這般地融洽過。

「阿桂，回去可不要隨便告訴別人，說我們得到多少錢啊。」

「我怎麼會！」阿桂向小孩說：「你們這些小孩聽到沒有！誰出去亂講，我就把誰的嘴巴用針縫起來。」

「我不敢。」

「我也不敢。」

「爸爸，這些汽水罐我要。」阿吉說。

「我也要。」阿松說。

「這些汽水罐很漂亮，你們可不能給我弄丟了！」阿桂認真地警告著：「弄丟了，我可要剝你們的皮。」

「我知道──」孩子們高興地叫起來。

阿發有一種很奇怪的感覺，一種無憂無慮，心裡一絲牽掛都沒有的感覺，使它流露到他的臉上，竟然讓阿桂看起來，顯得有點陌生，作夢也沒想到，和她生了五個小孩的江阿發，也有這麼美的一面。她趁阿發沒注意她的時候，把自己的頭再往後移，然後痴痴地看著他。看！什麼時候像今天這樣清秀過？今天總算像個人樣了。

阿發喝著牛奶，偷偷看了阿桂一眼，他心裡想，她怎麼不再開始嘮叨？並且希望阿桂又說：「你說來北部碰運氣，現在你碰個什麼鬼？」這一句話。我想等她那麼說的時候，我馬上就可以頂上一句：「現在這不叫做運氣？叫什麼？」呵呵，準可以頂得叫她啞口無言。阿發又看了阿桂一眼，正好和阿桂的目光相觸，兩人同時漾起會心的微笑來。

他們一家和樂的氣氛，受到並不討厭的打擾，那就是格雷帶工頭和工人代表陳火土來探病。

工頭和火土一進房裡，一句慰問的話也沒有，只是和平常一樣嘻嘻哈哈地，開口就說：

「哇！阿發你這一輩子躺著吃躺著拉就行了。我們兄弟還是老樣，還得做牛做馬啦。誰能比得上！呵呵呵。」

「嘿嘿嘿，兄弟此後看你啦！」工頭說。

阿發和阿桂一時給弄得莫名其妙。

「喂！火土，你們到底說什麼？我給搞糊塗了。」

「別裝蒜，你以為我們不知道？美國仔都告訴我們了。而且你家的啞巴女兒也要送到美國讀書，還有……」

「誰說的？」阿桂問。

「我們工地一百多個兄弟都知道了。」

「應該嘛！不然我們怎麼會知道兄弟沒有受欺負，是不是？」

「對，有啦。這位格雷先生做人很好。」阿發說。

火土叫了一聲，然後狡猾地說：「喂，阿發，你是不是故意的？哈哈……哈……」

「他媽的，火土仔，虧你說得出，真他媽的……」阿發拿他們沒辦法，啼笑皆非地笑著罵火土。但是大家都笑起來。

「火土，你要的話就讓你好了。」阿桂玩笑地說。

「我？我哪有你們的福氣。你看嘛，我下巴尖尖的哪裡像？」大家又哈哈大笑起來。

為了工作的關係，工頭和火土算是慰問就走了。

「他媽的，碰到他們這一群，裝瘋裝癲的真拿他沒辦法。」阿發突然覺得腳痛。「呀！腳痛起來了。」

「叫護士來。」

「等一等。她剛剛才來過，不要太麻煩人家啦。」他看到小孩子望著蘋果就說：「要吃蘋果就拿吧，一個人一個。」小孩子很快地都拿到手。「也給你媽媽一個呀！」

「我，我不，我不。」但是阿吉已經把蘋果塞在阿桂的手裡了。「你也吃一個。」

「我現在腳痛不想吃！」

「叫護士來？」

「說過不用了，妳沒聽到！」阿發有點煩躁地說。

大家拿著蘋果放在手上把玩著，一方面也不知怎麼吃好。「吃啊！」阿發說。

「怎麼吃？」阿珠害羞地問。

「像電視上那樣嘛！」阿吉說完就咬一口做示範。

當大家還在看阿吉咬的時候，阿發又說。「一個蘋果的錢抵四斤米，你們還不懂得吃！」

經阿發這麼一說，小孩、阿桂都開始咬起蘋果來了。房子裡一點聲音都沒有，只聽到咬蘋果的清脆聲，帶著怯怕地一下一下此起彼落。咬到蘋果的人，一時也說不出什麼，總覺得沒有想像那麼甜美，酸酸澀澀，嚼起來泡泡的有點假假的感覺。但是一想到爸爸的話，說一只蘋果可以買四斤米，突然味道又變好了似的，大家咬第二口的時候，就變得起勁而又大口地嚼起來，噗喳噗喳的聲音馬上充塞了整個病房。原來不想吃的阿發，也禁不起誘惑說：

「阿珠，也給我一個。」

——選自《兒子的大玩偶》，聯合文學

● ——— ○ **筆記／酸甜之間　石曉楓**

〈蘋果的滋味〉發表於一九七二年，正值台灣退出聯合國之後，黃春明對中美關係與台灣的經濟前景，可謂充滿了疑慮。小說以一九六〇年代的台灣為背景，寫底層人物江阿發因為車禍，一家面臨可能陷入窘境的危機，然而因為肇事者是美國上校，因而陰錯陽差，得到意料之外的幫助。

這是一篇非常有畫面感的小說，各節書寫方式很像分場的劇本，例如車禍現場、醫院陳設、教室裡的代辦費事件、迷魂陣中的台灣巷弄描述等，甚至連妻子阿桂哭泣時的心理狀態、江阿發子女間的姊弟情深，也藉由特定場景裡的行為、動作來表現。同時，小說也刻意點出江阿發與格雷上校所代表的物質世界之差異，例如交通工具（腳踏車與轎車）、環境建築（迷魂陣與經過規畫的潔白醫院）、食物（飯包菜裡的鹹蛋與三明治、汽水）等的對比，藉此說明一九六〇年代台、美雙方的現實狀況。

在如此懸殊的背景裡，作者寫江阿發一家驟然見到「美麗新世界」的驚愕，他特別巧妙地以標題進行反諷：潔白的醫院被稱為「白宮」，兼具美國政府的暗示，也隱喻了美國的經濟優勢；「帶翅膀的天使」是修女護士；「信主的有福了」一節的「主」則既可指耶穌基督，也暗諷美國是台灣的主人。果然從此節開始，江阿發全家的境遇峰迴路轉，不但獲得為數頗多的賠償費，也得到將啞巴女兒送往美國讀書的機會。

黃春明對於小說中外事警察帶領洋人進出違章建築的自卑心理，以及其開導江阿發「運氣好」、「被美國車撞倒」的崇洋心態，有比較尖刻的嘲諷。至於寫底層百姓脫離經濟困窘的擔慮後，家庭氣氛變得融洽，江阿發無憂無慮的臉看來格外清秀、阿桂不再嘮叨的樣貌也變得溫柔等描述，則可以看出諷刺背後的悲涼與辛酸。小說定格於一家七口在醫院裡幸福咬著蘋果的畫面，然而昂貴的蘋果「總覺得沒有想像那麼甜美」，美國對台灣的經濟援助，果真是利多嗎？那「嚼起來泡泡的有點假假的感覺」，難道不是暗指米國藉美援經濟殖民台灣的機心？黃春明的反美情緒和主體焦慮，在這篇小說裡有相當具體的呈現。

黃春明，生於一九三五年，台灣宜蘭人。省立屏東師範學院畢業（今國立屏東教育大學）。著有小說《兒子的大玩偶》、《鑼》、《莎喲娜啦再見》、《小寡婦》、《我愛瑪莉》。散文《等待一朵花的名字》、《大便老師》。小說多次改編電影。近年投身、致力於兒童文學、撕畫藝術與兒童劇場。一九九四年創立「黃大魚兒童劇團」。二〇〇五年創辦《九彎十八拐》雙月刊。曾獲第二屆「國家文藝獎」（文學類）、第二十九屆「行政院文化獎」。聯合文學出版社並於二〇〇九年陸續推出「黃春明作品集」迄今共九冊。

彩妝血祭（節選）

——李昂

他們終於能到那事發之地去弔祭。

離那事件發生，已然近五十年。

他們選擇從午後開始進行一連串的活動。那近半個世紀前的黃昏，在首善之都臨河的馬路上，開始了那事件，往後高達數萬人的大屠殺，及長達近半個世紀的戒嚴與白色恐怖。

（二次世界大戰結束，台灣脫離五十年的日本統治，台灣人民歡欣慶祝回到祖國中國的懷抱。然而，來接收的祖國軍隊衣著襤褸、穿草鞋，與台灣人預期差距十分巨大。軍憲且軍紀敗壞、作威作福，甚且劫奪財物。）

他們將在午後於鄰近的一座公園聚集群眾，遊行過首善之都現已規畫入舊社區的幾條重要街道，在黃昏時分來到那事件發生之地。

時節仍是冬日，依氣象預報，雲雨帶籠罩在島嶼北部上空，滯留不去，是日整天陰雨，所幸雨勢不會太大，會是冬日慣有的綿細冬雨。

他們預估的不外幾百人，天雨陰寒又非假日，這些俱是緣由，但更重要的，他們都知道，即便有關當局同意家屬以弔祭為由進行活動，但在持連數十年的逮捕與入獄陰影下，參與遊行的，畢竟仍是那些常「走街頭」的人。

（來接收的祖國政府貪污腐化，中國來的大陸人假公濟私、壟斷權位，造成全台灣生產力大降、米糧短缺、物價暴漲、失業人口激增。

新來的祖國政府，以「征服者」姿態對待台灣人民，「光復」一年四個月後，終於爆發了「二二八事件」。）

他們終能公開集會弔祭那事件的受難者，雖然申請通過的只是一個家屬們追思聚會，畢竟是近五十年來第一個公開的儀式。

便有消息紛傳，是日公開的，還有從未曾出土的極珍貴資料。

而耳語祕密流傳，那係是一批死亡之像。

某一個至今不知是誰的受難者妻子，事件後偷偷運回死去丈夫的屍體，親自為他淨身著裝，料理後事，還盡可能修補好丈夫被刑求槍斃的臉面，用的，據說不外她閨閣常用的針線刀剪。

她還以相機，以各種角度各個細部，拍下死去的丈夫，包括被刑求殘破的臉面身軀，還有經她修補後的最後遺容。

這些照片，不僅被小心的珍藏下來，還經新近科技放大處理，且為數眾多，一經公開，可做為絕大多數一手資料俱被毀棄的那事件最好的佐證之一，及最真切的血淚控訴。

而傳聞紛紛：究竟是否真有這樣一批照片，是否真會在是日公開？

是日

他們在二月二十八日下午二時二十八分，聚集在近五十年前發生那事件不遠處的公園。他們有幾百人，男女老少都有，全穿著深色衣服。許多人手中捧著那事件被殺、或失蹤（意思是連屍體都不曾尋獲）的親人遺照。放大的黑白照片上大部分是男人，間雜也有女性，大都不老，中、青年一代。

然年歲不大的人像，在在透露著死去的訊息，他（她）們必然已是死人，從他們的穿著，那三〇年代特有的衣飾，男人豎領的白襯衫、領結、寬領西裝外套；女人的直身旗袍、開前襟素色洋毛衣，一式的平日衣著，但俱明說著他們死亡的遙遠年代。

他（她）們必然是死人，而且死去多時。

（新近死的人會有穿現今、或晚近衣飾的照片。）

他（她）們臉面上還有那樣明顯的「過去」神情，在那照相仍未十分普及的時代，除非明星、專業模特兒，少有人能在鏡頭前顯現自若的神情。

他（她）們便多半魯拙著一張臉，眼睛僵呆的直視，臉面賭氣似的臭硬著，一整群的出現在近五十年後，四周高樓環繞的市區小公園內。

他（她）們必然是死人，而且是死去多時的人，只有他（她）們才有老照片裡那般魯直笨拙的神情。然也正是這樣的神情，平添了無盡的冤屈氛圍。

那黑白昏濛頭像，多半為紀念生活中某一個時刻所拍，既無意有天會成為靈堂上的遺像，更不曾想要有一天作為一個重大歷史事件的見證。然這些冒著危險被家人、朋友珍藏下來的照片，既不曾有滿臉悲壯的烈士神情，也看不出滿面于思的算計之色，便十足顯示出他（她）們在那大屠殺中的無辜角色。他們原罪不至死，卻無端被牽連，付出生命做代價。

無盡悲慘的哀淒，便從一張張老照片生活化的老式的衣著、「過去」的人特有的神情中，極其清楚的傳遞，明確的陳述：屠殺確曾發生，而他（她）們是為無辜的受害者。

而面對這些尋常的死者遺像，都能渲染出如此巨大的哀淒與無言的控訴，小公園紛傳的耳語中，每個人都確實感覺到——

那批「死の寫真」，會造成怎樣的震撼。

耳語轉述「死の寫真」慘絕人寰的刑求與槍決在人體造成的恐怖傷害，每一道轉述中，都加上不同的臆測與細節，而至最後，那批「死の寫真」集結了所有可能的恐怖、驚悚、戰慄圖像，在現場凝肅的哀淒中，激盪嗜血的最深沉潛藏的恐懼與仇恨。

儀式在二點二十八分如時舉行，一排道士在新搭起的祭壇前誦經，這略高起的洗石子地原是公園兒童溜冰場，現在吊掛著各式輓聯，各種字體在白布條上墨汁淋漓的寫著「二二八冤魂」，暈開的筆劃像流出凝固後黑色的血，絲絲湧流。

如氣象預告，細雨霏霏下著，淋落到身上原還不甚有感覺，時間久後，也從髮梢間滴落。有人撐起傘，為著要保護捧在手中的照片不被淋溼。

那啜泣聲傳出後，便似再難以抑遏，哭聲與啜泣，隨著道士超度亡魂往生的誦念，接下來的教會儀式，整個下午此起彼落不曾稍歇。

（即使在此至深的哀淒中，仍有眼光不經意的穿梭在手捧的死者遺照中，探尋著要找那批「死の寫真」。何時會公開？果真會在今日公開嗎？在這近五十年後第一次公開的弔祭活動中？）

而代表教會致詞的是幾十年來與反對運動共同奮鬥的長老教會，曾任神學院院長的神職人員，莊肅的說道：

「創造宇宙萬物的上帝，主，祢當年容許國民黨政權遠道來到台灣，容許二二八這款不公不義的事件發生，是對我們的試探，試探我們是否有堅信的心承受苦難。

「今天，我們終能第一次公開弔祭這次事件的受難者，我要引《聖經》的話，因為你們於一切所受的逼迫患難中，仍舊存忍耐和信心，這正是上帝公義審判的明證。上帝既是公義的，就必將患難報應那加患難給你們的人，也必使你們這受患難的人，與我們同享平安。

「主，我祈求祢饒恕我們的罪，如我們饒恕得罪我們的人，因為在今天首次的公開弔祭活動中，我看見了一個新的天地，期許不再有死亡，也不再有眼淚哭泣、悲哀疼痛，因為，以前的事都已過去了。

「祈願天父上帝垂聽我們的禱告，並賜給我們社會、同胞真正的安寧與和諧。《聖經》上不是說：總要肢體彼此相顧，若一個肢體受苦，所有的肢體就一同受苦，若一個肢體得榮耀，所有的肢體就一同快樂……」

女作家未及聽完牧師所說，被叫到公園外停放的一部箱型車，那負責錄影帶製作導演用來裝載機器的車。後座擠著劇團成員正在試服裝、假髮，紛紛喧鬧著如同一場化裝舞會。

忙著指示如何搭配的化妝師看到女作家，又是那種無可無不可的不在乎方式笑了一下，但熱絡的說：

「妳是最後一個，我還要趕回去做個新娘定妝。」

「其實不化妝也無所謂嘛！」女作家抬手拭去眼角的淚。

「不行，導演說妳得做串場介紹。」年輕化妝師一聳肩。「我負責要把妳弄得美美的。沒有妝妳在鏡頭上看起來會像公園裡那些。」

女作家不解。

「唉啊！妳真呆，像那些照片裡的人物嘛！」年輕化妝師戲劇化的壓低聲音，「妳說，那會像什麼？」

一陣不祥，女作家感到脖頸手臂全起了雞皮疙瘩。

化妝師示意助手先為她上粉底，助手使用海綿，便少去手指在臉上廝磨的膚觸，那種沒來由的嫌惡，肌膚與肌膚肉質還會帶體熱的接觸，奇特的被侵犯感覺。

（那臉面竟如此私密排外？然同樣也是質地略粗的海綿，何以只如異物掠過，不至留下不舒服的排斥？）

上好粉底，女作家感到厚厚一層全在臉上，來接手的化妝師笑著解釋：

「沒關係，這是職業用的粉底，這樣才有很好的遮光性。」

然後很快熟練的畫好眉眼，腮紅口紅一應俱全。

女作家看著鏡中的臉，這回真正覺得十分陌生。在走進公園後，還是拿出面紙將鮮紅色的口紅拭去一些。那口紅的附著性顯然很好，且層層相依，擦去外面光鮮亮麗滋潤的一層，表面顏色依舊，只是沉黯許多。

女作家來回拭擦，才看出口紅顏色掉落，但整個口唇髒髒的，像剛吸吮過血後，唇上沾著枯乾的血漬。

而公園內人群紛紛聚在一起，遊行隊伍即將出發，環繞事發之地的此次遊行，將在黃昏時分進入老社區的主街，並從那棟老式透天厝前經過。

王媽媽站在二樓窗口，看完整個遊行隊伍在門口通過後，才緩緩轉過身來。

經過一整天十分合作的進食、休息、打點滴、被攙扶著稍走動，她看起來略有氣色，也能依著一枝枴杖走路。那幾個多日來一直伴隨她的女人，在王媽媽堅持下，加入遊行活動，只餘下一人守在樓下，以便不時之需。

王媽媽以同意二二八放完水燈後，讓殯儀館的人抬回靈柩，換得在這最後的一個晚上，能在小樓上獨處。

寒冬又下著雨，五點不到，天已昏昏的暗下來。王媽媽拄著枴杖，從窗口走向擺於屋子中央的棺木。兩行淚水，從乾竭的眼睛中滲出，然陷入臉頰上縱橫的皺紋內，立即不見蹤影，只留下水溼幽微的極細閃光。

對著棺木併攏雙腿跪下，王媽媽雙手合掌胸前，眼睛凝神注視棺木，聚集所有的意志力，朝著張口出聲誦念，仍只有那六個字：

「南無阿彌陀佛」。

南無阿彌陀佛，那快速一再重複的六個字，簡單但清確，聲音聯結後好似成為一道道聲波，真能穿越堅實的銅棺，遊走入木棺隙縫，隨著念者無以倫比的巨大意志力，迴向躺於棺內的死者。

南無阿彌陀佛……

加護病房裡，她也只有一再誦念這六個字，這是她唯一知曉與宗教相關的語彙，南無阿彌陀佛，她成長的環境裡自然得知的詞語：南無阿彌陀佛。

兒子卻一直沒有醒過來，兩個星期以來，透過維生系統的支持，兒子並不特別顯得病耗憔悴，只是臉頰血色全無顏色一片灰青，那俊秀的臉面，還不時隨身體的痙攣抽動。

他一定在極大的痛苦中，就算他沒有清楚的意識感受痛苦，整個身體也一定在極大的不安中。他彎長的眉毛緊皺到額頭整個扭結起來，睫毛密實彎長的雙眼如此緊閉，好似無論如何都不願再睜開眼睛。

他並非在與疾病死亡奮戰，他是在消蝕自己的生命力，費盡全力逃避著要睜開眼睛醒過來。

他還一定懼怕著什麼，他血色全無的小巧唇瓣不斷開闔著，在呼叫著什麼，只是那聲音從來不曾穿越唇隙，傳遞出來。他露出毯子外的手臂，間歇性的雙手用力握拳，到削瘦的臂膀青筋迸現。雙腿則痙攣性的抽動，有節奏的好似盡全力要往前跨步，但又無從奔逃。

……南無阿彌陀佛……王媽媽再誦念……南無阿彌陀佛……

也曾在睡夢中如此痙攣性的全身抽動，那一年，只有國三吧！兒子好似週期性的會在睡夢中呼喊慘聲厲叫。狹小的租來空間裡，他們只能睡在白天擺張桌子便成書桌、餐桌的榻榻米上。她一掀起隔在兩人之間的布帘，立即看到兒子這般扭動著身體，特別是下肢體，盡全力的要奔逃，但又全然無從跨步。

她喚醒他，兒子在乍醒後驚懼的緊摟住她的身體，常掐得她手臂一塊塊青紫，但俟他全醒過來，兒子便會裝作沒事，還反過來安慰她。

他一定害怕著什麼，卻從不肯說，為著不要母親擔心。而做母親的以為她知道他究竟害怕著什麼，只是無能為力。

那陣子來「管理」他們的是一個很體面的軍人出身情治人員，如若不是中年肥胖，應該不失是個英俊的男人。他還相當得體，從來不似他的前任們，滿口威嚇，動輒要將他們抓去關、槍斃，逼他們要坦白海外又密傳進什麼消息，支使在哪裡動亂。

只他毫無需要的每天都來，一定在夜間，吃過晚飯不多久，傳來他站在門外有禮貌的敲門聲。

而為了方便客人來做衣服，他們的門非到夜深不會關。

一開始，做母親的以為貪戀的是她的美色，過往不是沒碰到乘機要在她身上占便宜的情治人員，他們涎著臉對她說：

「睡一下嘛，給老子睡一下嘛，妳們這種女人，沒人敢碰，癢得晚上睡不著吧！」

看她不動聲色，只在裁製衣服的桌前緊握著剪刀比劃，有的便破口大罵：

「肏妳媽的屄，妳們這種女人，本來該將功贖罪，送到八三么去賣屄。肏妳娘，亡國奴，妳還以為妳是什麼？」

與兒子間早培養了默契，聰慧的兒子便會做成像個成年男人，敬菸、張羅茶水套交情，四處走動，充分的凸顯屋內仍有第三者、他人存在，好遏止進一步的動作。

然眼前這個每晚登門的中年男人，不僅不曾動手動腳，甚且不會出言戲弄（他要什麼？）。從小便懂得不讓美麗的母親落單的兒子，現在夜裡幾乎寸步不離母親。三人在小小的屋內，母親踩著縫紉機趕客人訂做的衣服，兒子做家庭作業、溫書，而那中年軍人，自顧坐在一旁，漲紅著血絲的雙眼圓睜，一根接一根不停的抽著菸。

以著女人的直覺，做母親的不多久即會意那軍人夜夜困守在此，圖的並非她的美色。

可是他要什麼？

南無阿彌陀佛……南無阿彌陀佛……王媽媽持續誦念。自加護病房那夜，她記起了那中年軍人形樣，那一張臉，便無時不出現她眼前。南無阿彌陀佛……南無阿彌陀佛……

他們如時在黃昏時分到抵那近五十年前發生事件的所在。

（一九四七年二月二十七日傍晚，專賣局台北分局緝私員傅學通等大人，在台北市太平町一帶查緝私菸。於天馬茶房前取締一名賣菸的中年寡婦林江邁時，卻沒收林婦的香菸及身上的金錢，林婦告以生活困難，苦苦哀求。查緝員不允其請，反而以槍管敲破女菸販頭部，而致出血暈倒。圍觀的路人群情激憤，群向查緝員攻擊，查緝員一邊奔逃，一邊開槍，不幸擊中一名旁觀民眾陳文溪，當場斃命。民眾更加憤怒，包圍警察局和憲兵隊。要求交出肇禍的人犯正法，不得結果。）

遊行隊伍從近五十年前出事地點通過時，速度緩慢了下來，每個人都轉過頭來觀看，但少有人駐足停留。

女作家則在一陣錯愕中停下腳步。

那負責錄影帶製作的導演顯然是布萊希特，著名的「史詩劇場」的追求者（他曾在德國戲劇學校進修）。依據追蹤調查出來昔日的「天馬茶房」，於今只是長排街屋中一棟老式樓房，全無「茶房」遺跡，導演也不曾將它裝置回舊日形樣。只在臨街馬路上，安置一個跌坐在地上、手腳踢擺的女人。

明顯可見二十來歲的年輕女子，穿著一身要印證「昔時」的衣服，符合一般想像的斜襟細腰與未及腳踝的寬腳褲，布料是十足誇張的紅花綠葉棉布，過往鄉間用來做被套的那類花色。女人頭上還戴著一頂斗笠，腳上原該穿著一雙日式的高底木屐，但其中一只被踢得老遠，歪倒一旁。

她手中抱著幾盒香菸。

（賣菸的中年寡婦林江邁？）

為了要顯示年齡，二十來歲的女子臉上，被畫上了不少黑色直條的皺紋：額上數得出來的三條抬頭紋，眼角呈放射狀的魚尾紋，還有嘴角兩道法令紋。更為了要凸顯她是女性的彩妝，臉頰上被畫了兩團圓形的紅胭脂，那時代著名的「日本國旗」式的腮紅。

她還一定已經被打，囚著她的額頭被潑上看來是要代表血跡的紅色汁液，但明顯看來像番茄汁。

（大陸人查緝員以槍管敲破女菸販頭部？）

而倒在路旁的女人，像一隻被翻倒、背殼觸地的烏龜——屁股著地、雙手雙腳不斷划動，機械似的重複掙扎的動作。她塗著兩團「日本國旗」的臉面，則隨著嘴大開大闔，誇張的在顯現驚恐的神情。

而遊行隊伍從她面前走過，注意到她，但不曾停下腳步，只行進速度緩慢了下來。

「就是在這裡，就是在這裡！」人群中不斷有人出聲。

（翌日上午，群眾赴專賣局抗議，衝入台北分局內將分局長及職員三人毆傷。下午，民眾集結於行政長官公署前廣場示威，要求改革政治，不料，公署屋頂上的憲兵用機槍向群眾掃射，死傷數十人。至此，事態一發不可收拾，全市譁然。商店關門、工廠停工、學生罷課、市民萬餘人已捲入洪流，警備總司令部宣布戒嚴。由於民眾占領廣播電台，向全台廣播，三月一日起，事件迅速波及全島，全省各大城市及許多鄉鎮皆發生騷動，憤怒不平的民眾攻打官署警局，毆打大陸人，以洩一年多來對新來政府的怨懣。軍憲員警則開槍鎮壓。）

「就在這裡，就在這裡。」

那姿態誇張、像隻烏龜翻倒腆肚四肢划動的年輕女演員，正對著遊行隊伍，不斷機械化重複明顯裝出來的驚恐與掙扎。她一身「仿古」裝扮，仿得如此盡心盡力，將想像中（畢竟間隔時間不算太長，仍有記憶充填想像），屬於那時代的一樣無缺的全加在她身上：

斜襟布扣細腰短襖（俗稱的大 裪衫）

寬腳褲（俗稱的台灣褲）

斗笠

日式高底棕面木屐

「日本國旗」圓團腮紅

然她絕非林江邁。

近五十年後，一列遊行隊伍走經當年事發之地（從她身前走過），每個人心中都有著一個林江邁，那站在事件起端的販菸婦人。每個人心中的林江邁或略有不同，但大抵不脫灰衣素服、瘦弱窮困、為生活壓迫一臉凝思的中年婦人，臉面上布滿被侵占的台灣人的悲情。

每個人心中也都有近五十年前那黃昏、販菸婦人林江邁，為來自中國的大陸人查緝員用槍管敲破頭部的形樣：

她的額頭迸出激越的鮮紅血液。

（絕非番茄汁。）

她被擊後不支的委頓倒地，出血暈倒。

（絕非一隻被翻倒的烏龜般的坦腹跌坐在地，踢腿划手的掙扎。）

（數天來，全島各大城市的騷動仍未止息，各大城鎮的青年、學生、退伍軍人等組成的臨時隊伍，試圖控制軍警單位的武器彈藥，因此衝突迭起。但大部分多為臨時動念的烏合之眾。八日晚，由中國中央派來的劉雨鄉所率的陸軍第二十一師，在基隆和高雄登陸，從南北兩向展開大規模的鎮壓並屠殺。在長達一週的鎮壓與屠殺中，當局雖捕殺許多直接參與暴動的分子，但許多未曾參與任何暴動的社會領導精英，也在被殺之列。

三月二十日，長官公署更開始在全省各地展開「清鄉」工作，進行更徹底的整肅與屠殺，各地仍有許多人陸續牽連被捕。

二二八事件前後死亡人數多少？至今仍不明確，有數千人到十幾萬人之不同說法。但波及下獄人數，一般咸信達數十萬人。）

「就在這裡，就在這裡！」

那二十來歲飾演林江邁的女演員，以著全然不會被認同作林江邁的裝扮與動作，跌坐在近五十年前發生事件的「那」地點，由著她鮮明的異色造型，成為了不會被忽略的指標。

然行經的遊行隊伍在錯愕中不斷有人自問：

「那賣菸婦人怎麼會是這樣的？」

不像林江邁的女演員也無從回覆自己，她臉上的彩妝與一身仿古作舊衣著，便既非昔時也並不是現在的跨馳在時間的洪流中。而她的非昔非今，她的誇張特異，反倒在歷史的切口處找到安身之處──

在那已非往時的「天馬茶房」，在明知近五十年已然過去，當年的林江邁不可能重現，只有這女演員明顯仿古作舊的林江邁，誇張不實的跌坐在「那」地點兀自掙扎。

駐足停留的女作家注視著女演員「日本國旗」彩妝，看到另一張搖移的在做比對、修正、補足的林江邁臉面。

遊行隊伍繼續前行，街頭劇依次還要開展。查緝員在擊昏林江邁後，受到群情激憤的圍觀人群攻擊，慌忙向前奔逃，一面開槍。

不幸被擊中的旁觀民眾陳文溪，將要出場，他會一再的重複被擊斃命。

再要往前，行政長官公署屋頂上的憲兵，會用機槍向群眾掃射，造成數十人死傷。

屋頂上的憲兵們會穿著如目前的鎮暴警察，他們手持幾可亂真的玩具手槍，槍口噴出的是一條條細長的紅布彩帶，像蛇群紛紛昂揚吐出的火紅烈焰，便詭異的飄揚在陰黯下來的早夜。

（而遊行隊伍裡，沒有人刻意思及劇團的表演將到此全部結束，在窺視的眼眸裡，仍存在著那「死の寫真」無盡可能的化身。

哪裡還有比販菸婦人林江邁被以槍管擊打出血暈倒的「那地點」，更適合出現這集所有人驚悚、恐懼的「死の寫真」？窺視的眼眸裡，預先看到整個「天馬茶房」的立面，排滿遭最極致凌虐，寸寸剜割的傷口張開的淒慘無言的嘴；被打出吊掛在眼眶的眼球，也正回視走經的長排遊行隊伍。

也還可能沒完呢！在不幸被槍擊斃命的旁觀民眾陳文溪死亡的「那地點」，黑白照片癱著手腳骨節被寸寸打斷的屍身，以歪扭的怪異姿勢，那人體結構不可能的扭結方式，癱在「死の寫真」裡。

或者，還有下個地方呢！走過槍擊處，一轉過街口，轉角處立即迎面而來一長排十幾處槍傷，每一處傷口都在巨幅黑白照片上，以不同圖像、盡情渲染不乾淨、不成形的血肉肢骨。黑白照片少去血的顏色，傷口與血混雜成不易相互辨識的深色雜跡，便沒完沒了的一整街一整路的延染下去。

哪裡還有比這事發之地更好公開那批「死の寫真」的地點？

而近五十年後穿行過的遊行隊伍，窺視的眼眸重疊著「死の寫真」傳說與想像中最極致的驚悚與恐懼。

那事件至今未完！）

距近五十年前事發之地不過百來公尺的那老式透天樓房，二樓亮堂堂的開了所有的日光燈，一屋子慘厲白光下，王媽媽困難的扶住冰冷的銅棺，危顫顫的蠕動身體，幾經使力後終於站了起來。

窗外傳來低迴的歌曲，遊行隊伍顯然已到抵淡水河岸水門，那當年大屠殺的所在。透過麥克風的說話聲，〈黃昏的故鄉〉，在市囂與風聲中不穩定的時大時小飄搖過來：

叫著我　叫著我
黃昏的故鄉不時在叫我
叫我這個
苦命的身軀

略站一會，王媽媽走向棺材後方拜的一碗「腳尾飯」所在，顫抖著手點燃三支線香，雙手緊握轉身向臨街窗口，極其虔敬的朝窗外的天遙遙祭拜，再迴身拜過棺木，才將線香插在「腳尾飯」的白飯上。

然後，她走近前去，出盡全力，幾回嘗試後，終將銅棺棺蓋掀起。

棺內白煙迷繞，不斷添加的乾冰生成的煙霧並不曾大量向上揚升，仍糾纏依附在第二層木棺木板上。王媽媽雙手合掌口中默念，才伸手向薄木板棺蓋，這回，很容易的將棺蓋移向一旁。

濛濛白煙縈繞，平躺的兒子一如五天前在殯儀館時的裝扮，寶藍色西裝、白襯衫、紅領帶。經殯儀館上過妝的臉上，十分安靜，一種放鬆的、甚且是舒弛的神色，好似他終能將頭好好的枕著棺材板，將全身重量無礙的放在那躺著的小小木棺內，並決定不再睜開眼睛或揚起嘴角微笑。

王媽媽彎下腰，費力的打開移置到身旁的一隻手提化妝箱，剛掀起棺蓋用去她幾近乎所有的力氣，此刻雙手仍遏止不住的抖顫。所幸化妝箱箱門一開，一格格彩盤即自動移出，盤上數十格各式口紅、腮紅、眼影一應俱全，有的顏色甚且還全然未曾動用。

王媽媽從化妝箱底拿出一瓶礦泉噴霧水，朝躺在木棺裡的兒子臉面，仔仔細細的噴滿一圈。再取出卸妝的白色乳液擠在手指頭上，在兒子的額、雙頰、下巴四處勻勻的點上，以雙手輕輕按揉。

觸手肌膚不僅森冷陰寒，還彈性盡失。那乾冰顯然冷度不夠，不足使屍體凍硬，只能冷藏，便感到面部軟軟肌理，在手的撫摸下微微陷落，久久不見回復，而手指則恍若被下陷的臉皮吸附去，沾黏不得鬆放，陷牢其中。

厚敷上的粉底已然乾硬，經此碰撞，便出現細細龜裂，一張粉臉上霎時縱橫盤繞細小裂紋，王媽媽再噴上更多的水霧，水滲入隙縫，被柔溶了的粉塊，能輕易的片片塊塊從臉面皮膚上揭起來，像剛新揭起一整張臉、一張破碎的臉。

少去那層粉紅色澤的粉底，兒子的臉面霎時瘦陷一整圈，灰死的青白中還已然泛黑，崢嶸的浮著怒容，冤屈不平。所幸唇上仍留著原上的深色口紅，雖看來十分妖異，但至少是一點人的色澤。

王媽媽略一遲疑，不曾卸去唇上口紅，端詳著兒子屍灰冤鬱的臉，安撫的低聲說：

「你放心，以後不免假了。」

然後王媽媽拿出化妝水、乳液，一道道、慢慢的逐一輕柔的拍上兒子臉面，好似生怕吵醒他似的。

俟化妝水、乳液乾後，王媽媽拿出一瓶粉底霜。以海綿沾上，小範圍、小範圍極其細緻的敷塗。然即便是水粉，也較以為的不容易上，那肌膚已處於一種絕然鬆弛、放棄的狀態，甚且無從將粉吸附。

往往海綿擦過，只留下一小薄層，其餘的仍隨海綿帶走。原還以為海綿上沾的粉不夠，再加量，那平攤下來的臉面，仍任由少許的粉，不勻的浮浮一層游在上面，像腐敗的屍肉上開始長出白點霉斑。

只有海綿，沾了大量的粉底霜，溼溼的飽滿欲滴，侵吞吸附去過多的生息似的。

王媽媽愛憐的搖搖頭，低聲的、喃喃的說：

「懷你的時候，有一陣，臉上粉也全上不去呢！全浮在面皮上。」

放下海綿，王媽媽以手指沾粉底霜，厚厚實實的將稠濃粉底，以指尖一點一點、一滴一滴的輕按上臉面。

好不容易，那粉底在上了極厚一層後，發揮了遮蓋的效果，原來的青黑不見，成為一種女子細緻的牙白。王媽媽用的是日本化妝品公司新研發出來的夏日美白系列。

效果略差的只有下巴處，從沒留意，兒子也長著連粉都遮不去的黑色鬚腳。王媽媽原想用剃刀剃除，但總要動到刀片，不僅不吉利還怕刮傷。王媽媽最後拿出一盒蓋斑膏，用棉花棒沾染，遂在鬍茬處，將原有細碎的黑點遮去。

掙扎著要挺起身子稍略休息，長時彎著的上身傳來一陣撕裂的巨痛，王媽媽身體一傾順勢倒下來。她必須節省任何一點力氣，新上的粉也需要時間才會乾。那乾冰一直在噴出溼露，帶來陣陣水氣。

究竟是那中年肥壯、軍人出身的情治人員走後，兒子才經常於睡夢中驚聲呼叫著醒過來，還是，於他每天到家中守候時，兒子便如此？

王媽媽朝自己搖搖頭。

他哪個時候得手、怎樣得手？自加護病房中會意到此事後，這問題便鎮日盤踞在腦中。能怨怪的只有做母親的竟全然不曾往此推想，雖說其時周遭從不曾聽聞此類事情，才無從設想，但最主要、最不該的，是一直自恃自己的美色，以為貪戀的是自己，才始終不願看清，延誤了時機。

（這一張臉，果真是禍害啊！）

王媽媽伸手撕扯自己的臉面，意識中仍存留的是過往人人稱羨的凝白肌膚，然觸手是粗凸皺紋與滿抓一把鬆弛的皮，王媽媽悚然驚醒。

蠕動身體雙手併力，王媽媽坐了起來，從化妝箱拿出一隻粉撲，沾滿蜜粉。原該在兒子臉面打好的粉底上拍蜜粉，妝才能固定，但又擔心好不容易才上的粉底，一俟粉撲按下，又會隨粉撲整片帶起，這回說不定連已鬆垮的整張面皮都連著掀起。略遲疑，王媽媽還是另拿起一支眉筆。

卸去殯儀館畫的兩道濃眉，兒子的眉本來不粗，王媽媽順當的描畫出兩道彎長柳眉，嫵媚的直斜插入鬢間。接下來在閉上的雙眼上畫眼線，原不困難。王媽媽用的是黑色的眼線液，手一直抖顫，無從一筆畫到底，但仍力持要畫得勻稱。眼影選用紫紅配淡金，那一雙深陷的雙眼皮大眼睛，便色澤繽紛了起來。

（原該張開眼睛，才能看眼線是否被雙眼皮吃去，矯正該畫高些、或貼近眼瞼周遭弧度。）

「張開眼睛往前看，才知道眼線有沒有被雙眼皮吃去呢！」

王媽媽對著棺內的兒子，絮絮的說。

口紅就容易了。王媽媽拿出唇筆，就著兒子原塗了口紅的唇，先描好形樣。兒子的唇小而薄，王媽媽盡量的將唇線畫出唇外許多，再填上口紅後，便成一雙豐質肉感的紅唇。

兒子聽到開門聲，從鏡中轉過臉來時，手中也正拿著一隻口紅，只他的唇才畫好一半，口紅也是遠遠的塗到上唇外，如繼續畫好下唇，會是一雙豐厚肉感的唇，顏色還是嬌豔欲滴的鮮紅。

那夜原本到南部聲援廢除戒嚴後最終一條惡法：刪除刑法一百條。演講會通常十一、二點結束，本不打算當日回來，也打過電話告訴兒子明日才返家。

適巧有人要開車連夜北上，王媽媽想高速公路晚上較不易塞車，搭便車回台北已近凌晨三點。習慣性的要看看兒子，這是三十多年來的習慣。自他出生，不論外出到哪裡、做什麼，回到家不管時間早晚，第一件事，便是確定兒子還在。總害怕兒子一不在眼前，即可能就此不見，眼見心安，至少是種保障。

輕易的打開兒子未上鎖的門，一屋子柔媚的粉紅色燈光下，轉過來兒子畫滿脂粉的臉，手上還拿著一隻口紅，只塗好上唇。

他上的是極白的粉，而且只擦在臉上，脖子、裸露的前胸相較下一片焦黃。在這面具般的白臉上，已描好一雙彎長柳眉，用了濃重的紫紅與金色眼影，眼線畫得十分誇張不準確，描在眼眶外，撐得雙眼皮的眼睛好似時時大睜，永遠在表示驚訝似的。

頰上暈不開的腮紅是鮮豔的桃紅色，全集中向顴骨成兩大團圓點，像早期鄉間婦女剛開始化妝易畫的「日本國旗」式腮紅。

而只畫好上唇的口紅，往外塗的功夫顯然極差，參差不齊的突出上唇外。少了未塗口紅的下唇，便有如張著嘴，一直在找尋另一半口唇，方能說出未盡的話語、傳不出的聲音。

王媽媽以唇筆將唇線盡可能往外畫，描出一雙豐厚的小嘴，再以唇刷沾上鮮紅的唇膏，滿滿塗上。原殯儀館上的深色口紅仍在，要再覆上一層相當容易，不一會，一雙肉質豔豔的紅唇，便閃著新添的鮮紅螢亮色彩，潤澤生輝。

「我知道，你要的就是這款嘴。」王媽媽顯得滿意的說：「誰人看了都想親一口。」

兒子的鼻梁本來就高，無需在鼻翼加上陰影，也免得太高的鼻會破壞小心要塑造出的臉面柔和感。王媽媽接著拿出桃紅色的腮紅，就著臉頰側端，輕刷上一層，薄紅的紅潤，那臉面霎時間有了氣色。

「你那『日本國旗』型的腮紅，實在歹看，還要那樣畫嗎？」

王媽媽充滿商討的語氣說。

稍略端詳，王媽媽還是在顴骨上補上更多的桃紅色，但盡量讓兩頰兩團紅色，次第暈開。

「這樣就好了啦！」

乾冰釋出的氤氳白色煙霧，低低的迴繞在銅質棺木裡遊走，木棺裡躺的屍身著一套寶藍色西裝、白襯衫紅領帶一應俱全，還留著西裝頭，但臉面是畫成五彩繽紛的全然女人的臉。

怪特詭異不協調中，便有若頭頂、臉、身體是一段段不同的人體銜接起來，相互錯置的扞格中，那臉恍若只剩下一張彩妝人皮，虛虛的浮在縈繞的白色煙霧中，兀自傾國傾城的鬼魅般的妖媚炫麗。

而王媽媽痴迷的凝視，喃喃的說：

「我那不曾注意你的臉化上妝，與我這款相同呢！好親像是我躺在裡面，你就是我呢！」

是怎樣從兒子的房間退出，王媽媽全無記憶，只一再懸念兒子彩妝的臉何以如此似曾相識，一定在哪裡見過。而她還記得將門好好帶上，清楚的聽到門鎖卡一聲，吃進木質門框內的聲音。

夏末的深夜，竟然已略有寒意，王媽媽在街上走到天光日出，整個都市轟轟的動了起來，仍沿著一條條街，一直走下去。

她就此不曾回家。

接下來大半年，兒子尋找她，試圖見她，王媽媽則連電話都不接。之後便總有傳聞，有人在深夜的新公園，看到形似兒子的男人，依偎在中、老年肥壯的男人身上；在隱匿的、似俱樂部方式存在的酒吧內，看到醉倒的兒子摟著高壯的中、老年男人。

在那追逐年輕身體的圈子，俊美的醫生專揀中、老年男人，是為異數且如此公然無有遮攔，很快便使他名聲遠播。

然而傳聞中人人都說：

「很像而已，絕不可能是王媽媽的兒子。」

王媽媽的兒子是悲情的五〇年代白色恐怖遺腹子，是王家要重振家聲、光耀門楣的希望。（那正嶄露頭角的內科醫生，也不可能如此自毀前程。）

傳聞紛紛，卻沒有任何人膽敢同王媽媽當面說及。那反對陣營代表勇敢、堅持、無私的王媽媽，哪裡有她就有愛、寬容、支持與撫慰的王媽媽。（怎能與此不名譽的事相關聯？）

而那半年裡，王媽媽真是不要命的投入海外黑名單潛回台灣落籍的抗爭。她甚且陪同幾個由祕密管道回台的黑名單人士，一整個月以打游擊的方式在鬧區街頭露宿，一被警力驅趕，則遷至他處，抗議布條四處張掛，海灘傘一張，風雨無阻繼續露宿街頭。

幾乎所有的人都同意，沒有王媽媽，年過六十好幾的王媽媽，整個月不定點的睡街頭，在各式抗爭紛起的其時，這場黑名單落籍之爭，不會吸引如此多關注而至有關當局同意研擬新的海外戶籍政策。

王媽媽卻也在這場抗爭中失去健康。她最後離開現場是昏迷中由救護車送進急診室，並在病房中躺了大半個月。

出院後不多久，王媽媽即再次進醫院，加護病房裡躺著的是大半年不曾見過面的兒子，明顯消瘦許多的身軀不時痙攣蠕動，緊閉到額上起了深深皺紋的雙眼，就再不曾睜開過。

床頭病名標幟上寫的是：

猛爆性肝炎。

醫生護士那般如臨大敵的警戒的小心翼翼，所有人都明白另有隱情，做母親的也了然於心。只是誰都不曾說破。

在加護病房兩個星期，甚且到臨終最後一刻，兒子始終都沒有再醒過來。做母親的見到兒子的最後一面，便是深夜開啟的門後，一屋子粉紅色迷醉燈光下，轉過來兒子塗滿脂粉的臉面，手上還拿著一隻口紅、只畫好上唇。

那門在悔恨的母親心中，無止無盡的重複開啟。那扇門不斷的被打開後，她看清了所有的一切，連最微小的細節都不曾漏失。

她看到他面前的矮几上，有一頂黑色假髮，大鬈大鬈的長髮，一股股蛇般的自几上彎扭的垂落，好似搖搖晃晃的在遊走。她還看到他的身上，穿著一件粉紅色的露肩高腰睡衣（或禮服？）俗麗閃光的人造緞面，鑲飾著耀亮的假珠寶，敞開裸露的領口有一圈同樣染成粉紅色的雞毛（或塑膠刷出的假毛？），蓬蓬鬆鬆的圍著畢竟是男人粗大凸顯的胸骨與喉結。

淚水湧上模糊了王媽媽雙眼，她慌忙以手拭去。是不是有一種說法，親長的淚滴在棺木中的死者身上，會使他浸身血池，永不得超生？

王媽媽以雙手撫住銅棺邊緣，支撐著要直起彎了大半天的腰，一陣巨痛撕扯般從脊背傳來。王媽媽放棄站起身，將身子匍匐在地，朝廳後面的房間爬去。

仍是三十幾年前的新房，只不過一切俱已殘舊。雕花紅眠床顏色褪暗，一組當年想必最時新的沙發椅面崩壞、露出一圈圈彈簧，衣櫃面貼的昂貴的木質圖案浮揭起，有許多地方並已掉落。然在這殘舊的屋內，不知怎的仍存有一種旖旎風情，徘徊在明顯看得出是當年新嫁娘陪嫁的家具中。

王媽媽爬進屋內角落一口樟木箱，費力的打開箱蓋，一滿箱衣服，最上層是一件粉紅色的日式浴衣（ゆかた，俗稱**Yukada**），那浴衣材質是真絲，老舊了的絲質粉紅色不再輕柔，粉紅也幾褪盡，成一種沉舊的屍白。

王媽媽極其小心捧起浴衣，下面是一件摺疊得極為平整的老式男人西裝上身，西裝裡還套著變黃的白襯衫，領口端整的繫著一隻花領結。

王媽媽將手輕放西裝上，好似一使力那衣裝便將化為灰燼。

闔好樟木箱王媽媽抖開浴衣，那勉強仍稱得上粉紅色的長浴衣下端畫有一圈羽鶴，一隻接一隻展翅飛翔或回身啄翅，畫工高超線條栩栩如生，只顏色沉黯後，再栩栩如生的鶴，也老死在枯紅的布面上。

王媽媽將衣服擁入懷中，臉面貼著冷涼的真絲，有一會後，才將衣服披在肩膀處，爬回前廳棺木邊。

「這是お母樣成親那晚穿的ゆかた……你們現在說叫睡衣。就穿那麼一晚……實在說，一晚都沒穿完，天未光，你お父樣被帶走，就換下來了……」

王媽媽絮絮的同兒子說，一面將浴衣敞開，一隻袖子套入兒子放於身邊的右手臂。那身體已然僵硬，所幸日式浴衣袖子極為寬大，肩膀接處還留下另個開口，王媽媽沒什麼困難的套進手臂，再將衣服一點一寸從兒子平躺的身下塞過去。

兒子穿的是生前常穿的西裝，看不出胖瘦，俟手一觸摸，才感到兒子平躺的身軀下留著很大的間隙，那薄絲柔滑的順利穿過。

「怎麼瘦得這樣子呢！」王媽媽喃喃的朝兒子抱怨。

匍匐爬到棺木另一邊，王媽媽沒什麼困難的將浴衣從兒子身體下抽出。困難的是要套入已僵直的左手，一再嘗試不成功後，只有從化妝箱取出薄刀片，將肩袖縫合之處略拆開一些，由此開口套進兒子左手臂。

將整件浴衣拉好、衣襟拉齊，再縫好拆開之處，繫好衣帶，長浴衣便能遮蓋到兒子膝下，只露出一截寶藍色的西裝褲與皮鞋，而領口處的斜襟內，則露出打著紅領帶的白襯衫。

「你放心的穿去吧！這件ゆかた很輕，穿著一點不累贅，放心的穿去吧！」王媽媽坐在棺材邊，看著棺內留著西裝頭、一臉彩妝，西裝外罩著粉紅色的浴衣的兒子，安靜的端詳，眼中有著無盡的慈愛。

窗外隨著風勢，不時傳來河畔演講會場麥克風擴散的講演與歌聲。〈黃昏的故鄉〉作為前後演講者中間的間奏——仍不時搖移過來開頭幾句歌聲：

叫著我　叫著我
黃昏的故鄉不時在叫我
叫我這個
苦命的身軀

王媽媽微微笑著凝視著兒子，那倦累隨著放鬆下來的心神蒙蒙的罩上，王媽媽閉上眼睛，也不知過多久，恍惚只是剎那，王媽媽猛地警醒過來，悚然張開眼睛。

「那會忘掉了呢！」

打開化妝箱第二層，裡面是一頂黑色假髮。

「不是你喜歡的長髮，但同樣是鬈髮，有總比沒好，你說是不？」

將假髮為兒子戴好，一頭短鬈髮遮去原來的西裝頭，原怪異的不倫不類不再，臉上紅紅白白的彩妝霎時有了歸屬，各就各位的找到了依附。

然兒子看來就此真正的陌生。

「敢還是你？」王媽媽遲疑的問：「你還在嗎？」

乾冰氤氳煙霧絲絲飄移，淺淺的在棺內游走，王媽媽低頭臨近的凝視，深深的回想那鬈髮遮去的原西裝頭、彩妝遮去的原來臉面、襯衫領遮去的喉結、紅色浴衣遮蓋下的穿西裝長褲身體形樣，而後滿意的微微露出笑容。

時間過去，窗外斷續傳來的演講不再，飄來誦經聲，樓下守候的中年女人揚高聲音在問：

「王媽媽，就快放水燈了，妳準備好了嗎？」

「再等一下。」

王媽媽伸出手，輕輕的撫遍兒子全身，無盡慈愛的朝著說：

「放心的去吧！不免再假了，你好好的去吧！從此不免再假了！」

蓋好薄木棺材板，王媽媽拿起置於身旁的鐵鎚與鐵釘，對準棺木邊緣，重重的一鎚敲擊下去。

聲響引來雜沓奔跑上樓的腳步聲，王媽媽甚且不曾抬頭，繼續一鎚鎚的敲打下去，一面仍輕聲的一再說：

「……從此不免再假了，放心的去吧……」

由於不熟悉，鐵鎚敲落處，不一定擊中小小的一根鐵釘，不少次打到的是扶著鐵釘的指頭。

王媽媽全無感覺似的，繼續一鎚鎚、一根根鐵釘的接連敲打下去。不一會，鮮紅色的血，從指尖滲出，滴滴點點落在木質棺蓋上。

是夜

電視不斷插播黃昏時分延燒東區一棟大樓的災情，由於死亡人數逐步高增，已達六十幾人，隨著是夜來河畔參與那事件和平紀念會的人們，帶到了在場的群眾間。

那場被認為是截至當時，單棟大樓死亡人數最高的大火，起火原因未明、火勢亦不見得特別大，只是在三、四樓悶燒。但由於整棟大樓屬密閉玻璃帷幕牆，濃煙隨中央空調迅即擴散到各樓層，死亡的人多數吸入過量濃煙致死。

女作家在等待放水燈前煩長的政治人物（反對陣營中的各級民意代表們）致詞中，到河畔一家小吃店買飲料，看到電視正插播這則新聞的最新狀況。

她先是訝異的發現，那失火所在，就是昨日與攝製錄影帶導演約見面的化妝師工作室大樓。隨後她從播報新送來的死亡名單中，聽到播報員就打出的字卡念出那女化妝師的名字、職業、年齡、籍貫。

女作家張開嘴，整張臉陷於一種極致驚恐的扭曲中，發出一聲夾帶呻吟的尖叫。

播報員繼續播報，女化妝師從五樓窗口墜落，前額碰撞到地面流血昏迷，送醫急救無效、於半個多小時前死亡。播報員並複述，先前已於火場中，發現起火時正由化妝師化妝的一名新娘，穿著一身新娘白紗禮服，連頭上罩紗俱全，被濃煙嗆死在工作室中。

不大的電視機畫面可見一個白衣、蓬裙的女人身影，倒在水漬溼的凌亂房中。基於媒體自律不曾正面拍攝，看不清新娘的臉，但可看出她全身完好、不曾遭到火燒，只是以一個十分怪異的姿勢、好似上半身全折向一旁的倒臥，等待著什麼似的。

播報員繼續說，據現場的消防人員稱，那新娘已化好一臉彩妝，全身穿戴整齊，不知何以不曾和化妝師一同企圖自安全門逃生，留在工作室內被濃煙嗆死，死亡時臉上安詳平靜，不見驚慌。

女作家伸出手撫住臉面，這回，尖叫聲卡在喉嘴裡成一聲呻吟。

立即臨上的是那化妝師上妝時、略粗糙帶硬度的指尖在臉上留下異物入侵的不快感覺。隨著清楚知覺化妝師已死亡，那略粗硬的指尖廝磨的接觸，便以無與倫比的清晰、一一重現於整個臉面四處。

彷若化妝師撫觸臉面的指尖方離手。

女作家感到整張臉細細的無所不在的抖顫起來。死亡於是成為化妝師的手留在臉上的印記，那般的真實與臨近。

「她怎麼可以這樣就死掉，她還這麼年輕，她怎麼可以這樣就死掉，她下午才告訴我，買了這輩子第一個房子，貸款都還沒有開始付呢！」

女作家紛亂的朝小吃店的老闆說。看來五十多歲的婦人「是啊！是啊！」同情的回應我，然後因憂慮而顯陰沉的道：

「今日一定是歹日，才會冤氣那樣重，妳看，一死死六十幾個。我做囡仔時，就聽講二二八那陣，就在這所在，殺人殺得河水變紅色，死人丟入去河裡，浮起來時，一粒頭腫得三、四粒大，黑且凝血，滿面花彩彩。有的目珠、鼻、嘴給魚吃了，無鼻、缺嘴的滿滿是，整條河臭到總督府那邊攏聞有。」

然後婦人壓低聲音：

「死這多人，這多冤魂，快五十年攏無超度，攏留在市裡無處去，走來走去四處找替身，當然一死死六十幾個，攏鬥陣叫叫去……」

女作家匆忙付過錢，快步轉頭離去，仍聽那婦人朝身旁的人繼續在說：

「歹日，今天是歹日，才會冤氣那樣重，連未入厝的新娘，攏來叫叫去，親像鬼娶親，妝得好好水水才要去……」

女作家快步朝聚會所在走去，那河岸照明原就不足，陰寒偶飄些小雨的夜無星無月，迎面的風夾帶河水的腥腥臭味。那河在多年環境污染後，夏天裡根本無法靠近，即便如此冷天，也有一股悶悶的穢氣，彷若堵塞著近半個世紀的臭味，依舊縈繞發散。

紛亂的思緒來到女作家心中。照時間推算，是日下午她最後一個上妝，化妝師替她化好妝後說要趕回去做新娘定妝，趕去赴的，事實上就是那場大火，那逃避不掉的死亡邀約。

她為什麼要那麼拚命工作（為了貸款都尚未付的房子），一個工作接另一個工作？她本可以留下來看那場她做造型的街頭劇，那麼她就會看到飾演林江邁的女演員，怎樣頂著她製造出來的額頭上傷口與一頭血紅的番茄醬（而不是她自五樓墜落，額頭觸地流血昏迷致死）。

女作家伸手撫摸自己臉面上的彩妝。

「那化妝師等於替我化妝後一、兩個小時，便死了。」

整個著妝的臉面，有著密不透氣、窒息的封閉，皮膚為粉底隔絕與外在空氣的呼吸，悶悶的整個臉面都被蒙住。

「她生前最後一個化妝的是那新娘，可是新娘死了，我便成為她生前化妝的最後一個人……最後一個活人。」

「我這一臉彩妝便是由一個死了的化妝師化的。她死去了，我的妝卻還在。」

一陣毛骨悚然的驚悸湧上，女作家以手拭擦臉面，希圖能拭去彩妝。如若經那死去的化妝師化了妝後的便成為死人，一如新娘妝罷等待著的即是死亡，還有那妝成的林江邁與被射殺的圍觀民眾陳文溪，那麼自己這一臉化了彩妝的臉容，便也是死亡要的形樣？

慌亂中女作家感到手並不能拭去牢附臉上的粉，拿出一張面紙，用力拭擦，黑暗裡，也無從辨識究竟拭去什麼留到紙上，只感到那上得太勻稱的粉，有如另一張不透氣的皮、仍緊固的貼在臉上，能擦去的只是一層浮粉。

那彩妝仿若就此依附成為另張臉面，帶來毛骨悚然的恐懼，女作家全身遍起一陣雞皮疙瘩，甚且布滿臉面。

立即來到心頭的是日間聽來的有關「死の寫真」。

祕密流傳的耳語像滾動的雪球，在夜間已然匯聚成那受難者的妻子，不僅用閨閣裡常用的針線刀剪，以納鞋的粗針穿著韌質的麻線來縫合迸開的傷口，更以她日用的化妝品，在針線縫合處一針一線細細敷塗，以期以粉底蓋去線痕。

更有傳聞由於屍身遍體殘破，巧慧的閨閣女子，就廚房鍋子裡的白米飯，壓捏搓揉成眼球大小的丸子，填進丈夫被尖刀戳去失散不見的左眼，好能使眼眶看來不至凹陷成窟窿。

傳言鉅細靡遺的指出，為了使白米飯搓圓製成的眼球逼真，妻子還以眉筆在飯球中心畫上像瞳孔大小的黑仁作為眼瞳，希圖丈夫在陰間能以此視物。

而對子彈穿過留下開洞無從縫補的肌膚，據聞巧慧的妻子漏夜以石磨磨糯米製成糯米團，再加入一點節慶做紅湯圓的紅色料，調成粉粉的膚色。

妻子將柔軟延展性良好的糯米團壓成薄片，覆蓋在無以修補的傷口處，宛如一層新皮。

更有傳聞連丈夫被刑求「宮刑」剜去的生殖器，妻子也以此材料仿照捏塑。

如此，做妻子的以著對丈夫情深至極的記憶，重塑修補好丈夫的遺體，逼真安詳、完整無缺的拍攝成最後一組「死の寫真」。

女作家用力的一甩頭，企圖甩開那白米飯捏成的眼球與糯米團製成的睪丸陽具。而耳邊依稀傳來被風吹得零落的麥克風聲響，是個女人的哀泣。

會不會正在公開那批「死の寫真」？整天的活動已進入放水燈前的最後高潮！

（而果真有這樣的妻子，以此方式留下丈夫的遺容？

在那照片足以羅織罪名，有關當局能憑藉一張共同拍照的照片，按人像索驥的一一逮捕。在大量照片被燒毀以免擴大無謂牽連的其時，真有這樣的妻子，費盡心力，只求能留下丈夫的死亡圖像？）

而這人像，特別是這張臉，又果真能串聯起怎樣的認同？個人或集體的某種記憶？

驚懼中女作家拿出新的面紙繼續拭擦，剎那間，她觸及並意識到兩道經由化妝師以剃刀剃過修飾的眉。

女作家頹然放下手。

就算她能拭去彩妝，拭不去的還有化妝師方為她修剃定型的眉，那依化妝師意願修過的眉形，不更是一種持久的印記，牢固深刻的銘印，好作為與死亡之間的牽引！

一時之間，女作家感到那近五十年前冤死在河畔，至今仍遊蕩的冤魂，都由著這剛死去的化妝師修剃做印記的雙眉牽引，紛紛的朝著湧流來。

在那無星無月冷風絲絲迎面鑽拂的陰黯河畔，女作家一身冷汗朝前不遠燈火明亮處的演講台快跑過去，心裡呼喚著：

那超度冤魂的誦經放水燈，怎麼不趕快開始。

王媽媽坐在一張藤椅，由四個看來是都市勞工階級的粗壯中年男人抬著進會場，台上的演講、致詞已近尾聲。

司儀透過麥克風向群眾介紹來到現場的王媽媽，立即遍響起一陣熱切的掌聲。司儀解釋，原安排王媽媽講幾句話，但她適逢子喪、身體不適不克上台，但放水燈將由她帶領，以酬謝王媽媽以一個受難者家屬，長年對民主運動的貢獻，及參與籌備這次紀念活動。

場內又響起一陣更熱切、持久的掌聲。

王媽媽癱在藤椅內，她的整個身體由於如此削瘦，皺縮作一團，便空空蕩蕩的只夠塞在藤椅一角。而且她似乎已然用盡所有的力氣，連坐都無從坐住，在藤椅內不斷溜下來，得由兩旁一直跟隨著的中年女人，自腋下攙扶住。

她的臉面有一種如釋重擔的空茫，甚且沒有悲哀，掌聲響起之際，也不見有回應。在身旁兩個女人提示與協助下，方舉起手做招呼，她的左手指纏滿紗帶，鮮紅色的血，乃不斷的在滲出，染紅了白色的紗帶，便似飽含鮮血的血手指，隻隻腫脹數以倍計。

已臨十一點，台上司儀在〈黃昏的故鄉〉音樂伴隨下，做紀念晚會最後收場。身為受難者家屬的司儀，以著她溫婉的聲音，綜結是夜的講演，真正是如泣如訴的說：

「近五十年來，這是咱第一次能公開弔祭二二八受難者，千千萬萬屈死的冤魂，終不再背負種種不實的罪名，以本來面目面對歷史，洗清冤屈，見證台灣外來者統治宿命的悲情。咱，做為受難者家屬，終能將這近五十年來暗藏的苦痛，公開的、正式的說出來、不免再假，不免再說謊，假裝沒這個事件發生、咱的親人不被殺、被關，不免再假說咱心不碎、不怨恨、不苦痛。今晚，咱終能大聲說出咱的悲情、咱的血淚，今晚，代表的是謊言結束、公義開始，咱要繼續努力、打拚，一個新的時代，台灣人做主、不再受壓迫的新時代，才會開始……」

台下的群眾，則經由帶領，秩序井然的朝河岸下游方向移動。走在最前面的是兩列出家人，他們屬一個新興的佛教團體，一向熱中參與街頭運動。剃光頭的師父們身著黃色僧衣、外披猩紅袈裟，雙手胸前合掌口誦佛號。一行火紅的身影，在無星無月的暗夜下，只憑藉演講台傳來的微弱光亮，黑暗中的紅影，特別含帶血腥，隱藏著重重罪愆冤孽似的。

緊跟著的，是坐在藤椅內由四名粗壯男子抬著的王媽媽，為讓她能坐穩不致滑溜下去，他們將椅子前端抬高。王媽媽手中，捧著一只蓮花燈。

王媽媽身後，兩人分抬一只巨型水燈。以竹和紙做成的一幢華宅，有五、六尺高，白紙糊成，但屋簷起翹青瓦碧綠，正面高門巨窗，柱上雕梁畫棟，以五彩色紙貼剪裝飾，才添些許熱鬧。只這華宅無有門扇，門處是個大開口，可見裡面一無陳設，中心插一根粗大白蠟燭，地面上鋪一厚層冥紙。白色為主的華宅水燈，在陰暗中，一團森森白影。門楣處一張橫匾，墨汁淋漓的幾個字——

「二二八事件冤魂」

跟隨著這大型水燈，方是長列遊行隊伍，有人懷抱死難親友遺像，有的手捧水燈；或蓮花、或屋宅造型，都只有一、兩尺大小。水燈尚未點燃，原灰撲撲的遺像幾辨不出人影，這一長列人群，便在暗夜裡哀淒靜默肅穆的朝前。

河畔下游水門處，道士們早已設壇祭拜誦經超度，火把加上電池大型燈光的照明，道士們身著繁複彩繡的道袍白晃晃的耀亮。整個祭壇在黑暗的河畔，真可做為四方的接引，從遠處便可見的華光。

十一時正，放水燈開始，手持水燈的家屬們，站滿河畔，最先被放入水中的是那只上書「二二八事件冤魂」的巨型水燈，紙糊的白色華宅站在一塊木板上，屋內蠟燭已經點燃，由幾個男人抬入水中，穩穩的放在水面上、再推向河中央。

那屋宅形樣的水燈內燃著溫馨的燭光，便緩緩的浮流在全然黑暗的水面上，像一個點上燈的家，溫暖的召喚未歸人，靜謐玄妙安寧，恍若真可牽引那近五十年來仍四處徘徊無處依歸的二二八事件冤魂，引領著他們隨著亮光來接受超度，好能早日脫離苦海冤孽。

人群齊注視著漆黑河面上那浮流的神奇華光，紛紛有了嘆息和低泣。

王媽媽在那大型華宅水燈漂流向河中央時，放下她手中的蓮花燈。尺來高的小小蓮花，開展著白色和粉紅色的薄紙重重瓣膜，在中心燭光照亮下散發著粉粉的柔紅，無盡的思念、無邊的包容，只瓣瓣是滴滴的血淚。

受難者家屬們也一一將水燈放入河中，一時，岸邊水面上浮著上百盞蓮花、屋宅水燈。一幢幢小小上燈的屋宅，是開啟一扇扇大門的人家，來迎接未歸的家人；而一朵朵象徵贖罪、接引的蓮花，在水面上遍遍開展，像黑暗的地獄之水上長滿遍體光華的蓮花，只要踩著這朵朵心蓮，便能一步步通向歸家的路、通向光明與救贖的所在。

誦經的誦念與法器敲擊聲持續，夾雜著受難者家屬的呼喚：

「×××，來啊，認路來超度，還汝清白，早日歸天，×××，來啊！認路……」

然岸邊水流幾近靜止，流速極小，小盞小盞的蓮花、屋宅水燈，在近岸處載浮載沉，無能向下游漂去。只那盞召喚全體二二八事件冤魂的大型水燈，入水時由人在水中先帶離岸邊至水流中央，方能隨河水流動的水流，向下游行去。

許是與河岸的距離拉長，那大盞水燈感覺中愈走愈慢，便有若整個屋內已逐漸裝載滿循光前來的冤魂，愈來愈顯沉重。而後，該是蠟燭燒至紙屋內堆疊的冥紙，乍然間好似來一把天火，火苗竄起，整棟屋宅陷入一片火海，迸發的火星火苗，將鄰近河面映照得光明輝耀，好一幅功德圓滿的化昇之勢。

在眾人皆凝目注意那身繫二二八事件全體冤魂的大型水燈，火樹銀花般的起火延燒時，沒有人留意到王媽媽如何將整個身體仆向水面。

直到身體重量觸及水面噗一聲巨響並濺起大片水花後，身邊才有人驚覺移回視線，王媽媽已整個臉面、前身浸入水中。就近幾個人慌忙下水將她扶起，有人一試鼻息，大聲呼叫：

「沒氣了，沒氣了……快急救。」

將王媽媽平放於岸邊，慌亂中呼喊醫生、要人群移開的雜沓聲中，全身溼漉的王媽媽，蓄留的水珠在多皺紋的臉面上縱橫滑落，像串串永不枯竭的珠淚，然她雙眼安詳闔閉，嘴角還若隱若現一絲微笑。

「看，她都沒吸進水，也沒被水嗆到，一定是先昏倒才栽落水，要不然，就是先閉住氣，沒呼吸了才落水。」人群中紛紛有人說。

倏然迸出一聲淒厲的慘嚎，是那幾天來一直伴隨王媽媽的中年女人，慘呼一聲「王媽媽」後，哽咽的斷續哭訴：

「我看伊的蓮花燈……燈上寫四個人的名字，伊大伯、伊尪、伊子，還有伊自己的名……我早就該知影，代誌不好……一定會出代誌……」

有人跑上前來，粗魯拉開哭嚎的女人，扶起王媽媽要施行人工呼吸。負責錄影帶製作的導演扛著機器趕快閃避一旁。

卻是無意中抬起頭來，負責錄影帶製作的導演，看到王媽媽先前放的、滯留在岸邊的那盞蓮花燈，隨著王媽媽仆身倒向水裡的拍打力量，得以脫離岸邊死水，躍浮到水流流動的深水處。小小的蓮花燈，便好似以王媽媽相許的生命換來的力量，輕靈的躍接上新覓得的活水源流，以相當速度，順捷的向下游行去。

先前那只大型豪華水燈已燃盡，黑暗的河面上，只見這一盞小小的蓮花燈，散發著夢幻般柔柔粉光，如此孤寂靜謐，但又如此神奇玄妙的帶頭前行，浮游向冥冥之中奧祕的未知所在。

淚眼模糊中，負責錄影帶攝製的導演扛起機器對準那水燈，想拍下這靈密的景致，然他立即發現，那小小蓮花燈的熒熒光亮，鏡頭錄下的將只是一片黑暗。

——節選自《北港香爐人人插》，九歌

筆記／粉妝與真實　凌性傑

文學之所以動人，在於使我們看見原本看不見的事物，達成最優雅、最深刻的溝通。李昂曾說：

「隱瞞與遮掩社會、政治、人性的真實性（當然也包括黑暗面），假裝看不到問題而認為問題不存在，即是一種最不道德的行為，是一種虛假與偽善。」於是她勇於說出那些令人難堪且不忍的故事，只為訴諸文學的「呈現」與文學的「真實」。《北港香爐人人插》與《路邊甘蔗眾人啃》相互對偶，革命加戀愛（性與政治）的敘事模式一以貫之，以小說揭露島國子民的情慾與認同。李昂說：「性器官要帶他們去哪裡，是身體政治的終極關懷，就像常講的『You are what you eat』，怎麼用你的性器官，就造成你是怎樣一個人。」

當年備受爭議的《北港香爐人人插》一書由四篇短篇構成，作者以「戴貞操帶的魔鬼系列」名之。在我看來，〈彩妝血祭〉是《北港香爐人人插》中完成度最高的一篇。〈彩妝血祭〉直接面對二二八事件的記憶與傷痕，敘述受難者家屬的命運，藉此連結性別認同與國族認同。篇名取得巧妙，小說亦以「化妝」、「弔祭」兩條線索追問台灣的歷史真相。〈彩妝血祭〉結構複雜但寫得極有層次，二二八事件、民主運動、變裝癖、同性戀諸多議題交織，揭露了五十年來家國的變異。

小說中一連串的死亡情節串連歷史，親反對陣營的女作家參加二二八弔祭活動，透過女作家的眼光，讓讀者看見被遮蔽的真實。小說敘事以二二八受難家屬王媽媽為核心，逐步鋪陳她與丈夫、兒子的命運。王媽媽嫻熟於化妝、縫紉，丈夫死後獨力撫養遺腹子。王媽媽的兒子有扮裝癖，或許即是死於（當時不名譽的）愛滋病。王媽媽為亡子化了女妝，一邊說「你放心，以後不免假了。」這裡的不用再「假裝」一語雙關，可說是饒富深意。小說結尾敘寫放水燈通向光明與救贖，藉由宗教儀式昇華情感撫慰傷痛，孰料就在此時王媽媽落水身亡結束了一生。弔祭無辜的死難者，是轉型正義之必需。在我們的家國，有這麼多亡靈被人不斷召喚，然而公理與正義真的已經實現了嗎？我們的歷史，會不會像那錄影機所錄下的，終歸還是一片黑暗？

李昂，本名施淑端，生於一九五二年，台灣彰化人。中國文化大學哲學系畢業，美國奧立岡州立大學戲劇碩士。後曾任教於文化大學。著有小說《混聲合唱》、《花季》、《殺夫》、《迷園》、《北港香爐人人插》、《自傳の小說》等。主編《六十七年短篇小說選》、《九十年小說選》、《九十六年小說選》。作品翻譯為多國語言。近作為《路邊甘蔗眾人啃》、《李昂的獨嘉美食》。更為詳盡的李昂資料，可至邱貴芬總策畫：「李昂數位主題館」網站。

柳臘姐

——嚴歌苓

不知上的什麼肥讓她瘋長成這樣，外婆事後跟自己討論，也是跟穗子討論。外婆的意思是十五歲一個丫頭起了胸、落了腰、圓了髖，不是什麼好事情。外婆知道許多「不是好事情」的苗頭，結果十有八九都不是好事情。對這個鄉下遠房侄子送來孝敬她的十五歲丫頭，外婆連她手上挎的一個藍布包袱都沒叫她擱下，就開始了一項一項地盤審。上過幾年學？一個字不識？妳媽是大躍進過後把妳給尚家做養媳婦的？餓飯餓死了妳兄弟？外婆細聲細氣地提問，若答得她不滿意，會細聲細氣請她就掉頭回去似的。

穗子卻不行了。叫臘姐的十五歲丫頭有些要迷住她的意思。穗子眼裡她是戲台上一個人：喜兒、劉巧兒、四鳳。戲台上才有這樣一根辮子，根、梢纏著一寸半的紅頭繩。戲台上才有這樣濃黑如描畫的長眉秀眼，眼毛兒毛刷刷地刷過來刷過去。衣裳亦是戲台上的：深藍大襟褲褂，領口、袖口、褲腳有根桃紅的滾邊。戲台上才有這樣可身的衣裳，自初就長在身上又跟著身子大起尺寸，伏的伏起的起，成了她一層皮肉似的，七歲的穗子認為這個養媳婦臘姐是她七歲人生中見過的最好看的一個女人。七歲的穗子當然不知養媳婦是什麼樣的社會身分。她只認為臘姐大致是個下凡的戲中人。

臘姐來的時候是滿街飛楊花的那些天。上一年收成後捂了一冬，臉捂白了，臉蛋才洗過一樣發溼，還有兩片天生的胭脂。對此外婆也說不是好事情。那是肺癆燒出來的。臘姐未來的公公，就是外婆的遠房侄兒，是不敢瞞外婆的。他告訴外婆臘姐上一年咳了多半年，從拍的片子上看，臘姐的肺癆出三個小洞眼。遠房侄兒一再聲明，那些洞眼都對上了。外婆當然馬上就明白，臘姐不是送來孝敬她的，而是來吃城裡的好伙食，養肺上那些洞眼的。外婆叫臘姐搬蜂窩煤，臘姐若在搓衣板上碼上五層，外婆就會從手裡的紙牌上抬起眼，說：「妳搬一垛城牆吶？回頭累出好歹來，是妳服侍我啊，還是我來服侍妳？」臘姐笑笑，嘴角下一邊一個小窩。她說多搬些少跑幾趟。外婆垂下眼繼續和自己玩紙牌，慢條斯理說：「攢下幾趟好跑醫院，是吧？」臘姐的腦筋不曉得跟著外婆的話拐彎，又笑，穗子一看就知道她是沒懂；是課堂上那種笨學生偏又碰上同她過意不去的老師，給叫了起來，只能渾頭渾腦地笑。

穗子與各種病都離得十萬八千里，看上去卻是各種病都沾邊的，她七歲了，個頭還是五歲，一頭胎毛，面皮白得讓人有點擔憂。尤其不講道理起來，太陽穴上那些藍色的筋就會霹靂般欲閃出那層薄皮膚之外。這時臘姐就感覺穗子有性命危險，整個小小人兒糊在正月十五的蠟紙或細絹的燈罩裡似的。臘姐這時是絕不敢惹穗子的，不仔細這盞精細的紙糊燈就要給下面那些鉛絲般淺藍血管捅破。穗子不講道理的時候是沒人來搭理她的，外婆摸她的紙牌，外公抽他的香菸、挫他的鑰匙、記他的柴米帳，或去院子裡巡邏，伏擊那些圍牆上爬來偷他兩棵桑樹上桑葉的野孩子。因此穗子不講道理時是沒趣的，往往也是自己下不了台的。這局面直到臘姐來了後才有改變。她不許臘姐像外婆、外公那樣看不見聽不見她的脾氣，她要臘姐陪她不講道理，伺候著她把一場不順心從頭到尾發作完畢。自來了臘姐，穗子便不再有下不了台的時候，臘姐會說：「好好好，就是我惹的，我討厭，我唱黃梅戲左嗓子。」再是效果不好，她便抓起穗子乾細蒼白也帶淺藍筋絡的手，拍在自己臉上，算是穗子冤有頭債有主她替穗子抽了那位冤家耳摑子，當然穗子的力氣全控制在她手裡，她是不捨得自己真給打痛的，她知道穗子也不捨得拿真正的耳摑子打她臉。總的來說，被父母遺棄給外公外婆的穗子若沒有臘姐是基本沒什麼伙伴兒的：父母給她買了半屋子的娃娃，以免穗子看透他們其實是害怕她對他們的糾纏。穗子有很細密的心思，一肚子是那種被冷落的孩子常有的鬼心眼，因而不久臘姐便發現穗子的不講道理不是全無道理。穗子對臘姐說：「妳是我的丫鬟。」臘姐高高興興地說：「好啊，我就是妳的丫鬟。」這樣日子就過成戲了，好就好在她倆都迷戲，都不想做自己，都想做戲裡的人。父親人不來，卻是常常來些功課給穗子做，背誦這裡四句那裡四句，穗子根本不知自己背到肚裡的是什麼。但她知道不背是沒有出路的，更討不來父親的關注；父親眼裡會更沒她這人了。穗子在背詩背書時有副目空一切的樣子：小小年紀要做老氣橫秋的事，自己都對自己肅然起敬。她現在背上一兩段就對臘姐喚道：倒茶來；或者：這裡給蚊子咬了個包，給我抓抓；或者：妳怎麼不給我打扇子啊？臘姐就笑，配合穗子過戲台上的癮。

臘姐教會了穗子玩那種鄉下人的紙牌。外婆把一副紙牌從方的摸成了圓的，這副牌就淘汰下來，歸了臘姐。穗子很快和丫鬟臘姐玩得旗鼓相當了，玩得也熱鬧，誰輸了就在鼻子上夾個晒衣服的木夾子。穗子死活賴帳，夾不到一分鐘就有事情出來，不是小便就是大便。鬧得外婆從她那坐禪般的牌局中分神了，說：「小穗子妳這樣同她玩，肺上早晚也要出來窟窿的。」穗子和臘姐學得十分徹底，摸牌手勢一模一樣。先是要把拇指在舌頭上蘸一蘸，再去拈牌，彼此的健康也好病疾也好，馬上便錯綜交雜不分彼此了。臘姐聽了這話會臉色黯淡一下，笑變得非常難為情。有一兩次她冒險的樣子對外婆嗔道：「人家哪裡還有窟窿嘛！沒看我五十斤一袋米扛起來都不要哪個搭把手。」外婆說：「一頓三碗飯，添飯也不要人催。」穗子看見臘姐的笑從難為情又變了，變成了臉皮厚的那種笑。她聽出外婆有些過分。不過她曉得丫鬟臘姐吃得消這「過分」。

自從來了個丫鬟臘姐，穗子媽便有正式封她為丫鬟的意思。穗子媽開始往外婆這裡帶大網兜小網兜的東西。外婆說什麼時候學會走娘家帶大包小包了？外婆當然知道大包小包是髒衣服、髒被單，送了給臘姐去洗的。臘姐不再有同穗子玩紙牌的工夫，常常坐在橢圓木盆邊上，一塊搓衣板抵住小腹，兩個手泡得紅酥酥的終日在那裡搓。她對穗子媽的衣服很感興趣。從水裡拎出來調過來調過去地看。尤其那些牽牽絆絆的小物件，她知道那是城裡女人用來罩住奶或兜住肚子和屁股的。很快她學會這些東西的名詞：胸罩、腹帶。臘姐把它們晒在院子裡，對胸罩七巧板似的拼接而形成的兩隻小碗兒簡直著了迷。城裡女人的奶不是自由的，必須蹲在規定範圍內蜷出規定的形狀。臘姐知道那不會舒服，但不舒服是向城裡女人的一步進化。

穗子媽渾身上下在臘姐看來都是微微受著點罪的：皮鞋是硬的，鞋尖鞋跟都讓你走路不能太放肆；頭髮烘得略略發焦，每個髮鬈都不可隨便亂跑，錯了秩序；頂要緊是那胸那腹那臀，那都是守著一種紀律而該凸便凸該凹便凹。臘姐把穗子媽的這些個零碎小衣物拿到自己床上，鋪在一張廢報紙上，用枝鉛筆把乳罩不同形狀的一片一片描摹下來。再去外婆盛舊床單、爛窗簾的竹箱去翻撿。唯一不會一扯就掉渣的料子是裝白麵的口袋。她用這麵口袋照著報紙上描出的藍圖一片片裁剪起來。然後熬了兩夜，完工了第一件成品。穗子見她吸一口長氣把那叫乳罩的東西綁在了身上，給兩個自由了十五年的奶子上了鐐銬一樣。麵口袋上黑色的「中糧」字樣一筆一畫都不少，印在胸上。穗子覺得才兩個月臘姐就已如此不要面皮。便對她說：「妳好不要臉。」臘姐說：「那妳媽呢？」穗子說：「妳想跟我媽學？我媽是到辦公室上班的，妳在哪裡上班的？」臘姐也意識到自己向城裡女人學習的企圖過分快也過分露骨了，耍賴皮地笑著說：「穿著暖和多了！」大夏天的說「暖和」，自己也羞死了，兩手捧著胸前的左一坨右一坨的，佝身咯咯咯笑起來。穗子被她這笑弄得心裡直癢，直想好好給她一通虐待，便上去揪了她的辮子，再去揪她胸口兩坨中的一坨。臘姐給虐待得頗舒服，笑得渾身起浪。穗子便愈發揪得緊，嘴裡說，好不要臉，好不要臉。漸漸臘姐停止了扭擺，給穗子一手一邊地抓、揪、揉。臘姐臉上的天生胭脂濃重起來。穗子力氣差不多用完了，卻仍不解恨地嘟噥：「好不要臉。」嘟噥得她自己眼裡有了淚；臘姐明目張膽地學她的母親，明目張膽地在兩個奶上做工夫，實在是丫鬟造反，實在有些不把七歲的小姐穗子放在眼裡。穗子不知道為什麼感覺自己受了欺負，丫鬟臘姐大膽無恥地亮出她咄咄逼人的身體是種猥褻式的欺負。穗子很噁心卻又很心動，頭一次意識到好看的東西怎麼和無恥毫不矛盾。

穗子的外公喜歡所有和機械、電有關的東西。他時而在他的寫字檯上擺上六七個收音機，有半導體，也有礦石機，都是舊的，因此總是你響他不響。臘姐叫外公請她聽黃梅戲，聽朱依錦唱的。外公就獻寶似的得意，把六七個收音機全開到黃梅戲上，臘姐一邊剝毛豆一邊聽六七個朱依錦有一句沒一句的唱，有時七嘴八舌一塊唱起來，外婆說你們開廟會呀？臘姐在到穗子家的第三個月學會了朱依錦的四個唱段。有時在院裡拿把破芭蕉扇生爐子，便翩翩地舞著沙沙響的爛扇子，自念自唱起來。穗子發現她學曲調跟偷一樣快。臘姐學樣樣東西都快，都跟偷似的，賊快。她學了女中學生那樣梳兩根辮子，兩把辮子對折成兩個圈。也學了穗子媽的穿衣款式，用麵口袋染了黑，縫了條窄裙子，前後各一個褶子。她每月有五塊錢工錢（一般保姆有十來塊），她用一塊錢扯了塊淺花布料，雖然它的圖案都是印錯的，但不湊近也看不出大毛病的。穗子看見臘姐穿黑裙花襯衫竟也是好看的，但這好看是從城裡人（包括穗子媽）那裡盜竊的。所以穗子有些不高興丫鬟臘姐自己給自己改形象。穗子認為改了形象就是改了角色，而臘姐永遠的角色是丫鬟。

連穗子父親都開始注意到臘姐了。他是寫戲的，對好看女子的注意不怪他，是他的職業本能使然。穗子發現爸爸隔一兩天總會回來吃頓午飯或晚飯。有時媽媽一道來，有時他自己來。他同臘姐開玩笑、搭訕，說整個作家協會大院的人都在打聽誰家來了個漂亮妹子。有時他跑到廚房，長輩那樣對臘姐關照，拎不動兩滿桶水不要逞強，正長身體時會累羅鍋了。臘姐叫穗子爸「姊夫」，外婆說：「什麼？妳公公是我侄兒，他怎麼成妳姊夫了?!」臘姐對穗子爸一笑，說：「姨父。」外婆說：「表姨父。」臘姐又笑說：「表姨父你的襯衫我給上了點漿。」穗子看見臘姐把疊得四方見棱的襯衫捧給父親時，父親和她兩雙手在襯衫下面磨蹭了一會。看起來當然只是交接一件襯衫。

不久臘姐給自己縫了兩件連衣裙，布料絕對不是印錯花的次品。要到一些日子以後，穗子才能證實自己的猜測：這兩塊洋氣典雅的布料是爸爸為臘姐選購的。至於臘姐給父親什麼以使父親抽了兩個月劣菸而省下錢為她扯布料，穗子將永遠對此停留在猜測階段。

穗子爸回家來時臘姐嘴裡總是有曲有調。有天穗子聽她唱起自己在學校合唱團的一支歌。穗子想，她可偷得真快呀，我自己才唱了沒幾天。她上去從背後掐住臘姐的兩頰，臘姐正隨著那支兒童進行曲的節奏在衣服板上搓衣服。她嘴裡原先滿準的調給穗子扯得一跑老遠。穗子說：「再敢瞎唱？」她說：「哎喲，掐的那是肉！」穗子說：「掐的就是肉！誰讓妳臉皮那麼厚？」臘姐說：「疼死了疼死嘍！」穗子說：「妳把歌詞念一遍給我聽，我就放了妳！」臘姐說：「我哪曉得詞！我又不識字！」

穗子突然上來的這股恨弄得她自己渾身抽風。她也不知道自己這一瞬怎麼會對這個丫鬟臘姐來了如此的狠毒。她說：「妳不懂詞妳亂唱什麼?!」臘姐說：「跟著妳學的嘛——哎喲妳把我肉掐掉下來了！」穗子說：「我唱的是什麼詞？」臘姐說：「風裡斷鹽，雨裡討鹽……」穗子真給她氣瘋了，居然她敢拿如此愚昧無知沒有道理的詞來竄改她的歌。穗子不明白她這股突來的狠毒並不全是臘姐惹的；她從四歲起就在嘴裡比畫各種她完全不懂的詞句，但她那是沒法子，而臘姐卻很樂意這樣胡言亂語。她真要把臘姐兩個腮幫揪出缺口來了。她說：「我最恨最恨妳什麼也不懂就敢瞎編！

是『風裡鍛鍊，雨裡考驗，我們是暴風雨中的海燕！』聽懂沒有？妳這大文盲！」臘姐說：「好好好，我這個大文盲！」

穗子鬆開了筋疲力盡的手指和牙關。臘姐用兩個帶肥皀泡的手摸著給穗子揪的兩塊肉，眼淚也要出來了。穗子說：「以後再瞎編歌詞，我拿傷筋膏藥把妳嘴貼起來！」臘姐說：「那妳教教我，我就不瞎編了嘛。」穗子說：「美得妳！」她的怒氣還是平息不下去。穗子不知道其實這一場給丫鬟臘姐過的刑是緣於妒嫉；她想不通一個大字不識的臘姐學起唱來怎會這麼快，直接就從她嘴裡活搶。

暑假要過完時，一天晚上穗子像慣常那樣鑽在臘姐帳子裡，穗子喜歡臘姐涼滋滋的手臂摟著自己。若是穗子挨了蚊子的一口咬，她便留到這時來讓臘姐給她搔。這天臘姐說：「我這裡也給蚊子咬了個包，妳幫我抓抓嘛。」穗子見她指著自己胸口。她同時覺得臘姐眼神有些不對頭，痴痴傻傻的。她便去替她搔那蚊子包，卻怎樣也找不著它的位置，只能敷衍了事地動著手指。臘姐問：「妳爸和妳媽可常吵嘴？」穗子說：「不常吵，兩個禮拜吵一次吧。」臘姐又問：「是妳媽待妳爸好些，還是妳爸待妳媽好些？」穗子想一會說：「我媽是把我爸追上的。我爸過去有好多女朋友。」臘姐說：「妳怎麼會曉得這些？」穗子說：「哼，我什麼不曉得？」外面月亮很大，照到帳子裡，穗子看見臘姐臉上有些細膩的油亮，嘴唇半開在那裡，有話沒吐出來。臘姐說：「妳怎麼愈抓愈癢？」同時她就領著穗子的手，去找那「癢」。穗子的指尖突然觸在一個質感奇特的凸起上，她唬一跳。穗子這是頭一次接觸一顆桑葚似的圓圓的乳頭，從前不記事時吮吸奶媽的乳頭是不能算數的。臘姐把穗子的手留在那裡，說：「就這裡癢。」穗子感覺整個事態有些怪異，但她抵禦不住對這顆桑葚的強烈好奇。她捻動它，探索它與周圍肌膚的關係。她見臘姐眼珠半死不活，不知盯著什麼，嘴巴還那樣開著。臘姐把穗子另一個手也抓起，按在自己另一顆桑葚上。穗子腦子裡斷續閃過外婆的「不是好事情」，手卻捨不得放棄如此舒適宜人的觸摸。她不自覺地已將半個身體伏在臘姐身上，兩手太小，抓不過來，她便忙成一團。臘姐喘氣也不對了，舌尖不時出來舔一圈嘴唇。穗子感到她手心下的兩座丘體在發酵那樣鼓脹起來，大起來，大得她兩手更是忙不過來了。臘姐問她可好玩，穗子頭暈腦脹地嗯了一聲。是不是好玩的一件事？還是「不是好事情」？

蚊帳拆除之前，穗子和臘姐調換了地位，從被抓癢的變成了抓癢的。她們在外公睡熟後打起一支手電筒，臘姐就請穗子在她身上隨便看，隨便摸。她指點穗子這裡從幾歲開始會凸起，這裡幾歲會長出毛毛，這裡哪年會流出血，最終，會出來小毛頭。穗子簡直覺得臘姐了不起，一切都現成、都各就各位，都那麼完善美麗。

外婆問穗子：「妳們晚上在床上瘋什麼？」穗子和臘姐飛快交換一眼。穗子說：「沒瘋什麼。」外婆又去問臘姐：「妳倆在幹什麼？」外婆臉上「不是好事情」的神色已很明確。臘姐笑笑說：「穗子要我給她抓癢癢。」她一點都不像在撒謊，穗子被她自然流暢的謊言弄得突起一股怨忿。明明都是妳在「癢癢」，明明是妳在把我忙累得要死。穗子心裡莫名其妙地窩囊起來，好像受了騙，受了剝削。還有就是，她有些明白過來，在這樁秘密遊戲中，臘姐受益遠超過她。原來她伺候丫鬟臘姐舒服了一大場。現在她穗子完了，懂了這麼多。她恨自己受了臘姐這番不三不四的教育。

穗子發現臘姐穿了件紅黑格的粗呢外套。她問它哪裡來的，臘姐笑笑想混過去。但穗子不依不饒，拎住她的耳環，說：「妳要撒謊我現在就去拿傷筋膏藥糊妳的嘴。」穗子其實已猜中了。果然臘姐說：「表姨父給我買的。我沒帶過冬的衣服。」穗子想，她想要那個會扭秧歌的娃娃，父親都一推再推，而這件外套大概等值於四個娃娃。放學回家的路上，她對來校門口接她的臘姐說：「妳陪我去百貨大樓。」那是臘姐最樂意去又總也沒理由沒工夫去的地方。穗子直接到了玩具櫃台，發現秧歌娃娃居然還在那裡。穗子求父親有半年了，半年中她時而跑來看看，這娃娃是否給買走了。只要它還在，穗子便心情輕鬆愉快，認為總有一天它會是她的。總有一天父親會心軟，向她投降。這「總有一天」的希望直到臘姐那件紅黑格外套出現前才死滅，因為父親不再是找托詞，而是毫不猶豫地對穗子說：「不買，妳快八歲了，八歲的大人還要娃娃？難為情。」然後就是穿了紅黑格外套的臘姐，簡直把她給漂亮死了。穗子對女售貨員說：「我買那個娃娃。」她把一張五元鈔票捺在玻璃櫃台上，不可一世。鈔票上有深深的摺痕，斜的直的橫的。臘姐盯著鈔票說：「穗子妳哪來這麼多錢？」穗子像聽不見她，抱了盛著娃娃的紙盒，拿了找回的四角五分零錢，氣魄很大地往商店外走去。臘姐跟著她，一回到家就去翻自己床上的褥墊。然後便厲聲叫起來：「穗子！」穗子正著迷那手舞足蹈的娃娃，理也不理她。臘姐便跑過來，扯了她的小細胳膊就往門外拉。

穗子覺得她倆組合成的這個局面極像這城裡通常出現的一個景象：某人拉了某人去派出所，被拉的那人或是小偷或是小流氓撩了哪個女人裙子或是小惡棍無端砸碎某家玻璃窗。臘姐當然不會拉穗子去派出所，她把她拉到門外，外婆看不見的地方，說：「穗子，妳拿了我五塊錢。」穗子說：「誰拿妳的錢？我爸爸有的是錢！」臘姐說：「我的錢是攢給我小弟念書的，我家沒一個人念過書，我想我小弟以後念書去。」穗子說：「誰拿妳錢了！誰稀罕妳的破錢！」穗子不講理起來十分的理直氣壯。臘姐眼裡突然落出兩顆淚，說：「妳把錢還給我。」穗子說：「妳敢誣賴好人！」臘姐又流出兩顆淚說：「求求妳，穗子，把錢還給我。」穗子說：「妳有證據嗎？」臘姐說：「我錢都疊成元寶，妳買娃娃的那五塊錢就是元寶拆的！」穗子說：「反正我沒拿妳的錢——妳再不放開我，我咬人啦！」臘姐又是兩顆淚出來：「早上四點上菜市買菜，四分錢一碗辣糊湯，我都捨不得喝……」穗子輕蔑地想，辣糊湯都會讓她掉淚。這是她頭一次見臘姐掉淚，可憐巴巴的讓穗子幾乎也要陪她掉淚了。但這剎那間的憐憫讓穗子認為自己很沒用，讓她幾顆淚弄得險些招供。因此她就在扯住她的那只手背上咬了一口。臘姐一聲沒吭。等穗子跑遠，回頭來看她，她靠牆根蹲成一團，哭得都蹲不穩了。

春節聯歡會的票子很難弄到。爸爸把兩張票子交給臘姐，說：「妳帶穗子去吧，妳不是喜歡聽朱依錦的戲嗎？」臘姐魂飛魄散了起碼三天，除夕晚上在下午便打扮停當了。穗子瞪著她的臉說：「好哇。妳抹胭脂了！」臘姐說：「沒有沒有！」穗子說：「肯定是拿口水蘸在紅紙上，抹到臉上的。」穗子自己就這麼幹的。外婆看看漂亮得要命的這個丫鬟，說：「作怪喲。」外婆認為長臘姐那樣長的睫毛的女孩都是作怪的。外婆很瞧不起漂亮女子，說她們都是繡花枕頭一肚子糠。朱依錦在外婆眼裡都是一肚子糠就更別提臘姐了。她從眼鏡後面鄙薄地看著這只「繡花枕頭」熱切地趕著去朝拜那只著名「繡花枕頭」去了。

朱依錦穿件粉紅絲絨旗袍，唱了《女駙馬》、《天女散花》裡兩個小段子。然後她夾著老長一根水晶菸袋鍋，騰雲駕霧地到處和人打招呼，一路就招呼到穗子跟前。她說：「咦，小穗子，妳爸呢？」穗子告訴她父親把票給了她和臘姐。朱依錦說：「告訴妳爸，我罵他了——我現在一年不唱一回，他連這面子都不給我！」穗子替父親告饒，他把票省給了臘姐，因為臘姐太迷妳朱阿姨了。朱依錦這時朝臘姐看一眼，眼光立刻火星四迸。她說：「穗子妳什麼時候出來這麼漂亮個『大姊』？」她把臘姐聽成了「大姊」。穗子剛要解釋，突然瞄見臘姐臉上一種近乎恐懼的表情。她手捏住了穗子的手，手指上是深深的懇求。臘姐恭敬地對朱依錦一笑，說：「不是親的。」她手上的懇求已是狠狠的了。穗子想：好哇，妳這撒謊精。朱依錦說：「小穗子，妳這姊嗓子也不錯耶！」她轉向臘姐問她喜不喜歡唱戲，臘姐點頭，在穗子看那不是點頭而是磕頭搗蒜。朱依錦說：「哪天唱幾句我聽聽。」臘姐馬上說：「哪天呢？」朱依錦對穗子說：「過了節叫妳爸領妳表姊到我家來，啊？」穗子對自己十分驚訝，憑了什麼她維護了臘姐的謊言和虛榮，憑了什麼她沒有向朱阿姨揭示臘姐的丫鬟兼童養媳身分？

穗子爸果真帶著臘姐去拜會朱依錦了。穗子爸直說：「好事情好事情，真成了朱依錦的關門徒弟，妳這童養媳就翻身了。」外婆陰冷地盯著穗子爸，又盯著臘姐，說：「做戲子比做正經人家的媳婦好到哪裡去？」穗子爸沒搭理外婆。據說朱依錦被戲校聘了去做特級講師，戲校春天招生，她會把臘姐推薦進去。不識一個字的臘姐開始在報紙邊角上寫自己的名字，「柳臘姐、柳臘姐、柳臘姐」。

無論如何，穗子還是有些為臘姐高興的。穗子是個知書達禮的人，知道「養媳婦」是封建殘餘，應該被消滅掉。再說，萬一將來臘姐真成個小朱依錦，穗子臉上也是有光的。寒假一結束，臘姐就要去戲校了。外婆說：「哼，不會有什麼好事情。」穗子白老太太一眼：「老封建！」穗子媽找出一堆自己的舊衣服，贈送給臘姐去戲校時穿。還送了雙八成新的高跟皮鞋，高跟給鋸矮了，因此鞋尖像軍艦那樣乘風破浪地翹起。至於穗子爸對臘姐一切正常和超正常的關照，穗子媽當然是蒙在鼓裡。

寒假後的第一天，臘姐在校門口接穗子。她表情有點慘慘的，對穗子說：「我大來了。」就是說，臘姐的公公來了，專門來接臘姐回去。外婆對大吵大鬧嚷嚷「封建」的穗子說：「臘姐回家圓房去，是好事情，妳鬧什麼？」穗子對著臘姐的大——一個紅臉漢子說：「朱依錦說臘姐是個人才，朱依錦，你知道嗎？」臘姐的大搖搖頭，像對小姑奶奶那樣謙恭地笑笑。穗子說：「你什麼也不懂，就是一腦瓜子封建！」外公說：「穗子沒禮貌。」穗子尖叫：「我就沒禮貌！」外婆說：「背那麼多古文背哪去了？學這麼野蠻。」穗子又尖叫：「我就野蠻！反正臘姐不是你家童養媳！臘姐是我的丫鬟！我要她去學唱戲！」穗子在張牙舞爪時，臘姐一聲不吭地收拾東西，樣子乖極了。臘姐把她帶來的那些衣服打成和來時一模一樣的一個包袱。在城裡置的那些裙子、外套、乳罩、腹帶，她齊齊碼在自己床上。紅黑格外套也丟下了，她對穗子說：「穗子，這個外套妳長大了穿，肯定好看。」穗子漸漸靜下來，知道大勢已定。她老人似的嘆了口氣。她沒想到臘姐的突然離去讓她體味到一種如此難受的滋味。那時尚未為任何事任何人傷過心的穗子，認為這股難受該叫「傷心」。

臘姐又恢復了原樣，又是那身四鳳的打扮，一根辮子本本分分。她倒沒有穗子那麼傷心。她挎起包袱，跟著她的大往門口走。在門口她聽穗子叫她，她回身站住。就好像她倆之間什麼也沒發生過，就好像這十個月間什麼也沒發生過。穗子突然想，臘姐是恨她的，恨這個家裡的每一個人。

到我成年，人們已忘了我的乳名穗子，我仍相信臘姐恨我，恨我的一家，大概基於恨那個押解她回去守婦道本分的大。我相信她甚至連我爸也恨。我爸在臘姐突然離去的第二天回來，發現臘姐的床空了，上面刺目地擱著那件紅黑格呢外套。我爸失神了一陣，但很快就顧不上了，全國鬧起了「文化大革命」，他和朱依錦頭一批就被戲校的紅衛兵帶出去遊街。

外婆去世後，老家來了個人奔喪，說臘姐圓了房不久就跑掉了。有人在鎮上看見她，剪短了頭髮，穿上了黃軍裝，套上了紅衛兵袖章，在公路口搭的舞台上又喊又叫又唱又蹦。我想像造了反的臘姐一定是更加俊氣了。外婆的老家親眷說：「也不知她怎麼這樣恩將仇報，她婆家待她不壞呀，不是早早接過來做養媳婦，搞不好在她家那種窮地方早就做餓死鬼了。」老家親眷又說：「她跑到台上說婆婆公公怎麼虐待她，她公公是個公社書記，也算個小小父母官了，給她罵得不成個東西！哎喲，養媳婦造反，才叫真造反。養媳婦都去做紅衛兵了，這還了得……」

我問那老家親眷，後來臘姐去哪裡了？親眷說：「總是野在縣城什麼地方吧？沒人再看見過她了。」

滿世界都是紅衛兵，都不知仇恨著什麼，打這個砸那個。那時我不到九歲，實在不明白紅衛兵們哪兒來的那麼深那麼大的恨。但恨總是有道理的，起碼臘姐的恨有道理，只是今天做了作家的我對那恨的道理仍缺乏把握。肯定不是因為我偷了她五塊錢。這是肯定的。

——選自《穗子物語》，三民書局

●——————○　**筆記／早熟心眼看世事人情　石曉楓**

〈柳臘姐〉是《穗子物語》裡的一則短篇，嚴歌苓以佻達活潑的文筆，在該書十二個中短篇裡，講述了主人翁蕭穗子由童年、少年至青年期成長的故事。中國文化大革命背景下成長的一代，眼見耳聞、身所經歷，似乎總有說不完的故事，嚴歌苓曾經提到《穗子物語》裡的穗子，乃是「少年的我」的印象派版本，其中的故事並不都是穗子的經歷，而是她對那個時代的印象，包括道聽塗說的故事給她形成的印象。

〈柳臘姐〉以七歲孩童的角度，寫初見臘姐時的觀感，這名養媳婦裝扮土氣、猶如舞台角色出場，在穗子眼中卻是最好看的女人。這樣的敘事觀點與表達方式，不免令人想起白先勇的〈玉卿嫂〉，〈玉卿嫂〉亦是透過孩童容哥兒的眼光，寫奶媽的明豔照人。然而因是同性間的觀看，穗子與臘姐之間，更多了些近身的身體接觸，這接觸裡有穗子對女性生理的好奇，以及對美直覺式的欣賞，也有臘姐春心萌動的性意識，以及難以言宣的祕密情懷。

嚴歌苓對於孩童心理，有著無比細膩又無比大膽的刻畫，被父母視為麻煩丟給外公外婆撫養的穗子，具備了「那種被冷落的孩子常有的鬼心眼」，這個伶俐微帶世故的孩子，和傻氣的鄉下臘姐恰成對比。穗子耳裡聽著外婆對臘姐的評價、眼裡看著父親對臘姐的殷勤，成人世界種種邪惡齷齪的心思，在孩童不動聲色的觀察裡纖毫畢現。而回到自己與臘姐的關係，那裡頭對主從關係霸道的算計、對性與身體懵懂的認知，乃至妒嫉與報復種種無名而邪惡的心思，在嚴歌苓筆下都有恰如其分的展現。

作家並且藉孩子的妒嫉寫臘姐的形象，集豐滿、美麗、聰明、才華（好嗓子）於一身的臘姐，卻一次次失去被栽培的機會。臘姐學戲的美夢只維持了十個月，然而因緣湊巧，文化大革命又讓她重新得到可能「翻身」的機會：丫鬟養媳婦揚眉吐氣了，老爺戲子則被批鬥遊街了，這裡頭自有時代的影子。從孩童心思到成人世界，再映照時代的變遷，嚴歌苓以小寫大，最終歸結於造化的難以逆料，她不輕下褒貶，全由讀者體會判斷，遂令人興起時代浮沉、身不由己的無奈與感慨。

嚴歌苓，一九五八年生於中國上海，旅美華人作家。著有小說：《少女小漁》、《海那邊》、《金陵十三釵》、《一個女人的史詩》、《人寰》、《第九個寡婦》、《補玉山居》。作品曾多次改編電影。曾獲台灣第二屆「時報文學百萬小說獎」評審獎、《第九個寡婦》獲二〇〇六《亞洲週刊》中文十大小說。

外婆家的暑假

——朱天文

眼看著黑雲從望不見邊的甘蔗田上空起來，火車開進屏東站的時候，雲已經低低壓得天垂地暗，不知會怎麼一場暴雨。

「何怡寶！」媽媽把她塞進計程車裡，逃難似的。她瞥見黑臉的雲幕壓壓直追到後車窗來，車子裡都是媽媽身上的粉香汗香。她暈車了，媽媽掏化妝紙給她擦汗，掐她人中，平常就辣手辣腳的媽媽，因為急，差點不把她人解散。車窗搖開，風像河水灌進來，把她沖到灘底。

雨的腥氣裡醒來，她已躺在外婆的那張藤條躺椅上。屋裡真亮，滂沱的雨光不但把長窗屋簷前照得一通亮晃晃，把屋子最裡頭通往廁所的木板走廊也映得光乍乍的。「這雨，嚇死人！」媽媽的永遠是高八度的愉悅的聲音。

外婆說：「倒好，每天這個時候下一場，天那麼熱的。」

很厚軟的聲音，像媽媽那件紫黑色緞子的露背裙子。半扇紙門遮住，她看見外婆套著碧玉鐲子的手在玄關擦乾地板，她的粉紅色「星星小孩」行李袋被雨打溼了，孤伶伶蹲在門邊。

「姥姥。」怡寶喊道。

「乖，好些啦？」

怡寶說：「姥姥我胸口，悶。」

媽媽笑起來，斥道：「妳看她小孩子講話，哪來的胸口，還悶咧。」

兩個大人坐在屋裡細細講話，大雨隔斷人聲，卻像大晴天兩個人坐在萬丈瀑布前。講講，提到鹹蛋蛋黃油，外婆把媽媽託同事從日本帶回的幾盒「救心」擱好，怡寶問道：「油化胺是什麼呀？」

外婆道：「姥姥心跳急，油化胺對心臟好。比如是怡寶把蛋黃拿去燒，臭臭的那個味道，就是胺。」

「理她。」媽媽煩惱的望著她。

常常是這樣，媽媽蹙著眉頭看著她，讓她很深的感覺自己真是給媽媽帶來了麻煩。僅有的一次，她跟父母去誰家做客，回家的計程車上，她坐在爸爸媽媽中間，多麼漫長無話可說的車子裡的空氣，媽媽忽然說：「我是為了怡寶。」轉頭望向爸爸，雖然她看不見，也清楚感覺到媽媽的軟弱和還有的許多熱情，等著爸爸回答。沒有，久久的，沒有。她哭得很厲害，他們想她大概是鬧覺了，各自忍著脾氣哄她。他們如果都是為了怡寶的話，但是就像計程車前窗玻璃上迎空飛來的盞盞水銀路燈；他們都朝她身後飛去了。

把她送回外婆家，辦離婚。

怡寶攀到窗格上，高興看見滿院子樹和草痛快的沖洗出翠綠的晴光，愈是照亮了堂廡，媽媽像伏在椅臂上哭了，外婆只是靜靜望著外面下大雨。然而這時候她很快樂，輕捷的在走廊、木柱、每個房間之間穿走了一遭，一切沒有太大的變動，連媽媽念中學時候做的草莓針包仍然還好好吊在五斗櫥抽屜銅把上。這次的新發現，認出牆上那幅墨竹工整的題字，朗朗念道：「文珊女史清玩。」外婆震訝的眼光投過來，怡寶心想約莫她是做錯了什麼事情，乖乖坐回藤椅中。

雨一收，空中掉下半截彩虹，無數計的七彩水珠滴滴答答到處懸掛。外婆帶她到院中摘芭樂，枝子葉子裡一下就竄得滿頭溼，她朝媽媽叫岔了聲：「小紅心芭樂！好軟，好甜。」

媽媽斜支在亮敞的窗檯上，道：「何怡寶扔個給我。」單手就接住了她丟過來的芭樂，咬一口，說：「也沒從前甜了。媽，活著沒勁，都是一年不如一年。」

外婆道：「我還覺得每天不夠用吶。」

媽媽道：「是忙。可是都不知道忙到哪裡去——咚，就老了。」

「好可憐呀，姥姥。」怡寶對幾個被雨打落的芭樂嘆息。

青草地裡裂著鮮豔膚紅的芭樂心子，是叫人痛惜的。吃著晚飯當中、媽媽突然把碗筷一擱，道：「不甘心。媽，我不甘心。」聲音一啞，掉下眼淚。

外婆怒道：「這會兒曉得不甘心，早些時呢？不甘心，怡寶七歲了，我比妳更不甘心。」

大清早，怡寶已在樹下撿雞蛋花串項鍊，媽媽仍要趕回台北，窗屋裡對著老木鑲鏡畫眉毛，一邊和鏡中撿花的怡寶說：「媽跟爸爸分開的話，妳要跟誰？」

「我跟姥姥。」

媽媽說：「姥姥老了。」

「我長大了，我不要結婚。」她說。

媽媽笑道：「傻小妞兒，我和爸爸照樣是好朋友呀。」

怡寶脫了鞋登登跑進屋來，撞在媽媽身上，道：「我也要。」媽媽便把口紅朝她嘴巴塗了塗，她呵著氣不敢呼吸，怕把唇膏溶掉了，看著鏡子裡湊做一塊兒的兩張臉，想起媽媽穿好那件紫黑色緞子的露背裙子，對鏡子照了又照，爸爸說：「夠啦，夠美啦。」從背後攔上去親媽媽，眼睛裡撥起的火焰，互相落在鏡中望見，媽媽又笑又氣的，「哎，把我衣服弄縐了！」爸爸只是抱住不放。她在旁邊伸著手叫跳：「爸，我也要，我也要。」爸爸把她一撈起擺在化妝檯上坐著，羞她：「電檢處，妳煩不煩人。」她摸摸紫緞裙子，讚嘆：「好滑呀！」是爸爸從香港帶回的。他們把她託在隔壁阿乖家，參加宴會去了。

外婆和她送媽媽到糖廠大門口，目送媽媽穿過平交道走遠的身影，外婆道：「看她，走路跟操兵似的。」

在大門外「黑面蔡」攤上買了一瓶楊桃原汁。糖廠裡算是外婆家頂大，還有池塘假山，養著鯉魚。年紀大的一輩喊外婆蘇太太，年輕人喊程老師。上午賣菜的小發財會開進廠來，播音機叮叮咚咚放著歌曲，停在籃球場那裡，外婆便提著白蘭洗衣粉塑膠袋子去買些菜回來。賣豆花的女人更早一些來，「花——花——」破啞的喊聲經過院牆外面，外婆給她五塊錢銅板，她跑出門，敞綠的巷子已不見人，她尋聲追蹤而去，到郵局燒紅的鳳凰樹下才追住，盛了滿滿一碗湯花，顧著不要潑了呀，到家潑得只剩豆花了。外婆笑道：「眼睛要看前面走路，死盯著碗，可不是都潑光了。」對她抹乾一頭溼汗。

賣菜的是一對客家人夫婦，有隻老黃貓，四腳朝天睡死在一口竹籃子裡，跟青菜豆子貨物混一起，怡寶試探撫著牠坦蕩蕩的肥肚皮，道：「賣貓呀？」

幫著秤菜的男孩望她一眼，說：「牠叫咪嗲。」

「咪嗲，沒有尾巴。」她捏捏貓只剩下一團絨球的尾部，老黃貓抱住臉伸了個U字形大懶腰，繼續死睡。

男孩說：「牠偷吃魚，被人用菜刀，扎！砍斷了。」

怡寶大大駭異，外婆回家了，她仍堅持留下看守咪嗲。男孩說：「妳不要一直摸牠尾巴，牠會拉稀。」

撫著咪嗲一道深黃一道淺黃像老虎皮的肚子，至賣菜車開走了，蟬聲沸騰她走回家的路上，仍感到不可思議的一種驚痛，逐漸淡去的時候，卻變成一種她不能明白的、模糊的，哀傷。

過午，天色轉而沉暗，等著下場雨，醞釀到黃昏，還沒下，也不會下了，空中反常的晚霞染得院中草木一層紅。鬱熱，簡直牆壁和地板都要出汗，外婆帶她蹲在玄關前面石階上揀芹菜，圖涼快，卻一絲絲風意也沒，兩人像蹲在爐光裡。怡寶低落的說：「媽講她本來沒有要我，不曉得我怎麼跑出來的。姥姥是不是？」

「聽妳媽瞎扯。」

她道：「凱蒂阿姨他們都這樣說呀。說小孩子麻煩，要去旅行玩啊都不行，都不要小孩。」

外婆不樂道：「誰是凱蒂阿姨。」

她道：「法薰屋的凱蒂阿姨，她幫人家設計衣服。」

「Fashion嗎？」外婆笑起來。「我們怡寶多聰明相，姥姥的寶貝兒，敢不要！他們跟妳一樣都是小孩所以才不要小孩，懂嗎？」

晚上，成群的小蟲集來屋簷下亂飛，飛飛就朝窗上撲多撲多撞，脫落的薄弱透明小翅紛紛沾在窗紗上，剩下光禿禿的蟲身扭來扭去爬動，怡寶出神的看蟲子，替牠們痛苦。氣壓低，一隻特大號蟑螂逼得在屋子裡轟炸機般，嗡地俯衝來，俯衝去，叫外婆打死了，清晨，窗簷下一片蟲屍，外婆掃著，刷，刷地，很緩慢長久的熱夏，怡寶覺得。

她去應門鈴，是男孩提著一包餛飩皮和碎肉。「咪嗲主人，姥姥。」

男孩進來，把東西交給外婆。外婆問候他家，「牛生了嗎？」

「還沒。」男孩嘖嘖稱嘆道：「院子好大！種好多花噢。」

怡寶極得意道：「我姥姥說，花都知道她，跟我姥姥有感情。」

正在吃冰綠豆湯，也給男孩一碗吃，兩個站在池塘邊，怡寶吃一口，吐半口丟進池裡，魚都奔來搶食。怡寶生起氣來，「那個胖子魚每次都搶別人的，好討厭。」只顧去濟弱扶傾，想起來時，「咪嗲主人呢？」男孩早已走了。

蘭棚底下又有一朵蝴蝶蘭要開了，傍晚澆花，外婆很好心情的。說：「外公不大喜愛花，喜愛香草。外公家鄉的洞庭湖，那裡香草最多。湖水真是清呵！一直看到水底，石是白的，砂是金的。外公就是用草給妳媽媽取的名字。」

「蘇蘅芳。」怡寶道。

「杜蘅，芳芷，兩種。杜蘅的葉子像馬蹄，我都叫馬蹄香。」她就好像真的聞見從外婆話語當中細細漫開的幽香，竹棚底下篩著的跳躍的夕陽光，也都是香氣。又告訴她湘妃竹的典故。吃飯時她突然覺悟似了，指著牆上的墨竹道：「姥姥那就是斑竹？」

「是罷。不過最難畫的還是蘭。」

後來她做了一個夢，夢見九嶷山，洞庭湖，水底金砂，窸窸窣窣的講話聲。醒來，罩在床上朦朧飄動的蚊帳，好一會兒她才明白，並不是湖水。透過帳子，看見房間外面開著日光燈，飯桌上溶溶的橙黃燈影裡，外婆在替一名學生輔導功課。她爬起來走到客廳，怔怔的。

外婆道：「不敢去是麼？」便要帶她去廁所，她搖搖頭不要，過去坐在桌邊，安靜的看著外婆教那名學生課業，書本上許多古怪的符號和式子。她像聞見刮鬍水的青澀氣味，那是爸爸偶爾有一天買回來五冊插圖很美麗的《兒童讀唐詩》，把她抱在膝上，下巴頦抵著她頭頂，教她念了第一首，為她解釋：「春天嘛，在睡覺，聽見到處小鳥叫，半夜下雨嘛……花落知多少，不知道花落了多少。」懊惱的嚷嚷道：「蘇蘅芳這個什麼意思，你們中文系的。」媽媽坐在沙發上看電視，稀里呼嚕念道：「春眠不覺曉處處聞啼鳥夜來風雨聲花落知多少——」嘻嘻一笑，「就是這樣。」爸爸嘀咕道：「寫詩的，有病。」隨又翻了第二首讀，讀讀，頓然沒趣味了，放她下來，拍拍她頭道：「自己看，旁邊都有注音符號。」插腰站在屋當中，聲音帶笑：「中文系的。」媽媽道：「少糗了。」抄起椅枕摔到爸爸臉上，爸爸又把它摔回去，向她說：「每天背一首給爸爸聽啊。」

她喜歡爸爸身上混合著刮鬍水和香菸的太陽的氣味。以及，爸爸抱她在膝上的實感。但爸爸總是，不論正做著什麼，一下就不耐煩了，吃飯也是，匆匆扒完，就到一邊看報紙。媽媽收拾著碗筷，突然撒手不管了，叫道：「你也做事，我也做事，幹嘛我就要累得半死！」門一摔，進屋去了。

爸爸不解的望著她半天，只好撇下報紙，走來飯桌前，她看見父親面對一桌剩盤剩碗很可憐的根本不知怎麼收拾起，她還沒動手幫忙，「何怡寶妳放著不要動！」媽媽在屋裡喝斥道。

眼看爸爸的濃眉毛高高挑起結做一團，爸爸勒令她：「妳不要收。」乾脆坐回沙發上，讀報紙。見她仍站在飯桌前，道：「背了幾首詩了？背給我聽聽。」她不動。爸爸嚴聲道：「快啊，拿書來。」

她睜睜看著自己的眼淚，叭噠，直直掉在飯桌上。

一餐沒有收拾的碗筷，就那樣原封不動整整擺了四天。

「男人，最粗糙的動物。」怡寶說。

外婆斥道：「多難聽，人就是人。」

「媽媽說的。」

外婆道：「小孩子不可講髒話。媽媽在，姥姥就要用肥皂洗她嘴巴。」

她反駁說：「每次做爸爸愛吃的菜，爸都沒感覺耶。媽說，炸雞翅膀也是飯，泡出生力麵也是飯，大家都吃生力麵好了，我何必。」

外婆道：「生力麵怎吃得；防腐劑恁多，致癌的。」

他們在鐵道山坡邊採薺菜，想起來又好笑，「報應，」外婆道。「舅舅阿姨幾個，小時候就是妳媽最挑嘴。有次哄她吃牡蠣，給錢的！一個一毛錢。她來啊，用吞，吞了十來個。」

「媽都不吃飯，光愛吃漢姆和培根。培根上面打一個蛋，放進箱子烤一下就吃了。」

外婆道：「不要學妳媽媽。小孩子不可挑嘴，要吃米飯，米養人。」

幾天不曾下雨，蟬叫得更厲了。她和外婆提著薺菜回糖廠，碰見咪嗲主人踩著一輛三輪板車，載滿了一紮一紮甘蔗葉子回家。外婆問候道：「牛生了嗎？」

「還沒。」男孩結實的臉晒得黑裡透紅，不好意思笑了，彷彿還未生小牛這件事是他的責任。

很好吃的薺菜餛飩，一鍋裡有她包的六個，扁扁的像六頂草帽，她要自己吃。洗著碗，外婆教她念：「一顆星，葛倫登，兩顆星，嫁油瓶，油瓶漏，好炒豆，豆花香，嫁辣醬，辣醬辣，嫁水獺，水獺尾巴烏，嫁鵓鴣，鵓鴣耳朵聾，嫁裁縫，裁縫手腳慢，嫁隻雁，雁會飛，嫁蚜蟻，蚜蟻會爬牆，」正念到這裡，嘰價——腳踏車一停停在院門口，來補習功課的農專哥哥。她去開門，見合歡樹上好大的月亮，蠻香嗆鼻，是姜媽媽家的夜來香，農專哥哥照樣從外面就連連打了幾個噴嚏進來。

過午，外婆把藤條躺椅移到走廊通風口小憩，老藤椅比怡寶年紀大多，溫玉的光澤和弧線如同已變成了外婆的一部分。她到福利社買健素冰棒，到處不見半個人，坐在福利社前珊瑚刺桐底下吃冰棒。她想起爸爸會偶然一下發覺她是他的小女兒，沒道理，就帶她去吃一挖五十塊錢的三一冰淇淋，看著透明落地大玻璃窗外面，滿街聖誕節櫥窗都布置起來了，太陽天，天冷，陽光凍得清清利利鏗鏘有聲。「好吃吧，」爸爸說。「好吃。」是亮撻撻的窗子、壓克力桌面、塑膠椅子，和冰櫥裡一筒筒光鮮的冰淇淋，這樣刺激的，她從腳底心直凍得顫上來。

她沿著一排合歡樹蔭底下也許是走回家，馬路上白白宕宕連樹影也靜息絲毫不動，除了她一個人在走走撿撿合歡花，粉絨絨的一小枝一小枝集成一大束，像媽媽化妝盒裡一大團蜜香的粉撲子。老遠聽見淒蹬蹬、淒蹬蹬踩著三輪板車來，跟她走路差不多慢的，踩近了，更慢了，車上踩的，樹下走的。怡寶問道：「咪嗲呢？」

男孩道：「在睡覺嘿。」

「牠都在睡覺呀？」

「也有吃飯，晚上跑出去，白天就睡覺。」

「喔。」

踩著的空車漸漸超過她走到前面去了。她也忘記要去哪裡，便跟著車子走，遠遠落在後面。男孩停住車，回頭朝她喊：「坐上來。」炎炎太陽下，像是連人連車子，不定一眨眼就蒸發掉了。她跑過去，爬上後面板車裡，有著一股重濁的羶味。

踩過長牆外面，赫然是糖廠的大煙囪，逼在眼前，雲垂海立撼人極了。平常在天邊斜斜吐出的灰煙，這時刻成了滾滾濃雲朝她湧來，「嗳呀！」她一驚。匍在車上。

「煙嘸。」男孩道。

她慢慢不怕時，看見男孩在收攏甘蔗葉子，束成一紮一紮扔上車。「做麼用呀？」

「給牛吃。」

她道：「牛生下沒？讓我去看小牛！」

「還沒生嘸。」

她道：「牛的聲音是怎樣叫？」

「嬷——嬷——」

她訝異道：「真的。」

牛就真是大。咪嗲家有一棟大倉房，中間通道，兩邊用木樁隔成一欄一欄，望去黑漆漆的，怡寶剛探進身子，幾隻「嬷——」一叫，又沉又洪的低音，嚇得她倒退出門。一欄一隻荷蘭牛，二十幾隻。男孩抽出幾根甘蔗葉給她去餵牛，牛就真是大，舌頭伸出來一捲蔗葉，幾乎把她連人一起給捲走。眼睛更是大，文靜的望著人，嘴裡巴答巴答磨著草葉，鼻子呼出來的水氣，真會把她吹倒。「可是姥姥，我比較喜歡大象，象的眼睛會笑，牛眼睛好大，看著人可是都不知道牠在想什麼耶。」在屋裡繞繞，又繞回外婆身邊，比著聲勢，道：「嘩——嘩——牛小便，這樣，嘩——嘩——」

晒一下午，她整個人有些發燙，因為持續興奮，晒紅的兩頰彷彿要熟破了，跟外婆對坐喝著咪嗲主人爸爸給裝回來的一壺鮮奶，吃不慣而純粹是稀奇，她喝一口，嘖一聲，外婆笑道：「瘋的呵。」

正好又接到媽媽打來的國際電話，仍是那樣高八度喧熱的聲音，「何怡寶來跟爸爸講話，今天什麼節妳忘了。」那邊換過爸爸接，她道：「爸爸節快樂。」

爸爸說：「幫妳從日本買了兩件漂亮衣服，粉紅色有大大荷葉邊的裙子，喜不喜歡，媽媽再跟妳說。」

換過媽媽接，「我跟爸爸現在在新加坡。妳要聽姥姥話喔。」

她道：「媽我今天看到牛了，擠牛奶的牛。」

媽媽道：「告訴妳一個消息，我跟爸爸，我們剛才決定，還是不要分開。媽跟爸爸還是好的，妳要快樂……」

聽出媽媽聲音裡的眼淚，但她高興的叫：「姥姥不離婚了！爸跟媽不離婚！」

外婆接聽，她湊擠在旁未聽見什麼，沒兩句，也就掛了。外婆呆呆的坐了半晌，並不像她那樣歡樂的。

「離了，難，不離，也難。」外婆跟舅舅在打電話。道：「孩子當然可憐，不過我想法是離了孩子不見得會更可憐。孩子不是問題，他倆兒的問題。這下子跑南洋玩去，好玩？不晒死。」

她變得隔兩天就要去咪嗲家看牛，後來天天去，說不定哪一天小牛就生了。與她等待小牛相似的，外婆每天總要在牆邊站站，看著曼陀羅的許多葉腋之間已伸出一根根綠黃花苞。她卻有些畏避曼陀羅，也許是葉子那種威猛的綠，也許是疊疊密密長在院子偏僻的一角，結合了外婆教給她認識的印象：「曼陀羅最含生物鹼，葉子跟種子很毒，做麻醉劑、鎮靜劑頂好了。」

咪嗲主人在稻田溝渠旁邊開鑿池塘，哪裡弄到石灰粉和沙的時候，就砌一段水池，他要養金魚，池中做一座假山。但是不下雨，渠水乾了，沒有辦法引水入池。咪嗲家都在等下雨，聽電視新聞報導，高屏地區正在考慮實施分區供水。

廠裡鋪建的工程，卻把水管挖斷了，水泉洶洶從地上騰出，白花花的像銀子一樣。傍晚許多人提著大桶小桶去收水，怡寶抱了一口鍋子去，看見有個老人站在水坑邊上跌嘆：「糟蹋！糟蹋！」聲音裡的感情如此之深刻烙在她耳中，她把一口鍋水抱回家，竟不知要怎麼來處理它。決定倒給魚塘罷，她蹲在池邊，不見水多，不見水少，魚伏在座山底下乘涼。

她跑去咪嗲家找咪嗲主人。「水呀，都是水。我們用甘蔗車把它運來，你的池塘就可以養魚了呀。」

男孩不明白，也不熱心，帶她進屋給她兩個紅蛋，小嬰兒滿月了。賣菜嫂嫂在床邊放著一碗飯，盛得尖尖的，請姐母吃。小嬰兒睡得很熟，怡寶小小聲訝道：「弟弟笑了。」

嫂嫂笑道：「看見姐母啦。」

黃昏，仍然天光很亮，嫂嫂屋子的木門上貼著一張菱形紅紙，勾金描畫著一枝梅花、一棵松樹，松上一輪大月亮。木門外野草地上晒的衣服沒收，男孩在米白尿布和土花布之間穿走，吹葉笛，「篦——篦——」尖拔的笛聲，引她出去的，一聲亮一聲。七夕，她期盼一天，並未等到天上飄下來眼淚。外婆道：「牛郎織女吵架了，跟妳爸媽學樣呢。」在窗口略擺一盤蓮霧和瓜子，領她拜雙星。關了客廳燈教她在黑處拿線穿針，穿進針裡了，笑道：「好，乞得巧了。」

這一晚上，外婆特別心情好，整理一些舊物。理出一隻藤箱，裡頭都是畫具，擺放得整整齊齊。外婆一件件拿出來，攤開一疊習作，裁成方塊大小張不等的泛黃棉紙，大部分是荷葉，從葉芽，到沒開的葉，到開一分、兩分、五分、滿開、開殘的破葉，也有一些花瓣和花苞。外婆從一片水水墨墨中辨別出幾棵是外公畫的，自己笑紅了臉，道：「不行，畫畫要有天分。妳看姥姥畫的，怎樣就是沒款。」

她道：「都是葉子，沒花。」

外婆道：「先畫荷葉，沒來得及學畫花，外公就過去了。那兩年，糖廠事情不必他管了，妳媽媽他們也大了，養養花草，日子才開始呢，就過去了。」

她忽然明白，道：「斑竹是外公畫的呀。」

「那更早前的事，歷史嘍。畫得其實不怎麼樣，那張竹子，騙騙人。」外婆笑道。

她看著外婆仍把一頁頁畫紙疊齊，壓在箱底，然後畫筆顏料筆洗等等一件件回復原狀，最後掩上藤蓋，緊緊一壓，涼清的紙味墨氣遂撲地而滅。外婆道：「明天去採荷葉，做荷葉飯我們吃。」

一去二三里、煙村四五家、亭台六七座、八九十枝花，外婆教她念的千家詩。農專哥哥叫住她，「要下雨了，去哪裡？」

「咪嗲家。」怡寶道。

農專哥哥繞一圈，轉到她身邊，要載她去。她坐在腳踏車前面鐵槓上，天低低的，霧氣太重，車子像在泥河中劃開水路遲緩的前進。空中乍乍亮過一道閃光，像整個地岸都搖了兩搖，一會兒，隱隱的悶雷才遙遠傳來。她回頭一望，發現農專哥哥的眼鏡框角上插著一支牙籤，「天線，」農專哥哥笑說，「螺絲掉了，代用一下。」

路兩旁聳入天中的椰子樹，農專哥哥說：「它們一棵一棵，沒有一棵一樣喔。我是那棵。本來歪歪斜斜營養不良，碰到程老師，看，就直了，一直長，長得最高最高。」

她道：「姥姥說你這個小孩有志氣。」

「我？真的。程老師這樣說？」

「真的呀。」

把她送到咪嗲家，農專哥哥都沒有再講一句話，只有息息的呼吸在她頭頂心吹拂。

男孩急忙帶她去看小牛，剛剛生。咪嗲爸爸正用鹽巴抹擦小牛身上的黏液，母牛用力舔著小牛，厚重的大舌頭在小牛身上犁著一起一起波紋。然後咪嗲爸爸把隻破膠鞋綁住拖在母牛身下的一團血肉。怡寶屏息道：「做麼呀？」

「不要它流回肚子裡，牛會死。」男孩告訴她。

外面下大雨，他們不知道。血的腥氣，雨的腥氣，還是乾裂的泥土地被大雨打出的澎澎腥氣，恍如有一次媽媽下班後到她學跳舞的地方接她回家，下大雨，把她嚴嚴扣在鮮黃色塑膠雨衣雨鞋裡，打著傘，媽媽把她重重攬在臂下，跋涉過人擠人車擠車的街道上，她一面感到擁塞窒息的、一面又感到甜蜜的，混合成一片，但是那麼清楚那一刻，至少，媽媽是她的。

她急切想跑回去跟外婆說牛生小牛了，小牛拜四方。一直等到雨停，咪嗲主人的池塘半滿了，他快樂的在泥水裡踩跳，把水花跳得四濺飛揚。整個稻田都在吃水，刮渣刮渣發出貪心的嘖聲。小嬰兒出生以來第一次看到雨，咪嗲嫂嫂抱他站在屋下，指著簷頭淅淅流下的水滴，道：「雨嘍，雨嘍。」

一顆星，葛倫登，兩顆星，嫁油瓶，油瓶漏，好炒豆，豆花香，嫁辣醬，辣醬辣，嫁水獺，水獺尾巴烏，嫁鵓鴣，鵓鴣耳朵聾，嫁裁縫，裁縫手腳慢，嫁隻雁，雁會飛，嫁蜉蟻，蜉蟻會爬牆——男孩聽她念，脆落落的聲音像琉璃珠子撒了滿地上，喜歡聽她永遠念下去，她卻停住了。男孩說：「然後呢？」

「完了呀。」

「完了。」男孩很失望，叭叭叭把水踩得亂蹦。

她道：「我再問我姥姥去，再告訴你。」

怡寶回家的時候，已經是黃昏。天空很高，地上很清，鳳凰樹綠的更綠、紅的更紅，路很遠。

她走過甘蔗田時，撲起許多麻雀，在她走過之後，零零散散息止下來。

院子裡有寒香浮移。她在玄關脫下鞋子，地板有靜靜的樹影。她喜悅的，悄悄踩著步子，看看玻璃窗子，看看五斗櫃子，櫃子上的老鐘。看看書架上一列列的書本，書桌上散放的化學教科書籍。經過房間，看見老木鏡子裡她的身影。看見拉開的紙門外面院中，牆邊的曼陀羅一支一支怒開著大白花冠。

外婆靠在藤條躺椅上睡著了。她輕捷的滑到椅邊，滑在地板上傍著坐下。廚房爐子上啵啵啵響，猜是在煮糖藕粥；她好像已吃到那股焦甜的味道。

怡寶偎著外婆從椅上垂下的溫軟的手。但是她漸漸知道，外婆，是已經過去了。戴在外婆手上的碧玉鐲子，堅冷清明的告訴她，外婆已經過去。

夏天快要結束的黃昏裡，她哭起來。

——選自《炎夏之都》，印刻

● ————— ○ **筆記／寂寞盛夏，幽幽新生　石曉楓**

深諳「文字鍊金術」的朱天文，這篇小說寫來靈韻生動，充滿了畫面感，也許與編劇經驗也有所關聯，據說這原是楊德昌一部電影的構想，要她先寫出故事，後未採用，便收錄在《炎夏之都》裡。小說將場景設在屏東鄉下，寫素樸的生活與鄉村景致，並刻意採用七歲小孩怡寶的敘事觀點，從怡寶心眼裡觀察大人的生活，整體氛圍沉靜，呈顯出一種逝水時間的日常感。

既是採用孩童敘事觀點，便多以事件呈現人物性格，小說裡生動走出怡寶的父母：媽媽辣手辣腳，走路操兵似的，永遠是高八度的愉悅聲音。爸爸則沒耐心，「不論正做著什麼，一下就不耐煩了」，也粗枝大葉，永遠對妻子的脾氣不解，偶爾還會有「大家都別洗碗盤」的負氣行為。在人倫關係裡，外婆反而是怡寶成長過程裡的啟蒙角色，外婆樂天而練達，她永遠覺得每天不夠用，當怡寶提出疑惑時，外婆說「我們怡寶多聰明相，姥姥的寶貝兒，敢不要！他們跟妳一樣都是小孩所以才不要小孩，懂嗎？」由此烘托出父母選擇及面對婚姻時，或許過度重視自我的心態。

相對於如辦家家酒的一雙父母，小說藉由暑期生活所見所思，表現出早熟孩童的心靈世界。怡寶言語大人化，有對自己是「麻煩」的敏感體認（「媽講她本來沒有要我，不曉得我怎麼跑出來的。姥姥是不是？」）但同時她也難免有同齡孩子的稚氣行為，在鄉居生活裡，且淡淡引出過往回憶，與怡寶對和諧親子關係的眷戀。

「外婆家的暑假」真是又長、又緩慢的熱夏，在這趟夏季之旅中，怡寶同時受到家庭問題和生死問題的衝擊，但朱天文寫來行雲自在、水波不興，全無激烈煽情的場景。外婆是成長小說裡的智者角色，她給予怡寶最多的愛心與關懷；而外婆之死，當然也有怡寶「童年不再」的暗示。可喜的是，小牛之生又與外婆之死的場景相聯結，生中見消亡、死中有生機，當童年消亡的同時，怡寶也正一步步邁向另一個階段的新生。這裡所謂的「新生」，源於自然的啟發、生命的領悟，父母的復合與否，相形之下則尤屬次要了。

朱天文，生於一九五六年，山東臨朐人，淡江大學英文系畢業。著有小說《傳說》、《最想念的季節》、《世紀末的華麗》。散文《淡江記》、《三姊妹》（與朱天心、朱天衣合著）。電影劇本《戀戀風塵》、《好男好女》、《千禧曼波》、《刺客聶隱娘》等。一九九四年以《荒人手記》獲第一屆「時報文學百萬小說獎」首獎。二〇〇八年印刻出版社發行「朱天文作品集」九冊。二〇一五年獲第四屆「紐曼華語文學獎」。近作長篇小說《巫言》。

奸細

——胡淑雯

正義有時候，僅止於復仇。

復仇有時，止於揭露。

揭露他人，揭露我。

我讀的那所小學堅持，國小與小學並不相同，國小是公立的，小學是私立的。能用面紙就別用衛生紙，皮鞋統一訂製，球鞋一律愛迪達，每學期都要換新，不可說官商勾結。

時間是一九八〇年，我十歲。同校的學生還有：蔣總統的後裔。宋美齡的侄孫。第二個蔣總統的後裔，包括他私生子的小孩。副總統的孫。行政院長的外孫。國防部長的兒子。外交部長的女兒。

那些父親母親彼此相識，在家長會上互道久仰，或說好久不見，恭喜您又升官啦，一通電話就能要到頭等病房。他們的子女在校園裡相認，問道週末誰誰誰的生日派對要不要請誰。

他們從來不穿雨衣，在一個靠司機接駁的世界裡，公車、機車與計程車同級，屬於髒亂的冒險遊戲。

我的爸爸沒有朋友，他沒有時間社交。假如他不把所有醒著的時間都拿去開車，就付不起我的學費，以及，比學費更高的「雜費」。

我爸是開計程車的，我媽是開雜貨店的。

我家左邊是做木工的，右邊是賣魚的，再往右是賣菜的，對面是賣羹麵的。

我們是沒有職銜的，做事的。

當我們描述自己的職業時，總是要抓一個「的」來結尾：開車的、擺攤的、賣菜的，彷彿盡是一些找不到名目的、不重要的小事。還有那些「開」、「擺」、「賣」，多麼靜態的動詞啊，其實拚得好累流了好多的汗。

我們這裡沒有，沒有院長、部長、醫生、律師、董事長。這裡沒有名銜。我們無法將自己的身分，安頓在一個名詞裡面。在那所「名字就是地位，就是聲望」的學校裡，我無法承認自己的父親，是個開計程車的，說不出母親的學歷，只有小學畢業。我掩蓋自己的來歷，刷去我們這個階層的污垢，把自己弄得漂亮乾淨，去「那裡」上學。

「那裡」的層次與質感，跟「這裡」很不一樣。那裡昂貴、無垢、不講台語，到處都有冷氣，隨便就能出國。在那個充滿司機與傭人的世界裡，我本是車夫或下女的女兒，偽裝成公主小姐，練習著一種新的腔調，說著不屬於我的語言。

像個臥底的奸細。長滿心眼，仔細看，仔細聽，把全身的官能磨得又尖又細。

奸細的眼睛看見體育老師，在空蕩的保健室裡撫摸女孩的胸。

奸細的眼睛看見訓導主任，在午休淨空的廁所裡面，以藤條鞭打男孩赤裸的屁股。那個男孩姓朱，午休時間溜進女廁，擦口紅穿裙子，噴香水戴假髮，被主任活捉當場。此後，主任只要有打人咬人的需求，小朱男孩就必須將自己奉送出去。

這一切沒人看懂，除了奸細。因為奸細身邊同樣纏著一隻，由老師化身的鬼。

他是隔壁班的導師，高年級的國語老師。總是在公車站旁等我放學，與我同座。對著我又摸又親，假扮父親。解開我胸前的鈕釦，說是要檢查我，檢查我有沒有偷戴項鍊。一次一公分，在我的胸口畫圈，擴張他的摸索。勤快地變換手勢，掠取我身上每一塊，制服蓋不住的皮膚。

老師教我「愛」有幾畫、「正直」屬於哪個部首，一面教，一面用他的聲音渲染我年幼的耳朵，把我變成他的祕密。一如訓導主任對待小朱男孩。

一次，他來班上監考，在我座位周圍徘徊不去，自以為偷偷摸摸其實很明顯地敲著我的考卷。我看見他豎起食指，以指腹摩擦自己的嘴唇。「哼，」我心底一陣鄙夷，「平常你煩得我還不夠嗎！」我懶懶地收回眼睛，但是他鍥而不捨，追加著敲響桌面，逼迫我抬頭仰視，他嘟腫的突兀的嘴。

考卷發回後我才發現，我空著沒答的那道題目，答案是「唇」。

（　）亡齒寒。

那不是老師教學生作弊，而是，成人對女童的賄行。一次失敗的賄行。

（　）亡齒寒。

唇亡齒寒。

我看著考卷，感到一陣齒冷。在我認識「唇亡齒寒」的意思之前，也許，早就，身處在這四個字裡面。

奸細張開眼睛，打開耳朵，仔細看，仔細聽。但是奸細沒有嘴巴，奸細不說話。最初只是無法回答，你家是做什麼的？再來是無法回答，你為何不參加夏令營？接著還有，不去夏令營，是要出國嗎？或者，你家在哪？為什麼不請我去玩？

其實我也曾經是個，有話可說的、老實的小孩。作文課寫「我的家庭」，美術課畫「我的爸爸」，我使用的每一個字、每一道色彩，都曾經是真誠坦率的。為了畫出我爸計程車上那種比檸檬更敏感的黃色，我在別人的水彩盤裡（那裡的顏色比較多）忙得不可開交。但是我的坦白換來老師過分的關注，讓我覺得自己是個來自問題家庭的問題小孩，「月考排名十八，很不錯了，」「居然考進前五名，可以當模範生了，」罵著別人卻指著我說，「連她都做得到，你有什麼理由？」彷彿我生來就適用於低標似的。

當同學自暑期的長假歸來，談論著澳洲的牧場、美國的迪斯耐，我也可以說說陰溝裡的老鼠、歌仔戲後台熱鬧的賭局。只是，我的故事總是怪怪的，缺乏異國的鳥獸、刀叉碰撞的午餐、令人驚嘆的物價、晴朗得快要碎裂的天空。

我那缺乏異國情調的生活，在一片異國情調當中，反而更像異國。

尤其，當我動用了「我家那一帶」的口音與詞彙——來自布袋戲的對話、公園裡的議論、酒鬼的瘋言瘋語——所有熟悉可愛的，於他們都是陌生的、不適的，甚至不太乾淨的。

他們說，請妳不要說台語好嗎？彷彿我脫口而出的盡是髒話。他們說，請妳不要直呼蔣總統的名字好嗎，「妳這樣好像有點不愛國耶。」他們真的好乾淨、好有禮貌啊，連生氣的時候，都記得要說「請、謝謝、對不起」。我們這邊的人不會這樣，我們不會撒這麼漂亮的謊，除了我，九歲以後的我。

假如小孩變老，是因為撒下生平第一個謊，那麼，我就是在九歲那年變老的。

我說的那種令人衰老的謊，不是打破東西沒做功課偷錢偷懶之後，為了規避責任而撒下的那種消災的謊，而是另一種——什麼也沒做，只為了模糊真相、顛倒境遇，與欲望和羞恥媾和的、虛榮的謊。

九歲那年，我就老了。好不容易捱到換班，換了一批老師同學，我不再讓人知道自己的底細，精巧而安靜的學做奸細，假扮成自己所不是的那種人。

我記得每一學年都要填寫的，家庭狀況調查表，要填家庭收入、父母的職業與學歷。我記得自己偷偷摸摸，將筆尖移到「大學」那一欄，一面進行著複雜的心智運算，一面將筆尖移回「小學」，再移向「專科」。最後，決定勾選「高職」。

我知道，撒謊的要訣在於「可信」，鞋跟不能墊得太高，以免讓眼尖的人看穿自己是個矮子。

我愈來愈不願意接近自己的鄰居，怕沾到魚腥、或蔬菜腐爛的氣味。我甚且編出一個鄭重的藉口，魚鱗痣。我聽說，魚鱗沾上皮膚會生根，久了會長出有毒的黑痣。每到春天，就為父母粗糲的手掌擔心——家長會上一握手，老師就會懷疑我撒了謊吧——三年級換班以後，重新填寫的表格上，我父親的職業是「總務科長」，母親是「家管」。

而我們家的錢，雜貨店裡一塊、兩塊賺來的錢，總是十個銅板一疊，以透明膠帶捆好，拿去銀行換成百元的鈔票。彷彿一定要換成乾淨的紙幣，才夠資格拿去學校，支付班費、紙費、水電費，制服費、蒸飯費、點心費，校慶費、教師費、家長會費。

失言不語的我，總是在失眠的月光下豎起耳朵，聽夜歸的父親一面疲倦地咒罵著什麼，一面自口袋裡掏出一張張可憐兮兮的鈔票，將捲曲的攤平，把潮溼的晾起來。我知道天亮以後，媽媽會把這些零錢碎鈔送去銀行，換成體面的整鈔。下禮拜是教師節，要送老師紅包呢。

愈是辛苦賺來的錢，愈是自慚形穢。多麼無微不至的，無微不至的羞恥心。

當我說我找不到自己的同類，找不到家裡開雜貨店的、媽媽擺小攤子的、爸爸做粗工的同學，我根本就在說謊。

我的同學其實包括：學校工友的女兒。

當然，她從不承認。就像我，絕口不提爸爸媽媽，不說家裡的事。

既是奸細，就不能讓人摸清底細。

我們走進別人輝煌的家世裡面——沉默得像個孤兒、我族裡剩下的唯一一人。

我避開她，她也不靠近我，因為我們是同類。同類與同類相靠，就有被歸類、分級，而後，遭鄙視的危險。

我們遙遙相望著看懂了彼此——不是通過褪色的裙子、沒燙過的上衣、色筆的廠牌、髮夾的款式——而是奸細特有的，私密而自覺羞恥的眼神。那眼神，使我們在一團孩子氣當中，獨獨成為，擁有成年魅力的小孩。

「妳也是嗎？跟我一樣嗎？

我們都是某一種，難以說出口的嗎？」

我並沒有這樣問她，因為我也不想被問。

我們就這樣遠遠望著彼此，仇人般相互瞪視、不交談。各自將各自收拾乾淨，假裝純潔如紙以便假裝沒有身世。

降旗時分，我的臉頰熱烘烘的，書包裡多了一枝派克鋼筆。

我知道我不會被抓的，因為我是模範生。出了校門離開隊伍，這枝筆就會被我扔進水溝，成為誰也用不到的廢棄物。我偷竊不是為了占有，而是摧毀，摧毀自以為遭到剝奪的，一切，高貴美麗、因此無法為我所用的東西。

我以為，這時代無所謂是非黑白，所以人人都清清白白，不需要藉口。但是，有某個更清白的東西躲在我的胃裡，在胃壁上焦躁踏步，踏出一道出血的破綻。我覺得我快要昏倒了。於是自操場脫隊，逃進廁所，在國歌莊嚴而隆重的掩護之下，大大方方吐個痛快。

在那暈眩過後、稍縱即逝的一點乾淨的時光裡，我忽而聽見，走道最底的那扇門裡，迴盪著一種尖細的高音。

那不是歌唱，也不是話語，只是聲音，一種失語般的吠叫。

我收拾自己，收拾被嘔吐的穢物嗆得猛烈急躁的呼吸，安靜，安靜。

安安靜靜地隱匿在這，屬於嘔吐與吠叫的時間裡。自國歌與校歌逃開，在誠實的廁所裡休息。

小朱男孩顯然聽見了我，因為我聽見了他的安靜。

他似乎知道我也聽見了他，因為他聽見了我的安靜。

在我們獻給對方的安靜裡面，包含了同情或者默許。

（是啊，我們不像別的同學鬼叫著、衝進訓導處報告：有人躲在廁所裡面！）

小朱男孩走出那個堆滿拖把的廁間，看著我。

我跟他一句話也沒說，只是對望。彷彿山貓遇見豹子、警戒地嗅著對方的氣味，分不清彼此算不算同類。

「你也是嗎？跟我一樣嗎？

我們都是某一種，難以說出口的嗎？」

我跟他一句話也沒說，只是對望。

相視無語，反而進行了真實的交談。

小朱強自鎮定，依舊忍不住分心，看看我的褲腳。

「你發現了是嗎？發現我的褲子，比別人的短了一吋。

不過，我媽把褶邊放下來，把長度補足了。」

我管束不了嘴角跳動的一陣緊張，只好笑。

他於是獻寶似的戴起假髮，以之回報。

那是一頭澎湃的橘色鬈髮。

廁所開著氣窗，校歌唱得明亮。晚晴中，陽光斜斜打來，鞭打著我的眼睛。

我的眼眶發脹，感覺他的頭髮不斷擴張、不斷擴張。他的髮中灌滿了雲，還有海浪，在地上投下一團陰影。他踩在自己的陰影上面。

我看見他踮起腳尖，以弓起的腳背想像一隻哀傷的高跟鞋，嘴裡繼續發出那種哼哼嗚嗚的怪叫，像是要掃除操場上的校歌，掃除那整齊劃一的天真。

他好瘦，瘦得幾乎要被自己的骨頭吃掉，被頭上那頂失火般的假髮燒掉。

在那頂假髮的一個歪斜底下，有一撮纖細的真髮冒出來，像等待一般乾枯著，枯等一陣涼風，一陣舒長的呼吸，一道赤裸的光束，還有那，棄離謊言的瞬間。

我跟他走出廁所的後門，背向那些手拉手、齊步走，由哨音與糾察護送的隊伍，面向被高樓切割的天空，等著迎接，或者，送別夕陽。

在那被稱作落日的時刻升起並且墜落之際，我的喉嚨冒出一陣灼熱的苦味，那苦味殺進鼻腔，刺進眼眶，流進我耳內嗡嗡作響。恍惚間我彷彿微微聽見，小朱男孩的假髮裡面，震動著昆蟲的翅膀。

那頭假髮是一團奢華妄想的森林，迷陷了兩隻年幼的蒼蠅。

——選自《哀豔是童年》，印刻

● ———— ○ **筆記／穿刺階級的控訴　石曉楓**

胡淑雯的文字有銳利如刀鋒的閃光、刺痛如針尖的觸感，藉由精準的事件截面，帶出其所關注的社會議題，本文便表露了作家對性別、階層、制度的看法。

《哀豔是童年》裡收錄了十二篇小說，其中〈界線〉、〈奸細〉、〈摯敵〉三文處理的命題相似，都描繪了被安頓於上流社會的錯置者，在承受著體制對於身分的命名時，那無法被安頓的心靈。這篇〈奸細〉以簡潔的敘事，指涉「這裡」與「那裡」分屬兩個世界的差異性，行走其間的是一名矇混入「上層社會」——高學費私立小學的女孩。「我」所埋伏的「那裡」，是地位、聲望、層次、質感的象徵，所有在那裡的人共同形塑出一個有禮無菌的空間；「我」所成長的「這裡」，則沒有來歷、沒有名銜，只有無微不至的羞恥心。於是車夫或下女的女兒，偽裝成公主小姐，如臥底奸細般，指認著在學校裡，一樣有「私密而自覺羞恥的眼神」之同類：學校工友的女兒、變裝癖男孩小朱，並在故作漠然的關注裡，進行著沉默的反抗。

對於身分持續的揭露與辯證，以及對社會結構暴力的控訴，反覆穿行於字裡行間。或許源於長期從事婦運，或者源於血液本質裡的叛逆性，胡淑雯的文字赤裸、坦露而犀利，一字一句彷彿都要穿透紙面，向人訴說著所有不公不義。在這篇小說裡，牽涉到作者對於「品、類、階、格」的關注，而關於天真與機巧、道德與敗德、文明與野蠻，作者也反覆進行著質疑與辯證。藉由極端的情境塑造，胡淑雯將社會現存的文明、道德與體制規範做了徹底的剝視，色情、階級、賄賂、世故並存於事件裡，讓讀者自行思索或判斷。

小說的收尾意象相當凌厲，變裝癖男孩那頭澎湃的橘色假髮，「是一團奢華妄想的森林，迷陷了兩隻年幼的蒼蠅。」那燃燒般的鬈髮、色彩斑斕的魅影，仿若上流社會華而不實的幻象，迷惑並迷惘了多少界線「這邊」的奸細。面對涉入其間所造成的毀傷，胡淑雯發出邊緣性的反抗，而那充滿力量的文字，則像是男孩在偽善社群裡發出的尖叫，雖然突兀而不合時宜，卻展現了強勁的生命力與內在爆發力，相當令人驚豔。

胡淑雯，生於一九七〇年，台灣台北人。台灣大學外文系畢業，曾任記者、編輯，長年投身婦女運動。著有短篇小說《哀豔是童年》。長篇小說《太陽的血是黑的》。其中《哀豔是童年》獲二〇〇六《聯合報》「讀書人」文學類年度最佳書獎。

十八歲出門遠行

——余華

柏油馬路起伏不止，馬路像是貼在海浪上。我走在這條山區公路上，我像一條船。這年我十八歲，我下巴上那幾根黃色的鬍鬚迎風飄飄，那是第一批來這裡定居的鬍鬚，所以我格外珍重它們，我在這條路上走了整整一天，已經看了很多山和很多雲。所有的山所有的雲，都讓我聯想起了熟悉的人。我就朝著它們呼喚他們的綽號，所以儘管走了一天，可我一點也不累。我就這樣從早晨裡穿過，現在走進了下午的尾聲，而且還看到了黃昏的頭髮。但是我還沒走進一家旅店。

我在路上遇到不少人，可他們都不知道前面是何處，前面是否有旅店。他們都這樣告訴我：「你走過去看吧。」我覺得他們說得太好了，我確實是在走過去看。可是我還沒走進一家旅店。我覺得自己應該為旅店操心。

我奇怪自己走了一天竟只遇到一次汽車。那時是中午，那時我剛剛想搭車，但那時僅僅只是想搭車，那時我還沒為旅店操心，那時我只是覺得搭一下車非常了不起。我站在路旁朝那輛汽車揮手，我努力揮得很瀟灑。可那個司機看也沒看我，汽車和司機一樣，也是看也沒看，在我眼前一閃就過去了。我就在汽車後面拚命地追了一陣，我這樣做只是為了高興，因為那時我還沒有為旅店操心。我一直追到汽車消失之後，然後我對著自己哈哈大笑，但是我馬上發現笑得太厲害會影響呼吸，於是我立刻不笑。接著我就興致勃勃地繼續走路，但心裡卻開始後悔起來，後悔剛才沒在瀟灑地揮著的手裡放一塊大石子。

現在我真想搭車，因為黃昏就要來了，可旅店還在他媽肚子裡，但是整個下午竟沒再看到一輛汽車。要是現在再攔車，我想我準能攔住。我會躺到公路中央去，我敢肯定所有的汽車都會在我耳邊來個急煞車。然而現在連汽車的馬達聲都聽不到。現在我只能走過去看了，這話不錯，走過去看。

公路高低起伏，那高處總在誘惑我，誘惑我沒命奔上去看旅店，可每次都只看到另一個高處，中間是一個教人沮喪的弧度。儘管這樣我還是一次一次地往高處奔，次次都是沒命地奔。眼下我又往高處奔去。這一次我看到了，看到的不是旅店而是汽車。汽車是朝我這個方向停著的，停在公路的低處。我看到那個司機高高翹起的屁股，屁股上有晚霞。司機的腦袋我看不見，他的腦袋正塞在車頭裡。那車頭的蓋子斜斜翹起，像是翻起的嘴唇。車箱裡高高堆著籮筐，我想著籮筐裡裝的肯定是水果。當然最好是香蕉。我想他的駕駛室裡應該也有，那麼我一坐進去就可以拿起來吃了。雖然汽車將要朝我走來的方向開去，但我已經不在乎方向。我現在需要旅店，旅店沒有就需要汽車，汽車就在眼前。

我興致勃勃地跑了過去，向司機打招呼：「老鄉，你好。」

司機好像沒有聽到，仍在撥弄著什麼。

「老鄉，抽菸。」

這時他才使了使勁，將頭從裡面拔出來，並伸過來一隻黑乎乎的手，夾住我遞過去的菸。我趕緊給他點火。他將菸叼在嘴上吸了幾口後，又把頭塞了進去。

於是我心安理得了，他只要接過我的菸，他就得讓我坐他的車。我就繞著汽車轉悠起來，轉悠是為了偵察籮筐的內容。可是我看不清，便去使用鼻子聞，聞到了蘋果味，蘋果也不錯，我這樣想。

不一會他修好了車，就蓋上車蓋跳了下來。我趕緊走上去說：「老鄉，我想搭車。」不料他用黑乎乎的手推了我一把，粗暴地說：「滾開。」

我氣得無話可說，他卻慢悠悠地打開車門鑽了進去，然後發動機響了起來。我知道要是錯過這次機會，將不再有機會。我知道現在應該豁出去了。於是我跑到另一側，也拉開車門鑽了進去。我準備與他在駕駛室裡大打一場。我進去時首先是衝著他吼了一聲：「你嘴裡還叼著我的菸。」這時汽車已經活動了。

然而他卻笑嘻嘻地十分友好地看起我來，這讓我大惑不解。他問：「你上哪？」

我說：「隨便上哪。」

他又親切地問：「想吃蘋果嗎？」他仍然看著我。

「那還用問。」

「到後面去拿吧。」

他把汽車開得那麼快，我敢爬出駕駛室爬到後面去嗎？於是我就說：「算了吧。」

他說：「去拿吧。」他的眼睛還在看著我。

我說：「別看了，我臉上沒公路。」

他這才扭過頭去看公路了。

汽車朝我來時的方向馳著，我舒服地坐在座椅上，看著窗外，和司機聊著天。現在我和他已經成為朋友了。我已經知道他是在個體販運。這汽車是他自己的，蘋果也是他的。我還聽到了他口袋裡面錢兒叮噹響。我問他：「你到什麼地方去？」

他說：「開過去看吧。」

這話簡直像是我兄弟說的，這話可多親切。我覺得自己與他更親近了。車窗外的一切應該是我熟悉的，那些山那些雲都讓我聯想起來了另一幫熟悉人來了，於是我又叫喚起另一批綽號來了。

現在我根本不在乎什麼旅店，這汽車這司機這座椅讓我心安而理得。我不知道汽車要到什麼地方去，他也不知道。反正前面是什麼地方對我們來說無關緊要，我們只要汽車在馳著，那就馳過去看吧。

可是這汽車拋錨了，那個時候我們已經是好得不能再好的朋友了。我把手搭在他肩上，他把手搭在我肩上。他正在把他的戀愛說給我聽，正要說第一次擁抱女性的感覺時，這汽車拋錨了。汽車是在上坡時拋錨的，那個時候汽車突然不叫喚了，像死豬那樣突然不動了。於是他又爬到車頭上去了，又把那上嘴唇翻了起來，腦袋又塞了進去。我坐在駕駛室裡，我知道他的屁股此刻肯定又高高翹起，但上嘴唇擋住了我的視線，我看不到他的屁股，可我聽得到他修車的聲音。

過了一會他把腦袋拔了出來，把車蓋蓋上。他那時手更黑了，他的髒手在衣服上擦了又擦，然後跳到地上走了過來。

「修好了？」我問。

「完了，沒法修了。」他說。

我想完了，「那怎麼辦呢？」我問。

「等著瞧吧。」他漫不經心地說。

我仍在汽車裡坐著，不知該怎麼辦。眼下我又想起什麼旅店來了。那個時候太陽要落山了，晚霞則像蒸氣似地在升騰。旅店就這樣重又來到了我腦中，並且逐漸膨脹，不一會便把我的腦袋塞滿了。那時我的腦袋沒有了，腦袋的地方長出了一個旅店。

司機這時在公路中央做起了廣播操，他從第一節做到最後一節，做得很認真。做完又繞著汽車小跑起來。司機也許是在駕駛室裡待得太久，現在他需要鍛鍊身體了。看著他在外面活動，我在裡面也坐不住，於是，打開車門也跳了下去。但我沒做放手操也沒小跑。我在想著旅店和旅店。

這個時候我看到坡上有五個人騎著自行車下來，每輛自行車後座上都用一根扁擔綁著兩只很大的籮筐，我想他們大概是附近的農民，大概是賣菜回來。看到有人下來，我心裡十分高興，便迎上去喊道：「老鄉，你們好。」

那五個人騎到我跟前時跳下了車，我很高興地迎了上去，問：「附近有旅店嗎？」

他們沒有回答，而是問我：「車上裝的是什麼？」

我說：「是蘋果。」

他們五人推著自行車走到汽車旁，有兩個人爬到了汽車上，接著就翻下來十筐蘋果，下面三個人把筐蓋掀開往他們自己的筐裡倒。我一時間還不知道發生了什麼，那情景讓我目瞪口呆。我明白過來就衝了上去，責問：「你們要幹什麼？」

他們誰也沒理睬我，繼續倒蘋果。我上去抓住其中一個人的手喊道：「有人搶蘋果啦！」這時有一隻拳頭朝我鼻子下狠狠地揍來了，我被打出幾米遠。爬起來用手一摸，鼻子軟塌塌地不是貼著而是掛在臉上了，鮮血像是傷心的眼淚一樣流。可當我看清打我的那個身強力壯的大漢時，他們五人已經跨上自行車騎走了。

司機此刻正在慢慢地散步，嘴唇翻著大口大口喘氣，他剛才大概跑累了。他好像一點也不知道剛才的事。我朝他喊：「你的蘋果被搶走了！」可他根本沒注意我在喊什麼，仍在慢慢地散步。我真想上去揍他一拳，也讓他的鼻子掛起來。我跑過去對著他的耳朵大喊：「你的蘋果被搶走了。」他這才轉身看了我起來，我發現他的表情愈來愈高興，我發現他是在看我的鼻子。

這時候，坡上又有很多人騎著自行車下來了，每輛車後都有兩只大筐，騎車的人裡面有一些孩子。他們蜂擁而來，又立刻將汽車包圍。好些人跳到汽車上面，於是裝蘋果的籮筐紛紛而下，蘋果從一些摔破的筐中像我的鼻血一樣流了出來。他們都發瘋般往自己筐中裝蘋果。才一瞬間工夫，車上的蘋果全到了地下。那時有幾輛手扶拖拉機從坡上隆隆而下，拖拉機也停在汽車旁，跳下一幫大漢開始往拖拉機上裝蘋果，那些空了的籮筐一只一只被扔了出去。那時的蘋果已經滿地滾了，所有人都像蛤蟆似地蹲著撿蘋果。

我是在這個時候奮不顧身撲上去的，我大聲罵著：「強盜！」撲了上去。於是有無數拳腳前來迎接，我全身每個地方幾乎同時挨了揍。我支撐著從地上爬起來時，幾個孩子朝我擊來蘋果，蘋果撞在腦袋上碎了，但腦袋沒碎。我正要撲過去揍那些孩子，有一隻腳狠狠地踢在我腰部。我想叫喚一聲，可嘴巴一張卻沒有聲音。我跌坐在地上，我再也爬不起來了，只能看著他們亂搶蘋果。我開始用眼睛去尋找那司機，這傢伙此刻正站在遠處朝我哈哈大笑，我便知道現在自己的模樣一定比剛才的鼻子更精采了。

那個時候我連憤怒的力氣都沒有了。我只能用眼睛看著這些使我憤怒極頂的一切。我最憤怒的是那個司機。

坡上又下來了一些手扶拖拉機和自行車，他們也投入到這場浩劫中去。我看到地上的蘋果愈來愈少，看著一些人離去和一些人來到。來遲的人開始在汽車上動手，我看著他們將車窗玻璃卸了下來，將輪胎卸了下來，又將木板撬了下來。輪胎被卸去後的汽車顯得特別垂頭喪氣，它趴在地上。一些孩子則去撿那些剛才被扔出去的籮筐。我看著地上愈來愈乾淨，人也愈來愈少。可我那時只能看著了，因為我連憤怒的力氣都沒有了。我坐在地上爬不起來，我只能讓目光走來走去。

現在四周空蕩蕩了，只有一輛手扶拖拉機還停在趴著的汽車旁。有人在汽車旁東瞧西望，是在看看還有什麼東西可以拿走。看了一陣後才一個一個爬到拖拉機上，於是拖拉機開動了。

這時我看到那個司機也跳到拖拉機上去了，他在車斗裡坐下來後還在朝我哈哈大笑。我看到他手裡抱著的是我那個紅色的背包。他把我的背包搶走了。背包裡有我的衣服和我的錢，還有食品和書。可他把我的背包搶走了。

我看著拖拉機爬上了坡，然後就消失了，但仍能聽到它的聲音，可不一會連聲音都沒有了。四周一下子寂靜下來，天也開始黑下來。我仍在地上坐著，我這時又飢又冷，可我現在什麼都沒有了。

我在那裡坐了很久，然後才慢慢爬起來，我爬起來時很艱難，因為每動一下全身就劇烈地疼痛，但我還是爬了起來。我一拐一拐地走到汽車旁邊。那汽車的模樣真是慘極了，它遍體鱗傷地趴在那裡，我知道自己也是遍體鱗傷了。

天色完全黑了，四周什麼都沒有，只有遍體鱗傷的汽車和遍體鱗傷的我。我無限悲傷地看著汽車，汽車也無限悲傷地看著我。我伸出手去撫摸了它。它渾身冰涼。那時候開始起風了，風很大，山上樹葉搖動時的聲音像是海濤的聲音，這聲音使我恐懼，使我也像汽車一樣渾身冰涼。

我打開車門鑽了進去，座椅沒被他們撬去，這讓我心裡稍稍有了安慰。我就在駕駛室裡躺了下來。我聞到了一股漏出來的汽油味，那氣味像是我身內流出的血液的氣味。外面風愈來愈大，但我躺在座椅上開始感到暖和一點了。我感到這汽車雖然遍體鱗傷，可它心窩還是健全的，還是暖和的。我知道自己的心窩也是暖和的。我一直在尋找旅店，沒想到旅店你竟在這裡。

我躺在汽車的心窩裡，想起了那麼一個晴朗溫和的中午，那時的陽光非常美麗。我記得自己在外面高高興興地玩了半天，然後我回家了，在窗外看到父親正在屋內整理一個紅色的背包，我撲在窗口問：「爸爸，你要出門？」

父親轉過身來溫和地說：「不，是讓你出門。」

「讓我出門？」

「是的，你已經十八了，你應該去認識一下外面的世界了。」

後來我就背起了那個漂亮的紅背包，父親在我腦後拍了一下，就像在馬屁股上拍了一下。於是我歡快地衝出了家門，像一匹興高采烈的馬一樣歡快地奔跑了起來。

——選自《十八歲出門遠行》，遠流

●——○ **筆記／出走，在路上　石曉楓**

少年啟蒙經驗的發端，大概都是走出家庭，這是經歷成長試煉的第一步。從象徵角度分析，余華在一九八七年發表的〈十八歲出門遠行〉，可以視為普泛性場景下，屬於當代少年的離家宣言。小說的敘述語調配合人物身分，從尋找旅店過程的喃喃自語中，可以看出青少年情緒的變化；而略帶荒誕色彩與超現實的筆觸，則是當時文學風潮影響下的先鋒實驗。

「我」在十八歲之際離家，走在山區公路上急欲尋找旅店，然而日色漸黑，旅店始終不見，在一天的跋涉後我終於遇到了開汽車的司機，兩人成為好友。此後坡上陸續出現數輛自行車，農民們取走車上的蘋果，接著不斷有離去和到來的人，對「我們」的車恣意凌虐。浩劫過後，司機與農民們帶著蘋果及「我」的背包揚長而去，留下遍體鱗傷的「我」和汽車。

這裡的汽車、旅店，從象徵角度看來，所指涉者無非「歸屬」的概念。公路則是人生旅途的象徵，「走過去看吧」，生命沿途的風景也許偶有似曾相識之處，但不走過去看，誰都無法代替你體驗、代替你發言。在猶如公路電影般的移動旅程中，主角結識了「好得不能再好」的朋友、離去和到來的陌生人，除了友誼外，這裡也涉及生命中的「掠奪」命題。在經歷過殘酷的背叛、拋棄及掠奪之後，主角體認到竟日尋找的旅店，原來始終在自己心裡。小說裡關於遍體鱗傷汽車與我合一的描述，進一步暗示了破損、殘缺的人生，才是真正經歷過的、有血有肉的人生。

家庭是絕大多數人生命經驗的開端，然而隨著年歲漸長，個人終需離開家庭的庇護（有時或是家庭的「陰影」）出門遠行，從此畢生處於「在路上」的狀態，不斷接受各種生存的試煉，並在「家」的離與返之間往復辯證。過去無憂時光的回憶雖然甜美、令人懷念，卻無法耽溺。再深一層論述，余華在題意上所謂「十八歲」的指涉，也許並非生理年齡的規定，而是指心理年齡上的離家狀態。讀者不妨思考一下，從心理狀態而言，何時你才可能真正離家？或者其實你早已走在「離家遠行」的路上？

余華，生於一九六〇年，中國浙江杭州人。著有長篇小說《活著》、《許三觀賣血記》、《兄弟》。中短篇小說《我膽小如鼠》、《現實一種》、《戰慄》、《鮮血梅花》等。作品翻譯成多國語言。其中《活著》獲選為《亞洲週刊》「二十世紀中文小說一〇〇強」、《兄弟》獲二〇〇六《亞洲週刊》中文十大小說。在台近作為雜文集《十個詞彙裡的中國》、《錄影帶電影》；長篇小說《第七天》。

寂寞的十七歲

——白先勇

一

回到家裡，天已經濛濛亮了，昨天晚上的雨還沒有停，早上的風吹得人難耐得很，冰浸的。大門緊閉著，我只得翻過圍牆爬進去。來富聽到有人跳牆，咆哮著衝過來，一看見是我，急忙撲到我身上，伸出舌頭來舔我的臉。我沒有理牠，我倦得走路都走不穩了。我由廚房側門溜進去，走廊一片渾黑。我脫了皮鞋摸上樓去，經過爸爸媽媽臥房時，我溜得特別快。

回到家裡第一件事情就是到浴室裡去照鏡子，我以為一定變得認不出來了，我記得有本小說寫過有個人做一件壞事，臉上就刻下一條「墮落之痕」，痕跡倒是沒有。只是一張臉像是抽過了血，白紙一般，兩個眼圈子烏青。我發覺我的下巴頦在打哆嗦，一陣寒氣從心底裡透了出來。

我趕忙關上燈，走進自己房裡去，窗外透進來一片灰濛濛的曙光，我的鐵床晚上沒有人睡過，還是疊得整整齊齊的，制服漿得挺硬，掛在椅背上，大概是媽媽替我預備好早上參加結業式用。我一向有點潔癮，可是這會兒小房裡卻整潔得使我難受，我的頭髮黏溼，袖口上還裹滿了泥漿，都是新公園草地上的。我實在不願泥滾滾的躺到我的鐵床上去，可是我太疲倦了，手腳凍得僵硬，腦子裡麻木得什麼念頭都丟乾淨了。我得先鑽到被窩裡暖一暖，再想想昨天晚上到底是怎麼回事。我的心亂得慌，好多事情我得慢慢拼湊才想得起來。

二

說來話長，我想還是從我去年剛搭上十七歲講起吧！十七歲，嘖嘖，我希望我根本沒有活過這一年。

我記得進高一的前一晚，爸爸把我叫到他房裡。我曉得他又要有一番大道理了，每次開學的頭一天，他總要說一頓的。我聽媽媽說，我生下來時，有個算命瞎子講我的八字和爸爸犯了沖。我頂信他的話，我從小就和爸爸沒有處好過。天理良心，我從來沒有故意和爸爸作對，可是那是命中注定了的，改不了，有次爸爸問我們將來想做什麼；大哥講要當陸軍總司令，二哥講要當大博士，我不曉得要當什麼才好，我說什麼也不想當，爸爸黑了臉，他是白手成家的，小時候沒錢讀書，冬天看書腳生凍瘡，奶奶用炭灰來替他渥腳。所以他最恨讀不成書的人，可是偏偏我又不是塊讀書的材料，從小爸爸就看死我沒有出息，我想他大概有點道理。

我站在爸爸寫字檯前，爸爸叫我端張椅子坐下。他開頭什麼話都不說，先把大哥和二哥的成績單遞給我。大哥在陸軍官校考第一，保送美國西點，二哥在哥倫比亞讀化學碩士。爸爸有收集成績單的癖好，連小弟在建國中學的月考成績單他也收起來，放在他抽屜裡，我從來不交成績單給他，總是他催得不耐煩了，自己到我學校去拿的。大哥和二哥的分數不消說都是好的，我拿了他們的成績單放在膝蓋上沒有打開，爸爸一定要我看，我只得翻開來溜一眼，裡面全是A。

「你兩個哥哥讀書從來沒考過五名以外，你小弟每年都考第一。一個爹娘生的，就是你這麼不爭氣。哥哥弟弟留學的留學，念省中的念省中，你念個私立學校還差點畢不得業，朋友問起來，我連臉都沒地方放——」

爸爸開始了，先說哥哥弟弟怎麼怎麼好，我怎麼怎麼不行。他問我為什麼這樣不行，我說我不知道。爸爸有點不高興，臉沉了下來。

「不知道？還不是不用功，整天糊里糊塗，心都沒放在書本上，怎麼念得好？每個月三百塊錢的補習老師，不知補到哪裡去了。什麼不知道！就是遊手好閒，愛偷懶！」

爸爸愈說愈氣，天理良心，我真的沒有想偷懶。學校裡的功課我都按時交的，就是考試難得及格。我實在不大會考試，數學題目十有九會看錯。爸爸說我低能，我懷疑真的有這麼一點。

爸爸說這次我能進南光中學是他跟校長賣的面子，要不然，我連書都沒得讀，因此爸爸要我特別用功。他說高中的功課如何緊如何難，他教我這一科怎麼念，那一科該注意些什麼。他仔仔細細講了許多諸如此類的話。平常爸爸沒有什麼和我聊的，我們難得講上三分鐘的話，可是在功課上頭他卻耐性特大，不惜重複又重複的叮嚀。我相信爸爸的話對我一定很有益，但是白天我去買書，買球鞋，理髮，量制服，一天勞累，精神實在不濟了。我硬撐著眼皮傻愣愣的瞪著他，直到他要我保證：

「你一定要好好讀過高一，不准留級，有這個信心沒有？」

我愛說謊，常常我對自己都愛說哄話。只有對爸爸，有時我卻講老實話。我說我沒有這個信心，爸爸頓時氣得怔住了，臉色沉得好難看。我並沒有存心想氣他，我是說實話，我真的沒有信心。我在小學六年級留過一次級，在初二又挨過一次。爸爸的頭筋暴了起來，他沒有作聲，我說第二天要早起想去睡覺了，爸爸轉過頭去沒有理我。

我走出爸爸房門，媽媽馬上迎了上來，我曉得她等在房門口聽我們說話，爸爸和媽媽從來不一起教訓我，總是一個來完另一個再來。

「你爸爸——」

媽媽總是這樣，她想說我，總愛加上「你爸爸——」我頂不喜歡這點，如果她要說我什麼，我會聽的，從小我心中就只有媽媽一個人。那時小弟還沒出世，我是媽媽的么兒，我那時長得好玩，雪白滾圓，媽媽抱著我親著我照了好多照片，我都當寶貝似的把那些照片夾在日記本裡，天天早上，我鑽到媽媽被窩裡，和她一起吃「芙蓉蛋」，我頂愛那個玩意兒，她一面餵我，一面聽我瞎編故事，我真不懂她那時的耐性竟有那麼好，肯笑著聽我胡謅，媽媽那時真可愛。

「你爸爸對你怎麼說你可聽清楚了吧？」

媽媽衝著我說，我沒有理她，走上樓梯回到我自己房裡去，媽媽的脾氣，可不大好，爸爸愈生氣愈不說話，媽媽恰巧相反。我進房時，把門順帶砰上，媽媽把門用力摔開罵道：

「報應鬼！我和你爸爸要給你氣死為止。你爸爸說你沒出息，一點都不錯，只會在我面前耍強，給我看臉嘴，中什麼用呀！委委瑣瑣，這麼大個人連小弟都不如！你爸爸說——」

「好了，好了，請你明天再講好不好？」我打斷媽媽的話說，我實在疲倦得失去了耐性。媽氣哭了，她用袖子去擦眼淚，罵我忤逆不孝，我頂怕媽媽哭，她一哭我就心煩。我從衣櫃裡找了半天拿出一塊手帕遞給她。真的，我覺得我滿懂得體諒媽媽，可是媽媽老不大懂得人家。我坐在床上足足聽她訓了半個鐘頭。我不敢插嘴了，我實在怕她哭。

媽媽走了以後，我把放在床上的書本，球鞋，統統砸到地上去，趴到床上蒙起頭拚命大喊幾聲，我的胸口脹極了，快炸裂了一般。

三

我不喜歡南光，我慢些兒再談到它吧！我還是先講講我自己，你不曉得我的脾氣有多孤怪，從小我就愛躲人。在學校裡躲老師，躲同學，在家裡躲爸爸。我長得高，在小學時他們叫我傻大個，我到現在走路還是直不起腰來。升旗的時候，站在隊伍裡，我總把膝蓋彎起來縮矮一截。我繼承了媽媽的皮膚，白得自己都不好意思，有人叫我「小白臉」，有人叫我「大姑娘」。我多麼痛恨這些無聊的傢伙。我常在院子裡脫了上衣狠狠的晒一頓，可是晒脫了皮還是比別人白，人家以為我是小胖子，因為我是個娃娃臉，其實我很排，這從我手梗子看得出來，所以我總不愛穿短袖衣服，我怕人家笑。我拘謹得厲害，我很羨慕我們班上有些長得烏裡烏氣的同學，他們敢梳飛機頭，穿紅襯衫，我不敢。人家和我合不來，以為我傲氣，誰知道我因為臉皮薄，生怕別人瞧不起，裝出一副高不可攀的樣子，其實我心裡直發虛。

我不是講過我愛扯謊嗎？我撒謊不必經過大腦，都是隨口而出的。別人問我念什麼學校，我說建國中學；問我上幾年級，我說高三。我乘公共汽車常常掛著建中的領章，手裡夾著范氏大代數。明明十七，我說十九。我運動頂不行，我偏說是籃球校隊。不要笑我，我怕人家瞧不起。爸爸說我自甘墮落，我倒是滿想要好的，只是好不起來就是了。

我找不到人作伴，一來我太愛扯謊；二來我這個人大概沒有什麼味道，什麼玩意兒都不精通。我貼錢請小弟看電影他都不幹，他朋友多，人緣好，爸爸寵他，說他是將才。小時我在他腿子上咬下四枚牙印子，因為媽媽有了他就不太理睬我了。我想著那時真傻，其實我一直倒滿喜歡他的，可恨他也敢看不起我，我一跟他說話，他就皺起鼻子哼道：「吹牛皮」。

一到禮拜天，我就覺得無聊。無聊得什麼傻事都做得出來。我買了各式各樣的信封，上面寫了「楊雲峰先生大展」、「楊雲峰同學密啟」、「楊雲峰弟弟收」。我貼了郵票寄出去，然後跑到信箱邊去等郵差，接到這些空信封，就如同得到情書一般，心都跳了起來，趕忙跑到房裡，關起房門，一封封拆開來。媽媽問我哪兒來的這麼多信，我有意慌慌張張塞到褲袋裡，含糊地答說是朋友寫來的。

禮拜天晚上，爸爸和媽媽去看京戲，小弟有的是朋友，家裡只有我孤鬼一個。我只有把來富放到客廳來作伴，來富傻頭傻腦的，我不大喜歡牠，牠是小弟的寶貝。我覺得實在無聊了，就打電話玩，打空電話。有時我打給魏伯颺，他是我們班長，坐在我後面，在南光裡只有他對我好。其實他家裡沒有電話，我是在瞎鬧。我跟他說煩死了，一晚上抽了兩包香菸。我常偷媽媽的香菸抽，抽菸容易打發時間。我跟魏伯颺說如果不要剃光頭，我簡直想出家當和尚，到山裡修行去。我告訴他，我在家裡無聊得很，在學校裡更無聊，倒不如雲遊四海，離開紅塵算了。我在武俠小說裡常常看到有些人看破紅塵入山修道的。

有時我打給吳老師，她是我小學六年級的國文老師。我碰見這麼多老師，我覺得只有她瞧得起我。她把我那篇〈母親〉貼到壁報上去，裡面我寫了媽媽早上餵我吃「芙蓉蛋」的事，我得意得了不得，回家興沖沖講給媽媽聽，媽媽撇了撇嘴道：「傻仔，這種事也寫出來。」媽媽就是這樣不懂人家。不知怎的，我從小就好要媽媽疼，媽媽始終沒領會到這點。我喜歡吳老師，她的聲音好柔，說起國語來動聽得很。我不大敢跟我同年齡的女孩子打交道，在班上不是她們先來逗我，我總不敢去找她們的。不知怎的，她們也喜歡作弄我。我告訴吳老師聽，我考進了建國高中，第一次月考我的國文得九十分，全班最高。我答應過年一定去跟她拜年。其實吳老師早嫁人了，跟先生離開台北了，我去找過一次，沒有找到她。

我曾這樣自言自語拿著聽筒講個個把鐘頭，有一次給小弟撞見了，他說我有神經病，其實我只是悶得慌，鬧著玩罷了。

我在家裡實在悶得發了餿，沒有一個人談得來的。爸爸我可不敢惹，我一看見他的影子，早就溜走了。我倒是很想和媽媽聊聊，有時爸爸出去應酬，撂下她一個人在客廳裡悶坐，我很想跟媽媽親近親近。可惜媽媽的脾氣太難纏，說不到三句話，她就會發作起來。先是想念在美國西點的大哥，想完大哥又想二哥，然後忽然指我頭上來說：

「還不是我命苦？好兒子大了，統統飛走了，小弟還小，只剩下你這麼個不中用的，你要能爭點氣也省了我多少牽掛啊！你爸爸老在我面前埋怨，說你丟盡了楊家的臉，我氣起來就說『生已經生下來了，有什麼辦法呢？只當沒生過他就是了。』」

說完就哭，我只得又去找手帕給她。去年暑假我偷了爸爸放在行李房的一架照相機，拿去當了三百塊，一個人去看了兩場電影，在國際飯店吃了一大頓廣東菜，還喝了酒，昏陶陶跑回家。當票給爸爸查到了，打了我兩個巴掌。那次以後，爸爸一罵我就說丟盡了楊家的臉。我不曉得為什麼幹下那麼傻的事情，我猜我一定悶得發了昏。

我對我補習老師也沒有真心話說，我的補習老師全是我爸爸派來的奸細。補習老師頭一天來，爸爸就把他叫去，把我從小到大的劣跡，原原本本都抖出來，然後交代他把我的一舉一動都要報告給他聽，他跟補習老師所講的話我都聽得清清楚楚，因為我們家個個都有偷聽的本事。

你說叫我跟誰去說話，只有跟自己瞎聊了。不要笑話我，我跟我自己真的說得有滋有味呢！

四

在學校裡我也是獨來獨往的。一開始我就不喜歡南光。譚校長是爸爸的老同學，爸爸硬把我塞進去。我猜譚校長也有苦說不出，我的入學試，數學十一分，理化三十三分，英文三十五分，譚校長勸爸爸把我降級錄取，爸爸不肯，他說十七歲再念初三太丟人。譚校長勉強答應我試讀一個學期，所以一開學爸爸就叮囑我只許成功不准失敗。爸爸死要面子，我在小學那次留級，爸爸足足有三四天沒出大門，一個朋友也不見。

我不喜歡南光的事情難得數，頭一宗我就跟我們班上合不來。他們好像一逕在跟我過不去似的，我們是乙班，留級生，留校察看生，統統混在裡面，而且我們班上女生特多，嚷得厲害，我受不了，我怕吵。

同學大略分為兩三類，有幾個是好學生，就像考第一的李津明，上了高中還剃個和尚頭。鼻頭上終年冒著粉刺，灌了膿也不去擠，余三角講課時，他們老愛點頭，一點頭，余三角就把黑板擦掉，我連幾個角還分不清楚。這些人，沒的說頭。有些同學巴結他們，為的是要抄他們的習題，考試時可以打個Pass，我不會這套，做不出就算了，所以老不及格。

還有一些是外罩制服，內穿花汗衫的，一見了女生，就像群剛開叫的騷公雞，個個想歪翅膀。好像樂得了不得，一天要活出兩天來似的。我倒是滿羨慕他們，可是我打不進他們圈子裡，我拘謹得厲害，他們真會鬧，一到中午，大夥兒就聒聒不休談女人經，今天泡這個，明天泡那個。要不然就扯起嗓子唱流行歌曲，有一陣子個個哼〈Seven Lonely Days〉，我聽不得這首歌，聽了心煩。過一陣子，個個抖著學起貓王普里斯萊，有兩個學得真像。我佩服他們的鬼聰明，不讀書，可是很容易混及格。

我坐在幾個大女生後面，倒楣極了。上課的時候，無緣無故，許多紙團子擲到頭上臉上來。這些紙團，給我前面的唐愛麗居多，給呂依萍和牛敏的也不少。「下午兩點新生戲院門口ＣＫ」「下午五點凱利ＪＪ」。唐愛麗不像個高中生，我敢說她起碼比我大兩歲，老三老四，整天混在男孩子堆裡。她敢拿起杜志新的帽子，劈頭蓋臉打得杜志新討饒。一到下雨天不升旗，她就把大紅毛衣罩在制服外面。我們班的女生，都不大規矩似的。大概看多了好萊塢的電影，一點大年紀，渾身妖氣，我怕她們。

除了魏伯颺以外，我簡直找不出一個人談得攏的。魏伯颺不愛講話，他很懂事，喜怒全不放在臉上，我猜不透他的心事。

你說我在學校哪還有什麼意思，一個人遊魂似的，東蕩蕩，西晃晃。一下課他們就成群成夥去投籃，上福利社，只有我不喜歡夾在他們裡面，我躲在教室裡面看閒書，什麼小說，我都愛看，武俠小說，偵探小說，我還愛看《茶花女》，《少年維特之煩惱》，我喜歡裡面那股痴勁。媽媽老說我愣頭愣腦不懂事，我自己倒覺得滿懂的，我看了《欲望街車》回家難受了老半天，我不懂馬龍白蘭度對費文麗為什麼那麼殘忍，費文麗那副可憐巴巴的樣子，好要人疼的。

我上課常常心不在焉，滿腦子裡盡是一些怪想頭，上三角時：我老在桌子角上劃字，我把「楊雲峰」三個字，顛來倒去寫著玩，我的字真醜，連名字都寫不好，我練習本上的名字總是魏伯颺替我寫的，他的字漂亮。

有一次我伸頭出窗外看一隻白頭翁在啄樹上的石榴花，余三角把我抓了起來問道：

「楊雲峰，什麼叫對稱？」

我答不出來紅了臉。

「你東張西望當然答不出來，回去照照鏡子，你的眼睛就跟你的鼻子對稱。」

余三角自以為幽默的解釋道。全班哄笑，唐愛麗回頭向我做鬼臉，我覺得她真難看，我不懂杜志新和高強他們那麼喜歡泡她，兩個人還為她打架呢！從此以後，余三角就對我印象不佳。第一次月考我得了個大鴨蛋，他寫了張通知給我爸爸，希望家長和學校密切合作。爸爸向我提出嚴重警告，他又加請了一個數學老師，是師大數學系的學生，我討厭這些大學生。

才挨爸爸警告過兩三天，我又碰到了倒楣事。王老虎要我們星期一背英文，我把這件事完全忘了。那天早上到了學校才猛然記起來，我的記性實在不好。那一課是講空氣裡的水分子如何撞擊凝成雨點，顛來倒去，句句話都差不多。我沒去升旗，躲在教室裡拚命硬背，王老虎最恨學生背不出書，她說學英文，就要死背。她罵起人來，不給臉的，我試過一次，嚇怕了。我愈急愈背不出，心發慌，頭頂直冒汗，我收拾了書包，跑出學校，在新公園裡混了半天。爸爸接到曠課單後，有三天沒有跟我說話。他連眼角也沒掃我一下。吃飯的時候，他的臉黑得跟鐵板一樣，我低著頭，把湯泡在飯裡，草草把飯吞掉，躲進自己房裡去。媽媽裝不知道，爸爸不先發作，她不會開火的。

那三天我差點不想活了。要是爸爸即刻罵我一頓，甚至揍我一頓，我還好過些。我頂怕他黑臉，我心寒。出人意料之外，過了三天，大概媽媽疏通過一番，爸爸氣平了些，他向我曉以大義，著實的教訓了幾句，他說我要是這學期讀不及格，就別想再念書，當兵去算了。最後還要我寫悔過書，發誓不再逃學。

唉！我覺得做人真麻煩。

五

我從小就恨體育，我寧願生來就是個跛子，像我們班謝西寧那樣，坐在籃球場邊替同學們看管衣服。我比他們發育得早，十七歲的人，胳肢窩及大腿上的汗毛都長齊了，我們上籃球和足球課時，賴老師規定要我們打赤膊。他們都笑我是猴子變的，全身的毛，我恨透了。有一次踢足球，我躲到竹林子裡沒出來參加，賴老師罰我脫去外衣褲在操場中央做十個伏地挺身，他們都圍著我笑，高強蹲下來拍手叫我加油，杜志新用手拔我腿上的毛，我用腳蹬他。沒有蹬到。

學期中的時候，賴老師要我們做體能測驗，全是機械運動。他叫魏伯颺帶隊領我們去操場，他親自在單槓那兒挖沙地。前幾天下過雨，沙地都結成了硬塊。第一項測驗項目就是倒掛金鈎，我頂怕那個玩意兒，我從來沒有翻上去過，我的手臂跟身體一點都不平衡，細杆子似的，沒有勁道，放學時，我瞅著沒人，也去練過幾天單槓，可是無效，我的腿太長，拖在下面翻不上去。我們排隊坐在沙池旁邊等候，賴老師按著學號，一個個叫上去做。頭一號是高強，他簡直是個猴兒，渾身小肌肉塊，他一上體育課就脫得赤精大條，他在手掌上吐了一泡吐沫，抹把沙子，起身一縱就翻了上去。第二個是李律明，我以為他只會讀書，一定不會這套把戲。他脫下眼鏡，不慌不忙，居然一縱也上去了。我有點失望，心裡開始發虛了。賴老師一個一個叫著，我坐在沙地邊好像上了法場，等著去砍頭似的。他點到第三十號，我硬著頭皮走上去，抬頭看看那根槓子，天那麼高。我也學他們在地上抹抹沙子，我明明曉得無濟於事，我在拖時間，做最後一分鐘的掙扎，我跳上去抓住了槓子，用力蹬了兩下沒有用，翻不上去。我拚命蹬踢，蹬得整個人在半空中來回晃蕩。我猜我的樣子一定很難看，他們在我對面一直發笑。我跳了下來，聽見有人笑道：「楊雲峰踢得像頭青蛙！」

賴老師不肯饒過我，他一定要我上去試。又是一番蹬踢。還是不行。他叫幾個同學上來托住我的屁股，往上用力一送，把我翻到空中去，我覺得一陣頭暈，心一慌，手滑開了，一跤摔進沙坑裡去。我覺得滿頭金星亂迸，耳朵雷鳴一樣。我趴在沙坑裡沒有動，嘴巴裡塞滿溼沙塊。我聽見他們笑得厲害，我寧願摔死了算了。

有一個人走來把我扶了起來，我一看，是魏伯颺。我趕忙低下頭把嘴裡的沙子吐掉，我乾笑著直說沒關係，我不願他看見我這副狼狽樣子。他扳起我的臉說：

「你的鼻子流血了。」

經他一講我才發覺一嘴巴的血腥氣，整個臉都摔麻木了。我感到有點頭暈，晃了兩下。魏伯颺趕緊抓住我的膀子，我掏了一下，沒有帶手帕。魏伯颺拿出他的來摀到我鼻子上說：

「你把頭仰起來，靠在我肩上，我陪你到醫務室去，你的臉色白得怕人。」

賴老師叫我先回家，不必參加降旗了。魏伯颺扶我到醫務室，裡面沒有人。他叫我躺下來，他去把楊護士請了來。楊護士用硼酸水把我鼻腔及嘴巴的泥沙洗去，用兩團棉花球塞到我鼻孔裡，我只好張開嘴呼吸，我的手肘及膝蓋也擦了，楊護士要替我擦碘酒，我不肯，我怕痛，她替我塗了點紅藥水。

我把魏伯颺的手帕用髒了，浸滿了血塊，我說拿回去洗乾淨才還給他。

「你不要說話，躺一會兒就好了。」他說。

「你去上課吧，我就會好的。」我說。

他不肯，他要送我回家，他說我的臉色太難看，他回教室清理東西，把我的書包也帶來了。他跟我慢慢走到大門口去，我的頭暈浪似的。他叫了一輛三輪車，我們一同上車。

走到半路，我的鼻腔又開始流血了。魏伯颺把手臂伸過來，他叫我把頭仰起來枕到他手彎裡，那樣血可以流得緩一些。鼻血流進我嘴巴裡，又鹹又腥，我把魏伯颺的手帕掩著嘴，慢慢將血水吐到手帕上去，天漸漸暗了，路上有電燈光射過來。我仰著頭感到整個天空要壓下來了。我覺得十分疲倦，一身骨頭都快散開了似的。

「楊雲峰，你今天真倒楣，你不會翻單槓，賴老師實在不該勉強你的。」

魏伯颺對我說道。不曉得哪兒來的一陣辛酸，我像小孩子一般哭了起來。平常我總哭不出來的，我的忍耐力特大，從小我就受同學們作弄慣了。我總忍在心裡不發作出來。爸爸媽媽刮我，我也能不動聲色。心裡愈難受，我臉上愈沒表情。爸爸有次罵我恬不知恥，因為他罵我時我沒有反應。可是枕在魏伯颺手彎裡，我卻哭得有滋有味。魏伯颺嚇得愣住了，他拍著我的背一直對我說道：

「喂，喂，別哭啦，這麼大個人，怎麼像娃娃似的。我們在大街上啊！」

我可管不了那麼多了。我靠著魏伯颺失聲痛哭起來，魏伯颺叫三輪車夫停下來對他說道：

「請你把簾子掛起來，我弟弟的身體不舒服。」

我哭得更厲害，眼淚鼻涕鼻血塗得魏伯颺一身。大哥二哥在家時從不理睬我。只要有人給我一句好話，我反而覺得難受。魏伯颺沒有辦法，只得讓我哭個痛快。我下車時看見魏伯颺的衣服給我搓得稀髒。我指指他肩上的血塊，他笑著說沒關係，催我快點回家休息，我回到家中把臉上的血污洗淨，趕緊蒙頭大睡，我推說不舒服，沒有起來吃晚飯。我不讓爸爸曉得這天的事，他曉得了，一定又要說我沒出息的。爸爸的身體很壯，他老說在中學時，一口氣可以來上二十幾個倒掛金鈎。

六

我曉得我不討人喜歡，脾氣太過孤怪。沒有什麼人肯跟我好，只要有人肯對我有一點好處，我就恨不得想把心掏出來給他才好，自從魏伯颺那天送我回家以後，我不知怎樣對他感激才好。我這個人呆呆的，一點也不懂得表示自己的感情。我只想法幫幫他的小忙，表示報答他。他是班長，我常常幫他抄功課進度表，幫他發週記大小楷，有時幫他擦黑板，做值日，我喜歡跟他在一起，在他面前，我不必扯謊，我知道他沒有看不起我，我真希望他是我哥哥，晚上我們可以躺在床上多聊一會兒。

我對人也有一股痴勁，自從和魏伯颺熟了以後，整天我都差不多跟他磨纏在一塊兒。早上我在公共汽車站等他一起上學，下午我總等他辦好事情一同回去。下課解小便我也要他一道去，不要笑我，我實在沒人作伴，抓到一個就當寶貝似的。

魏伯颺這個人真好，什麼事都替你想得周周到到的。可是他太沉默，我跟他處了很久還是摸不清他的心事。後來有幾次，我發覺他有點避開我，有一天放學，我邀他一起回去，他說有事，叫我先走，我要等他，他不肯，我一再堅持要陪他，他把我叫到操場角落上對我說：

「楊雲峰，我想我還是老實告訴你吧！最近我們過往太密了，班上的同學把我們講得很難聽，你知道不？」

我沒有察覺到，我不大理睬我們班上那些人。我知道有幾個人專會惡作劇，我的書上他們常常寫上「楊雲峰小姐」「楊雲峰妹妹」，我為了這個換過多少本書，我簡直恨透了這些傢伙，可是表面上我都裝著不知道，那些人愈理愈得意，魏伯颺告訴我他們把我叫做他的姨太太，因為他們開玩笑把呂依萍叫做魏太太。魏伯颺說早上他還為了這個把杜志新揪到操場的竹林子裡揍了一頓，我聽了半晌沒有說話。我對他說：

「我想我們以後還是不要在一起算了。」

我向他道了再見，獨自回到家裡去。那天晚上，我又一個人在打空電話了。我告訴魏伯颺聽，我真的想出家當和尚，把頭剃光算了。我從來沒有感到像那樣寂寞過。

我在班上不和魏伯颺講話了。一有空，我就伏在桌子上打瞌睡，下課時，呂依萍和牛敏她們老愛擁到唐愛麗位子上來，交頭接耳，瘋癲得了不得。有時她們一屁股坐到我桌上，害得我打瞌睡的地方都沒有。我懶得跟她們交涉，我避到樓上，倚著石欄晒太陽去。冬天的太陽軟綿綿的，晒得人全身都有一股說不出的懈怠勁，我喜歡那麼悠悠晃晃，做白日夢。一堂課我胡思亂想混去了半堂。我老想到出家修行這個念頭，國文老師出了「我的志願」這個作文題目，我說我但願能夠剃髮為僧，隱居深山野嶺，獨生獨死，過一輩子。國文老師給了我一個丙，批著：「頹廢悲觀，有為之現代青年，不應作此想法。」我不是悲觀，我在南光裡就是覺得無聊乏味。我不懂杜志新為什麼整天那樣樂，一進教室就咧著嘴向他那一夥叫道：

「喂，我跟你們說，昨天我在Tony家的Party裡碰到金陵女中的小野貓，那個妞兒，騷得厲害，我和她跳過兩個恰恰，我敢說一個照面，我就把她泡上了。你們等著瞧我去約她去。」

我也佩服李律明，他能天天六點鐘到學校，把彭商育編的《三角講義》從頭做到尾。余三角一考完試就說：

「這次的題目，我看只有李律明一個人拿得到八十分。」

我不會泡Miss，我說過我的臉皮太薄。也不會埋頭用功，我提不起那股勁，我不是為自己讀書，我在為爸爸讀。

大考的時候，學校放了三天假，讓我們溫習功課。我沒有在家看，下午補習老師來過後，我就帶書到學校裡去了。我在家裡安不下心來。爸爸和媽媽常藉故走到我房裡瞧我是不是在看書。爸爸進來說找前一天的《中央日報》，媽媽進來說拿午點給我吃，有時我看書看得眼倦了，歪著身子矇著一會兒，一聽到他們腳步聲，就嚇得趕忙跳起來胡抓一本書，亂念一頓。

那天下午有點陰寒，台北這陣子一直陰雨連綿。我穿了一件銀白色的太空衣，圍上一條棗紅的圍巾，乘車到學校裡去。大考期間，學校的教室全部開放，讓學生自習。可是這天學校裡連人影都不見一個。寒流來了，又下雨，大家躲在家裡。才是四點多鐘，天色烏沉沉的，教室的玻璃窗，外面看進去，全是黑洞。我走到樓上盡頭我們高一乙班去，想不到唐愛麗在裡面，要是早知道她在那兒，我一定不會進去的了。

「嗨，是你！」唐愛麗站起叫道。

我知道她在等人，快放假的前兩天，她得到好多紙團了。我開了日光燈，坐到自己座位上去。

「我還以為是杜志新呢！」唐愛麗在講台上踱來踱去說道：「這個死鬼，約好我四點鐘在這裡等他，四點二十五分了，人影子還不見。等一下他來了，我不要他好看才怪呢！」

我沒有理她，乘她轉身時，我溜瞅了她兩眼。唐愛麗穿了一件西洋紅的呢大衣，大衣領還露出一角白紗巾來，我猜一定是她故意把紗巾扯出那麼一點來的，唐愛麗最會做作了。高中女生不准燙頭髮，可是唐愛麗的髮腳子一逕是鬈的。這天鬈得特別厲害，大概用火箝燒過了。無論唐愛麗怎麼打扮，我總覺得她難看。她的牙齒是暴的，老愛嗞出來，她在牙齒上戴箝子，看著彆扭得很，他們愛泡她，他們說她騷。

唐愛麗在講台上走來走去，走得我心亂死了。我眼睛盯在書上，來去總在那幾句上。我想叫她坐下來，不要來回窮晃蕩，可是我不敢。

「我想杜志新一定讓他的老頭兒關起來了。」唐愛麗說道，「你猜呢？」她問我。

我搖搖頭說不知道，唐愛麗有點不耐煩了，她向我說道：「楊雲峰，不要讀你的鬼書了，我們來聊聊天吧！反正你讀了也不及格的。」

我恨她最後那句話，唐愛麗走到我旁邊坐了下來，她把大衣解開撂到桌子上，裡面穿了一件緊身毛衣，鮮紅的，她喜歡紅色。唐愛麗的話真多，東問西問，好多話我都答不上來，我一答不出，她就笑。我希望她快點離開，我不會應付女孩子，尤其是唐愛麗，我簡直怕她。她一點也不像高中生，她居然敢塗口紅。

「呀，你這件太空衣真好看，是什麼牌子的。」唐愛麗忽然站了起來，走到我跟前伸手把我的衣領翻了起來。我嚇了一跳，我的心跳得厲害。

「是外國牌子嘛，是不是香港帶來的？」

唐愛麗湊近我在看我的衣服牌子，我聞到她頭髮上一股濃香，我不喜歡女人的香水。唐愛麗放開我的衣領，突然將手伸進我領子裡去，她的手好冷，我將頸子縮起打了一寒戰。

「哈哈，」唐愛麗笑了起來，「楊雲峰你真好玩。」她說。

唐愛麗的手在我頸背上一直掬弄，搞得我很不舒服，我的臉燒得滾燙，我想溜走。唐愛麗忽兒摸摸我頭髮，忽兒擰擰我耳朵。我簡直不敢看她。忽然間她扳起我的臉在我嘴上用力親了一下。我從來沒有和女孩子親過嘴，我不懂那套玩意兒。我的牙齒閉得緊緊的，我覺得唐愛麗的舌頭一直在頂我的牙門。我真有點害怕，我的頭暈死了。唐愛麗親了我的嘴又親我的額頭，親著親著，她將我整個耳朵一口咬住，像吮什麼似的用力吮起來，她吐出舌頭亂舔我的臉腮，我覺得黏瘩瘩的，很難受。我好像失去了知覺一般，傻愣愣的坐著，任她擺布。

唐愛麗親了我一會兒，推開我立起來。我看見她一臉緋紅，頭髮翹起，兩隻眼睛閃閃發光，怕人得很。她一聲不響，走過去，將教室的燈關上，把門閂上，又向我走了過來。教室裡暗得很，唐愛麗的身軀顯得好大，我覺得她一點都不像高中生。我站了起來，她走過來摟住我的頸子，把我的手拿住圍著她的腰。

「楊雲峰，你怎麼忸怩得像個女孩。」

她在我耳邊喃喃的說。她的聲音都發啞了，嘴巴裡的熱氣噴到我臉上來。突然間，她推開我，把裙子卸了丟在地上，赤著兩條腿子，站在我面前。

「唐愛麗，請妳——不要——這樣——」

我含糊的對她說，我的喉嚨發乾，快講不出話來了，我害怕得心裡直發虛。唐愛麗沒有出聲，直板板的站著，我聽得到她呼吸的聲音。突然間，我跨過椅子，跑出了教室。我愈跑愈快，外面在下冷雨，我的頭燒得直發暈。回到家的時候，全身透溼，媽媽問我到哪兒去來。我說從學校回來等車時，給打潮了。我溜到房裡，把頭埋到枕頭底下直喘氣。我發覺我的心在發抖。

七

我不喜歡唐愛麗，我著實不喜歡她。可是不知怎的，我很替她難受，我覺得實在不應該那樣丟下她不管，我覺得她直板板的站在我面前，好可憐的；到底她是第一個對我那樣好過的女孩子。

第二天，我寫信寫了一天，我實在不大會表達自己的感情，我向她道歉，我說我並不想那樣離開她的。我以後一定要對她好些，希望她能做我的朋友，我告訴她我好寂寞，好需要人安慰。我把信投了出去，我寄的是限時專送，還加掛號，我怕她收不到。那一晚我都沒睡好，我希望唐愛麗接到我的信以後，不再生我的氣了。

大考的頭一天，早上考數學英文，下午考三民主義。我五點鐘就爬了起來，把三角公式從頭背了一遍，我常把公式記錯，余三角愛整我，老叫我在堂上背積化和差公式。我曉得我的三角死定了，三次月考平均只有二十八。

我到學校時，到處都站滿了人在看書。我一走進教室時，立刻發覺情形有點不對，他們一看見我，都朝著我笑，杜志新和高強兩個人勾著肩捧著肚子怪叫。前面幾個矮個子女生擠成一團，笑得前仰後翻，連李律明也在咧嘴巴。我回頭一看，我寫給唐愛麗那封信赫然釘在黑板上面。信封釘在一邊，上面還有限時專送的條子，信紙打開釘在另一邊，不知道是誰，把我信裡的話原原本本抄在黑板上，杜志新和高強那夥人跑過來圍住我，指到我頭上大笑。有一個怪聲怪調的學道：「唐愛麗，我好寂寞」，我沒有出聲，我發覺我全身在發抖，我看見唐愛麗在坐椅子上和呂依萍兩個人笑得打來打去，裝著沒有看見我。我跑到講台上將黑板上的字擦去，把信扯下來搓成一團，塞到口袋裡去。杜志新跑上來搶我的信，我用盡全身力氣將書包砸到他臉上，他紅著臉，跳上來叉住我的頸子，把我的頭在黑板上撞了五、六下。我用力掙脫他，頭也沒回，跑出了學校。

我沒有參加大考，這兩天來，我都是在植物園和新公園兩地逛掉的，我的錢用光了，沒地方去。爸爸問我考得怎麼樣，有把握及格沒，我說大概可以。我在日記本上寫了幾個大字，「楊雲峰，你完蛋了！」

八

昨天是大考的最後一天。我從新公園回家已經五點鐘了。爸爸不在家，媽媽洗頭去了。小弟告訴我爸爸到南光去了，我們校長來了電話。我知道大難將臨。這幾天我都在等待這場災難，等得已經不耐煩了，我剛走到樓上，就聽得爸爸的汽車在門外停了下來：

「你三哥呢？」爸爸一進門就問小弟。

「剛上樓。」小弟答道。

「叫他下來。」爸爸的聲音發冷的。

我不等小弟來叫，自己下樓走到爸爸書房裡。爸爸在脫大衣，他聽見我開門，並沒有轉過身來。他把大衣掛到衣架上，然後卸下圍巾，塞到大衣口袋裡。他的動作慢得叫人心焦，我站在他寫字檯前，心都快停了。爸爸坐到椅子上冷冷的說道：

「我剛剛去見過你們校長。」他的聲音壓得低低的，我看見他額頭及手背上的青筋暴了起來。

我沒有出聲，呆呆的瞪著地板。

「他說你沒有參加大考。」爸爸見我沒有答腔，索性明說了出來。我仍然沒有說話，我不知說什麼才好。

「你說吧，這兩天你到底搞什麼去了。」爸爸站起來，走到我跟前，問到我臉上來。

「我在新公園和植物園裡。」我照實回答。我沒抬起頭來，我怕看爸爸的臉色。

「哦，在公園裡呢！你還告訴我考得不錯——」

爸爸舉手一巴掌打在我臉上，我向後連連打了幾個踉蹌才煞住腳，我覺得臉上頓時麻木了半邊。

「你去死！你還是個人哪，書不讀，試不考，去逛公園——」

爸爸氣得聲音抖了，伸手又給了我一個巴掌。我臉上痛得快淌眼水了，可是我拚命抵住，不讓眼淚流下來。在爸爸面前，我不想哭。

「逃學、扯謊，偷東西，你都占全了。我們楊家沒有這種人！我生不出這種兒子！虧你說出口，不考試去逛公園——你不想讀書，想做什麼呀，文不能文，武不能武，廢物一個，無恥！」

爸爸動了真氣，足足罵我半個多鐘頭。罵完後，靠在椅子上怔怔出神起來。我猜他一定很傷心，我想說一兩句道歉的話，可是我說不出來。我轉身，想離開爸爸的書房，我站在爸爸面前有點受不了，我的臉熱痛得像火燙過一般。

「回來！」爸爸突然喝住我道。我只得又轉過身來。

「我告訴你，明天是你們結業式，你們校長要你一定參加，他給你最後一個機會，下學期開學以前讓你補考。你好好聽著：明天你要是敢不去學校，我就永遠不准你再進這間屋子。」

爸爸一個字一個字的告訴我，我知道爸爸的脾氣，他說得出做得出的。

我上樓回到自己房裡，小弟跟了上來。他問爸爸為什麼發那麼大的脾氣，是不是我又逃學。我沒有理他，我要他借我五十塊錢，我身上一毫子都沒有了。我從來弄不清我褲袋裡有多少錢的，我沒有數字觀念。小弟比我精於計算，我知道他有積蓄，小弟最初不肯，我把手表脫下來押給他，我答應一有錢即刻還他。小弟掏出五十塊給我，我把錢收進褲袋，穿上我的太空衣走了出去，我一定要在媽媽回家以前溜出去，媽媽回家知道我沒有去考試，一定也要來講一大頓的，而且她一定會哭，我受不了。無論誰再要對我講一句重話，我就發瘋了。

九

我不曉得去哪裡好，我想去找魏伯颺，我在學校已經有一個多月沒有跟他講話了。他寫過一封信給我，他說我們這樣分手他很難受，但是他不願人家把我說得那麼難聽。我知道他是為我好，魏伯颺這個人真周到。可是我不好意思見他，他一定也看到我給唐愛麗那封信。你不曉得我心裡有多懊喪，我的右耳根子刀割一般，爸爸的手太重了。

這幾天，台北一直有寒流，空氣沉甸甸的，直往下墜，我把太空衣的領子翻了起來，遮住脖子，走過街口時，那股風直往領子裡灌，我在重慶南路衡陽街一帶溜達了一下，逛不出個名堂來。路上人來人往，剛好是下班放學的時候，公共汽車站擠滿了人。天黑得早，店鋪都開了燈。許多學生在雜誌攤上翻書看，我也擠了進去，拿起一本《健而美》來，裡面全是模特兒的裸體照，有些姿勢照得很難看，我趕忙合上，交給攤販，他向我嗞牙齒，我掉轉頭，匆匆走過對街去。我真不知道去哪兒好，我覺得好無聊。

我信步溜到西門町，一大堆人在新生戲院排隊趕七點鐘的電影，我走到新生對面一家小吃館要了一碟蘿蔔絲餅。外面聞著香，拿來半個也吃不了，我一點胃口也沒有。館子裡暖和，外面冷，我呆坐著混時間，看著對面擠電影的人一個個擁進戲院。等到人走得差不多的時候，我忽然看見對街有兩個太保裝束的男孩子走到街心向我這裡亂揮手，立即有兩個女孩子從隔壁咖啡館跑出來，拉拉扯扯走過街去。我趕忙起身換個位子，背向著他們。我猜我的臉在發白，那兩個男的，有一個是杜志新，另外一個不認得，兩個女孩，竟是唐愛麗和牛敏，唐愛麗穿著那天那件西洋紅的大衣，頭上還繫了一塊黑花頭巾。他們大概考完試約好出來趕電影的。

我忙忙付了帳，離開西門町。我不管了，我一定要去找魏伯颺。我不怕他笑我，你不曉得我心裡的悲哀有多深，魏伯颺住公園路，就在新公園過去一點，我到魏伯颺家時，魏伯颺媽媽告訴我，剛剛有幾個同學來找他出去看電影，走了還不到十分鐘。魏伯颺媽媽問我為什麼這樣久不到他們家玩，她真好。對我講話總是那麼客客氣氣的。她又問我大考考得怎麼樣，我說還可以。我請她告訴魏伯颺聽，我來找過他。魏伯颺就是那麼周到，他連他媽媽也沒有告訴我逃學的事情。

我離開魏伯颺家，沿著新公園兜了兩個大圈子，我一面走一面數鐵欄杆那些柱子，剛好四百根。我不願到鬧街上去，我怕碰見熟人，可能還會碰到媽媽，她平常在西門町的紅玫瑰做頭髮。

新公園裡面冷清清的，沒有幾個人影子。只有播音台那兒亮些，其餘的地方都是黑壓壓的。我走到公園裡博物館的石階上去，然後從旁邊滑下來。滑下來時我看見博物館底下石柱子中間有兩個人影子。我猜他們一定在親嘴。我真的聽到他們發出吧噠吧噠的聲音來。親嘴親得那麼響，真蠢。我記得唐愛麗那天和我親嘴，一點聲音也沒有，我的牙齒關得緊緊的。

我繞到擴音台那兒，那裡亮些，暗的地方我怕闖到有人親嘴。我點了根香菸，用力吸了幾口。嘴淡得很，這幾天胃真壞，肚子餓得要命，就是吃不下東西。擴音台前有個大理石的日晷，我豎起那根石針，來回轉著玩。我覺得無聊到了極點。

有一個人從我背後走來向我借火，他說他忘記帶打火機，我把火柴遞給他，他點上菸，還給我火柴，說了聲謝謝，站在我旁邊，徐徐的吐著菸圈，我低著頭繼續在撥弄日晷上的石針。我發覺他並沒有離開的意思，我猜不透他是幹什麼來的。新公園這個地方到了晚上常生稀奇古怪的事情，可是我不想離開新公園，我沒有別的地方去。

那個人問我一個人在公園裡做什麼，我說買不到電影票，順便來逛逛。我撒謊從不費心機，隨口就出來了。他邀我一同去散散步，他說站著冷得很，我答應了，我的腳板早就凍僵了。我看不清楚那個人的臉，他穿著一件深色的雨衣，身材比我高出一個頭來。大概是中年男人，聲音低沉，講話慢慢吞吞的。

我們沿著網球場走去。他問我叫什麼名字，讀什麼學校，我瞎編了一套。他告訴我他叫李××，我沒聽清楚。我不在乎他叫李什麼。我正覺得無聊，找不到伴。

「你剛才買哪家的電影票。」他問我。

「新生，《榆樹下的欲望》。」我說。

「哦，我昨天剛看過，還不壞，是部文藝片。」他說。

我們走到一半，天下雨了。雨水打到臉上來，冰冷的。

「你冷嗎？」他問我道。

我說我的太空衣很厚，可以擋風。他脫下雨衣，罩到我身上，拉著我跑到網球場邊一叢樹林子裡去。他的雨衣披在身上很暖和，我裹著坐到林子裡一張雙人椅上，我在街上逛了兩個多鐘頭，兩腿痠得厲害，他坐在我旁邊在擦額上的雨水，他要替我擦，我說用不著。他說冷雨浸在頭髮裡會使人頭痛，他硬伸過手來替我揩頭，我裹緊他的雨衣沒有作聲。他替我擦好雨水，掏出兩支香菸，塞給我一支，自己點上一支，他拿出一個打火機來點菸，我不懂他剛剛為什麼要扯謊。我們坐著一起抽菸，沒有說話，我聽得到他猛吸香菸的聲音。雨不停的下著，將葉子上發出沙沙的聲響來。過了一會兒，他把手上的香菸丟掉，把我手上的香菸也拿去按滅，樹林子裡一片漆黑，我從樹縫裡看到台大醫院那邊有幾條藍白色的日光燈。他把我的兩隻手捧了起來，突然放到嘴邊用力親起來，我沒有料到他會這樣子。我沒想到男人跟男人也可以來這一套。

我沒有表，不曉得逃出新公園時已經幾點鐘了。我沒有回家，我在空蕩蕩的馬路上逛了好一會兒，路燈發著紫光，照在皮膚上，死人顏色一般，好難看，我想到第二天的結業式，想到爸爸的話，想到唐愛麗及南光那些人，我簡直厭煩得不想活了，我蕩到小南門的時候，我真的趴到鐵軌上去過，有一輛柴油快車差點壓到我身上來。我滾到路旁，嚇得出了一身冷汗，跑了回來。

十

天已經大亮了。我聽見小弟在浴室裡漱口。我的頭痛得快炸裂了一般，肚子餓得發響。媽媽就要上來了，她一定要來逼我去參加結業式，她又要在我面前流淚。我是打定主意再也不去南光了，爸爸如果趕我出去，我真的出家修行去。我聽見樓梯發響，是媽媽的腳步聲。我把被窩蒙住頭，摟緊了枕頭。

——選自《寂寞的十七歲》，允晨

筆記／心事漫漶無從訴　石曉楓

十七少男少女時，我們有多少難以訴說的心事？又有多少不被理解的悲哀？在白先勇小說裡活得挫敗的楊雲峰，早已成為一代苦悶青年的典型。

白先勇曾經說過「打空電話」的情節，是親戚家小孩真實的生活事件，當他初次聽到時極為震動。從小說的構思進程裡，我們可以揣測作家先從「寂寞」的心境設想起，楊雲峰為什麼會寂寞到必須打空電話自言自語？由此帶出當代台灣的社會、家庭與學校問題。小說採用第一人稱敘事，非常具有臨場感，由清晨對「墮落之痕」的檢視說起，楊雲峰連串自白，歷數並回溯自己十七年來的生活。

從自白裡，我們可以讀到楊雲峰有個總是說教、嚴厲而愛面子的爸爸；曾經疼愛主角，如今也與父親沆瀣一氣的嘮叨媽媽，功利的父母將社會價值觀及個人期待，加諸子女身上，他們反覆斥責楊雲峰丟盡楊家的臉，然則楊雲峰何曾犯下大錯？不過就是功課欠佳、胸無「大志」，便被指斥為無用、頹廢又悲觀。

至於在學校裡，略帶女氣的外貌也屢遭同學調侃，班上的女生在楊雲峰看來「渾身妖氣」，男孩則粗魯無文，其中只有魏伯颺善體人意、會照顧人，白先勇細膩寫出一名不被認同的男孩，遇到對他釋放善意的魏伯颺時，那種又感激又依賴的心情。無奈同學的譏嘲，迫使唯一的朋友也必須與他保持距離。不被認同的無用感，導致楊雲峰發出「唉，我覺得做人真麻煩」的感慨。

然而從諸多事件的陳述裡，我們也可以看出楊雲峰心思敏銳細膩、秉性善良，他並非如父親所言是

「翹課、扯謊，偷東西」都占全的壞孩子。在十七歲的寂寞生活裡，楊雲峰帶著好朋友得而復失的空落，在學校偶遇唐愛麗，而女生又對他進行戲弄式的調情，唐愛麗走在險峰、楊雲峰臨陣脫逃，不想一封道歉信逼得他無法參加大考。新公園裡懵懂的性愛啟蒙，是又一次青春期的震撼，逃回家的楊雲峰必須如何面對往後的生活？末了媽媽上樓的腳步聲充滿懸疑感，也令人對主角的孤獨、恐慌及徬徨無所依，充滿了不忍與辛酸。

白先勇，生於一九三七年，廣西桂林人。台灣大學外文系畢業，愛荷華大學「作家工作室」文學創作碩士，後任教於加州大學聖塔芭芭拉分校東亞語言文化系，現已退休。著有小說《臺北人》、《寂寞的十七歲》。長篇小說《孽子》。散文《第六隻手指》、《樹猶如此》等。近年投注於崑曲藝術的復興與歷史傳記的書寫，並於台灣大學教授「文學表現與歷史情境——紅樓夢導讀」課程。近作《父親與民國：白崇禧將軍身影集》、《止痛療傷：白崇禧將軍與二二八》（與廖彥博合著）。

穿紅襯衫的男孩

——林懷民

第一次看到小黑，我並不喜歡他。

也許因為他頭髮太長，百結蛇纏的，兩道髮腳直拖腮邊。也許因為衣服太紅、太髒——我一向看不慣男孩子穿紅戴綠，何況那麼鮮明，帶有侵略意味的紅。

也許全不是，而是為了他那蠻不在乎，彷彿天塌下來，也不會眨一下眼睛的態度。似乎他是另一個種族，我生活圈子以外的陌生的種族。

出了馮家，嘉克點上一根菸，開始抱怨，說馮師母想兒子想瘋了，連這種太保似的浪兒也往家裡迎。

太保？或者不至於那麼糟。但小黑那副模樣，在馮老師雅緻的客廳中，的確顯得格格不入。

這不過是我們的感覺，他可自在得像在自己家裡。這本書翻翻，那個花瓶摸摸，沙發上一坐，抓根菸，蹺起二郎腿，悠閒地吞菸吐霧起來。

那天小黑是到馮家修電唱機。馮師母直誇他行，抽水馬桶不通，自來水管漏水，什麼壞了，他三下兩下就弄好。前院葡萄架也是小黑搭的。不像我們這群大學生，除了讀死書，光會玩。有一晚大家聊天，聽唱片、燒咖啡、烤麵包，叭的一聲保險絲斷了，一屋子黑，沒人會修。

小黑咧著嘴傻笑，露出一口參差不齊的白牙，右腳一挑一挑地玩弄那雙破得可以丟進垃圾桶的拖鞋，活像他真的行得不得了，真的比我們強。

馮老師握住他那根出名的菸斗，望著小黑，一個縱容的笑把臉上的皺紋拉得好柔好柔，跟在課堂上的神情儼然兩個人。

嘉克是個受不了冷落的人。聽見馮師母左一句小黑，右一句小黑，再也坐不住，要請馮老師寫推薦信的事也不提了，拖著彬美和我告辭。

彬美一肚子不高興，等到嘉克嚕囌起來，立刻開口頂他：

「少說兩句吧。你只是嫉妒。人家什麼地方得罪你啦？看多了你們這些自以為了不起，裝模作樣的臭男生，倒覺得他很可愛，要笑就笑，自自然然的。」

嘉克總算吃了一驚，托了托眼鏡，還未回嘴，彬美意猶未盡又加上一句：

「有時，我覺得像小黑這種人才是真真正正的在活著。不像我們——」

「媽的！」嘉克一氣急起來，粗話就出了口：「妳去追他好了，沒人攔著妳！」

我最怕他們吵架，夾在中間，不知幫誰才好，萬一鬧翻了，我又有幾天好看嘉克那份又悔又急，又硬著嘴巴不肯道歉的難過相，所以趕快說，我要先走一步，回去趕讀書報告。

或許以前也見過小黑，因為不認識也就沒注意。那夜之後，他倒像突然由哪個角落跳出來似的，一個禮拜內總有兩三回碰到他在學校附近晃來晃去，或在「山東味」看到他埋頭猛吃放了好多辣椒的大碗陽春麵，大半穿著那件火一樣紅的襯衫，和磨得發白的牛仔褲。

一天晚上，從圖書館出來，又在麵店遇上了他，吃完兩人一道走。

馮師母說他是高中畢業的。我沒話說，就問他，幹嘛不上大學？這樣混日子有什麼意思？

小黑一揚眉，反問我，讀大學有什麼用？如果不愛讀書，只是看人家念，自己也跟著念，又算什麼？

他說，他從小就對書本沒興趣，他老子怎麼打他，也沒「屁用」。好容易高工畢業，當完兵，他老子說他是老大，應該留在家幫忙種地。他不幹，一個人跑出來討生活。

「做些什麼呢？」

「啊，多了。起初上山當測量員，我在學校學礦冶，別的沒學好，簡單的測量倒會了。那個測量工作結束後，回台南畫電影廣告，後來又在一家水電行做，做了四個月吧，跟老闆兒子打了一架……」

「怎麼回事？」

「幹，那傢伙不是東西，把一個店員睡大了肚子，哄她到高雄冰果室當侍女，把孩子打掉，就不睬人家了。」

「就為這件事？怎麼啦？你喜歡那個女孩子？」

「沒這回事，」小黑把手一揮：「那女的長得根本不登樣。是後來他一天到晚折磨一個國小畢業的小學徒，我看不過，和他吵起來，他以為自己是少東可以揍人，刮我一記耳光，媽的，我就幹啦！」

「喔。」

「剛好那時候一位同學來找我上船打魚，我就出海啦。不過也沒幹好久，我好容易厭煩，什麼都做不長。」他一縮肩膀：「乾脆跑到台北打零工。」

「為什麼不回家呢？」

「不是說種地有什麼不好，只是我待不住，天天守著那幾分地，好沒意思！我喜歡打零工，你高興接多少就接多少，不高興幹就不幹，不必看人臉色。我喜歡台北；讓你覺得只要你肯拚命苦幹，有一天，你也能有那許多東西，許多錢。」

他說得那樣起勁，我不得不承認彬美是對的，她說小黑有那麼點逗人喜歡的地方——有股子勁兒，而那是我身上最缺少的。

冷不防，小黑問我：

「你將來幹什麼呢？夏天你就要畢業了。」

「當兵啊。」

「我是說當完兵以後。」

我自然明白他是問當完兵以後做什麼。可是，我不知道我要幹什麼。

「你也要去美國留學嗎？」

我想我是有點想出去的，大家都出去。大家都說，成績這麼好，不出去實在可惜。嘉克和彬美是說什麼也要走的，正密鑼緊鼓地申請學校。可是，芸康已經跟我攤牌了：「要走你自己走！」她一天到晚說，看那些小說，留學生日子是怎麼過的！我說小說大半是假的。她馬上又說，她一個遠房堂姊去了三年，倒有一年住在精神療養院，還是她同學寄信回來講開，家人才知道；還以為她在新大陸享福呢。

「留在國內，一樣可以發得起來的，」芸康振振有詞：「如果你那麼想出去，等將來有錢出去玩一趟，環遊世界什麼的，還不是一樣。我們可以努力賺錢，賺夠了，去玩一趟，回來再從頭幹起。」

至於她自己，她才不在乎不出去。她最大的願望是：有一天能拋開一切，到陽光下，舒舒服服地打一場高爾夫球；那片草地看起來好迷人，在上邊走一定好安逸……

那麼，就不出去吧。倒不是非留著陪芸康打高爾夫球不可，說實話，我也不懂出去幹嘛？不過，不出去又幹什麼呢？教書吧，我這麼懶散的人教教書最好。

我便對小黑說：

「也許教書吧。」

「教書有什麼好？苦巴巴的，一個月就拿那麼兩三千塊，現在我就能掙那麼多，如果運氣好一點的話。」

「可是，你難道不覺得這種生活不太穩定，太沒有保障了嗎！」

「誰管那些？我喜歡這樣自由自在。死不了的！」他的口氣大得可以喝下一整個太平洋的水，聳聳肩又說：

「咦，你的口氣倒跟馮太太一個調調，她一有機會就勸我安定下來，成家立業。哈，成家立業！——我剛從教授家來的。你曉得我去幹嘛？替他們釘雞舍。馮太太說她要開始養雞了。真是活見鬼。他們家又不少這兩個錢。兒子養大了，一個個出去了都不回來，這會兒又要養雞！」

我曉得馮師母為什麼要養雞。每次去他們家，總看到她在打毛線，打了一件又一件。馮老師說美國東西多得很，用不著她費心。師母才不聽他的，照打不誤。帽子、圍巾、襪子。只是從前替兒子女兒打，現在也給三個孫子打。馮老師自己雖不打毛衣，卻也無所事事，躺椅上一倒，咬著菸斗看少林門徒與武當派爭霸，看膩了，站起來，背著手，在客廳裡，踱過來，踱過去。

我自然不會告訴小黑這些事，說不定他知道的比我更多。剛好到了我住處，我隨口說，我住二樓，沒事來玩。

過了十天左右，小黑真的來了，不過不是來看我。房東找他來油漆新翻修的幾個房間。

一連兩天，整個房子瀰漫著刺鼻的新油漆味，以及小黑圓潤宏亮的口哨；成曲成曲的流行歌。連嘉克也說，想不到這小子吹的這麼一口好口哨。

九月底的週末，和幾個同學去爬觀音山，回到家，帶著一身臭汗，衝上樓，急著洗個澡。門半開，嘉克不在，小黑枕著我心愛的War and Peace，縮著長長的腳，半開口，睡得爛熟，依然是那件紅襯衫，不知幾天沒換，變成黯黯的醬色，滿身油漆顏彩，一腮幫子的鬍髭。

我洗過澡回來，他已坐起，翻著一本畫報。見我進來，掀著白牙一笑，好像不告而入並不是什麼了不起的事。他抓抓蓬草似的亂髮，說：

「幹了三天兩夜的活，幹，真能叫人垮下來。」東摸摸西摸摸，摸出一包壓得扁扁的菸，又開始找火柴。

「幹什麼去了？」我在桌上找到嘉克的火柴，遞給他。

「畫招牌，國慶日用的小牌坊。我一個人包，兩千五，不過錢還要等兩天才拿得到。」

「喔。」我不得不欽佩他，我當家教，被那個小鬼氣得半死，一個月也才四百五。

他點上菸，深深吸一口，吐出來，舒展一下身子，說回來累得要死，下了車，懶得再走回他那個「狗窩」，就近上我這兒「休息一下」。

他那個「狗窩」，我去過一回，幫馮師母找他去漆雞舍。馮老師說雞舍漆個什麼勁兒，她一定要，要綠的，真虧她想得出來。

那回去，小黑不在。他的「狗友」在。狗友，那是他自己說。那地方，在一條拐彎抹角的深巷裡，又髒又黑，白天也要點燈。不過他不在乎：「反正只是個睡覺的地方。」四個榻榻米大，常常擠四個人，有時六七個。那批「狗友」，都是打工的小伙子，有工作互通信息，分著做，大夥兒彼此照應。

「剛剛你進來時，嘉克在吧？」

小黑搖搖頭，說門根本沒鎖，就算鎖了，他照樣可以進來。

「你會開鎖？」

「不，」他夾著菸的手做了一個爬的姿勢，說他可以從走道上的氣窗爬進來，他知道我們上面的窗向來不上鎖。

「喔！」

「我是最會爬了，知道我為什麼被人叫小黑？我們在高中時，常常看白戲，沒錢買票，翻電影院的圍牆進去，我爬得最快，總是在上邊把那些爬不上來的小子拉上來，這叫『提拔後進』。有回看了部非洲打獵的電影，有一隻小黑猿，鬼靈精，爬上爬下的，他們就叫我小黑猿。後來覺得麻煩，叫著叫著，後邊的猿字乾脆丟了，叫我小黑！」

「你簡直可以去拍武俠片了嘛。」

小黑翻翻眼皮，笑嘻嘻地說：

「還有一年夏天，在台南畫廣告時，一家運河邊的飯店找我畫招牌，畫在三樓外邊牆上，好叫人老遠就看見。我搭了個架子，搞了四五天才弄好。

「畫完了那天，我錢也用完了，可是飯店的人一定要等經理看過，才肯給錢。我餓得發昏，只好去找那個在船上做的同學，剛好他也沒有錢，在餓肚子。他是活該的，賭三色牌輸光了。我們兩個人口袋的錢加起來，也不夠喝冰水，坐在船上，看著運河裡紅一塊綠一塊的燈光，聽到那家飯店傳出熱鬧的笑聲，只能不住嚥口水。

「我說，這樣坐下去也不是辦法，讓我上去弄點東西下來吧。誰叫他們不付工錢！等到打烊，我藉口有把刷子忘在架上，一直跑上三樓廚房，趁著一個師傅出去倒冰水喝，抓了三隻烤鴨往下扔，那個朋友後邊巷子接。誰知道他笨得一隻沒接著，全在泥沙裡滾了好幾趟。怎麼洗也洗不乾淨，不過總比沒吃強。我們拿回船上吃，一面吃一面說，這烤鴨是沾過胡椒鹽的，把每根骨頭都啃得乾乾淨淨，躺在甲板上，兩個人聊著聊著，不知怎的，都睡著了。」

我聽得一愣一愣的，這是怎麼的生活呵！而小黑卻在氤氳菸霧中，拿來當笑話講。

「你常偷嗎？」

「不！」他皺起眉頭，彷彿奇怪我有此一問：「只有這一次，再也沒偷過，真的。我是氣昏了，氣他們不給錢。」

有些人騙起人來是臉不變色的，而我相信小黑說的是實話；我們坐得這樣近，我可以看到他的眼睛在說他沒扯謊。

「不談這個了！」小黑把菸蒂扔到地板上，用腳搓熄，衝著我喊：

「喂！」他似乎永遠學不會叫我的名字：「這張給我好嗎？」

他把畫報送到我胸前；是一頁機車廣告：「You meet the nicest people on Hondas，你在本田機車上遇見最好的人」。一大隊人馬騎著本田小機車，有帶鬈毛狗的胖太太，帶著女朋友的小伙子，帶花的家庭主婦……

我說你要就拿去吧。

他刷的一聲，撕下來，摺進襯衣口袋：

「我搜集機車廣告。我要買一部摩托車。」

「本田？像廣告上的？」

「啊！」他皺鼻、咧嘴，一副鄙夷不屑的神情：「這種小機車只是給娃娃玩的——我要買一百二十西西的，還沒決定要什麼牌子。不過要紅的。」

「為什麼一定要紅的？」

「不為什麼。一個人總要有屬於自己的東西，自己的顏色。」小黑垂下頭，望著雙手，慢慢地說。

我第一次注意到，他這一個看起來並不碩壯的人，竟有那麼一雙厚實、寬闊、修長的巨掌，上面顏彩斑斑，錯雜地劃著大大小小的疤痕和厚繭；一雙生活過的手。

「我高中起，就喜歡穿紅衣服，」他輕輕笑起來：「我老子最討厭我穿，說什麼家門不幸，出了個流氓，他愈恨，愈不許我穿，我愈要穿！」

小黑猛然抬頭：

「憑什麼我要穿得和別人一樣，穿得討人喜歡？名字是父母取的，你沒有選擇的餘地。名字是給人叫的，而衣服是穿著讓自己快活。我喜歡紅色。紅衣服讓我感覺到自己，走進人群中，還認得出自己；鮮紅的顏色提醒你，你還活著，要幹下去！不要睡覺！

「有些時候，我打不起精神，就希望生點小病，甚至受傷、流血，這兒痠、那兒疼的。這些感覺都可以告訴你，你還活著。這是很要緊的：讓自己知道還活著！不然你什麼事也做不成。」

我揑著一把剛由浴室帶回來的溼毛巾，怔在椅子上。從不知穿衣服還有這套大道理——要有屬於自己的顏色！我忽然感到自己好可憐；我沒有自己的顏色！什麼顏色都無所謂。

如果要我由繽紛多彩的顏色中，挑一種給自己，我一定會茫茫然，無從選擇——說不定我也和小黑挑相同的顏色吧。我怎能斬釘截鐵地肯定自己真正討厭紅衣服呢？我壓根兒沒好好想過這問題啊。我又怎麼曉得，那夜在馮家，我看不順眼小黑的紅襯衫，會不會是因為自己心底也想穿而不敢穿，才討厭他。

如若世界上每個人都像小黑那麼「勇敢」，穿著各人喜好的顏色，世界一定會比現在更熱鬧更漂亮！

我站起來，把毛巾掛起來，決定不再中小黑的毒，胡思亂想。因為我居然有了個不倫不類的聯想：照小黑的說法，彷彿我這種情形不僅沒有個性，甚至與人盡可夫的女人沒兩樣！

小黑掏出那頁廣告，認真看起來。

我倒了兩杯開水，一杯給他。

「那麼，又為什麼要買摩托車？」

「騎啊！」他臉上又浮現了那份「多此一問」的表情：「樸——泊！泊！泊！泊！」

小黑雙手用勁，抓住看不見的車把，瞇著眼，歪著嘴，兩道粗眉拉得一高一低；一縮脖子，左肩微傾：

「刷——！轉了一個彎！卡——開足油門！刷——你一口氣也喘不過來，呼吸停止了！只有速度！刷——好過癮！」

他由喉嚨迸出一串模糊的低吼，聽起來不像摩托車聲，倒有點像汽車或噴射機。

車聲中斷，小黑睜開眼睛。

「你會騎摩托車嗎？」

我搖搖頭，不願告訴他，連試一試的念頭也從未有過，看看報上那些騎士喪生的新聞已夠令人心寒。

「看了《第三集中營》沒有？」

我立刻點頭。

「記得吧？那裡頭，史蒂夫麥昆騎著機車，噗的一下，一蹦跳過鐵絲網。好過癮！能這麼神氣一回，死了也甘心！」他一口氣喝完那杯水。

小黑左手用力往床沿一拍；抿緊嘴，下巴一翹。

「我拚了老命也要買一部！最慢明年。等我拿到那筆兩千五的工錢，再添個五百，湊整三千可以標一個會，我認三份，到過年時，就能滾成四千五。另外，我想辦法再掙一點。然後……」

我忽然受不了他那份咄咄逼人的認真模樣，和「老子說要做，就做得到」的自信，禁不住開口打斷他的話：

「然後，買車子，後座帶個女孩子，招搖過市。對不對？」

他唇角的一絲笑陡然飛走，眼皮倏然掛下，揚高聲音說：
「才不呢。去他媽的女孩子！」
小黑歪著頭，向我投來一個徵詢的眼光：
「女孩子沒有機器聽話。女孩子像泥鰍，抓不住！」說完哈哈大笑。
他把手一揮：
「不管你怎麼說都無所謂。反正，我有一天要有部摩托車。這是我唯一的夢想。」說著，人一溜，又躺回床上，枕著胳膊，歇上眼，黧黑而沒洗乾淨的臉，浮現一個沉入夢境的笑；安詳、滿足。
我心頭竟激起一陣羨慕之情。儘管已經二十多了，小黑看起來好小好小，是天下最幸福的那種人；單純無知的兒童；整個世界都在他們掌心中。
他一定也對馮師母提過買摩托車的事，因為幾天後，她對我搖頭，說她愈來愈不明白現在的年輕人心裡打什麼主意。辛辛苦苦，做得要死賺來的錢，不做正經打算，居然要買什麼機車。也不說積幾個錢，娶太太，成家立業。
「這孩子！」師母嘆口氣，把頭搖得快斷了：「時代真的不一樣了！」
久久，很少再看到小黑。偶爾在街上碰面，也匆匆忙忙打個招呼就過去了，沒有多談。只見他頭髮更長，下巴變尖了，顴骨聳起來，眼眶凹下去。他弄了一輛腳踏車，騎起來滿車零件匡匡作響，老遠就能聽到。

那時已經很冷了，他換了件夾克，忽藍忽紅。我說他到底換了「屬於自己的顏色」。彬美說他還是老顏色，紅的。最後弄清楚，只有嘉克說對了。他說，那小子最會作怪，穿了件可以兩面穿的夾克。

禮拜天我起遲了，快十點鐘才去吃早點，不想在豆漿店遇到小黑。紅夾克灰了一層，眼珠布滿血絲，無精打采的，我問他怎麼回事。他說，賺錢！

「現在我什麼都幹了，只要給我錢。」

「你不知道，我那三千塊錢被人倒了。那操他媽的混蛋聽說帶個女人，人家的姨太太，跑到東部去了。我不怕錢要不回來，台灣就是這點兒大。可是，一切又要從頭來。你知道，一輛最起碼的摩托車也要一萬多。」

「何苦呢？小黑，」我放下燒餅油條，勸他說：「你幹嘛要這麼急呢？慢慢來嘛。把身體拖垮下來，有了摩托車，你也別想騎——對了，你為什麼不分期付款買？」

「我不要！」小黑唏哩嘩啦喝完豆漿，手背嘴上一抹，站起來，要走了：

「分期付款。那是說，錢沒付清，東西還不能算你的。而我要完完全全屬於我的東西！」

——我彷彿和著豆漿喝下了一隻蒼蠅。

真希望我是個百萬富翁！這樣我便能不費力地買一輛機車送給小黑，雖然我知道他不會要。

五月裡，嘉克和彬美申請學校都有了結果。彬美弄到加州大學的免學費。威斯康辛答應給嘉克獎學金，一學期八百。兩個人樂得什麼似的，只差沒去買鞭炮慶祝。彬美決定先走，嘉克服完兵役隨後就去。

既然連獎學金也有了著落，對畢業考嘉克可不如往日那般賣命了。我念得焦頭爛額，他倒悠哉悠哉。明天還剩最後兩門，他也不管三七二十一地跑去看他的電影。開了幾天夜車，我倦得要死，沒撐到十一點便抱著書，和衣睡過去。嘉克回來，我被他開門的聲音吵醒。

「小黑那小子真的瘋了！」他一面脫上衣、鬆領帶，一面說，他出去時，看到小黑騎看一輛摩托車，在小街上來來回回地馳得飛快。那輛車，奇形怪狀，擋風玻璃上還畫了一顆紅心，一個裸女。

「也許他買了輛二手貨。」我說。

幾天後，我自己也看到了那輛機車。

我們班上，在系主任的明智決定下，廢棄了傳統的謝師宴，只以寫信來表示我們對教授的感激。事情傳出後，報紙還寫短評讚揚，也有別的學校跟著響應，學我們的榜樣。

可是，沒了謝師宴，到底不十分像要畢業的氣氛。班上幾個人議決，畢業典禮前夕，同學們來次聚餐。不管如何，這是最後一次了。

餐會席設一家西餐館子，吃自助餐。那天，彬美特意穿上新裁的旗袍，又仔細修飾一番，磨磨蹭蹭的，叫嘉克和我等了好半天。三人坐車到中山北路，已遲了二十來分。

剛下車，就看見對面街口聚了些人，人人脖子拉得直直，仰頭往上望。上面，四層樓外，一個人在表演空中飛人。

嘉克是愛看偵探、西部動作片的料子，碰上這等驚險場面，豈肯自白放過。於是，我們也加入看熱鬧的人群。

那人在牆上寫字。沒搭架子，攔腰綁了根粗繩，一端拉上五樓陽台，又直垂樓底，一個小伙子緊緊拉著。

那個不怕死的傢伙，左手攀住繩子，兩腳抵住牆壁，挪出右手，握把刷子，一筆一筆地塗著。

「國際畫廊」四個大字，已寫完三個，正在「廊」字上下工夫。

想是顏料用盡，那人把刷子往腰際一插，雙手抓牢繩子，一步一步地沿嵌著光滑的瓷磚的牆壁游走，四樓窗口，另一個人，手伸得長長，提著一小桶顏料等他。

已近黃昏，有點風，一陣又一陣地把繩子吹得繃繃響，把那人頭髮颳得一起一落，褲管灌滿了風，不住往上掀。下邊的人，一個個張口結舌，屏息靜觀，只有讓心跳得像幫浦，頸子仰著發痠的份兒。

「要是繩子斷了怎麼辦？」彬美拂住心口說。

我擔心的倒不是繩子。而是怕那雙長長的，瘦得幾乎沒有臀部的腿會乍然撐不住，挫了下去。看一個人盪在半空中，要上不上，要下不下，比看他掉下來更難過。

嘉克拿下眼鏡，神經兮兮地擦了一遍又一遍，戴上去，四周一望，輕呼一聲：

「那不是小黑的摩托車嗎？」

聽到小黑的名字，那拉繩子的男孩子，猛然轉頭望我們一眼，一額角汗，兩眼發直地衝著我一咧嘴巴。我認得他，阿土，小黑的伙伴之一，我上次去他們「狗窩」，小黑不在，他在，我們還聊了幾句的。

再抬頭，那個攀在窗口弄顏料的人，不正穿了那麼件要把整棟樓燒起來的紅襯衫嗎？

怪的是，知道了他是小黑後，我竟不再擔心。我記起他有一雙多麼有力的大手，記起他告訴我，他被大喊小黑的原因。

「阿土，這是怎麼搞的啊？」

「噓！別跟我說話！」阿土頭也不回地嚷。

他是對的。我閉了口。

然而，沒一分鐘，阿土終究忍不住，開口說：

「這個人，誰也拿他沒辦法。不是說有了新規定，招牌英文字不可以比中文字大嗎？人家要把英文字換成中文。他就搶著要接，說什麼刷去幾個英文字，再寫四個字，就賺五百塊錢，是天掉下來的運道。要他搭架子，他又嫌麻煩，說沒有為四個字搭架子的道理。我拗不過他。他這個人，說要怎麼幹就硬要怎麼幹，誰也攔不住……」

「快別說話了！」彬美叫起來：「拉好你的繩子！等一下人摔死了，你怎麼辦？」

阿土丟給她一個白眼。

彬美趕緊掩住口，然後又說，她再也受不了，要走了，再說我們已經遲了不只半個鐘頭了。拐過街角，嘉克掏出手帕擦汗：

「這小子真是活得不耐煩了，這麼要錢不要命！」

彬美開了口，又要頂他，我趕快給她使個眼色，總算沒發作。

吃過飯出來，彬美一路惦記著小黑不知怎麼樣了。

小黑自然沒有跌死。至少，第二天報上沒這條新聞。而且，他又來找我了。

那是我離開台北前夕，嘉克已捲了鋪蓋滾回台中老家。我與芸康去看電影，宵夜，送她回家，一個人摸回住處，已過午夜。

脫了衣服，洗過臉，正待熄燈上床。有人敲門，是小黑，很破例地穿了件純白運動衫，把一張臉襯得黑亮。

他說，幾個朋友從南部來玩，「狗窩」怎麼也擠不下，希望能在我這兒過一夜。

「沒問題，進來吧，你可以睡嘉克的床。」小黑不要被子，不像我，這種大熱天還要封得像蒸籠。我拿張毯子給他，疊起來當枕頭。

「嗨，我那天看到你的精采表演了！」

「什麼表演？」

「空中飛人，還看到你那輛美女摩托車。」

「喔，」小黑笑了，眼睛一亮，神采飛揚的：「沒什麼。有人送你五百塊，你總不能不要吧。

車子也不是我的，已經還人了。」

他點上一根菸：

「剛剛上哪裡風流？我十一點來過一回，房東說你明天走。」

我告訴他，我下禮拜一入營，剛剛陪芸康看電影去，我們已決定年底訂婚。

「呵！」他吹了一聲長長的口哨。

「說正經的，你自己呢？小黑，」我突然變得像老太婆，一心想做好事：「你自己難道沒想到這一層嗎？家到底是很重要的。要嘛就趁早，一轉眼，我們都會變得七老八老了。」我簡直不知所云。

小黑還是嘻皮笑臉。

「那句話怎麼說的呢？女孩子像泥鰍？」

他絞起眉，吸了一口又一口菸，把自己囚在那團白濛濛的霧裡，眼光透過重霧，落在窗外的夜黑……

那不是個新鮮的故事。但小黑說起時，我這個沒經歷過情感波折的人，也了解那是多麼沉重的打擊。

在台南，他幫一個家具店畫招牌，出出入入的，認識了店主的女兒，兩人要好了。女方家裡反對，嫌他沒有錢，沒有固定的事。小黑進電器行做，多少也為了讓她家人知道他不是不肯定下來；他可以從頭苦幹。他母親請人去提親，被一口回絕了。

「幹，我那時真想提把刀子，去把她父親捅了。」他說：「可是，我回頭一想，也用不著，只要她肯跟我，我們可以走。不想她翻來覆去就是那句話：她不願傷父母的心。」

於是，小黑把她丟在一家冰店，一個人走了。沒多久，電器行的差事也丟了。

「我第一次出海回來，人家告訴我，她嫁到嘉義去了。才兩個多月的工夫。昨天還在對你說，非你不嫁，今天已變成別人家的老婆。女孩子啊！」

「沒再見面？」

「去年清明，我回家時，在火車上碰見她。她在嘉義上車，抱個小孩，沒地方坐，我站起來，把位置讓給她。她要跟我講話，我沒理她，走到另一個車廂。還有什麼可談？幹！」

「所以，女孩子像泥鰍？」

小黑把菸蒂往外拋，一滴火紅殞失在漆黑中；輕輕一聳肩膀。

「或許我不該這樣說她。人都是一樣的，像魚，抓不住！我對自己也信不過。我怎麼知道，我明天會變得怎樣？——不要說人，就是狗，天天跟你走，說不定有一天看到一條母狗朝牠搖尾巴，你叫破嗓子，也叫不回來了。這個世界，你什麼也不能相信，除了自己的一雙手！」

他微微攤開手，左拇指有一痕新創，想是那天繩子搓傷的。

「你忘了，還有一樣東西。」

「什麼？」

「摩托車。」

小黑淡淡一笑，揮揮手，說不談了。

「睡吧！明天你還要坐半天車呢。」

他自己說睡就睡，踢掉拖鞋，爬上床，翻個身，面朝牆壁，不一會兒，便響起均勻的鼻息。

倒把我一個人留下來，對看天花板，想了好多事。

「隨你說，反正，我有一天要有摩托車，這是我唯一的夢。」

那也許是很踏實的夢，儘管馮師母說那不切實際。可是，做人總要抓住一點東西，才活得下去。像嘉克、彬美一心一意想出國，芸康「有一天，能拋開一切，到陽光下，舒舒服服地打一場高爾夫球」的願望，或者像馮老師看武俠小說，抽菸斗，師母打毛線，養雞，靠幾張藍藍的航空郵簡，把日子打發過去。

小黑買了摩托車以後，是否會發現事情真的如想像中那般的美好，那是另一回事。重要的是，他有一個可達成的夢，他知道他要什麼，還肯拚了命，付出代價去實現它。

比起他，我不知道自己是幸或不幸，我沒有轟轟烈烈，曲折動人的生活；更糟的是，我迷迷糊糊得過且過，隨遇而安，到底為什麼活著也弄不清楚。唉！我嘆口氣，衷心希望軍中生活會使我改變，變得更堅強些。

入伍沒兩個月，部隊奉調金門。新的環境，新的人物，新的生活，使我逐漸淡忘了小黑和他的摩托車。

年底，我得到一週假期，回台北跟芸康訂婚，順便回學校領畢業證書，看馮老師。

聽說我訂婚了，馮家二老都很高興。師母還巴巴翻出他們二兒子復活節在紐約結婚的照片給我看。

一面說，這一來，只剩下小女兒還未找到對象，不過她並不擔心。在美國，出色的中國留學生多的是。

不知怎麼搞的，我聽了不十分自在，沒頭沒腦地問她是不是還在養雞。

「不養了，」師母說：「吃力不討好！中秋前後，一場雞瘟，三十隻死了二十來隻，剩下的，宰了吃啦。再說，再也沒那份閒工夫啦……」

馮老師接著說，大女兒兩個月前又生了個女兒，美國生活太緊張，一下子照顧不來三個小傢伙，決定過了聖誕，把嬰孩送回來，請外公外婆撫養。

「這一生拖兒帶女，好容易一個個長大滾蛋，想不到臨老又來這個小禍水，只怕以後沒清靜日子過了！」

馮師母立刻瞪他一眼，怪他說什麼「小禍水」。

但，兩個人額上笑得皺成一堆的紋路，卻寫清了他們對這「小禍水」即將帶來的麻煩，是多麼的歡迎惟恐不及。

突然，師母問我：

「記得小黑嗎？回台南鄉下去了，你們畢業沒好久，他也走了，聽說他父親病得厲害。」她的口氣淡淡的：「還記得他要買部機車呢。」

聽說彬美在加大另有新交，一退伍，嘉克忙忙辦好手續，八月底就走了。我則真的拿起教鞭，吃粉筆灰，誤人子弟。芸康在一家貿易行做事。

週末陪芸康看電影，在中華路口，一個人喊住我。回頭一看，居然是一年多沒見的小黑，或許是一身油污的關係，看起來老了些，頭髮還是亂七八糟，髮腳倒修得乾乾淨淨。

我向他介紹芸康，他說有一回芸康來我們學校找我，他見過的。

「我現在在這家汽車修理廠做，不東跑西跑做散工了。」

「摩托車呢？」

「啊！」他咧嘴一笑，依然是那口參差的白牙，依然是昔日的小黑！

「快了。也真不容易。去年夏天，我父親死了。家裡一切靠我，我說服母親把地租出去，等我弟弟長大，再讓他幹吧！我妹妹進大學了，中興，她要上進，做人家大哥的，只有高興的分兒……」

我們趕時間，沒能多談，我寫了住址給他，要他來玩。

他一直沒來。

大半年過去，我和芸康結了婚，生活似乎納入軌道。本來就不怎麼活躍的我，婚後變得更不想動，常常下了班回家，電視機前一坐，一晚上就過去了。芸康說我變成老夫子了，我也覺得自己愈來愈像馮老師，只差沒去買根菸斗。芸康可仍念念不忘她的高爾夫球，雖然她根本不會打。我總說，有一天我們一定會去。

六月裡，一個大清早，似醒未醒之際，遠遠聽得一輛摩托車泊泊泊駛近，戛然而止，過陣子，門鈴鬼咬一口似地吼起來。

「要死了，這麼早，有誰會來？」芸康推推我。

我揉著眼睛，走過去，打開窗簾。

樓下，馬路中央，立著穿紅襯衫的小黑，一輛晶紅的摩托車像匹小馬停在他身邊，連同院裡草坪上的露珠，映著旭陽，閃閃發亮。

我飛奔下樓，開門讓他進來。

「小黑，你終於買了！」我興奮地按住他肩膀。

他不說話，光是傻呵呵地笑。這樣的笑容，我只有在上個月，同事老黃當了爸爸時，才看過的。

我感染了他一臉煥發的笑，半天，才又說：

「真叫人開心，不是嗎？」

好蠢的一句話。我曉得我不必再說什麼，小黑明白我真正為他開心。

我們一道吃早點，天南地北瞎扯，我告訴他，彬美來信說她要結婚了，不過新郎不是嘉克。馮家夫婦為美國回來的小外孫女忙得沒工夫養雞。

吃過飯，小黑說他送我到學校。一路風馳電掣，世界在車旁飛逝，旋轉起來。我不安地說：

「哎，慢點，小黑，慢點。」

小黑把油門開到最大，把車子駛得像匹馬，笑得像個鬼。強勁的風，將他的頭髮一根根拉直起來，拂到我臉上。

我想起幼時騎竹馬，胯下夾著一根竹子，口裡喊著「馬來了！馬來了！馬兒快跑！」跑遍一條大街的往事。慢慢地沉醉在那份由高速度所帶來的近乎窒息的快感之中。

到了學校，我舒過一口氣，要他以後常來玩。雖然我們之間的話題，一直僅限於他對摩托車的熱愛，現在他宿願已償，而我相信，我們仍舊可以聊得很好的。

小黑滿口答應，卻沒來過。

禮拜天，芸康上街，看上一隻皮包，又覺得太貴，沒買。回來念了幾天，到星期四，忍不住了，死乞活賴地拖著我，一定要我去看那隻皮包，幫她作最後決定。

從百貨公司出來，天飄著毛毛細雨。芸康買了皮包，興致勃勃地要淋雨散步回去。

路過那家汽車修理廠，我進去找小黑。

「小黑？」一個胖敦敦的，老闆模樣的中年人，衝著我皺眉頭。

「你不知道嗎？死了！都快一個月啦。這個人！我早說過，一個人迷跑車迷到這般田地，遲早會出事的。收了工，老是一個人三更半夜的偷偷開上麥克阿瑟公路……就這樣，誰知道怎麼回事，衝下山谷，躺了一夜，才被人發現……」

——有個人，有個人有那麼件紅得像火的襯衫……

——選自《蟬》，印刻

筆記／屬於自己的顏色　凌性傑

少年早慧的林懷民，十四歲在《聯合報》副刊發表他的第一篇小說。赴美取得學位後棄文從「舞」，於一九七三年創辦雲門舞集，引領台灣表演藝術風潮，成為享譽國際的舞蹈家。〈穿紅襯衫的男孩〉（一九六八年）是林懷民二十出頭歲的作品，它不僅標誌了一個世代的青春記憶，也讓我們看見青年人尋找出路的自信與勇氣。每一代的青少年各有迷惘，各有必須承受的時代重量，然而都要進行這樣的詰問：我是誰？我為什麼在這裡？我該往何處去？小說中的「我」與小黑構成一組對照關係，小黑知道自己要什麼，要盡力拚搏以實現自己的心願，敘述者「我」卻只能如此自剖：「我沒有轟轟烈烈，曲折動人的生活；更糟的是，我迷迷糊糊得過且過，隨遇而安，到底為什麼活著也弄不清楚。」

為什麼一定要選擇「紅襯衫」作為小說的關鍵意象？小黑的答案或許就是林懷民的心聲：「不為什麼。一個人總要有屬於自己的東西，自己的顏色。」小黑從台南到台北打零工，最大的夢想是買一輛摩托車。為了夢想，再怎麼辛苦危險他都願意忍受。紅色象徵鮮血、義無反顧的熱情，其中暗藏犧牲生命也在所不惜的勇氣。小黑這個人物的存在成為一種提醒：原來我們可以選擇，穿自己喜歡的衣服，做最喜歡的事，擁有完整的生命決定權。

張愛玲的散文〈童言無忌〉提到：「對於不會說話的人，衣服是一種語言，隨身帶著的袖珍戲劇。」胡蘭成《今生今世》裡說：「張愛玲的頂天立地，世界都要起六種震動。」「她原極講究衣裳，但她是個新來到世上的人，世人各種身分有各種值錢的衣料，而對於她則世上的東西都還未有品級。她又像十七八歲正在成長中，身體與衣裳彼此叛逆。」而在林懷民筆下，穿紅襯衫的男孩身體與衣裳兩皆叛逆。小黑高中起就喜歡穿紅衣服，衣服正是他隨身的戲劇、最真誠的宣示，他曾剴切陳詞：「憑什麼我要穿得和別人一樣，穿得討人喜歡？名字是父母取的，你沒有選擇的餘地。名字是給人叫的，而衣服是穿著讓自己快活。」紅衣服讓小黑形塑自我，在人群中認得出自己。若是每個人可以各取所好，「世界一定會比現在更熱鬧更漂亮！」

林懷民，生於一九四七年，台灣嘉義人。政治大學新聞系畢業，美國愛荷華大學英文系小說創作班藝術碩士。著有小說《變形虹》、《蟬》。文集《說舞》、《擦肩而過》、《高處眼亮：林懷民舞蹈歲月告白》。一九七三年創辦「雲門舞集」。舞作《寒食》、《白蛇傳》、《薪傳》、《九歌》、《流浪者之歌》、《稻禾》等。曾獲選二〇〇三年第二十三屆「行政院文化獎」、二〇〇五年《時代》雜誌「亞洲英雄人物」、二〇〇七年政治大學名譽博士。

村女娥眉

——陳淑瑤

長串的鐘響平息，一行人回到家，阿媽一副不可置信的模樣，回頭看看大廳又瞧瞧天井裡的光影，說：「我有聽不對沒啊？十點抑是十一點啊？日才行來到水缸！七早八早一群走了了，不就我八點提早頓[1]去，呷飽就準備欲返……」「阿媽！今日是中秋節呢！」秋香說。「我煞不知中秋節，月娘擱在睏咧，欲看月娘嘛要等日暗，日頭落山擱赴赴咧！」阿媽又念。秋暖這才說：「東港仔掘完啊！」「掘完啊，牛沒在那，擱犁兩壟來拔啊，下哺[2]就有得掘，沒彩今日學校休睏，人大家掘欲了啊，中秋過，風透起，才去呷土粉……」阿媽說著拿一個南瓜到水邊去洗。「下哺，坤地仔講欲把四斗仔那瓜仔藤揪揪咧，欲來種菜栽。」阿母這一說，阿媽才住口，專心去理南瓜。

秋暖洗好手腳即往瓊雲家奔去。前兩天她倆遇見從高雄打工回來的玉環，兩個月不見，她變得白皙，穿著也時髦起來了。瓊雲一向比其他女孩子白，男孩子管她叫白雲！白雲！玉環其實還不及她白裡透紅，只是小麥色裡倒進一點兒牛奶，加上穿件映肉的淺粉上衣，彷彿白多了。瓊雲注意到她的上衣，質料普普通通，短短的袖子斜切下來，只有一兩分的蓋袖，顯得手臂頎長，既柔媚且有英姿。特別的是她那件像鄉下阿媽穿的「半長短褲」，一改碎花為全紫，多了兩個口袋，令人刮目相看，那麼帥氣，幾分像男孩子。褲尾做成小泡燈籠，穿繩綁帶，兩隻蝴蝶結在膝蓋兩側。瓊雲將那褲子畫下來，央她媽媽照樣做一件，昨天說明天就可以做好了。

做好了，酒紅色的，是隔壁村一個伴娘做衣裳的剩布，瓊雲直說：「不好看，早就說要冷色系，藍的，紫的，綠的也好。」她媽媽說：「阿暖去換，不知好歹，嫌東嫌西！」她爸爸則說：「女孩子穿暖色的才好看，萬綠叢中一點紅，妳看，天空藍的，海也藍的，再穿藍的做什麼！」

秋暖換好出來，大家都讚好看，瓊雲馬上搶著要穿穿看。她一揭開簾子出來，志帆首先說：「太胖，像灌兩條香腸。」她伸手要打他，她媽媽將她旋轉一週，打她屁股：「什麼時候胖起來，我都不知道，屁股太合了，阿暖穿比較好看，人家天天去工作運動，屁股小小的。」「討厭！你們這些人只會給我漏氣，不管，這件給她，妳再幫我做一件！」「欸，我可沒說不好看喔！下次，下次再給妳們買衣服，我的眼光很不錯喔！」爸爸笑說，不管她們說什麼都覺得有趣。

秋暖不再逗留，因為姊姊要回來了，他們鼓吹她將新褲子穿起來，她怎麼都不肯，說等瓊雲瘦了再穿。瓊雲拿著褲子緊跟著出門，媽媽提個小袋子，又夾著一包東西在胳肢窩裡也跟著來。到家裡秋暖才把剛才想說的話告訴瓊雲，「妳爸好帥喔！怎麼都不會老！」「他好命啊，什麼都不用

---

1 編按：閩南語，意指「早餐」。
2 編按：閩南語，意指「下午」。

管！」

媽媽從袋裡拿出一罐咖啡一盒巧克力，攤開小方巾，裡頭有粉餅、眉筆和口紅。「拿這做啥，阮一世人不曾抹這，單單做新娘一遍，這陣每日封面，拿去送恁大姊小妹，永豐買的，不留咧自己慢慢用！」秋暖的阿母邊笑邊推辭。「我嘛有一份，歡喜就抹來自己看婧[3]。」跑來湊熱鬧的瓊雲說：「妳在說人家，自己也很少用，放到下次爸回來還沒用完。」「我也想要抹啊，沒人請呷喜酒，叫我抹去叨？千交代萬吩咐，伊就愛買，嫌阮醜。」「喔，妳是嫌阿暖伊阿母醜才拿來送她！」媽媽捏了她大腿一下。「來，我來幫妳們畫一畫，今天就把它用完，免得被妳們浪費掉。」瓊雲說完當真拿起口紅來，兩個媽媽不約而同伸手要阻止，但是已經被她打開了。她媽媽說：「妳不會畫啦！」「怎麼不會？跟畫洋娃娃、畫圖一樣，妳忘記以前我還用火柴幫妳畫過眉毛。」「好啦好啦，那個拿去給她們畫畫看，用剩的再拿來，有人要用總比放著好，這汝趕快收起來，等一下就乎伊毀了去。」媽媽趕她走開，她執意幫她們畫上口紅才肯走，兩人伸了手要擦掉又不捨得，一邊喚人要鏡子要衛生紙，媽媽說：「汝畫好看，不好擦去，我不行啦，等一下還要行返去，等一下乎人笑講伊爸返來就畫紅擦白。」

敵不過瓊雲好說歹說，秋暖從房裡取出一面小鏡坐到椅子上，「我先犧牲給她練習，每個人都要畫喔。」「好！好！」秋添拍手說。

「只畫口紅，妳閉眼睛幹嘛！」瓊雲說，「等一下我再幫妳拔一拔眉毛這些雜毛，一定更漂亮！」秋暖把蓋在大腿上的鏡子翻過來對準著臉，立刻跑到西邊門外背對她們好好去看。先是抿著嘴笑，忍不住嫣然笑透了，雙唇開啟，左頰上的小梨渦湧出水來。可惜皮膚太黑，她垂下唇角想。秋蜜在那邊喊著：「愛婧貓！」她轉身走過來，阿母和瓊雲的媽媽都看著她，彼此誇獎對方的女兒，「真正會曉畫咧，免人教。」「這阿暖就是深緣，愈看愈婧。」

瓊雲畫上癮了，連哄帶騙抓人來畫，月寶靜止不動，連呼吸都屏住了，秋蜜愛笑，好不容易閉上嘴巴，胸腔裡還發出咯咯的笑聲。秋暖的鏡子借她們用，不時又拿過來再瞄一下，不確定兩片紅唇還在不在似的，又偷偷跑到大廳裡照古鏡。

阿媽準備炒米粉，叫剝蝦叫切菜都沒人搭理。這日有點西風，一群人圍在西側門邊沏沏切切，她走過去也沒人注意，她將臉湊近，發現個個唇紅齒白眉開眼笑，於是更瞪大那乾涸皸裂的眼睛：「是欲搬歌仔戲？一個一個抹粉點胭脂，畫黑貓！」「慶祝中秋節，中秋節就要畫這樣！」秋香一說，大家都笑，叫她也畫卻抵死不從。

阿媽掉頭走開，說：「誰人不知是永豐仔買乎鳳珠的，鳳珠仔！汝在打損人的胭脂，這永豐仔去外國買的，婧人畫婧，醜人畫醜！沒叫永豐仔來厝坐咧，半世人沒看著永豐仔，行船是愈行愈瘦抑是愈行愈肥咧！」

秋添含著巧克力，畫到一半，看大家忍著笑，急忙逃開，秋蜜和月寶追著看她的「櫻桃小嘴」，她邊跑邊笑邊以手臂拭去，糊了一嘴又黑又紅，碰到阿爸自外頭回來，秋蜜叫著：「阿爸！

3 編按：閩南語，意指「漂亮」。

快點來看，我們在化妝！」阿爸放眼望去，正好看見阿母欲拒還留的唇紅，笑了一聲揶揄說：「村女娥眉，難為時賞！」正熱鬧時，一部汽車停在門外，秋添秋蜜急忙過來迎接秋水，幫忙提行李。車上還有一個鄰村的小姐要回家。大夥進屋裡去了，秋蜜還在跟路過的章震說話，秋水回頭看見還以為是未謀面的小叔叔。秋蜜說：「你有沒有看到？我姊姊回來了，她就是郭秋水，漂不漂亮？」章震看著她的唇偷笑，

出社會一年的秋水這個月剛買了第一條唇膏，最淡的粉紅，早晨偷偷輕輕抹了一層，還深怕別人察覺，沒想到家裡個個桃紅著嘴，她驚奇地問：「這是真的還是假的？」尤其是她阿母，原本想等瓊雲她們回家再擦掉，免得丈夫看見，既然已和他打過照面，也就不要緊了，這時他又嘲笑起來：「七月半是過啊，不要出來嚇驚人！」此語一出立刻引來所有人的抗議，尤其是秋水，「阿爸！你實在有夠沒水準，這才叫一朵鮮花插在牛糞上咧！」瓊雲眼尖發現秋水也塗口紅，說給她媽媽聽，媽媽說很漂亮，該回家煮飯，拉她回去。她臨去跟秋暖說：「晚上我們來喝咖啡，來失眠！」阿母去把口紅洗掉了。

地上擺著三件物品，一紙箱是陳家媳婦月琴託秋水帶回來給陳家的；一紙箱是秋水的二姑寄的，她向來是只會買香菇、麻油、肉脯之類的；另一簍子，一看便知是大姑買的水果。阿媽啥事都不管了，忙分配東西送人。

孩子們全聚在秋暖房內等秋水開行李箱。每個人都有一件新衣。「啊！淺藍色的！」秋暖叫。秋水特別向她解釋：「這不是半長短褲喔！這叫馬褲！現在台灣很流行！」「我知道！我還有一件

咧！」秋暖把兩件馬褲拿來重疊，發現淺藍色的較寬，褲管沒有抽繩，開個小衩，瓊雲必定喜歡，便不顧秋水等弟妹出去還要給她一件內衣，匆忙奪門而去。

行李箱內滿是藥味兒，秋水將一包當歸枸杞拿出來交給阿媽，「大姑買的，欲乎汝補身體補目睛。阿媽，阿公來高雄買一台機車乎我。」阿媽板起臉孔：「一定是恁阿姑啦，不要像乞食，一日到暗欲去給人討東討西，不見笑，一人一家，沒交沒扯[4]，免去乎人看沒目底，以早沒就沒去講啥，這陣咱開始賺錢，慢慢啊存，欲買啥才去買，不要拿人的，拿人一項，人就記一世人。那一台機車不就要成萬塊？人伊一個細漢兒來在澎湖做兵……」「我剛才有看著一個兵仔。」秋水說。「在叨？啥時陣來的？」阿媽急忙站起身四下張望。「剛才，在門口。」秋水指著門外。「在叨？怎沒講？等一下講咱沒招待！」秋水見阿媽緊張的模樣，趕忙將她拉回來說：「沒啦，我看不對，是咱社內的兵仔啦！伊在澎湖叨位做兵？」「講啥青灣抑是水灣。」「不曾聽過。」「叫伊欲來也不愛，有啦，那日有拿中秋餅來，留伊欲呷飯也走緊緊……」

秋水走到天井，抓起一把晒在地上的土豆，問：「土豆掘完未？」「掘會完？後陸、沙園，擱在那咧，暖仔較會掘，香仔糊糊塗塗，蜜仔是去在鬥鬧熱……」「下哺我來去鬥掘。」「免啦，免去沾一身軀土粉，也不是像瓜仔會乎人挽去爛去，掘到冬尾也是在那，也沒得掘啦，早起十點就跑返來，講掘一區了啊，不曾一日掘到十二點，人若掘兩日咱就掘三日，管伊，九月掘會了就好，風

4 編按：閩南語，意指「沒交集」、「沒牽扯」。

飛沙准伊去風飛沙，目睛嘛呷慣世[5]啊！」阿媽適可而止的叨念對她是種禮遇，這已使秋水馬上有了回家的感覺，望著門外乾燥的馬路，輕聲說：「聽講阿蓮伊阿爸死啊。」阿媽沒聽見，一把抓住她的裙腳，「穿這媠嘐嘐，去田裡沾土粉！」

——選自《流水帳》，印刻

筆記／淡妝初描少女心　凌性傑

年輕可愛的女孩們聚在一起，到底都說些什麼話呢？她們的某些心事，或許只能說給閨蜜聽。在語言流轉之中，交換彼此的故事與願望，也彼此安撫青春的震盪。〈村女娥眉〉是《流水帳》裡的一章，女孩們嘰嘰喳喳閒聊，十足的少女心。整本小說以秋暖、瓊雲的生活為中心，簡潔淡雅地勾勒少女的成長愛戀，以及村落裡的世事變換。

陳淑瑤第一部長篇小說《流水帳》敘寫澎湖風土，順帶道出人情冷暖，宛若一部海島歲時記。已經消逝的島嶼時光，就在文字中留存下來。《流水帳》在敘述中重建記憶現場，充滿生活氣息。陳淑瑤讓日常故事、浮生百態完整細緻地顯露出來，彷彿從來不曾磨損毀敗。陳淑瑤說：「這本《流水帳》也算愛情故事，裡面就是兩個少女的初戀。故事年代在民國六十多年，七十年，那時候哪像現在，你可以講說那是個純真年代，情愫、情感的交流對應，都是淡淡的，幾乎不落痕跡。」「現在我還能想起我童年或少女時期，某一天的天氣，我會覺得已經無法穿梭時空再回到那地方，那種陽光，那種空氣，那樣的心情，我很懷念。」於是陳淑瑤寫海事農耕，寫蔬果漁獲，寫小兒女的感情狀態。

小說中運用大量的閩南語對話，穿插典故俗諺與歌謠，寫出了動人的生活感。〈村女娥眉〉裡展現細膩的描寫功力，作家筆下的眾多女性表情豐富，音聲笑貌躍然紙上。女孩們羞怯嬌俏試穿新衣，正是情竇初開的年紀。瓊雲為眾女性畫眉上妝，女孩們窺看鏡中的自己，愛美的天性展露無遺。出社會工作的秋水買了唇膏妝點自己，也為親人帶回一整個行李箱的新鮮事物。幾乎是神來一筆，陳淑瑤寫阿兵哥章震看著女孩的紅唇偷笑……其中該有多少故事引人遐想。陳淑瑤細細剪裁、縫合、拼貼，瑣碎的日常因而充滿生機。

陳淑瑤，生於一九六七年，台灣澎湖人。輔仁大學歷史系畢業，一九九七年以小說〈女兒井〉獲得時報文學獎小說首獎。著有短篇小說《海事》、《地老》、《塗雲記》。長篇小說《流水帳》。散文《瑤草》、《花之器》。其中《流水帳》榮獲二〇一〇台北國際書展大獎「小說類・年度之書」、二〇一〇年行政院新聞局第三十四屆「金鼎獎・圖書類文學獎」。

5 編按：閩南語，意指「習慣」。

霧中風景

——賴香吟

在霧色的林間看見自己，不，是阿卡，遠遠地，阿卡跑得太快，喊不住……迎面而來的身影怎麼也看不清楚，然而阿卡一陣親暱，彷彿已經不是我的狗了……

「星期天到我家來畫素描吧？」昔日的沈老師走近來挽住我的肩頭說。

抱著素描簿，春寒料峭，我穿上沈老師送給我的黃色毛衣。媽媽問：「風這麼大妳要去哪裡？」

「我要到公園去畫素描。」

「在家裡不能畫嗎？」爸爸從報紙裡抬起頭來說：「妳是不是該多花點時間念念書呢？」

一直無從尋找自己少女的模樣。

高中三年，我竟然沒有留下任何一張白衣黑裙的相片。只有一張穿著軍訓服的團體照。那是校慶時候班上話劇演出之後的紀念照，夾在人群裡的我的臉色給卡其色襯得一片沉悶。

那是一所有名的明星女校。但我厭惡女校。一個個剛發育的少女驕傲得像隻孔雀。她們穿得單單薄薄地做晨間操，挺著胸脯走木蘭步，嘰哩呱啦地走過水岸，噗通跳下。而我，一個高健沉默如男性的少女被塞在青春的速食罐頭裡，使我感到茫然的與其說是周遭氾濫的女性，倒不如說是那種徒具官感、毫不遮掩的放蕩青春令我心生抗拒。像是失去了回應的能力，找不到欣賞自己的規則。

我困坐教室的後邊，每天七點鐘開始早自習，我沒有背熟任何一個單字或句型，我都在畫素描。在清晨光線圍繞的視野中，我看到生活內裡的層面。

教美術的沈老師問我：「妳的小腦袋瓜裡都在想些什麼？」

沈老師老是喜歡講述巴洛克、洛可可的藝術，但我知道其實她還是只喜歡印象派。這是她自己告訴我的。她問我了不了解印象派，我搖搖頭，我只是取回了我的畫。

她從背後喊住我：「妳不願意再多學一些嗎？」

如果今天她再問我一次，我或許會拒絕的。真的。因為畢竟我還是傷害她了。可是，那時我根本不知道我自己是什麼。

沈老師對我說，妳要學著放鬆妳自己，妳要學著與他人親近。「有時候，人的心意是經由一個小小的肢體語言來表達的。」她摟住我的肩頭說：「那遠遠超過我們所能說出口的。」

直到今天，我仍然無法確切說出她要什麼，而她又想經由我得到什麼？那時的我毋寧以為是自己從她身上竊取到了什麼吧。我問她妳為何對我這麼好？她說因為我喜歡妳，（因為妳是一個令人心動的學生。）我又問，妳已經教了那麼多年書，妳有過那麼多學生。（但是，妳不一樣。）她說。放課後，我們經常在校園裡散步，或是去公園裡談話。擠滿人的餐廳裡，她會找到位子給我坐下。黃昏不再那樣令人茫然了，假日她也會帶我去旅行。細雨的林間她想要親吻我。我躲開了。

「妳真是個孤僻的孩子。」她若無其事地說。

我似乎總是能夠清楚地回憶生命的細節，當然我也可能不自覺地假造回憶來逃躲生命的困難，以回憶作著緘印。

多年之後，每當這段回憶來到我眼前的時候，或是，我仍然遇見這些不實在的人物要挽我而去時，我經常被提醒著，這份記憶裡的關係並不是愛情，那不過是一種啟蒙。

是這樣的吧？我看見沈先生手牽著阿卡自門外走來，（是誰？妳是誰？）阿卡不安地朝我低吠。沈先生笑也不笑地說：「妳還記得我嗎？」

我彎下身凝視阿卡的眼睛，牠先是對我齜牙咧嘴，然後狐疑地看了我幾眼，漸漸安靜下來。我撫摸牠的頸項：「走吧，阿卡。」牠溫柔地舔我的手：「我們去畫畫吧。」

沈老師總是叫我們離開教室去寫生。

我找到操場的一角坐下來，剛掛上新網的球場有班級正在上體育課，酸果樹蜜盈盈地垂下，晴空無雲，白上衣藍短褲的少女跳身上網——粗糙的水泥地，磚紅的屋瓦，老舊的煙囪；這麼多的現象——我該畫什麼？該把天空的地平放在哪裡？沈老師說妳的畫很有感覺，妳的技巧也差不多成熟了。她說她在我的畫裡讀到我的表達；而我卻從不說出它們。

沈老師曾經對我那樣好。她讓我在那間陰沉的女校裡看見了陽光，看見了自己的青春。然而，我卻也看見她的丈夫沈先生。陽光中，沈先生的頭髮就和我的制服一樣白，眼睛就和我的百褶裙一樣黑啊……去沈老師家為了畫畫，也是為了陪伴沈老師，然而，我心裡更為了看見沈先生吧。星期天的下午，我和沈老師在客廳喝茶，沈先生在院子裡洗車。閃爍的陽光中一輛破福特。

「我先生說妳太早熟了。」沈老師說。

「早熟是什麼意思？」

「就是以妳的年紀來說未免過早的成熟。」

「成熟怎麼會有基準呢？」

「有時妳真是伶牙俐嘴。」她伸了伸腰：「我們出去走走吧。」

「留沈先生一個人在家嗎？」

她說那有什麼關係呢，「他那個人總是喜歡自得其樂。」這樣子嗎？我驚訝地回頭去看沈先生，水花閃爍裡他又揮了揮手，像是在說：去吧去吧。他實在是老了，老到把自己劃分在我與沈老師之外。沈老師也埋怨他古板無趣，是的，沈老師是太美麗耀眼了，在我們那所校園裡，她的身影一直令人憧憬。「妳愛沈先生嗎？」我忍不住問道。

那時的我多麼希望她告訴我是的；（是的，我愛這個人。）因為，那樣我也許可以在那種和諧的幸福中得到平靜，就像夕陽沙灘上歸家的人影，一切再不需要往前了，然而，她只是不經心地回答我說：「誰知道呢？」她像個孩子般地咬咬嘴唇：「在一群女伴中他走過來，唯獨只對妳求婚的時候，妳會不心動嗎？」

是不當的敏感所致吧？那片刻裡我感覺到，不分身世性別，原來我們都可能是寂寞的；黃昏如此黯淡。

年少的我雖懵懂，多少也看得出來沈老師的生活仍在渴望一種愛的境遇，她以為這能夠快速地推進她人生的深度。所以，有的時候，她不知不覺會去誇大這份感情的形式，以至於連身世性別都混淆，而且，所謂激情何嘗不是經常發端於對禁忌的冒犯呢。

「妳跟那個教畫畫的女老師到底怎麼回事？」爸爸忍不住攔住我。

我沒回答就跑出門了，我想怎麼解釋爸爸都不會諒解的。而且，爸爸從頭就反對我考美術系的事，他認為人生畢竟得找件正當差事做，再說，搞藝術的人老是把自己搞得怪里怪氣；他說：「這是一種不負責又自私的表現。」

「妳最近怎麼了？」沈老師倚在窗邊問我。

我心不在焉地待在院子裡和阿卡玩假骨頭，沈老師等得不耐煩了，把畫冊丟給我。

「妳們導師說妳功課退步很多；而且，妳很久沒有拿作品給我看了。」她又說。

使勁地把骨頭往外一拋，阿卡跳過欄檻急追而去。我一言不發地撿起地上的書，轉身要進客聽。

「妳一定要這麼無禮嗎？」她拉住我的手說：「妳是不是該學著合群一些，不要蓄意拒絕關心。」

「妳又不是我母親。」我賭氣地說。

她臉色一沉：「我本來就沒想要當妳母親。」

阿卡咬著骨頭回來，沈老師氣鼓鼓地給牠拴上鍊子、帶出門去，我咬咬牙進了屋子，亂翻開沈老師的畫冊。又是印象派的殘渣。煩死了。

「不想看就不要勉強自己。」坐在裡頭的沈先生微笑地對我說。

我合上畫冊，看了他一會，翻身取出自己的素描簿。

「妳真的喜歡畫畫嗎？」沈先生又問。

我聳聳肩說我不知道，有些時候我的確因為它而感到狂喜或是安寧，可是，有時候一些技術與要求也讓我覺得煩透了。

「那原該是不衝突的；倒是……妳想畫什麼呢？」

我抬頭看了他一會兒；（我不知道，我不知如何說出口。）什麼也沒說，又低下頭來在素描簿上胡亂塗了幾筆。關於要畫什麼這件事，我的確有些苦惱。

看我沒想回答的樣子，沈先生尷尬地想退出這個談話，起身要走。（你誤會我的意思了……）急著要答些什麼，學校裡那些活活潑潑的女孩影像啪地刷過我的腦海，我想也沒想地說：「身體與姿勢。」

「喔！」他看了我一眼又坐回原處：「怎麼樣的身體與姿勢呢？」

這次，我遲疑了一會，跑動的人影一個個停止下來，當然，我也想到其他的東西，像是沈老師，像是我自己，像是……像是……我大膽地結論說：「那種一瞬間最完美的線條。」

他沉吟了一會：「這樣的想法或許超過了妳的年齡與能力。」

「為什麼？」

「因為那需要其他的很多東西。」

「比如說？」

「比如說，經驗、思維、意志、觸覺等等的。」

我很驚奇。我或許在教本裡反覆看過這些文字，但是從來沒有人親口告訴我事實真是如此，我也沒有認真想過這些條件要如何追尋，繪畫一直離我太遠。

然而，我一直相信，回憶會在我們心上留下什麼永恆不變的東西；雖然那經常是說不清楚的，就像霧中朦朧的風景，我們只能以心靈的觸覺去看見。那時的我，或許已經感覺到在心上有一種生命的祕密在發生，但是我還沒有了解到那只能是一種私祕的愛情。

直到那整個夏日的雷雨把我淋溼。

豔陽還未被雲層掩住之前，沈先生和沈老師一塊出去。她說他們要去朋友家拿作品，一下子就

廳。

回來。然而，雨，忽然間就下起來了。我和阿卡待在後屋，原本我在畫角落裡那些惹了灰塵的雨鞋，但是，急雨把光線全都更改了，而關於雨鞋的意象也改變了。

我懊惱地翻過幾頁，全是不完整不實在的臉或身體，我沒有畫出任何一張完整的，因為我一直欠缺眼睛所見的實感，我只能依靠記憶或是揣測；我總是無法準確地畫出我所期待的，這真是令人心焦。沈老師始終不贊成我在人像上練習素描，她認為我應該先試著在廣闊的空間裡放鬆自己；她說這或許違反繪畫的原理，但是，（這是為了妳好。）她說。

我沒聽到沈先生的停車聲，直到阿卡機伶跑走，我站起身來跟隨他的腳步聲。

直到他喊出我的名字：「妳在屋裡嗎？」

「我在。」我走出來。溼了頭髮的沈先生正站在浴室前擦臉。我看著他，感覺到一種沉重的力量。

「這雨來得真兇啊。」沈先生對著鏡子裡的我說：「妳一個人沒被雷聲嚇著了吧？」

「沈老師呢？」我問。

「還在那裡，是個大塑像呢，摩托車拿不回來，待會雨停了再開車去。」

喔。我靜靜地走開去。沈先生把燈給開了，問我說：「妳在後頭畫畫嗎？」

我點點頭。

「願意給我看看嗎？」

我猶豫了一會，遞給他。他就這樣翻開我的素描簿。

過了許久，他抬起頭問我：「妳在畫妳的父親嗎？」

「不，不是我的父親。」我說：「那是一個人。」。

（那是你，沈先生。）我沒再說下去。畫了千百次的那張臉靠近我的時候，我沒有動，或許那時的我並不知道那將意味什麼。沈先生溫情的吻溫暖的臉頰。記憶裡我仍然嗅到他髮上那種屬於城市雨水的味道。

「你愛沈老師嗎？」我曾經問。

「年輕的時候，她美得像個天使。」

「你愛沈老師嗎？」我又問。

「也許，有一天妳會知道，人生總是一個階段一個階段；」沈先生說：「很少人能夠抵擋的。」

「難道從無例外嗎？」

「不要再問我這些了！」沈先生別過頭說：「正因意識到例外，我才無法回答妳。」

我想起他說畫畫除了技巧還需要意志。

我沉默地離開了那個雷雨的午後。那時的我，或許並沒有完全聽懂沈先生所說的話；他說得那樣微弱。然而，如今想起來，我想那是意味因為察覺到自己的生命或將經歷一種例外的風浪而失去船舵，把不住航向。但是，為什麼不能回答我呢？即使說「不」也要回答我，不是嗎？算了，這是種不該且無情的逼迫，我已經不再追問這些了，我想人無論如何仍然畏懼面對自己的內在。我們都只是繞著外圍打轉，把自己負擔得起的部分說了又說，（說了又說……）任何理解都是為了自我梳理那個距離的存在。

我也想到沈老師。

少年的我倚在長廊一端，遠遠看她伏在桌上哭泣。只要我對她說了冷情的言語，她就會鬧脾氣或是哭泣。我笑說怎麼妳還像個小女孩似地？「那是因為妳是個不誠實的人。」她說那是因為我從不坦白自己的喜怒哀樂。她說為什麼她已經對我付出那麼多善意與感情，卻仍然無法感化我；「為什麼你們總是無動於衷，總是這樣難以親近？」

我愣了片刻，才意會過來她所說的「你們」可能意指什麼。那時候，像有什麼謊言被揭穿了；（原來她還是望向沈先生罷。）我也再次看見了她在生活中的不足不滿；（她還是向他渴求的罷。）她像個孩童般地要求被愛要求被看重，也總是想要去取再去取。儘管成人的狡獪已經滲入她的舉止之中，可是，這種孩童願望還是不變的罷。

不一致的圖像，不一致的語言。情慾迷途，我仍然只畫出這樣朦朧的風景。我似乎把它描繪成一幅古典的圖畫，像那些發生在幾個世紀之前的庭園或古堡中的故事與人物；一個多麼遙遠的距離？多麼拘謹的想像？

為何不能直接表達出它？放不開手的秩序，彷彿我的生命總是被放不開手的秩序所限制。多年來，我看到自己不能自制地在畫作裡迷戀一種優雅的風格，有些時刻，這種矜持也確實讓我被無從表達的熱情所折磨。（表達的力量究竟是什麼呢？）我經常想；（它可以經由禁抑而得到削除嗎？）

（我們會平安嗎？沈先生。）

也許深刻的欲望可能使我們身毀人亡，但是，自我抑滅生命的熱情，我們是不是也要像那些千里跋涉的德國敗兵，無謂地癱倒在冰雪的西伯利亞？我把一改再改的畫作撕毀，我漸漸諒解了一些不完美的藝術形式，也漸漸不再執迷於父親的言語；也許我們不再需要沈先生這個人物，我也應該放棄其他藉以言說的對象……

（不要追索眼見為憑的真實。）

（一切畫面都來自心靈的印象。）

他終於願意讓我為他畫像，他坐下來。

「妳明白繪畫的本質仍然是為了表現真實嗎？」

「真實？」

「是的，真實。」

「這不是陳腔濫調嗎？」

「不，不要如此傲慢。」他說：「這是不變的道理。」

「不是僅僅眼見為憑的真實，是在那個畫面中妳所感受到的真實，也是因為這樣，所以妳才會渴望表達那個畫面。」

我看著他的臉，他的線條，他的光景，他肌肉裡的語言湖水般地浮現在我眼前。我一筆又一筆地將那些觸覺刻進我的素描簿。他的眼睛是銳利的，不，是溫柔的，不，就是因為我無法簡單地述說出它，所以我才去畫它，我將知道它是什麼。

真實……

紅色的童年風箏騰空捲走，我站在原地，只是目送，但焦躁的狗兒還在一路追趕失手的線索……

阿卡在門後吠起來，沈老師推開門進來，沈先生忽地站起來換了一個姿勢。一切都消逝了。

把水果放在桌上，沈老師走近我身邊問：「妳在畫什麼？」

（不……）我把素描簿藏到身後。沈老師愣了一愣，硬是伸過手來取。

「不！」我大喊一聲：「不要！」

素描簿被扯破了。

沈老師撿起地上的素描簿。我如同戰敗似地癱坐在那裡不再掙扎。

（我的素描簿……）

（整本畫滿沈先生畫像的素描簿啊……）

時間瞬地推進再推進，彷彿快艇刷過水面，彷彿飛機衝進雲層；暈眩的動能把我摔出軌道；那瞬間，我像是一下子長大成人了。

「天啊！」沈老師大叫著跑出去。

我在原處看著我那些破碎的素描。沈先生低下身對我說：「對不起。」我仰頭看他，我不能明白他為什麼只跟我說對不起。他還抱住我，蒼老的手臂緊又再緊地把我摟進懷裡，我感覺自己像顏彩那樣化開，我不能自止地哭泣再哭泣。

「不要哭了，」他輕撫我的頭髮：「我都明白的。」

「不，你不明白。」我堅定地仰起頭說：「你不明白。」

（你不明白的。沈先生。我有那麼多的話要述說，然而卻不能述說。我們是為表達而存在的生命，但是，當我能感受到那樣多卻完全不能表達。不能表達。那是一種多麼激擾的痛苦。不要對我說：「去吧，去長大成人。我都在的。」我的心裡一百次一千次地喊：不，你不明白的，沈先生，我若能夠如此輕快飛走，那麼我們要追求的真實是什麼呢？沈先生，倘若例外的生命真不被允許，倘若我真必須離去才能求取生活的平安，那麼，我再不會回來了，我再不會渴望描繪你，我將對你喪失繪畫的信仰，喪失這個我之所以愛著你愛著生命的最大道理……）

升上高三，美術音樂等課程完全從課表裡消失了。我更改了考美術系的念頭。爸爸很高興我想通了，但事實上是我自己對考試失去了自信。不，也許是因為我更相信自己暫時不需要美術系了。

仍然在學校遇見沈老師，但是，我們不再約定相見的時間。黃昏放學我就離開學校，再也沒去過沈老師家。她曾經寫過一封短信告訴我：「過去這段時光中，我的確真心疼愛過妳，可是，妳再不需要我教妳畫畫了。」她要我好好用功，離開這個城市，去更廣闊的地方獨自面對我的未來。

我不知道沈老師是否會去想這一切意味過什麼，而這種精神的體驗是否又解消了多年來她對生活的幻想。或許，她將再次看見她的丈夫沈先生，或許，她也將理解到我之於她——不過是一段錯用的幻影罷。

至於我自己，日日刻板地躲在隔成蜂窩似的K書中心裡，畫函數畫地圖，成績單放在餐桌上，爸爸媽媽小心翼翼不再過問我。我一樣在星期假日離開家，然而不再抱著素描簿，而只是獨自蹲在哪兒等待黃昏亮起朦朧的街燈。人來人往。奇異地，向來蜷伏心中那種獨身行走鬧街的恐懼，似乎消除了一些。我站上自己心裡多出來那一片空空曠曠自由的天地，我看見無數的童年風箏終於找到地平線騰空飄起，然而，我也不感到欣喜，天暗了我就騎腳踏車回家洗澡吃飯，彷彿我觸摸到了什麼，也彷彿我失去了一片好大的什麼。

親愛的沈老師：

經過這麼多年，有一天，我在街上看見妳，就是在我們那所中學附近，我想妳大約下了課，有點累，或是……我第一次覺得妳有些老了，不再是那個小女孩，不再很高興或是很憂愁地在乎著自己的樣子，不再留神別人的視線，不再戀愛著妳自己……後來我跟著妳進了超級市場，轉來轉去的，我也察覺妳不再那樣神采奕奕了，過去，妳總是很興致勃勃地幫我買東買西，說這個牌子好那個牌子不好，等等，等等，原來我們之間有著這樣多的回憶、林林總總，像超商櫃上的東西，記也記不完啊……我只能詳細地記住妳買的東西，蔬菜、牛奶、洗碗精、一盒雞肉、幾瓶罐頭，是妳的一舉一動，也是妳和沈先生的生活……即使這麼多年，我心裡仍然有著異樣的情緒……然後，我看著妳在櫃台付錢，彷彿我從來不曾如此觀察過妳，而只是妳一直看著我，看著我像妳親愛的學生，看著我像妳受寵的女兒，看著我像妳心底的，心底的什麼……如今我仍然不知道那是什麼，即使我曾知道，如今它也改變了，大大地改變了吧？

為什麼要這樣給妳寫著瑣瑣碎碎的事呢？事實上，這麼多年來，除了幾次見外的返鄉聚談之外，我們幾乎沒有通過任何信件，即使我給妳寫賀卡，妳也毫無回音，妳說，這樣做是因為妳不希望我因義務而必須寫信給妳，我既沒同意妳也沒向妳解釋，賀卡是因為我仍惦記著妳，而一封寄給妳的信件，對我而言，是太生疏也太親密了……總之，我再沒給妳寫過隻字片語了，我想我們是要相互遺忘的，彷彿誰還記著這段回憶誰就真正輸了，可是，另一些時刻裡，誰若不能理解這段回憶誰也是不夠寬容，不是真正愛護過對方的……妳明白我的意思嗎？原諒我句子寫得這樣反覆，原諒我們的關係到底是扭曲了……

即使過去的回憶多麼甜蜜，分別後的這些年，當妳察覺到自己年華老去的時候，妳不再和以前那般，以鍾愛來珍惜我的青春，而是，妳開始攻擊我了，這樣寫我很難受，但實在是如此啊，有幾年，妳甚至明白地對我說：（如今，妳是處在人生的低谷了。）我知道妳的意思是說我毫無表現，過去的丁點成就，原來不過曇花一現，更甚是我跟妳一樣在衰老了，過去青春所帶給我的創作動能就要燃燒殆盡了……我不知道這樣嘲笑我是否真能使妳好過一些，如果可以，那麼，妳就更苛刻地來挖苦我吧。事實上，當我踏離你們家的時候，我的確衰老了，如果那之後我畫出什麼使妳難過的東西，那不過是一種臨危的姿勢，如妳所說，燃燒殆盡前的光芒，然後，我就停下來了，如妳所說，是落在低谷中了……

放下素描簿，好多年後，我開始面對色彩與畫布。

他鄉夢裡，我屢屢聽見至愛的畫家說，「離開了具體的事件和痛苦之後，如果我們和那些經驗之間還有不可割斷的回憶，那麼，這其間必定存有一個永恆的東西。」

（永恆的東西？）我伸出手去，渴望觸摸畫家的初作，然而，沈先生的來信在指梢間落下：

「知道我的信也讓妳感到難堪，一下有些茫然了……」

我恍若迷失林間，霧色的林間，然而，已經沒有阿卡，只是朦朧景色，所有對象都混亂，所有圖像都不美……

林間如此溼冷，恰如低谷，只剩微微的光線，永恆的東西……

徒有熱情沒有力量我將會被自己摧毀……

任它所有對象都混亂，任它所有圖像都不美吧——

我朦朧醒來，天色昏暗，燈燃處，沈先生牽引阿卡對我迎面走來，我冷靜地注視著，我想我知道這一切都是幻覺，我不過是獨處在自己的屋子裡，但這一切仍然使我哭泣，我渴望將內心所有經驗到的都表達出來……

「我當然記得你，沈先生。」我說：「還有阿卡。」

所謂思維、意志、觸覺等等，我已漸漸明白，然而，我要比你更勇敢啊，沈先生，當我意識到例外，我就必須回答我就是那例外，唯有那樣，才可能飛翔，才可能表達，而表達會走到真正的平安，或休止，表達是愛的全部……

「我是愛你的。」

我搖搖頭，我們再不需要這樣的表達，我們站在窗前，張開眼睛，看見一片，無人的風景。

——選自《霧中風景》，印刻

筆記／關於愛的迷離生滅　凌性傑

賴香吟的小說作品常以第一人稱進行敘述，人稱的選擇決定了觀看視角，也決定了故事的走向。小說中的「我」怎樣看世界，於是便體現在敘述腔調中，毫無遮掩地對閱讀者自剖心路歷程。〈霧中風景〉採取的訴說方式便是如此，款款坦言成長中的憂悒與矛盾，讓我們看見選擇的艱難，以及面對往事的艱難。唯有經歷那些難堪，才足以完成自我的建構。小說中的那個「我」彷彿是青春的倖存者，透過那些迷離難辨的話語，穿越如煙似霧的生命現場，似乎只為了探觸成長的真相。身為明星女校學生，〈霧中風景〉的「我」與沈老師、師丈曖昧地對峙著（這是多麼容易失衡、毀壞的三角關係），從而引發一場內在感情風暴。小說主角心中形成一個小劇場，時時刻刻進行著內在的自我爭論。

學習素描的「敘述者我」一再自我剖析，說自己厭惡女校。毫無生氣的校園中，只有沈老師對自己好，沈老師讓學生「在那間陰沉的女校裡看見了陽光，看見了自己的青春。」青春無以名狀，敘述者感受到的是：「不一致的圖像，不一致的語言。情慾迷途，我仍然只畫出這樣朦朧的風景。我似乎把它描繪成一幅古典的圖畫，像那些發生在幾個世紀之前的庭園或古堡中的故事與人物；一個多麼遙遠的距離？多麼拘謹的想像？」她因此自苦，或許也以此自戀。這是啟蒙的必經之路，但不見得是愛情。當時間過去，情慾風暴成為往事，她追憶似水年華，這段往事仍然清晰，生命的細節歷歷在目。敘述者「可能不自覺地假造回憶來逃躲生命的困難，以回憶作著緘印。」只不過，回憶不可依憑，情愛已矣且無從反覆驗證，賴香吟在這篇小說裡坦承了愛與不愛盡皆不幸的道理。

女學生透過畫筆捕捉她所熱切追求的感情，也力圖實踐自己的世界觀，篇末交代了真心話之後，結論竟是：「我們站在窗前，張開眼睛，看見一片無人的風景。」這不禁讓人困惑：真相是什麼？永恆是什麼？曾經發生的感情會不會是一場幻覺？內心所有的經驗又將如何表達？而這種種疑惑，莫不都是因為愛的緣故。或許這篇小說的重點在於「表達」，在於以第一人稱傾訴，讓自己與往事和解。那些關於愛的傾訴，卻又似乎變成遮蔽，反而封閉了自我、形成了孤絕。

只是我懷疑，所謂愛，不也是一種藝術形式嗎？

賴香吟，生於一九六九年，台灣台南人。台灣大學經濟系、日本東京大學總合文化研究科地域文化研究專攻碩士畢業。一九八七年發表第一篇小說〈蛙〉於《聯合文學》。著有小說《散步到他方》、《霧中風景》、《島》。散文《史前生活》。主編《二〇〇三年小說選》。近作小說《其後それから》獲得「二〇一二台灣文學獎：圖書類長篇小說金典獎」、「二〇一二開卷好書獎」。

光年

——許正平

一九九〇

那些想來應該是很小的事，很小的歷史，突然也已經過了很多年。

那時的台北圓山天文館，還沒被拆掉遷建。館內一角，太陽系的模型，九大行星緩緩繞著太陽轉圈圈，其中，碧綠湛藍嵌著白雲的那一顆，老師說叫做，地球。

歡鬧的遊覽車上，聽得見老師正在制止過分吵鬧的小朋友的聲音，「余守恆！乖乖坐好！」然而，家慧只是安安靜靜坐在自己的座位上。這是她轉學的第一天，她誰也不認識。

老師開始宣布待會兒到達天文館以後參觀時該遵守的事項，但家慧沒有在聽，窗外連棟連排密密麻麻的樓房街景對她發出一種奇異的召喚。她知道她正慢慢離開那個陌生的鄉下小鎮，鎮上那所她還不及認識的學校，接近了城市。對她來說，城市才是她的家，原本她就一直住在那裡面的。只是，爸爸媽媽離婚了，那個家已經不存在了。

遊覽車經過某個集合住宅區時，家慧站起來，她非常確定，那裡就是她以前美滿又安康的家。

「莊家慧，坐好！」老師的聲音。

天文館大門口，班長康正行站在隊伍最前頭，乖巧地聽老師的話幫忙整隊，然而，誰也無法控制住那個叫做余守恆的頑皮男孩，他老是不安分地抓著家慧的辮子玩。家慧覺得討厭極了，卻也只是一再揮手擋開使白眼，並未舉手報告老師，在這個她誰也不認識的團體裡，沒有人會理會她的問題吧，她想。

事情發生在太陽系的模型前。當時老師正在講解行星繞行恆星的定律，家慧終於受不了余守恆一再騷擾，轉頭一巴掌朝他揮去，卻一個踉蹌沒站穩，攤成大字形直直墜下，摔在整組太陽系模型上。余守恆傻愣住，呆了。全班都呆了。老師張得大大的嘴裡，說不出話來。

老師吩咐班長康正行帶家慧到醫護室去。路上，家慧一句話都沒有說，只是低著頭靜靜走著，雙手緊緊抓住百褶裙襬。下一秒，她卻突然狂奔起來，誰都抓不住的速度，奔出天文館，不管正行在後面急壞了地大聲叫喊，奔上了大馬路，在洶湧的人流車潮中拔腿飛著。她這樣想，只要她這麼跑下去，說不定可以跑回過去，那個她熟悉且快樂的世界裡去。

於是，家慧重新回到家，昔日的家。站在門前，掂了掂胸前的那串鑰匙，一層一層打開門鎖，正確無誤地打開，鎖沒換。但是，爸媽臥房裡婚紗照上的新娘卻已經換了人。屋裡沒有人在，家慧從櫃子裡翻出美工刀，把照片上她覺得陌生的新娘子的身影割下，然後，在顯得太安靜的空間裡，終於洪水猛獸一樣，放聲大哭起來。

上課了。家慧像旋風般偶爾造訪太陽系的彗星一樣，消失了，再也沒有回到這個班級裡來。尋常日子，少不了余守恆一如往常被老師處罰，把他的課桌椅、書包全給搬到操場中央，太陽底下。當全班同學跟著老師整齊劃一的誦念課文時，余守恆一個人孤單地坐在操場中央，聽著風聲，看著白雲，蜻蜓成群飛翔時，彷彿一架又一架小型轟炸機。

另一頭，一位婦人形單影隻橫穿過上課中無人的校園，進入老師辦公室，神色憂勞地對老師說了些什麼。老師點頭答應，於是找來班長正行，對他說，余守恆剛剛被診斷出過動的毛病喔，過動是什麼你知道嗎，就是說啊他的調皮搗蛋其實不是他故意的，老師想到一個方法，但需要正行來幫忙執行。你願意當余守恆的小天使嗎？老師說。小天使就是要正行去跟余守恆做朋友，看著他，主動關心他，那麼，說不定，余守恆會一天一天好起來。

正行走出辦公室，來到走廊上，他看見操場上余守恆的影子像一隻小小的昆蟲，正不安地蠕動，卻又分明那麼孤單。

正行其實多麼不想跟這個全班都討厭的小朋友有瓜葛啊，但是他不得不，他是班長，模範生，他要做別人做不到的事。正行的座位搬到了余守恆旁邊，借他鉛筆、墊板、課本變成了例行公事，因為他總是忘記帶；有時候，甚至幫他寫作業，雖然守恆被發回來的考卷仍然不及格，生字簿還是丙上，正行還是努力做著。這一切，只為了向老師證明，他真的很乖，很厲害，很值得信賴。小天使。

另一方面，正行卻也同時慢慢發現，守恆在不及格與讓人頭痛的外表底下，擁有一個他從來都沒經歷過、沒想像過的世界。譬如，守恆的書包裡雖然老是忘了裝課本，卻總是可以源源不絕地變出各種新奇有趣的東西，漫畫、塑膠玩偶、卡通畫卡蒐集簿、電動玩具……「要不要一起玩啊」，守恆甚至這麼說，歪嘴角邪邪一抹笑，不知道是挑釁還是邀請，「不要」，正行的回答義正辭嚴，但他漸漸發現他嘴巴說的和心裡想的似乎不太一樣。正行愈是去注意余守恆，就愈是被他那些把戲弄得坐立難安心裡爬滿螞蟻似的：余守恆把自然課時養的蠶寶寶放在其他小朋友的座位上，余守恆把抓來的蟑螂放進老師的水杯裡，余守恆用他百公尺賽跑全年級第一的速度追得班上女生哇哇叫，余守恆……每次聽到有人驚聲尖叫「余守恆」，正行感到的不再只是身為班長必須隨時把他的名字記在黑板上的心態了，而是一種彷彿與他共同保守著什麼祕密般的高潮迭起的心情。

有一次，正行甚至只是盯著上課時余守恆的側臉瞧。余守恆快要睡著了，眼睛半睜半閉，窗外有蟬聲，陽光打亮他臉上的汗毛。這樣看著余守恆，正行眼前不禁也迷濛起來了。

月考考卷發下來，康正行狠狠退步了十名，他在桌子上畫下一條楚河漢界，對余守恆說：「不准超線。」

然而，該來的終究來了，正行終於因為跟余守恆一起在上課時偷看《小叮噹》而被處罰。他們的桌椅一起被搬到操場正中央，當上課鐘響，所有的小朋友跟著老師一起琅琅誦念課文時，操場上只剩正行和守恆的影子像兩隻小小的昆蟲不安地蠕動著。風吹白雲動，天氣很好，很快這兩個小朋友就坐不住了，他們跟著飛過的蜻蜓奔跑起來，在操場上追逐。當全校的小朋友念課文的聲音就像夏天的蟬聲那樣響亮的時候，他們盪鞦韆、溜滑梯。守恆從書包裡變出了玻璃彈珠，他們就丟著玻璃彈珠玩。

那年夏天將要結束之前，學校裡發生了一件大事。颱風過後的週末下午，幾個小朋友跑到溪邊玩水，其中有一個中年級的小朋友溺水了，旁邊高年級的見狀，紛紛跑下去救。溪水又急又快，像黑洞一樣把小朋友吸了進去，高年級的那幾個都淹死了，大人們放下手邊的事，焦急地往溪邊跑，他們看見那個中年級的小朋友眼神茫然地呆坐在岸上，丟了三魂七魄，但那是唯一得救的孩子。上課日的早晨，校長透過播音器告訴全校師生這個不幸的消息，並要全體起立為這幾個奮勇救人的小孩默哀一分鐘。好寂靜而漫長的一分鐘，正行偷偷睜開眼睛，看著他旁邊的余守恆，余守恆一點也不像平常那樣對他擠眉弄眼扮豬頭扮鬼臉，臉上是正行陌生的表情，幾行亂七八糟的眼淚，瑟縮的身體顫動著，卻怎樣也不敢哭出聲來。正行知道，守恆就是那個活下來的中年級小孩。守恆是得救的孩子，也是罪魁禍首。

有一隻蟬，突然，掉在走廊的地板上，死了。

放學路上，迤邐的路隊像一條條還來不及在夏天裡進化成蝴蝶的毛毛蟲，余守恆突然脫隊跑過來，擋住正行去路，鼓著雙頰迸出一句：「你是我最好的朋友！」沒頭沒腦的，說完，一溜煙又跑走了。正行什麼都來不及說，愣在原地，看著黃昏時遠遠的夕陽之光四面八方火紅燒來，似乎就要吞噬余守恆跑遠了的身影。天空裡隱隱然有直升機轟轟盤旋而過的聲音。很久很久以後，正行發現，他一直都沒有把這個在時間之流裡如小小昆蟲般不安蠕動著的點給忘記。

稍後的晚餐時分。暖黃燈光包裹起來的透天洋房，紅色喜美像一隻完成狩獵任務的雄獅安靜地蜷臥在車庫裡，電視盒中傳來波斯灣戰爭的最新戰況，火光，爆炸聲響，那是爸爸從來不准正行玩的電動玩具戰爭遊戲。於是，當比遠方還遠的地方正烽火滿天，有人死去，有小孩在路邊哭嚎，正行一家人，默默吃飯，爸爸、媽媽、正行與妹妹，很安穩卻也有些嚴肅的晚餐，碗筷碰撞。突然，抬起頭來爸爸說了一句：「你不要跟著別人去學一些有的沒的、不三不四。」

一九九八

火車，疾行，往台北，車廂裡穿著高中制服的一男一女，康正行與杜惠嘉。帶了沒，惠嘉問，正行點點頭，一臉幹了什麼壞事後擔心被揭發的窘態，惠嘉大力摸摸正行的頭教導小孩似的告訴他別害怕，不是已經用校刊社採訪的名義請了公假嗎，No problem，她說，麗仕小姐般甩甩頭髮，背起書包往廁所小跑步去了。正行看向窗外，慢慢接近所謂目的地的城市了，樓房密密麻麻成排連棟後陽台一律晾著一家大小衣衫的台北。查票，車掌來了。正行可以感覺到車掌一邊剪票，一邊眼神狐疑地飄過他身上穿著的制服。車掌走了。正行把耳機塞進耳朵裡，隔絕外界一切，聽音樂，蘇慧倫唱〈傻瓜〉：愛來太快／不要想逃開……快說出來／不要再耍賴……惠嘉從廁所出來了，換上一套亮麗的短裙T恤，長髮紮成馬尾。換你啦，她說。

正行重重拍了一下自己的大腿，好不容易才下定決心似的，背起書包往廁所走，而火車已轟轟然衝進暗黑地下。

換上便服的康正行與杜惠嘉，站在真善美戲院麥當勞前的廣場上，人們還忙著上班上課的午後，整個西門町寂寞得像核戰後人類滅絕的星球，只有陽光和招牌還兀自瀲豔花稍。他們走過騎樓裡正大聲放著的流行音樂。他們挨著身子拍大頭貼。惠嘉要正行抓娃娃給她，但正行肉腳半個都沒有撈到，惠嘉索性自己買一隻，抱在手上。他們走進萬年商業大樓，土包子正行初逛大觀園般腳步遲疑怯懦，惠嘉於是抓牽起正行的手勇猛地往前走，於是，大多數時候，都是惠嘉這麼帶著正行往前走。掛著小小一面紅橙黃綠藍靛紫彩虹旗的三溫暖門口，正行停住了，忘了移動腳步，他知道，他知道那是什麼。惠嘉喚他，正行回過神來，倏然放開惠嘉的手。惠嘉小跑步起來，正行跟上，總該蹺這麼一次課的，不然哪叫青春咧。兩人登上一棟大樓的荒涼屋頂，眼前，台北突然矮了半截，正行看著唯一一棟，高高擎起的新光三越摩天大樓。

台北，這就是台北呀。正行心裡大聲喊著。

黃昏滿天彩霞，紅豔豔中幾朵灰，染了城中煙塵似的。他們一路走到西門町邊陲，臨河一帶，築起高高的堤防圍牆。〇〇大旅社，半暗的招牌周圍閃爍著一圈跟檳榔攤沒兩樣的彩色燈泡，惠嘉餵給正行一個視死如歸的表情，領著他，走進去。

電梯幽暗昏黃，打開後，正對一截飄散怪味、暗紅地毯彷彿怪物舌頭的長廊，走到底，進入怪物腔腸，他們俗豔爛死的旅館房間。一路上，正行都在想著登記櫃台裡那個歐巴桑臉上的似笑非笑。

夜晚降臨，窗外的高架橋上塞滿了車子。

惠嘉轉開水龍頭洗臉，一隻蟑螂活生生從排水孔鑽飛出來，嚇得她奪命連環叫，也嚇得蟑螂從浴室逃進房間。一陣手忙腳亂東拍西打，啪，終於，蟑螂在惠嘉的拖鞋下駕鶴西歸。麗仕小姐甩甩髮，No problem。兩人累癱在床上，看著天花板，好久好久，只是大聲喘著氣，好久，像有什麼話要說但終於並沒有說出來。門打破沉默，突然開了，一個女人濃妝豔抹高喊著Special，把自己橫擺進來，一見床上已有幼齒男女一對，歹勢一聲，火速關門閃人。兩人先是一愣，繼而相顧大笑，久久都停不下來的誇張到死的笑，因此，當笑聲停止以後，便只剩下更長更久的沉默。沉默中，惠嘉烏溜溜看著正行，眼神裡有什麼呼之欲出，然後，便來吻正行了，不只是輕輕地啄，而是結結實實火山熔岩一路吻下來。兩人試著打開衣物，探索彼此身體，一切順理成章，一路到底。潮熱之際，卻，停了，某個接榫突然卡住般停止了，正行的手硬生生凍結在惠嘉起伏如小獸的乳上。

惠嘉感覺房間裡的空氣瞬間被整個抽走了，但她還不及弄清楚，正行已經將她推開，暴亂，起身搶入浴室，甩門，鎖死。浴室裡，正行大口喘氣，他看著鏡中自己，明明流汗了，頭髮溼了，為什麼卻感覺冷，死一般的冷。他把拳頭握得緊緊的，在他手裡，有什麼東西粉碎性地斷裂崩解了。

回到學校籃球場上，一場激烈的拚搏吆喝聲中展開了。其中一個男孩，不論防守、助攻或投籃，儼然陣中主將，鋒頭頗健。他是余守恆，他已經長大了，度過了尷尬的童年時期，他似乎終於在球場上找到屬於自己的地方。他的習慣動作是，在完成某個跳投傳接的動作後，眼光瞥向場外，通常他的好朋友正行就站在那裡，手裡一罐可樂，他對正行投去一個勝利微笑，正行接到了，轉身他又繼續衝鋒陷陣，球在他手裡是一套華麗的魔術。得分，漂亮。但是，當守恆再度看向場外時，卻發現，不見了，正行不見了。跑哪裡去了，正行沒有站在那裡繼續看他打球。從那一刻開始，守恆開始失常，傳球失誤，屢投不進。守恆這一方輸掉了比賽。賽後，隊友阿忠、阿傑調侃守恆，是怎樣、發春喔、打得這麼爛……

守恆急著環顧四周，尋找正行的影子。

是在教室外的走廊上，守恆堵到正行，他正對著圍牆外連綿不盡的夏天稻野發呆。「幹嘛中間落跑？」守恆怨懟。正行把可樂遞給守恆，淡漠地說：「我又不是你的跟屁蟲，幹嘛一天到晚黏在你後面。」守恆開了可樂大口灌下：「你不在，我打好爛。」「自己不專心，少怪在我頭上……」來不及說完，守恆猛地就從背後鎖住正行的脖頸，死掐住他，放開我，都是你，兩人亦真亦假打鬧起來。拿不住的可樂罐，掉在地上，砰，灑了一地，甜滋滋的汽水，氣泡發酵的聲音。

上課了。正行斜前方不遠處，守恆的側臉。守恆快睡著了，眼睛勉強半睜著，頭開始禁不住打起點來。窗外有蟬聲，陽光鬆亮守恆臉上與手臂的汗毛。正行看著看著，突然意識到不知道什麼時候開始，自己就這樣看著守恆了。

他想到在圖書館裡發現的那一本書，《變態心理學》，讓他在書架前停駐良久，好像就要揭露什麼不可言說的禁忌般，終於小心翼翼把書取下來，一頁一頁打開，翻到關於他的那一頁，停下來，逐行逐字定義、印證。身邊似乎有人經過，他手忙腳亂將書塞回去，走開。

正行並不知道，在他走後不久，惠嘉來到書架前，取下剛剛正行看的那本書，打開書，闔上書，明白了些什麼。

放學路上，守恆腳踏車後座坐著正行。他們總是這樣，哥倆好，從什麼時候開始的呢？正行近日總被這個問題困擾著，於是變得沉默了。守恆便無厘頭開始說他決定跟正行念同一所大學，就像他們小學、國中、高中一樣，理直氣壯，用說的就會實現一樣。正行吐槽，功課那麼爛想都別想。守恆不服氣，他真的認為只要他為學校的籃球隊贏得冠軍，一定沒問題的，正行卻反將一軍，說那他自己就考爛一點，讓余守恆自己一個人去念。

守恆大膽蛇行起來，說：「放手騎啦，怕的話，抱緊一點！摔死不管你！」

「誰會怕！」正行說。守恆真的放手了，正行抓住守恆，小心翼翼地拉著守恆的衣角，怕下一秒兩個人當真摔個狗吃屎。他聽見守恆笑了，聽見守恆說：「怕了吧！」怕什麼呢？豁出去了就緊緊抱著吧，他閉上眼睛，聽到風，聽到哪裡傳來的響亮蟬聲，聽到守恆說我不管以後要上同一間大學。正行睜開眼睛的時候，惠嘉正騎著腳踏車從眼前經過，那眼神，洞穿一切的，他慌了，做了虧心事似的急忙放開手。守恆緊急煞車，惠嘉順勢騎遠了。

「怎麼了？」守恆問。

「沒事！」

「就是你那個校刊社的馬子啊？」女孩騎遠了。

正行狠狠在守恆背上捶了一拳。

「坐穩囉！」守恆撂下這麼一句，隨即踩起踏板，全速往前衝刺。正行搞不清楚守恆發什麼瘋，措手不及只得緊緊抓著腳踏車椅墊邊緣。車子逐漸接近惠嘉，守恆仍絲毫不肯放慢速度。惠嘉感覺到後面有人正趕上來的壓力，也開始加速。兩台車一前一後在路上衝刺著。但惠嘉是女生畢竟，騎的又是淑女車，守恆轉眼就追上來了。守恆一口氣超越惠嘉的剎那，轉頭給了她一個充滿挑釁意味的笑，然後揚長而去。

惠嘉當然看見了余守恆臉上那抹稍縱即逝的笑，同時看見正行驚愕得說不出話來的表情。她也感到吃驚，或者是惆悵，或者什麼都混雜在一起了難以言說的情緒，於是她停下車來，目送著兩個男生遠去的身影，在即將吞噬一切的夕陽光暈裡，被拉得長長的，不知道是正行或余守恆，似乎還回過頭來看了一下。

小鎮廟前的籃球場上，夜漸漸深了，路燈孤零零一盞。正行一個人，默默，踢著地上的石頭，久久。惠嘉鬼似的，幽幽，現身，手裡抱著一顆籃球，她把籃球丟給正行，正行接住了，兩人不多話，有一搭沒一搭，就這麼丟著籃球玩。

「就是他嗎？」惠嘉問。

「誰？」正行知道惠嘉想問什麼，但是他裝傻。

「就——你常提起的那個余——余——？」

「余守恆」，正行承認了，「對，就是他。」

正行抄起籃球，一遍一遍，對準籃框，投籃，但無論如何總是籃外大空心。唯一的一次，球幾乎就要進了，然而終究在徒勞轉了幾圈之後，往籃外滑了出去。球滾到惠嘉腳邊，惠嘉拾起，往地上拍了幾拍，瞄準籃框出手，球進。

「你喜歡他？」惠嘉問正行。

正行一腳把籃球踢得老遠。廟門旁邊有一台販賣機，正行走過去，投了一罐可樂。咚咚，可樂滾下來。「我們是很好的朋友。」正行打開可樂，大口灌著，在台階上坐下來。

「你要不要——告訴他？」惠嘉試著輕鬆，但她仍然覺得自己的語氣在顫抖。正行沒有說話，頓了一下，然後把頭埋進背彎裡，肩膀微微起伏起來。惠嘉拾回籃球，走到正行身邊，坐下。靜謐的夏夜，風吹得樹影搖曳起來，樹葉的間隙裡看得見星空，有些星星很亮。

「那些都是距離我們好幾百萬好幾百億光年的恆星吧。」惠嘉說。正行抬起頭來，臉上果然有淚痕，仰起臉，惠嘉說的那些星星啊，轉頭再看了看惠嘉，兩個人又都笑了。「放心！我會幫你保守祕密的。」惠嘉大力拍了拍正行的肩膀。

深夜空無一人，廟前籃球場上，只剩下一顆籃球靜止在場中央，像黑暗宇宙中的，一顆恆星。

模擬考前夕，正行第幾百次應守恆的要求到他家一起複習功課。三人晚餐，守恆、守恆的媽媽與正行。爸爸呢？離婚了。長大後，守恆喜歡調侃自己是現在最流行的單親家庭的小孩，彷彿事不關己的語氣。有時候，正行會錯覺自己在這個過於單薄的家裡似乎填補了什麼樣的位置，他記得第一次在守恆家吃飯的情景，守恆媽媽唯恐天下不知似的直誇正行是模範生乖小孩小天使，叮囑守恆一定要以正行為榜樣跟人家多學點。而今天如同當年，守恆媽媽一邊不間斷地給正行挾肉添挾菜，一邊叨念著還好有正行，不然守恆這死囡仔早就去撿豬屎了，哪有可能念得上高中，正行再多幫忙啊，好歹讓守恆有間大學可以念。正行說，沒有啦，守恆體育很厲害的。守恆霍地站起來，嘴裡塞飽飯滿臉通紅地說他吃飽了，要先去洗澡啦，一溜煙跑了。守恆媽媽搖搖頭，又嘆口氣。

剩下正行和守恆媽媽在餐廳了，安靜下來的空氣中，守恆媽媽突然緊緊抓住正行的手，很認真地，或者已經過分認真了，對正行說：「謝謝！」此刻正行卻只覺得心虛，再也說不出話來，默默扒飯。守恆媽媽像是查覺到自己的失態，趕忙又挾了一塊肉到正行碗裡，忙不迭說要吃飽啊。

說是「複習功課」，但實情往往是這樣的：正行正在念英文，但眼角餘光時而瞥見洗完澡後的守恆，打著赤膊，耳朵裡塞著耳機，搖滾歌手一樣隨音樂狂野地擺動身體，他啊根本沒在念書，見正行埋首於書本不理他，更要像在演唱會中煽動觀眾那般，前來挑逗正行，不管就是要正行看他表演。正行努力自持，直到全盤棄守，丟開書本，任憑眼前躁動的守恆對他攻城掠地。守恆知道正行正在看他，就愈放肆，製造出靜夜裡如雷貫耳的聲響，破鑼嗓甚至開口唱了起來，正行食指貼在唇上要守恆小聲一點，免得驚動媽媽，但守恆控制不住自己了，他專注在他虛擬的表演上，真恍如一場萬世巨星的演唱會，轟動武林，驚動萬教。正行逼視著眼前一切，他想，真是一尊性感的神祇啊，而余守恆這傢伙自己究竟知道或不知道呢？守恆火力全開，耳朵裡轟然的樂音狂飆到底，直至筋疲力竭，頹然攤倒在床上。

夜更深了，守恆已經睡著，課本蓋在頭上，發出世界毀滅了他也不管的鼾聲。但一旁的正行卻沒有，他睜開著的眼神深邃如潭，書桌上鬧鐘的指針發出螢光，滴答在走。正行起身，黑暗中靜靜坐了一會，之後俯身看著守恆，移開守恆臉上的課本，守恆沒有醒來。他看著守恆睡著以後的臉，把自己的臉靠近守恆一些，再靠近一些，差一點點，但就在差一點點就可以親到守恆的同時，他停住了，停在那裡，天荒地老，他都沒有再更近一些，只是感覺著自己和守恆占據了整個夜晚的灼熱鼻息。

窗外透進來一點光，一點一點，漸漸由夜晚的深藍轉變成盛夏白晝裡那種油亮亮的金黃，間雜著幾響蟬鳴。正行聽見了，轉過頭，看向窗外。他起身，朝窗口走去，愈近，光線愈強，蟬聲愈響。在窗外，他看見操場，操場的盡頭是學校的圍牆，圍牆外則是無垠的夏天的田野和一些低矮連綿的鄉間房舍。守恆穿著制服站在圍牆前面，他轉過身來對著正行喊，走，我們到外面去玩？正行有股衝動，想不顧一切跟著守恆去，但他卻反而對守恆搖了搖頭。守恆於是翻過圍牆，一個人到外面遛達去了。正行看著守恆漸行漸遠的身影，剩下一個小小的黑點，快要不見。盛夏的金黃細絲條地自眼前抽離，窗外，只剩無盡的黑夜。

正行回過頭來，守恆還睡著，沒有醒來，黑暗中他摸索著自己的外套，穿起來，把課本和鉛筆盒收好，背起了書包，打開房門後又輕輕掩上，離開，沒有驚動任何人。

正行不再去球場上看守恆打球了。

但守恆仍習慣在場邊搜尋正行拿著可樂站在一旁的身影，那可樂是給他的，總是這樣，他很了。但是他發現，正行再也沒有來過了，他準備進攻前看一眼、漂亮的傳球後看一眼、命中籃框後看一眼，但正行總是不在那裡，於是他有時會傳球失誤、投籃失準。

球賽後，守恆穿梭校園各處尋找正行，教室、走廊、屋頂、腳踏車棚，但都沒有，無論如何，沒有，正行彷彿給夏天的太陽蒸發了。

正行待在圖書館裡，一個守恆永遠也不會想來的地方，K書，他命令自己，專心。窗外傳來打籃球汗水齊飆青春洋溢的吆喝聲，正行微微起身朝窗外的方向探了探，發起呆，回過神來，K書，要專心啊。「想看就去看啊！」是惠嘉，鬼似的附在正行的耳邊說。正行狠狠白惠嘉一眼，惠嘉甩甩頭髮，麗仕小姐，燦燦爛爛笑著揚長而去。

正行不來，惠嘉來了，她來到球場邊，倒要看看這個害她初戀心碎的叫做余守恆的傢伙到底是何方神聖。果然，這個叫余守恆的打球的樣子還真有那麼兩下子，她看著看著，笑了起來，自己都沒發現。

當然，守恆也發現那個校刊社的馬子了，她就站在正行的老位子上看他們打球，當他幾次眼光瞥向那馬子時，那馬子的眼神似乎也回應著他，笑著的。於是，漸漸地，守恆心無旁騖起來了，他專心打，帶球上籃、三分球、蓋別人火鍋，神準。他打了一場好球。冷不防，卻在球賽即將結束前，他看見，在馬子旁邊，站著的，是正行。他正要帶頭衝，看樣子可以來個灌籃，但球卻給誰狠狠火鍋蓋掉了，還給拐了一拐子。氣炸，和對方理論，拉來扯去一陣子，叫囂，推擠，眼看就要幹上一場架，然後，掛彩，記過，也說不定。緊要關頭，守恆被人拉開了，被阻止了，那一刻，他轉頭尋找，卻發現，不見了，馬子和正行都不見了，場邊空空如也。

不，沒有人，但地上留下一罐可樂。

球賽繼續。硬著頭皮，守恆繼續。

球賽結束後，守恆發現了那罐可樂，那是給他的，總是這樣，他知道。但他環顧四周，卻沒有找到他想找的任何人影。

守恆問阿忠、阿傑剛剛有沒有看到康正行。

「康正行?喔!你說那個Gay啊!」沒想到阿傑這樣回答。

「你說什麼?」守恆的口氣不佳。

阿忠、阿傑沒注意到守恆的不快,還繼續開玩笑,對啊少跟那個同性戀交往會影響成績啦、說不定哪天你就被他傳染喔、沒錯沒錯那個沒雞巴毛的肯定在暗戀你你要小心一點、你不要把他當哥兒們啦離他遠一點……然後,守恆的拳頭就過來了。阿忠、阿傑沒料到守恆會有如此激烈反應,但拳頭既然都飛過來了,也只能以拳腳相向。幹!阿傑罵一聲恁娘,三個人便扭打起來了。有膽你們再說一次看看,守恆狂嘯,發了瘋的。雙雙掛彩。

蟬聲,以及夏天遼闊的天空中,一瓶可樂被往天空的深處拋擲了過去。

南風吹開遮掩著的窗簾,吹出了一角屋內的風景。學校保健室。天花板上老電扇呼呼吹轉。守恆的額角有傷,正行正在替他抹藥,一邊抹且一邊數落,他以為守恆這幾年改邪歸正收斂了不少,沒想到牛牽到北京還是牛,如果真的那麼愛打架的話,乾脆書也不用念,去加入黑道算了。

「不是啦——」守恆試圖辯解,完全是個受了委屈的小孩模樣,可是他說不出口,他沒辦法告訴正行,那是因為有人罵你娘娘腔,說你是Gay。他沒辦法。

「好!那你說,幹嘛打架?」正行的心疼近乎嚴厲。

「因為——」「說啊!」「因為——」「說啊!」

「因為!」守恆突然大聲起來,他覺得自己就要脫口而出了,但嚥了一口口水後,終究吞回去。可是他理直氣壯的氣勢卻唬住了正行，正行且發現對峙中不知不覺守恆的臉居然已經靠他靠得那樣近，幾乎就要吻上他了，也許，就吻吧。「因為——」，守恆重複了一次，但那麼小聲、那麼輕。正行直視著守恆的臉，感覺守恆的確就要吻他了，於是他閉上雙眼。守恆也以為，他下一個瞬間就會去吻正行了，他看見正行閉上雙眼，下一秒他卻回過神來，別開臉去，乾巴巴地說：「你是我最好的朋友！」正行睜開眼睛，看見守恆，別過臉去，背對著他。

擴音器裡傳來清喉嚨的聲音，除了天花板上呼呼吹轉的老電扇，所有人都停止了動作，專心聽著：「訓導處報告，訓導處報告，三年孝班余守恆同學、余守恆同學，三年信班郭炳忠同學、林文傑同學、郭炳忠同學、林文傑同學，聽到廣播後，請立刻到訓導處來——」

這是正行第二次蹺課。開往台北的火車上，沒了惠嘉，正行獨自搭乘。他看著窗外愈來愈接近的城市，台北，樓房，招牌，公寓的後陽台。車掌過來驗票，正行掏出車票時，知道車掌的眼光狐疑，但他不在意，他只是在耳朵裡塞進耳機，隔絕外界一切，音樂轟轟，火車亦轟轟然駛向暗黑地下。

同時，守恆則在學校師生拉開「旗開得勝」、「凱旋歸來」的紅布條列隊歡送之下，與阿忠、阿傑等一干隊友搭上了前往台北的專車。比賽即將開打，或許那也是他至今的人生中最重要的一場比賽。

台北。捷運站裡，正行看著身邊的人潮呼嘯來去，彈指間便換了一批人馬，購票機、儲值機、刷卡機，各種發車時間、發車路線的指示面板，各種催促旅客完成每一道程序的聲音，列車開門關門的嗶嗶聲。不遠處，一群與他年齡相仿的高中生高亢地喧譁，購票、進站、打著鬧著走遠了。正行站在購票機前，他甚至連怎麼買票、去哪裡，都不知道。

最後，終於站上了通往淡水線月台的電扶梯時，正行搞不清楚左邊是給趕時間的旅客通行的，於是大剌剌成為截斷時間運行法則的一顆石頭。一連串的借過與白眼後，他被擠到了右邊。列車進站，風風火火，跟著長長的隊伍之後，正行終於上了車，沒位子坐。一站一站，列車經過中山、雙連、民權西路等陌生而繁華的地底站名，黑暗中熒熒亮著一幅幅熾豔巨大的廣告燈箱，人潮退下又漲起，瞬息生滅的波浪。

而比賽即將開打，守恆跟著隊友們魚貫進入球場，炫白刺目的燈光裡，他下意識看了看四周，嘈雜的人群中，他想找出任何一抹他熟悉的影子，然而，沒有。教練叫他們過去，訓話，要大家加油。大伙兒手疊著手，加油加油加油。

銀色的列車緩緩停靠在淡水站，其中一個窗口，坐著正行，他始終坐著，恍如沉在一個無思無想的深淵，突然間，驚醒，他發現所有人都下車了，只剩下他，這是最後一站了。然而，旋即另一波人潮又擁進來，鬬門的嗶嗶聲響起，列車再度開動。正行看著那個著名的陌生小鎮倏忽又從他的視線裡退去，遠遠的觀音山，河岸上有人放風箏。

守恆終於從人群中找到一抹熟悉的影子了，是那個校刊社的馬子。那馬子似乎也在看他，他得救般嘴角朝那個馬子撇了一撇，他想那應該是一個笑，並且感覺那馬子也遠遠給他一笑。守恆定下心神，吸一口氣，哨音響起，他和對面敵隊的球員一起跳起來，跳得很高，幾乎要碰到屋頂的燈光，撥到了球，撥給隊友。球賽展開，各種快速地移位、衝撞。

惠嘉站在觀眾台上，看著時鐘，看看周遭，正行終究缺席了。

正行在西門町，一個人走著，漫無目的。降下夜晚，啟亮五顏六色的招牌，燈光的魔術，猴子物語絕色影城誠品Friday's一條龍阿忠麵線，燒烤滷味煎餃涼圓免煎爹……到處是人；擁擠著，不斷與別人的體溫擦身而過，一種陌生的溫暖，跟從前白天蹺課和惠嘉一起來時完全不同，鬧哄哄，強強滾。這才是台北啊，他想。

一個綜藝節目的外景遊戲正在街頭錄製，他們逮到了正行，要他提供一根身上的毛髮，好不好嘛帥哥支援一下啦。主持人和特別來賓白泡泡幼綿綿地吃了正行幾句豆腐以後，他毫無抗拒能力地失去了一根頭髮。然後，他戴上了耳機，在音樂的情緒渲染下，在光影飛舞的亂流中，感覺整個城市的傾斜與墜落，眼前，分明是一支ＭＶ。

正行走過上次來時佇足張望過的彩虹旗三溫暖，他知道那是什麼，他知道，一個年輕人經過，香香的，衣角輕輕摩擦他的手臂，走向三溫暖，進門前，回過頭來，遞給他一朵神祕而曖昧的微笑，即刻消失在黝暗的門裡。正行沒有跟上，他思索了一下那朵微笑，搖搖頭，像是想通了什麼一樣，離開。

守恆漂亮進球，惠嘉跟著跳起來歡呼，好High。

在真善美戲院前的電視牆上，正行看到電視新聞ＳＮＧ連線正在進行中的籃球比賽，看到追趕跑跳中的守恆，感覺離他好遠，幾萬億光年。正行盯著巨幅電視牆，身邊人潮聚散，沒有人發現他一動也不動。

歡呼。贏球了，守恆被隊友高高地拋舉起來。

球賽結束。體育館外，惠嘉靠著牆，撥了撥掉在額前的髮絲，把頭髮整理好，等待著，終於等到守恆走出來。「余守恆！」守恆轉過頭來，看見是那馬子，惠嘉說：「余守恆！校刊社可以訪問你嗎？」守恆撇撇嘴，他肯定那是一個笑，走向惠嘉，他知道接下來會發生什麼事，於是毫不客氣地看著她，就是看她，就像一開始他曾經給她的那個充滿挑釁意味的笑。惠嘉沒有閃躲，大方接受迎面而來的眼神。

一顆籃球咚咚咚滾過整個黝暗的體育館。微弱光線下，清潔人員默默清理賽事後荒涼空蕩的場地。

天文館裡，行星仍然沉默無聲，繞著恆星運轉。

而守恆和惠嘉還站在原地，人都走光了，他們還站在原地。

「你知道，正行——」是惠嘉打破了沉默，但她沒有說下去，那是一個祕密，同時，守恆也沒有讓他說下去，他吻了惠嘉。他就是要這麼做。

惠嘉將守恆輕輕推開，她說：「你知道——」

「嗯？」守恆等著惠嘉說。

「沒事！」惠嘉回答，她回吻了守恆，接受了守恆。長長的親吻。

時間像煙火乍然燦爛爆開，星火紛紛，落在更深的夜裡。圓山、士林一帶的中山北路，許多車正一輛接著一輛，開上高架橋，守恆與嘉惠沿著路邊人行道，參參差差高高低低走著，捷運軌道橫空穿過，一輛列車呼嘯開走，不遠處即是劍潭站。「妳剛剛說正行，正行怎麼了？」守恆問。

「呃——喔——正行他，沒有來。」

「我知道」，守恆看著天空，一口氣長長長長地呼進虛無裡：「那我們呢？我們是怎麼樣？」

「你說呢？」

「當我馬子嗎？」

「什麼馬子——」

「聽不懂喔？女朋友啦！Girl friend，you know？」

惠嘉沒有回答，只是放開腿就往前方奔跑起來，守恆愣在原地，看惠嘉跑著，一直跑著，似乎沒有停下來的意思，他也拔足狂奔，去追惠嘉。惠嘉見守恆追上來，雖然加快速度，卻仍然很快就被守恆追上，拉住了。兩人彎腰在路上大口喘氣。

「你考上大學，我就跟你在一起！」

「妳在拒絕我，對不對？——還是妳沒看過我的成績？」

「對啊，我在拒絕你」，惠嘉笑：「你考上大學，我們就在一起！」

守恆抓住惠嘉，吻她，這一次，狠狠地。

九二一

後來，惠嘉有時會再想起那一天晚上，她會對自己說，也許，那天不應該這樣提議的。就像是沒想到玩笑一不小心成了真，事情竟往她料想不到的方向一路奔了過去。然而，她終究不能對自己否認，事情這麼發展或許正是她暗自盼望的。是的，余守恆這傢伙不會吧居然考上大學了，輔大體育系。

但是，正行，考壞了。原本穩上國立大學的高材生，竟吊車尾只撈到一間最低錄取標準邊緣的私立學校。

放榜當天，正行家的晚餐一如往常開動了，像小時候一樣透天洋房的暖黃燈光裡，一家人，爸爸、媽媽、正行與妹妹，一起用餐，很沉默，只聽見電視新聞正興高采烈報導著一九九九年夏天的聯考錄取率再創新高的消息。打破什麼似的，爸爸終於開口了，他問正行：「阿你咁要去讀？」正行沒有說話，低頭扒飯。那天的晚餐，結束於爸爸突如其來將碗筷用力擲在桌上，發出嚇人的聲音，起身離開餐桌。

那年夏天結束之前，惠嘉和余守恆成為情侶，而正行進了南陽街，他爸爸給他在補習班附近租了一個很小的房間，跟他說明年再考差就去撿豬屎。他們都出發，沿著縱貫鐵路，火車駛入地下，來到台北，日升月落，白天夜晚，所不同的是面對的風景，再也不是小市鎮夏天裡的迤邐綿延的田野了，大都會的電光石火嘩啦啦如流星雨在眼前繁殖爆裂，卻又日常。

守恆加入了籃球校隊，他的習慣動作是，在每完成一個精準的投籃後，轉身，朝販賣機走去，十五元，投一罐可樂，拉開拉環，猛灌幾口，愣愣地看著觀眾席。空無一人的觀眾席，彷彿還有什麼留在那裡。

而另一頭，下課鐘響，教授還來不及喊些什麼，同學們已經一哄而散，教授教書好多年頭髮都灰白了，看慣了，也就沒多說什麼，只是慢條斯理地整理自己的教材、講義，發現新鮮人惠嘉還坐在座位上抄著筆記，提醒她：「同學！下課囉！」然後笑著走出教室。惠嘉來到走廊上，看見不遠處有人在打籃球，有人騎腳踏車經過，有情侶相擁。上大學原來就是這麼一回事啊，她想，拿起手機，撥了守恆的電話，嘟嘟嘟——

守恆正騎著摩托車，在煙塵蓬蓬的街頭車陣裡橫衝直撞、左鑽右拐，手機放在口袋，他沒聽見他的和弦鈴聲，沒聽見那機器如是回覆對方：「您撥的電話無人接聽，請稍後再撥。」

同樣的下課鐘響，但場景轉換成南陽街的補習班。黑壓壓的擁擠教室裡，同學們沉默而魚貫地將手中正在寫著的考卷往前傳，有些人根本早已睡得不省人事，講台上的老師提醒大家別忘了明天還要考數學，不想上大學的可以不用準備。正行把自己的考卷疊上別人的，交給前面的傢伙，接著機械式地收拾自己的文具課本，背書包，當所有人擠著等待那部過小的電梯，他自己一個人通過陰暗的樓梯間，下樓。他不跟任何人說話。

出補習班，正行便看到守恆在對街的騎樓下堵他，心裡有一場小型地震，但是他裝作沒有看見，轉身就走。守恆等正行走了一段之後，跟在正行後面走，但他沒有加快速度。兩人就這樣一前一後保持十公尺的距離走著。

五分鐘後，守恆停下來，對正行喊：「你為什麼不理我？」正行沒有理他，仍往前走。守恆往前跑了七、八步，用三倍大的音量飆向正行：「你為什麼不理我？」

正行終於停下來，頓了五秒，然後他轉過身來，對守恆喊：「我哪有不理你！」

「──那就陪我去吃東西，我好餓！」守恆喊，喊完轉身就走，不留餘地。正行掙扎了一下，終於跟著守恆走。但他並未加快腳步趕上去，兩人仍保持一前一後、十公尺的距離走著，只是這次守恆在前，正行在後。

新光摩天大樓旁的麥當勞裡，守恆邊啃著麥香雞和薯條，邊滔滔不絕，不管正行要不要聽地跟他強迫灌輸他的大學見聞。好久不見，他要一次把這幾個月的心事鳥事天下事統統一次出清說完。守恆抱怨，新莊真是個狗屎城市，走到哪都踩到一堆狗屎；說他們迎新去了北海岸露營，他們班的女生每個都長得像男的，一個比一個壯；說他準備在接下來的籃球賽狂電那些臭屁學長；最重要的，質問正行整個暑假都躲到哪裡去了不見人影，電話也不接……

正行沒什麼多餘的話，只是靜靜聽守恆說，這傢伙似乎永遠有說不完的話。聽守恆說話同時，臉上裝置著一抹笑，但他以為自己下一秒就可以哭出來。

夜街上，正行低著頭走，近些日子以來他習慣這樣邊走邊觀察自己的影子，看它忽而在前忽焉在後，燈光變換，則又長相左右，這是唯一的陪伴哩，他想，然而此刻，緊黏著的還有後面十公尺處陰靈一樣的守恆，看來這次他決定死纏到底不罷休了。正行回過頭看守恆一眼，守恆對他擠眉弄眼扮鬼臉。繼續走，正行再一次回頭看守恆，就這一眼，守恆便小跑步跟上來了。兩人一起回到正行的台北小房間。

洗過澡，收音機裡正播送著台北愛樂電台輕緩溫柔的鋼琴曲，正行打開課本，乖乖聽老師的話複習明天的數學小考，這可是他最後一次機會了，再考不好真的得撿豬屎去。但守恆哪管這些，他迫不及待要溫習鄉下高中時代那些名之為「複習功課」的場景，照例打著赤膊，開始扮演房間裡的音樂家，只是今番，他虛擬的不是伍佰或張震嶽，而是電台裡其實他也不知道是誰的蕭邦德布西。他端坐在正行旁邊，拿著書當琴鍵，敲敲打打，有時輕柔有時像在跳舞，然後開始故意彈奏到正行身上去，指尖在他身上逡巡繞轉，肉碰肉的，正行看來不為所動，用功念書的樣子，守恆便鬧：「你看！明明就不理我，還說沒有！」幾回反覆纏鬥，正行終於大聲喊：「余守恆！你是大學生，我是重考生欸！」

也許過分激動大聲了，話語才落，收音機裡像是因為大爆炸而突然誕生出一個莫名黑洞般，倏地將原本往外播送的琴音一個音符也不留一股腦全給吸了回去。靜默。也或者，仍聽得見像是地音之類的低頻從行星地表深處透過音響的黑盒子傳導出來，劇烈的天搖地動隨之而來。「地震！」是地震，整個世界的光源被誰給啪地關掉之前，正行一把抓住被嚇愣得不知所措的守恆往桌底下躲。他緊緊環抱著守恆，整個身體包覆著他，等待，只能等待，地牛終於轉過身去。當搖晃停止，周遭再度恢復成靜默，燈卻沒有再亮起，黑暗中，震動過後的世界再也不是原來的那一個了。守恆聽見正行吐出的急促而厚重的鼻息，感覺到正行蓋地鋪天包圍著他的體溫，於是，好久不曾地，他想起小學四年級時溺在水中的那個自己，那個唯一得救的孩子，颱風過後，水勢湍急。

正行放開守恆，他們從桌底下爬出來，來到窗邊，窗外台北，完完整整的黑暗，他們看不見，震動過後的世界再也不是原來的那一個了。

惠嘉也逃出來，披頭散髮，睡夢中驚醒。她站在學校的操場上，試著撥手機給認識的每一個人，但手機斷訊，無法通往世界的任何一端。人像宇宙荒漠中一顆孤單的星球。操場上，誰都在忙著打手機，但無論如何都撥不出去。

正行和守恆來到樓下，街道上到處是議論紛紛的人們，說這次嚴重了，恐怖啊，從來沒有經歷過這麼大的地震呀，遠方傳來救護車與消防車呼嘯來去的聲音，在因停電而沉寂的半夜聽來格外刺耳。然而，也因為這個沒有電沒有光的夜晚，當正行與守恆抬起頭來，會看見城市天空裡有幾顆星星，向著他們閃爍光芒。當惠嘉抬起頭來，也會看見的。

看著天空裡最遠的一顆若隱若現的星芒，惠嘉終於打通了守恆的電話。守恆看見手機亮起，接通了遙遠的星光，是惠嘉，他走開去，當正行還痴看著天空反應不過來的時候，守恆告訴惠嘉，他沒事，人在學校宿舍，Kiss。

幾天以後，正行家的晚餐照例開動，透天洋房，燈光暖黃，爸爸、媽媽與妹妹，沒有正行了，正行在台北。然而，當下他們全都停止用餐，睜大眼睛看著電視。新聞時刻，電視機裡正播報著九二一最新的傷亡人數，這次地震已經成了台灣數一數二的超級天災，倒塌的樓房，倒塌的好多個家，哀鴻遍野。原來摧毀習以為常的一切這麼輕易。

秋天真的來了，樹葉在風裡顯得哆嗦些。學校系館的暗房裡，惠嘉正在沖洗照片，守恆在旁，看惠嘉心無旁騖，問她拍了些什麼，惠嘉說是系上老師派的作業，要他們用鏡頭做社會觀察，及時抓住周遭世界的脈動。

守恆覺得惠嘉的話充滿了正義感，他興味盎然看著那些什麼都還看不出來的相紙，好像裡頭埋藏著一個他沒見識過的全新世界。

照片慢慢顯影出來了，許多街頭掠影，流浪漢、老人、加油站的工讀生、公園早晨跳土風舞的歐巴桑、菜市場魚販、指揮交通的警察、樓房倒塌現場、一張哀愁的臉……

惠嘉問守恆，是不是應該把他們在一起的事告訴正行，每次她去找正行，總覺得應該說些什麼，卻又說不出口。

「不用吧」，守恆說，「讓正行好好準備考試，上大學以後再說。」

最後一張照片也慢慢透露出端倪了，是守恆投籃時的動作特寫，帥。守恆看著照片上的自己，轉過頭去，吻了惠嘉。

卻也有另一種日子，是在城市大街上，守恆騎著他的野狼摩托車載著正行。正行開玩笑地對守恆說，也許你該去交個女朋友，別再一天到晚煩我，什麼事都要拉著我去啦。守恆聽完就加快速度，在路上狂飆起來，高中時騎腳踏車放手一樣，對正行喊：「怕的話，抱緊一點！摔死不管你！」誰怕誰呢，抱吧，就緊緊抱著吧，也就像高中時一樣啊。涼意隨疾風襲來，正行把雙手放進守恆外套的口袋裡。

正行從守恆的口袋裡摸出了守恆的手機，手機正在震動，螢光豔豔，有人來電。正行看見那號碼，以及顯示的名字，是惠嘉。守恆專心騎車，沒發現手機響了。您撥的電話無人接聽，請稍後再撥。正行不知道，原來守恆認識惠嘉？他把響著的手機又放回守恆的口袋裡。

守恆的摩托車在大街上揚長而去。

惠嘉一階一階登上公寓的狹小樓梯，來到頂樓加蓋的小房間門前，正行的住處。她從門墊底下拿出了Key，動作熟練，好像他一直都知道Key就在那裡。惠嘉直接開門進屋，屋裡沒人，漫步到窗口，窗外是敲敲打打，到處都在施工中的台北。惠嘉喊了正行，正行你在浴室打手槍嗎？喊完自己笑了笑，的確沒有人在。他撥手機給正行。

正行的手機響了，人還坐在守恆的摩托車上。正行掏出手機，是惠嘉來電，決定不接，把兀自喊叫的手機又放回自己的外套口袋裡去。他仍抱著守恆，但沒有剛剛抱得緊了。

惠嘉把一袋食物放在正行桌上，從中掏出一顆白煮蛋。在潔白無瑕的蛋殼上，惠嘉寫下：「No problem，你一定可以的」，然後，掩門離開，麗仕小姐甩甩頭。

惠嘉來到大街上，又撥了手機，給守恆，嘟嘟嘟——

守恆仍在騎車，載著正行，電話震動了，但他沒感覺到。手機默默在外套口袋裡發出彷彿從宇宙至深至遠處傳來的冰藍冷光。摩托車漸漸逸離鬧熱的市中心，開進寬大而少人車的夜間公路，直上陽明山。

從山上看山下，城市燈火如天上繁星，當然，那繁星是想像出來的，城市的天空裡看不見幾顆星星。守恆把摩托車停在路邊，草叢裡有白頭的芒花，兩人面對著連綿的燈火壯麗，沒有說話。守恆掏出手機，看見惠嘉的兩通來電未接，回撥，接通之前，看看身邊低頭踢著路邊小石頭的正行，又按掉了，放回口袋裡去。有些冷喔，守恆蹦蹦跳跳耍起寶，假擬山下夜色中有一只籃框，瞄準，跳起，投出，一遍又一遍。正行突然說，剛剛惠嘉有打來，你在騎車，沒有接到。守恆驚訝，投籃的動作倏然停止，沒有投出去。

「所以——你們？」正行問。

沉默，然後守恆點點頭，他不知道該說些什麼，所以接著仍是沉默。守恆突然變成一個安靜的人。

「那你趕快回去陪她啊！」

「對不起」，守恆開口了，「我知道惠嘉本來是你的馬子——」

「不要再馬子、馬子的，好嗎？」正行突然大聲起來。

沉默之後，守恆說：「對不起！」乾乾地，很短，就講不下去了。

「你們——怎麼認識的？」

「她來看我打籃球，我知道你們常常混在一起，是校刊社的。」

「所以，高中的時候，你們就——」

「嗯！但是惠嘉說，等我考上大學，我們才能在一起——我想惠嘉一定是在開玩笑，我怎麼可能考上大學嘛——」

「惠嘉也沒想到吧！」正行調侃。

「對啊——」

「那很好啊，祝福你，惠嘉是個很棒的女孩，你趕快回電話給他，說你馬上就回去，不要讓她擔心。」

「不是的，不是你想的那樣，正行，你——我不是故意的——那時你都不來看我打球，惠嘉來了，她——」

「惠嘉來了——」

「對、對啊，她站在你看我打球的地方，她——」

「好好對待惠嘉，好嗎？不要一天到晚跟我混，很沒前途的。」

「不是，不是啦。」守恆想解釋，可是他該說什麼呢？他不是故意的？他沒有故意瞞著正行？他沒有橫刀奪愛？是因為正行躲著他，不來看他打籃球？還是因為他的身邊需要一個人，他都沒有朋友，他好孤單，好寂寞？守恆愈急，愈講不出口，所以他把情緒都化成一聲長長的大吼，對著山下萬家燈火發射。

突然，正行轉身往山下走了，不理守恆瘋了似的大吼大叫。守恆見狀，慌了，他沒想到正行不理他，追上去，語無倫次地說，因為你都不來看我打籃球啊，你為什麼都不來了，可是，可是——

「你不要再跟著我，好嗎？很煩欸——」，正行前所未有的大叫起來了，對著守恆，「你知道嗎？我從來沒有自願跟你當朋友，從來沒有，是老師叫我去的，我只是聽老師的話。你有沒有聽到，我只是，聽老師的話，我一點都不屑跟你當朋友——」

下山的公車來了，正行招手，上車，把愣傻的守恆丟在原地。他什麼都不想管了，車上，他想起小時候和守恆一起被罰坐在操場上的往事，他還記得守恆的臉龐被陽光打亮了的樣子，他還記得守恆小時候的臉呢，毫無預警地，眼淚像迅速生長的藤蔓般開始在他的臉上縱橫攀爬。

夜晚，新公園，人影晃動，樹影幢幢，其中的一條影子，是正行。終於，還是走進來了，然而，他沒有四處逡巡的眼光，只是一個人低著頭默默走著，連小石頭都不想踢了。

正行在荷花池畔找到一張椅子，坐下，從背包裡掏出了一包什麼，是菸。正行把菸點燃，但他沒抽，只是讓菸慢慢燒完，燒出菸絲，燒成灰。一抹影子，一個中年男人的影子，晃到了正行身邊，也坐下。風吹荷花池，但夏天已過，荷花早謝光了。

跟著中年人，來到西門町邊陲臨河的〇〇大旅社，原來是和惠嘉一起住過的那間，休息六百，住宿一千，原來如此，只不過，不是原班人馬了。正行沿著床緣很淺很淺地坐著，窗外的高架橋上塞滿了車輛，浴室裡傳來嘩啦啦的水聲，電視開著，九二一震後傾斜的世界啊，始終無法恢復原狀。

浴室門打開了，中年人只圍著一條浴巾，凸出他大大的肚腩，走過來，坐下，在正行耳邊吹氣：「要不要先去洗個澡啊？」正行搖頭，中年人靠攏過來，他的手伸進他的衣服，他的唇試圖打開他的嘴，正行無知無感地任由中年人在他的身體上攻城掠地，也許，什麼都不重要也就什麼都沒關係了，但隨後他便醒過來了，發現這並不是他要的，於是他搖頭拒絕，說，不要。顯然中年人的身體沒有意會過來，他以為這個年輕弟弟害羞放不開，於是加強了動作，正行的抗拒愈來愈激烈，不要，不要好嗎，他用力推開中年人，中年人沒料到遭到如此強烈拒絕，踉蹌倒地，見笑轉生氣。中年人撲上來了，彷彿幾噸重量似的將正行壓倒在床上，抓他頭髮，扯他衣服，用力親他，喊他底迪底迪，正行只能反抗，抵死反抗，在憤怒與屈辱中流下眼淚。最後，正行使盡一輩子都沒有過的吃奶力氣，吼出來，吼，將中年人震倒在地，奪門進入浴室，反鎖起來。

也曾經這樣對惠嘉做過啊，正行想。

中年人在外頭大叫開門，給我開門，甚至試著撞進來，正行將門抵死頂住，感覺門板上的敲擊每一下都直透他的心臟。中年人的聲音漸漸弱了，成為哀求，喃喃地說，開門啊開門好嗎你是不是要錢我可以給你錢啊好不好，聲音漸弱至無，接著是隱約的啜泣。正行聽著這些聲音，漸漸感覺到全身的力氣都放空用盡了，他走到鏡子前，看著自己的臉，好凌亂啊，他伸出手去，試圖觸摸不斷從臉上流下來的什麼。

空蕩沉默的賓館小房間，只有電視台還在播著，髒灰染了污漬的天花板和牆上壁紙，爭執過後傾倒的桌上檯燈，暗沉的地毯，以及散落地上的衣物，一切都變得歪斜而不堪。

正行開了浴室的門，看見中年人頹然倒在地上，他踢了踢中年人，中年人沒有任何反應，只剩呼吸。正行蹲下來搖了搖中年人，還是沒有反應，但還在呼吸，他花了許多力氣，將死掉一般但的確還活著的中年人搬到床上，讓他躺平。然後他去將中年人散落在地上的衣服一件一件蒐集起來，掉出了什麼，是名片，中年人原來是個高階的主管經理呀，他把這些都收好，放在床上，中年人旁邊。

正行走到窗邊，窗外的高架橋，車水馬龍，地上的星星。

正行回到自己的頂樓加蓋小房間的時候，發現惠嘉像死人一樣，雙手交疊放在胸前，端端整整躺在他的床上。正行開了燈，惠嘉沒有起身，只是原封不動用平平板板的聲音說，守恆說要跟她分手了，他覺得自己背叛了最好的朋友。正行頓了兩秒，謝謝，他說，謝謝惠嘉死守他的祕密，從來沒有向守恆吐露。惠嘉起身，她知道正行都知道了，知道她和守恆的事，他問正行，會不會怪她、氣她，從來都沒有跟他說？正行搖搖頭，對惠嘉說，如果她跟守恆說他的事，說不定她和守恆就不會有這些誤會，就能好好在一起了。惠嘉張開雙手擁抱了正行，正行回抱惠嘉，兩人都需要安慰，那就彼此安慰吧，緊緊地。惠嘉發現正行衣著凌亂，眼角有傷，怎麼了，她問正行，沒事，正行尷尬，忙著找換洗衣物，想閃進浴室。惠嘉笑笑，轉過頭去，悄悄留下的眼淚，悄然無聲。正行脫下上衣，準備進入浴室的時候，有人敲門。

是守恆，顯然喝得有點多了，「我跟你說——」，他也有好多話想跟正行說，但他才起了頭，就發現惠嘉也在正行房裡。三個人終於面對面，面面相覷，誰都不知該要如何，守恆把衝到嘴邊的話嚥回去，他看看惠嘉，又看看正行，正行裸著身子沒穿上衣，然後，他衝了出去，跑下樓。「守恆——」惠嘉叫，但沒叫住守恆，於是她和正行交換了眼神，拿起背包，追出去。

「守恆！」

剩下正行一個人的房間裡，他頹然地攤倒在床上，嘆一口氣。怎麼會是這樣的呢？

稍後，守恆人被帶進警察局的時候，他開始試著回想，這一路下來到底發生了些什麼？他記得自己衝下樓來，便跨上摩托車，在路上狂飆起來。失速的忠孝東路。他記得，他想，快點，再快一點，好讓他把腦海裡擁擠著找不到出口的那些想法，全都拋到腦後去。快！

「Shit！」他記得自己啐了一聲。

是的，他無法再加速狂飆下去了，前面有警示燈天旋地轉地閃爍，交通警察的龐大陣仗，路邊臨檢，他被攔下來了。Shit！

「證件！」「你騎得非常快你知道嗎？」「有沒有喝酒？」「嘴巴張開，吹氣！」超速又酒駕，罪證確鑿。

警察局裡，守恆呆坐在椅子上，他看見旁邊有些被手銬銬住的傢伙，仍口沒遮攔地對警察叫囂。突然，警察大喝一聲，那些傢伙就乖乖閉嘴了。

正行仍躺在床上，這樣躺著，不知道過多久了，他正在想，他們三個人從今以後都要不一樣了。手機也響，守恆打來的，出事了，叫正行到警察局保他。為什麼是他呢？為什麼要派他來解救余守恆呢？正行其實想告訴老師，他一點都不想當那個討人厭的傢伙的小天使啊。然後，正行披上外套，匆忙出門去了。

他將守恆從警察局裡保出來。從頭到尾，守恆就像個做錯事的小孩，低著頭不發一語。

「鑰匙！」正行命令守恆將車鑰匙交給他的時候，順便幫他戴上安全帽，回家的摩托車，這次，換正行來載守恆。

一路上，後座的守恆始終緊緊抱著正行，然後，像是就要睡去一樣，把頭，靠在正行的背上。摩托車一路安穩地行過街頭，穿過紅綠燈，轉過該轉彎的街口。

開門，正行的小房間。守恆杵在門口，動也不動，「休息睡覺，別想太多！」正行語氣乾硬，守恆卻還是生了根似的釘在原地，正行只好幫他脫掉外套，放好背包。突然，守恆一把抱住了正行，正行想掙脫，但沒辦法，他沒想到守恆抱得那樣緊，且不肯放開。正行聽到守恆在他懷裡哭起來了，抽抽搭搭，像個無助到了底的小孩。於是，正行回抱守恆，拍著他的背，安慰他，沒事，沒事的。守恆抬起頭，淚痕滿臉，注視著正行，接著，輕輕吻了一下正行的唇。正行怔愣住了，他看著守恆，守恆的眼神，眼神裡有話，但是，什麼都還來不及說，守恆的第二次吻已經貼上來，這一次，吻得厚實而沒有任何間隙，不給正行任何分辯的機會，他要的，就是正行也吻他。吻就吻吧，正行閉上眼睛，開啟他的唇，除了吻，別無其他。

「你喝醉了，對不對？」正行問，唇與唇稍稍分開的空檔。

「嗯！喝醉了！」守恆篤定。

守恆脫去自己的上衣，然後是褲子。於是，正行也脫去自己的上衣，接著褲子。終於，這一對從小到大的朋友，他們各自的欲望，第一次裸裎相對了。正行第一次敢這麼直視無礙著守恆的眼睛，守恆是醉的，卻也是明白的。侷促的小小單人床啊，卻像是小時候他們一起被處罰把課桌椅搬到外面時的廣袤操場，綠油油的夏天，頭頂上有蜻蜓嗡嗡嗡在飛翔，當正行哀傷地看著他滿江紅的考卷，守恆卻笑嘻嘻告訴他，我們兩個加起來剛好一百分耶，哥倫布發現新大陸。這一夜，如同那無數個夏天，幾百萬光年。

翌日，守恆醒來的時候，發現他還在正行房裡，但旁邊躺著的人是惠嘉。惠嘉看著他，彷彿一直以來她都這樣看著他，很久了。守恆有些疑惑，坐起來，拉開窗簾，窗外透進來的秋天陽光帶點灰，惠嘉也坐起來，她說她一直找不到守恆，半夜接到正行的電話，說找到了，人在警察局，被他帶回家裡了。惠嘉說話的時候，一遍又一遍撫摸著守恆短短的又硬又直的頭髮，繼續說，正行要她過來，但她過來後，正行已經不在房裡了，只剩下守恆在床上，睡得像死豬一樣。守恆邊聽邊看著窗外，天涯咫尺的台北，從那裡傳來敲敲打打的聲音，許多新的工程正在進行，在這個城市裡，什麼都可能發生，或者，什麼都已經發生。

「妳知道我第一次來台北，是什麼時候嗎？」守恆想起來。

「嗯？」惠嘉輕輕的。

「小學的時候，四年級的戶外教學，到市立天文館。妳知道嗎，如果不是因為那天的戶外教學，說不定，NO，是肯定我就不會和正行變成這麼好的朋友了……」，守恆彷彿這才想起所有的前因後果，他說那天他很皮，一直拉一個剛轉學來的女生的頭髮，一直拉一直拉，那個女生非常生氣，她突然轉過頭來，要打他，但誰知道她突然就失去平衡，整個人往後仰，摔在他們全班正在參觀的太陽系模型上，守恆知道自己闖大禍了，學校賠了不少錢，那個女生後來再也沒有來上學，只聽說又轉走了，守恆知道，這一切都是因為他，他本來就是個討人厭的小孩。惹出了這麼大的麻煩，守恆的媽媽終於決定帶這個小惡魔去看醫生，但醫生卻說，這小孩不是故意的喔，他過動，容易High，這是種毛病，但總有辦法的。「媽媽一定把這件事告訴老師了，所以，有一天，正行來了，他說要做我的朋友。我知道，他是被老師派來的，我一直都知道，所以我決定要作弄他，我要把他拖下水，我要讓班長跟我一樣被處罰。我做到了，我讓正行成績退步，跟我一起被罰，上課的時候把桌椅搬到操場中央，可是，正行卻也變成最好的朋友。從此以後，不知道為什麼，做什麼事，我就是一定要拉著他去。妳知道嗎？正行真的是我最好的朋友！」

惠嘉聽守恆說這些的時候，先是微笑，接著，有點驚愕的樣子，然後又恢復了平靜，也許，還有些悲傷。但她等守恆說完，仍然笑著，甩甩頭，說：「跟你講一個祕密喔，我就是那天被你拉頭髮的那個女生！」

換守恆驚愕了。

「那時，我的名字叫做莊家慧，爸爸媽媽離婚了，我們本來是住在台北的喔，媽媽帶著我轉學到鄉下的一間國小，第一天，我就被一個臭男生拉頭髮，出了那種天大的糗事，老師叫班長帶我去醫護室的時候，我就脫隊了。我想我再也不要回到那個爛國小，見到那個臭男生。我要回去我真正的家，在台北。我跑啊跑啊，終於回到家，可是，那裡再也不是我的家了，那裡的媽媽換別人做了，我又被送回來。可是，我死都不要回去那個有臭男生的學校，死都不要，我又哭又鬧，於是媽媽只好幫我辦了轉學，轉到另一個學校，改了名，跟她姓，變成杜惠嘉。這就是杜惠嘉的由來。」

「妳唬爛！」守恆說。

「對啊！我在唬爛，你怎麼知道？」惠嘉笑。

守恆於是作勢去拉惠嘉的頭髮，兩人玩鬧了一會，靜下來以後，守恆看看天色，恍然大悟：「該死！我又蹺課了。」而惠嘉沒有說話，她的心思已經回到轉學的那一天，她已經好久沒有想起那一天的事了，久得她懷疑起自己也許真的在唬爛。她記得，她在跟班長前往醫護室的路上，那個班長就是正行吧，跑走了，跑回家，她記得那天，在剪完爸爸新的婚紗照上陌生新娘子的照片以後，在爸爸回家將她再度送走之前，他坐在那架原本屬於她的鋼琴之前，彈了一首，那時剛剛學會的，〈我的家庭真可愛〉。

可愛的家庭啊，我不能離開你，你的恩惠比天長……

惠嘉，或是家慧，還記得那首歌，藉著鋼琴琴鍵彈奏出來的清脆聲響，她聽著那叮叮咚咚的琴音。

琴音中，天文館裡，不，不只是天文館，而是宇宙中的行星，仍然繞著太陽轉，其中一顆，碧綠湛藍鑲著白雲的那一顆，就是地球。蟬聲宇宙超級無敵響亮，響著，就像夏天一樣。然而，有一隻蟬，突然掉在地上，一動也不動了。

惠嘉曾經發誓死也不原諒那個拉她頭髮的男生的。想來，那些的確都是很小很小的事了。

——選自二〇〇六年十月號《印刻文學誌》

●————○　**筆記／星空下的曖昧　凌性傑**

在電影《盛夏光年》中，張孝全、張睿家、楊淇把三角關係演繹得熱烈激昂，導演在性別議題上極力彰顯政治正確，劇情安排也充滿教育意義。電影裡的青春男女辨認愛情的模樣，用盡氣力去認同、去證明，在愛一個人的時候回頭重新定義自己。《盛夏光年》脫胎於許正平的小說〈光年〉，為了大銀幕的演出效果，變換了原著的部分情節。小說〈光年〉的時空背景鎖定在二十世紀的最後一個十年，十年之間孩童長大成人，懵懂曖昧的喜歡轉變為愛與激情。成長的難關之一，便是從自我認同衍生的情慾糾葛。

許正平的這篇小說由一九九〇年寫起，純真無邪的孩童不識情為何物，不懂得生死相許，他們把相親相愛的人稱之為朋友。然而感情的變化莫測，誰也說不準。世紀交替之際，他們青春正盛，內心自我衝突，關係產生巨變。

三位主角人物命名為正行、守恆、家慧（惠嘉），與行星、恆星、彗星的概念相互對應，這也是作者刻意的安排。兩男一女的故事絞纏糾結，而作者用優雅的筆觸鋪陳得極有次序。行星繞著恆星運行，暗示了正行、守恆的關係。一九九八，惠嘉知曉正行心中的祕密，仰望夏夜星空，惠嘉說：「那些都是距離我們好幾百萬好幾百億光年的恆星吧。」一九九九年夏天，惠嘉與守恆成為情侶，正行、守恆的感情則有待確認。是年九二一大地震發生，大難來時正行以身體護翼守恆，於是「震動過後的世界再也不是原來的那一個了」。劇情重要的轉折，往往繫於一吻。小說中，酒醉的守恆主動親吻正行，之後這一夜「如同那無數個夏天，幾百萬光年」。

每一顆星球、每一個人，都是孤獨的。這個故事沒有結局，三個主角將如何繼續面對彼此的關係，終究懸而未決。封閉的星系裡，他們只能徬徨徘徊，兀自煎熬於感情的光年。小說裡的重要溝通媒介是手機，那會發光的小屏幕擔負了感情傳遞的任務。小說裡的物質道具，正好也暗示了時代的變異。許正平書寫城市生活、壓抑的情慾頗為得心應手，他打造生活的劇場，盡力把故事說好，且暗藏了洞見。閱讀〈光年〉讓人感到悲傷，或許是因為成長本來就是一件艱難的事。

許正平，生於一九七五年，台灣台南人。中山大學中文系畢業，台北藝術大學戲劇所戲劇創作組碩士，目前就讀清華大學中國文學系博士班。著有散文《煙火旅館》。小說《少女之夜》。電影劇本《盛夏光年》。近年投身舞台劇本撰寫，作品計有：《海鷗》、《阿章師的拉哩歐》、《家的妄想》等；以及「生活三部曲」《旅行生活》、《家庭生活》、《愛情生活》。

油蔴菜籽

——廖輝英

大哥出生的時候，父親只有二十三歲，而從日本念了新娘學校，嫁妝用「黑頭仔」轎車和卡車載滿十二塊金條、十二大箱絲綢、毛料和上好木器的母親，還不滿二十一歲。

當時，一切美滿得令旁人看得目眶發赤，曾經以豔色和家世，讓鄰近鄉鎮的媒婆踏穿戶限，許多年輕醫生鎩羽而歸的醫生伯的么女兒——「黑貓仔」，終於下嫁了。令人側目的是，新郎既非醫生出身，也談不上門當戶對，僅只是鄰鎮一個教書先生工專畢業的兒子而已。據說，醫生伯看上的是新郎的憨厚，年輕人那頭不曾精心梳理的少年白，使他比那些梳著法國式西裝頭的時髦醫生更顯得老實可靠。

婚後一年，一舉得男，使連娶六妾而苦無一子的外祖父，笑得合不攏嘴；也使許多因希望落空而幸災樂禍，準備瞧「黑貓仔」好看的懸著的心剎時攢了下來。

那樣的日子不知持續了幾年，只知道懂事的時候，經常和哥哥躲在牆角，目睹父親橫眉豎目、摔東摜西，母親披頭散髮、呼天搶地。有好多次，母親在劇戰之後離家，已經學會察顏觀色，不隨便號哭的哥哥和我，被草草寄放在村前的傳嬸仔家。三五天後，白髮蒼蒼的外祖父，帶著滿臉怨惱的母親回來，不多話的父親，在沒有說話的外祖父跟前，更是沒有半句言語。翁婿兩個，無言對坐在斜陽照射的玄關上，那財大勢大「嚇水可以堅凍」[1]的老人，臉上重重疊疊的紋路，在夕陽斜暉中，再也不是威嚴，而是老邁的告白了。老人的沉默對女婿而言，與其說是責備，毋寧是說在哀求他善待自己那嬌生慣養的么女吧。然而，那緊抿著嘴的年輕人，哪裡還是當年相親對看時，老實而張惶地一屁股坐在臉盆上的那一個呢？

我拉著母親的裙角，迤迤邐邐伴送外祖父走到村口停著的黑色轎車前，老祖父回頭望著身旁的女兒，喟嘆著說：「貓仔，查某囡仔是油蔴菜籽命，做老爸的當時那樣給妳挑選，卻沒想到，揀呀揀的，揀到賣龍眼的。老爸愛子變作害子，也是妳的命啊，老爸也是七十外的人了，還有幾年也當[2]看顧妳，妳自己只有忍耐，尪不似父，是沒辦法挺寵妳的。」

我們回到家時，爸爸已經出去了。媽媽摟著我，對著哥哥斷腸地泣著：「憨兒啊！媽媽敢是無所在可去？媽媽是一腳門外，一腳門內，為了你們，跨不開腳步啊！」

那樣母子哭成一團的場面，在幼時是經常有的，只是，當時或僅是看著媽媽哭，心裡又慌又懼地跟著號哭吧？卻哪裡知道，一個女人在黃昏的長廊上，抱著兩個稚兒哀泣的心腸呢？

---

1 編按：閩南俗諺。意指對水大聲叫喊，水就會凝結成冰；比喻人的權勢和影響力極大。

2 編按：閩南語，意指「可以」、「能夠」。

大弟出生的第二年，久病的外祖父終於撒手西歸。媽媽是從下車的公路局站，一路匍匐跪爬回去的。開弔日，爸爸帶著我們三兄妹，愣愣地混在親屬中，望著哭得死去活來的母親。我是看慣了她哭的，然而那次卻不像往日和爸爸打架後的哭，那種傷心，無疑是失去了天底下唯一的憑仗那樣，竟要那些已是未亡人的姨娘婆們來勸解。

爸爸是戴孝的女婿，然而和匍匐在地的媽媽比起來，他竟有些心神不屬。對於我們，他也缺乏耐性，哭個不停的大弟，居然被他罵了好幾句不入耳的三字經。一整日，我怯怯地跟著他，有時他走得快，我也不敢伸手去拉他的西褲。我後來常想，那時的爸爸是不屬於我們的，他只屬於他自己，一心一意只在經營著他婚前沒有過夠的單身好日子，然而，他竟是三個孩子的爸呢！或許，很多時候，他也忘了自己是三個孩子的爸吧。

可是，有時是否他也曾想起我們呢？在他那樣忙來忙去，很少在家的日子，有一天，居然給我帶了一個會翻眼睛的大洋娃娃。當他揚著那金頭髮的娃娃，招呼著我過去時，我遠遠地站著，望住那陌生的大男人，疑懼參半。那時，他臉上，定然流露著一種寬容的憐惜，否則，許多年後，我怎還記得那個在鄉下瓦屋中，一個父親如何耐心地勸誘著他受驚的小女兒，接受他慷慨的餽贈？

六歲時，我一邊上廠裡免費為員工子女辦的幼稚園大班，一邊帶著大弟去上小班；而在家不是幫媽媽淘米、擦拭滿屋的榻榻米，就是陪討人嫌的大弟玩。

媽媽偶然會看著我說：

「阿惠真乖，苦人家的孩子比較懂事。也只有妳能幫歹命的媽的忙，妳哥哥是男孩子，成天只知道玩，一點也不知媽的苦。」

其實我心裡是很羨慕大哥的。我想哥哥的童年一定比我快樂，最起碼他能成天在外呼朋引伴，玩遍各種遊戲；他對愛哭的大弟沒耐性，大弟哭，他就打他，所以媽也不叫他看大弟；更幸運的是，爸媽吵架的時候，他不是在外面野，就是睡沉了吵不醒。而我總是膽子小，不乾脆，既不能丟下媽媽和大弟，又不能和村裡那許多孩子一樣，果園稻田那樣肆無忌憚地鬼混。

哥哥好像也不怕爸爸，說真的，有時我覺得他是爸爸那一國的，爸爸回來時，經常給他帶《東方少年》和《學友》，因為可以出借這些書，他在村裡變成人人巴結的孩子王。有一回，媽媽打他，他哭著說：「好！妳打我，我叫爸爸揍妳！」媽聽了，更發狠地揍他，邊氣喘吁吁地罵個不停：「你這不孝的夭壽子！我十個月懷胎生你，你居然要叫你那沒見笑[3]的老爸來打我，我先打死你！我先打死你！」打著打著，媽媽竟大聲哭了起來。

七歲時，我赤著腳去上村裡唯一的小學。班上沒穿鞋的孩子不只我一個，所以我也不覺得怎樣。可是一年級下學期時，我被選為班長，站在隊伍的前頭，光著兩隻腳丫子，自己覺得很靦腆。而且班上沒穿鞋的，都是家裡種田的。我回家告訴媽媽：「老師說，爸爸是機械工程師，家裡又不

3 編按：閩南語，意指「不要臉」、「不知羞恥」。

是沒錢，應該給我買雙鞋穿。她又說，每天赤腳穿過田埂，很危險，田裡有很多水蛇，又有亂草會扎傷人。」

媽媽沒說話。那天晚飯後，她把才一歲大的妹妹哄睡，拿著一枝鉛筆，叫我把腳放在紙板上畫了一個樣，然後拿起小小的紫色包袱對我說：

「阿惠，媽媽到台中去，妳先睡，回來媽會給妳買一雙布鞋。」

我指著包袱問：

「那是什麼？」

「阿公給媽媽的東西，媽去當掉，給妳買鞋。」

那個晚上，我一直半信半疑地期待著，拚命睜著要闔下來的眼皮，在枕上傾聽著村裡唯一的公路上是否有公路局車駛過。結果，就在企盼中迷迷糊糊地睡著了。

第二天醒來時，枕邊有一雙絳紅色的布面鞋，我把它套在腳上，得意洋洋地在榻榻米上踩來踩去。更高興的是，早餐時，不是往常的稀飯，而是一塊一福堂的紅豆麵包，我把它剝成一小片一小片的，從周圍開始剝，剝到只剩下紅豆餡的一小塊，才很捨不得地把它吃掉。

那以後，媽媽就經常開箱子拿東西，在晚上去台中，第二天，我們就可以吃到一塊紅豆麵包。而且，接下來的好幾天，飯桌上便會有好吃的菜。

媽媽總要在這時機會教育一番：

「阿惠，妳是女孩子，將來要理家，媽媽教妳，要午時到市場，人家快要收市，可以買到便宜東西，將來妳如果命好便罷，如果歹命，就要自己會算計。」

漸漸地，爸爸回來的日子多了，不過他還是經常在下班後穿戴整齊地去台中；也還是粗聲粗氣地在那只有兩個房間大的宿舍裡，高扯著喉嚨對著媽媽吼。他們兩人對彼此都沒耐性，那幾年，好像連平平和和地和對方說話都是奢侈的事。長久處在他們那「厝蓋也會掀起」的嘈嚷裡，吵架與否，實在也很難分辨出來。然而，父親橫眉豎目，母親尖聲叫罵，然後，他將她揪在地上拳打腳踢的場面，卻一再地在我們眼前不避諱地演出著。

日子就這樣低緩地盪著。

有一回，看了爸爸拿回的薪水袋，媽媽當場就把它摜在榻榻米上，高聲地罵著：

「你這沒見笑的四腳的禽獸！你除了養臭女人之外，還會做什麼？這四個孩子如果靠你，早就餓死了！一千多塊的薪水，花得只剩兩百，怎麼養這四個？在你和臭賤女人鬼混時，你有沒有想到自己的孩子快要餓死了？現世啊！去養別人的某！那些雜種囡仔是你的子嗎？難道這四個卻不是？」

他們互相對罵，我和弟妹縮在一角，突然，爸爸拿著切肉刀，向媽媽丟過去！刀鋒正好插在媽媽的腳踝上，有一刻，一切似乎都靜止了！直到那鮮紅的血噴湧而出，像無數條歹毒的赤蛇，爬上媽媽白皙的腳背，我才害怕地大哭起來。接著，弟妹們也跟著號哭；爸爸望著哭成一團的我們三個，悻悻然趿著木屐摔門出去。媽媽沒有流淚，只是去找了許多根菸屁股，把捲菸紙剝開，用菸絲敷在傷口上止血。

那一晚，我覺得好冷，不斷夢見全身是血的媽媽。我哭著喊著，答應要為她報仇。

升上三年級時，我仍然是班上的第一名，並且當選為模範生。住在同村又同班的阿川對班上同學說：

「李仁惠的爸爸是壞男人，他和我們村裡一個女人相好，她怎麼能當模範生呢？」

我把模範生的圓形勳章拿下來，藏在書包裡，整整一學期都不戴它，而且從那時開始，也不再和阿川講話。每天，我仍然穿著那雙已經開了口的紅布鞋，甩著稻稈，穿過稻田去學校。但是，我真希望離開這裡，離開這個有壞女人和背後說我壞話的同學啊！一定有一個地方，那裡沒有人知道爸爸的事，我要帶媽媽去。

有一晚，我在睡夢中被一種奇怪的聲音吵醒。睜開眼，聽著狂風暴雨打在屋瓦和竹籬外枝枝葉葉的可怖聲音，身旁的哥哥和弟妹都沉沉睡著。黑暗中我聽到媽媽細細的聲音喚我，我爬過大哥和弟妹，伏在媽媽的身邊。媽媽吃力地說：

「阿惠，媽媽肚子裡的囡仔壞了，一直流血。妳去叫陳家嬸仔和傅家嬸仔來幫忙，妳敢不敢去？本來要叫妳阿兄的，可是他睡死了，叫不醒。」

媽媽的臉好冰，她要我再拿一疊草紙給她。我一骨碌爬起來，突然覺得媽媽會死去，我大聲說：

「媽媽，妳不要死！我去找伊們來，妳一定要等我！」

我披上雨衣，赤著腳跨出大門。村前村後搖晃的尤加利樹，像煞了狂笑得前俯後仰的巫婆。跑過晒穀場時，我也顧不得從前阿川說這裡鬧鬼的事，硬著頭皮衝了過去；我跌了跤，覺得有鬼在追，趕快爬起來又跑。雨打在瞳裡，痛得張不開眼來。一腳高一腳低地跑到傅家，拚死命敲開門，傅家嬸嬸叫我快去叫陳家的門，讓陳嬸仔先去幫忙，她替我去請醫生。

於是，我又跑過半個村子，衝進陳家的竹籬笆，他家那隻大狗，在狗籠裡對我狂吠著。陳嬸仔聽完我的話，拿了支手電筒，裹上雨衣，跟著我出門。

「可憐喔。妳老爸不在家嗎？」

我搖搖頭，她望著我也搖搖頭。走在她旁邊，我突然覺得全身的力量都使完了，差一點就走不回去。

醫生走了以後，媽媽終於沉沉睡去，陳嬸仔說：

「歹命啊，嫁這種尪討歹命，今天若無這個八歲囡仔，伊的命就沒啦。」

「伊那個沒天良的，也未知在哪裡匪類[4]呢？」

我跪在媽媽旁邊，用手摸她的臉，想確定她是不是只是睡去。

傅嬸仔拉開我的手，說：

「阿惠，妳媽好好的，妳去睡吧。阿嬸在這裡看伊，妳放心。」

4　編按：閩南語，形容人不學好、為非作歹。

媽媽的臉看來好白好白，我不肯去裡間睡，固執地趴在媽旁邊望住她，不知怎的，竟也睡去了。

那一年的年三十，年糕已經蒸好，媽一邊懊惱發糕發得不夠膨鬆，表示明年財運又無法起色；一邊嘀咕著磨亮菜刀，準備要去把那隻養了年餘的公雞抓來宰掉。就在這時，家裡來了四、五個大漢，爸爸青著臉被叫了出來。他們也不上屋裡，就坐在玄關上，既不喝媽媽泡的茶，也不理媽媽的客套，只逼著爸爸質問：

「也是讀冊人，敢也賽[5]做這款歹事？」

「旁人的某，敢也賽睏？這世間，敢無天理？」

「像這款，就該斬後腳筋！」

那幾個人怒氣填膺地罵了一陣，爸爸在一旁低垂著頭，媽媽紅著眼，跌坐一旁，低聲不斷地說著話。吵嚷了一個上午，我無聊地坐在後院中看著那隻養在那兒的大公雞，牠兀自伸直那兩隻強健的腿子，抖著脖子在啄那隻矮腳雞。唉，今天大概不殺牠了，否則媽媽最少也會給我一支大翅膀。我傷心地轉頭去看那一群明年七月十五才宰得了的臭頭火雞，唉，過年喲，別說新衣新鞋了，連最起碼的白切肉和炒米粉也吃不到！那些粗裡粗氣的人，究竟什麼時候才走！

那像番仔的大弟開始嗚嗚哭了起來，我肚子餓得沒力氣理他，何況我自己也很想哭，所以我仍舊坐在後院子裡，動也沒動。他開始大聲地哭，大哥用手摀住他的嘴，他就哭得更大聲，大哥啪的一下就給他一巴掌，於是他嘩的一下子，喧天價響地哭了開來，把原來乖乖躺著的妹妹嚇哭了！

媽媽走過去，順手就打了大哥一巴掌，又狠狠地對著我罵：「妳死了喲，阿惠！」

我只好不情願地爬上榻榻米，一邊抱起妹妹，一邊罵了那番仔大弟：「你死了喲，阿新！」

唉，這叫什麼過年嘛？

就在我們這樣鬧成一團時，那幾個人站了起來，領頭的說：

「這款天大地大的歹事，兩千塊只是擦個嘴而已。要不是看在你們四個囡仔也要過年上，今天也沒這麼便宜放你耍了。這款見笑歹事，要了結也得做夠面子，今晚七點在我厝裡等你們，別忘了要放一串鞭炮。過時那誤了，大家翻面就歹看了。」

爸媽跪在玄關上目送他們揚長而去。轉入屋裡，媽媽逕自走進廚房，拿起才蒸好的軟軟的年糕，在砧板上切成一片一片的。

爸爸站了會，訥訥地跟進廚房，說：

「晚上的錢，要想想辦法。」

媽媽的聲音，一下子像豁了出去的水，兜頭就嚷：

「想辦法？歹事是你做的，收尾就自己去做。查某是你睏的，遮羞的錢自己去設法！只由著你沒見沒笑地放蕩，囡仔餓死沒要緊？你呀算人喔？你！」

5 編按：閩南語「可以嗎？」的意思。

媽媽一開了罵，便沒停的，邊罵邊掉眼淚。年糕切了半天，也沒見她放進鍋裡。爐門仍用破布塞著，不趕快拿開來，爐火怎麼會旺呢？可是她那樣生氣，我也不敢多嘴多舌地提醒她。

好不容易煎好了年糕，媽媽又去皮箱裡搜了半天，紅著眼睛用包袱包起一大包東西，爸爸推出那輛才買不久的「菲力浦」二十吋鐵馬，站在前門等媽媽。媽媽對哥哥和我說：

「阿將、阿惠，媽媽出去賣東西，當鐵馬，拿錢給人家。你們兩個大的要把小的顧好，餓了先吃年糕，媽媽回來再煮飯給你們吃。卡乖咧，聽到沒？」

我望著他們走出去，很想問媽媽還殺不殺那隻公雞，結果沒敢出口。只問大哥：

「阿兄，『當』是什麼？」

「憨頭！就是賣嘛！賣東西換錢的意思，這也不懂？」

那天到很晚的時候，爸媽才回來。當然，那隻公雞也就沒有殺了。晚上，我們吃的是媽媽煮的鹹稀飯。沒拜拜，當然也就沒有好吃的菜了，不過那隻公雞反正是逃不掉的。早晚總要宰了牠，這樣想著，我還是在沒有壓歲錢的失望中，懷著一絲安慰睡著了。

開學以後，媽媽幫哥哥和我到學校去辦轉學，想到要離開這個地方，我高興得顧不得從前發的誓，跑到阿川面前，對他放下一句話：

「哼？我們要搬到台北去了！」

看到他那副吃驚的笨蛋樣子，我得意洋洋地跑開，什麼東西嘛！愛說人家壞話的臭頭男生。

搬到台北，我們租的是翠紅表姨的房子。媽媽把那些火雞和土雞，養在抽水泵浦旁邊；又在市場買了幾隻美國種的飼料雞，據說這種雞長得快，四個月就可以下蛋，以後我們不必花錢就可以吃到那貴得要命的雞蛋了。

爸爸買了一輛舊鐵馬，每天騎著上下班。他現在回家的時候早了，客廳裡張著一幅畫框，他得空的時候，常常穿著短褲拿著各種顏料在那兒作畫。左鄰右舍有看到的，經常來要畫，爸一得意，愈畫愈起勁。媽雖然沒叫他不畫，但卻經常撇撇嘴說：「未賺吃的剔頭歹事，有什麼用？」有時心情不好，也會怨懟：「別人的尫，想的是怎樣賺吃，讓某、子過快活日子。你老爸啊，只拿一份死薪水，每個月用都用不夠。」

雖然這樣，我還是很高興經常可以見到爸爸在家，而且，現在他也較少和媽媽打架了。他很少和我說話，我想，他不知道怎樣跟我說話吧，從小，我就是遠遠地看著他的。不過，他倒是常常牽著小弟，抱著妹妹，去買一角錢一支的「豬血粿」，回來總沒忘了給哥哥和我一人一支。

大哥和我一起插班進入過了橋的小學，他上五年級，我讀三年級。當時，小學惡補從三年級就已經開始，全班除了五、六個不準備升學的同學，必須幫老師做些打雜的事之外，其餘清一色都要參加聯考，因此，也都順理成章地參加補習，因為許多正課，根本都是在補習才教的。

轉了學，才發現台北的老師出的功課都是參考書上的，在鄉下，我們根本連參考書都沒聽過。當時參考書一本要十幾塊錢，大哥是高年級，比較接近聯考，一學期必須買好幾種，家裡一下子拿不出那麼多，媽媽便決定先買他的。結果，連續三、四個禮拜，我每天都因沒做功課而挨老師用粗藤條打手心，當時，老師一定以為我這鄉下來的孩子「不可教」吧？每到月底，老師便宣布「明天要繳補習費」，第二天，看著六十多名同學，一個個排隊到講台上去繳補習費，當時的行情價是三十塊錢一個月，有錢的繳到兩百塊、一百塊不等。我羞赧地坐在那裡，眼看著壯觀的隊伍逐漸散去，然後硬著頭皮聽老師大聲宣布還沒繳錢的名字。接下來的一兩個禮拜，幾乎每天都要讓老師點到名，到最後，往往只剩我一個沒繳，實在熬不過了，我便和媽媽商量：

「我不要補習了。」

「很多功課，老師不是都在補習的時候才教？」

我點點頭，說：「我也不一定要考初中。」

「妳要像媽媽一世人這款生活嗎？」媽陡地把臉拉下來，狠狠地數說了我一頓：「沒半撇[6]的查某，將來就要看查埔人吃飯。如果嫁到可靠的，那是伊好命沒話講，要是嫁個沒責沒任的，看妳將來要吃沙啊。媽媽也不是沒讀過冊的，說起來還去日本讀了幾年。少年敢沒好命過？但是，嫁尪生囝，拖累一生，沒去到社會做事，這半世人過得跟人沒比配……」

「可是，」我捏著衣角，囁嚅著：「補習費沒繳，老師每天都叫名字，大家都轉頭來看我，好像我是個臭頭仔。」

「過兩日讓妳繳，媽媽準備二十塊銀。」

「人家都繳三十塊，那是最少的。」

「有繳就好了，減十塊銀也沒辦法，我們窮啊！」

每個月的補習費就是在這種拖拖拉拉的情況下勉強湊出去的。常常，我才繳了上個月的，同學們又開始繳下個月的了。被老師指名道姓在課堂宣讀，和讓同學側目議論的羞恥，不久就被每次月考名列前茅的榮譽扯平了。

第二年，哥哥以一點五分之差，考上第二志願，雖有點遺憾，但媽總還是高興的吧！那是她的頭生子啊。一個鄉下孩子，從五年級下學期才接觸到補習和參考書，能擠進省中窄門，連一向溫吞著不管孩子事的爸爸，似乎也很樂呢！只是，為了張羅兩百多塊錢的省中學費和幾十塊錢的制服費，媽媽畢竟是擠破了頭的。爸爸像駝鳥一樣，沒事人似地躲著，儘管媽媽扯著喉嚨屋前屋後「沒路用」地罵了不下千百遍，他還是躲在牆角，若無其事地畫著他的畫。

那幾年，媽每天天濛濛亮就到屋外去升火，先是我們用過的三兩張揉成團的簿本紙張，再架上劈得細細的柴，最上面才是生煤炭。等我們起床時，桌上已擺著兩碗加蓋的剛煮熟的白飯，哥哥碗裡是兩只雞蛋，我碗裡僅有一只。

這種差別，媽媽的解釋是，哥哥是男孩子，正在長，飯吃得多，所以蛋多一只。

有一回，我把拌著蛋的飯吃掉，剩下兩口白飯硬是不肯吃掉，媽媽罵著說：

「討債呵，阿惠，妳知道一斤米多少錢嗎？」

「是怎樣我不能吃兩粒蛋？」我嘀咕著：「雞糞每晚都是我倒的，阿兄可沒伺候過那些雞仔。」

6 編按：閩南語，意指「一無用處」、「一竅不通」，形容人沒有一點本事或能力。

媽愣住了，好半晌才說：

「妳計較什麼？查某囡仔是油蔴菜籽命，落到哪裡就長到哪裡。沒嫁的查某囡仔，命好不算好。媽媽是公平對你們，像咱們這麼窮，還讓妳念書，別人早就去當女工了。妳阿兄將來要傳李家的香煙，妳和他計較什麼？將來妳還不知姓什麼呢？」

媽聲音慢慢低了下去，收起碗筷轉身就進去。

自那次以後，我學會沉默地吃那拌著一只蛋的飯，也不再去計較為什麼我補習回來，還要做那麼多家事，而哥哥卻可以成天游泳、打籃球，連一塊碗也不必洗了。

聯考前的那兩年，功課逼得很緊，我在學校盡本分地念著，回家除了做功課．就不再啃書了。想到每次註冊費都要籌得家裡劍拔弩張的，媽媽光是填補每月不夠的家用和哥哥的學費就已那樣拚了命的，所以那兩年，在心底深處，我是懷著考不取就不要念的心事過的。

六年級時，我參加全校美術比賽得了第一名，獲得一盒二十四色的水彩和兩枝畫筆，得意洋洋地回去獻寶。

正在洗碗的母親，突然把眼一翻，厲聲說：

「妳以為那是什麼好歹事？像妳那沒出脫[7]的老爸，畫、畫、畫，畫出了金銀財寶嗎？以後妳趁早給我放了這破格[8]的東西！」

沒想到母親會生那麼大氣，挨了一頓罵，連那一向買不起的獎品看來也挺沒趣的。以後，我參加作文比賽、壁報比賽，都再也不回家說嘴了。那時，我每回拿回成績單，媽看過蓋上章子，既不問這個月怎麼退成第二名，也不誇這個月拿了第一。我無趣地想，念好念壞又有什麼關係？反正也沒人在意。在這樣不落力的情況下，也不曾參加老師晚間再加的補習，而成績卻始終在第三名前徘徊著。

初中聯考放榜那天，母親把正在午睡的我罵醒：

「妳睏死了嗎？收音機都播一個下午了，那準沒考上，看妳還能安穩睏得像豬一樣！」

我爬起來，站到隔壁家的門廊上去聽廣播，站得腿都快斷了，還在播男生的板中。我既不敢折回家，又不知要等到何時，正在躊躇，卻見遠遠爸爸騎著鐵馬回來，還沒到家門口，就高興嚷：

「考取了！考取了！」

媽從屋裡出來，著急但沒好氣地說：

「誰人不知考取了，問題是考取哪一間？」

「第一志願啦，我早就知是第一志願啦，」爸停好鐵馬，眉飛色舞地招我回去：「報紙都貼出來啦，妳站那要聽到當時[9]？」

那幾天大概是最風光的日子了。一向不怎麼拿我的事放在嘴上說的父親，不知為什麼那麼高興，一再重複地對別人說：

---

7 編按：閩南語，意指「沒出息」、「沒成就」。
8 編按：閩南語，意指容易帶來霉運。
9 編按：閩南語，意指「聽到何時」。

「比錄取分數加好幾分呢，作文拿了二十五分，真高呢！」

媽媽是否也高興呢？她從不和任何人說，只像往常一樣忙來忙去。輪到我做的家事，也並不因聯考結果而倖免。

那一陣子，爸接了幾件機械製圖工作，事先也沒和人言明收費多少，媽一罵他「不會和人計較」，他便一副很篤定的樣子：「不會啦，不會啦，人家不會讓我們吃虧啦。」結果畫了幾個通宵，拿到的卻是令爸爸自己也瞠目的微少數目。從此，他也就不怎麼熱中去接製圖工作了。

註冊時，爸爸特地請了假，用他的鐵馬載我去學校。整整一個上午，我們在大禮堂的長龍裡，排隊過了一關又一關。爸爸不知怎地，閒不住似地拚命和周圍的家長攀談，無非是問人家考幾分、哪個國小畢業的。每當問到比我低分的，便樂得什麼似地對我說：「妳看，差妳好幾分，差一點就去第二志願。」量制服時，他更是合不攏嘴，一再地說：「全台北市只有妳們穿這款色的制服。」

那天中午，爸爸帶我去吃了一碗牛肉麵，又塞給我五塊錢，然後叮嚀我說：

「免跟妳老母講啦。這個帳把伊報在註冊費裡就好。」

我雖覺得欺騙那樣節省的媽媽很罪過，但是想到這一向那般拮据，好不容易才有機會對女兒表示這樣如童稚般真切的心意的爸爸時，我只有悶聲不響了。

開學後，爸爸對我的功課比我自己還感興趣，每看到我拿著英文課本在念，他就興致勃勃地說：

「來！來！爸爸教妳！」

然後拿起課本，忘我地用他那日式發音一課一課地念下去，直到媽媽開了罵：

「神經！囡仔在讀冊，你在那邊吵！囡仔明早要考試，你是知麼？」

初中那些年，爸爸對於教我功課，顯得興致勃勃，那時他最常說的話就是：「阿惠最像我！」要嘛就是：「阿惠的字水，像我。」反正好的、風光的都像他。而媽媽總是毫不留情地潑他冷水：

「像你就衰！像你就沒出脫！」

那幾年，爸爸應該是個自得其樂的漢子吧？他常常塞給我幾毛錢，然後示意我不要講。有幾次，看著他把錢拙劣地藏在皮鞋裡，我就預卜一定會被媽媽搜出，果然不錯，那以後，他又東藏西匿，改塞在其他自以為安全的地方。或許是藏匿時時間緊迫、心慌意亂，或許是藏多了竟至健忘，每當事過境遷，他要找時，往往遍尋不著，急得滿頭大汗，不惜冒著挨罵遭損的危險，開口詢問媽媽。結果，不是爆發一場口角，就是大家合力幫他找尋，然後私房錢又順理成章地繳了庫。所以，我雖深知他手邊常留點私用錢，給自己買包舊樂園香菸，或者給孩子幾毛錢，但我總不忍心跟媽媽講，或者是因他那份顢頇的童稚，或竟是覺得他那樣沒心機、沒算計，實在不值得人家再去算計他吧！

儘管小錢不斷，但孩子註冊的時候，每每就是父親自暇最窘迫的時候。事情逼急了，媽媽要我們向爸爸要。他往往會說：

「向妳老母討。」

「媽媽叫我跟你討。」

「我哪有？薪水都交給伊了，我又不會出金！」

如果我們執拗地再頂上一句，他準會冒火：

「沒錢免讀也沒曉！」

碰了釘子回來，一次次的，竟覺得父親像頭籠中獸，找不到出口闖出來。他是個落拓人，只合去浪蕩過自己的日子，要他負起一家之主的擔子，便看出他在現實生活中的無能。他太年輕就結婚，正如媽媽太早就碎夢一樣，兩個懷著各自的無邊夢境的人，都不知道怎樣去應付粗糙的婚姻生活。

日子在半是認命、半是不甘的吵嚷中過去。三十七歲時，媽媽又懷了小弟。每天，她挺著肚子的身影，時而蹲在水龍頭下洗衣服，時而在屋裡弄這弄那，蹣跚而心酸地移動著。臨盆前，我拿出存了兩年多，一直藏在床底下的竹筒撲滿，默默遞給媽媽。

她把生鏽了的劈柴刀拿給我，說：

「錢是妳的，妳自己劈。」

言未畢，自己就哭了起來。

一刀劈下，嘩啦啦的角子撒了一地。

我那準備要參加橫貫公路徒步旅行隊的小小的夢，彷彿也給劈碎了似的。然後，母女倆對坐在陰暗的廚房一隅，默默地疊著那一角錢、兩角錢……

日子怎會是這樣的呢？

初中畢業時，我同時考取了母校和女師，母親堅持要我念女師，她說：

「那是免費的，而且查某囡仔讀那麼高幹什麼？又不是要做老姑婆。有個穩當的頭路就好。」

不知那是因我長那麼大，第一次忤逆母親，堅持自己的意思；還是那年開始父親應聘到菲律賓去，有了高出往常好多倍的收入，母親最後居然首肯了讓我繼續升高中的意願。

那些年，一反過去的坎坷，顯得平順而飛快。連在國外的父親，自己留有一份足供他很愜意地再過起單身生活的費用。隔著山山水水，過往尖銳的一切似乎都和緩了。每週透過他寄回的那些關懷和眷戀的字眼，他居然細心地關顧到家裡的每一個人。偶然，他迢迢託人從千里外，指名帶給我們一些不十分適用的東西；或者，用他那雙打過我們、也牽過我們的手，層層細心地包裹起他憑著記憶中我們的形象買來的衣物，空運回來。

媽媽時而叨念著他過去不堪的種種，時而望著他的信和物，半是嗔怨，半是無可奈何地哂笑著。然而，這樣的日子有什麼不好？居然我們也有了能買些並不是必需的東西的餘錢了。她也不必再為那些瑣瑣碎碎的殘酷生計去擠破頭了。

然後，當我考上媽媽那早晚一炷香默禱我千萬能進入的大學時，她竟衝著成績單撇撇嘴：

「豬不肥，肥到狗身上去。」

真是一句叫身為女孩的我洩氣極了的話。

然而，她卻又像忘了自己說過的話，急急備辦起鮮花五果，供了一桌，叫我跪下對著菩薩叩了十二個響頭。在香煙氤氳中，媽媽那張輪廓鮮明的臉，肅穆慈祥，猶如家中供奉的那尊觀世音，靜靜地俯看著跪下的我。

我仍是傻傻的，不怎麼落力地過著日子，既不爭要什麼，也不避著什麼。像別人一樣，我也兼做家教，寫起稿子，開始自己掙起錢來，在那不怎麼繽紛的大學四年裡，我半兼起「長姊如母」的職責，這樣那樣地拉拔著那一串弟妹；母親，則不知何時，開始勤走寺廟，吃起長齋，做起半退休的主婦，那「紅塵」中的兒女諸事，自然就成了我要瓜代的職務了。父親輝煌的時期已過，回國以後，他早過了人家求才的最高年限，憑著技術和經驗，雖也謀定職業，然而，總是有志難伸吧，他顯得缺乏常性，人也變得反覆起來。有時，他會在下班換車時，到祖師廟裡去為媽媽買份素麵回來，殷勤地催著她趁熱快吃；有時卻又為了她上廟吃齋的事大發雷霆，作勢要將供桌上的偶像砸毀。有時，他耐性十足地逐句為媽講解電視上的洋片和國語劇；有時卻又對母親來北後因長期困守家中，居然連公車也不會坐、最起碼的國語也不能講而訕笑生氣。經過了苦難的幾十年，媽媽仍然說話像劈柴，一刀下去，不留餘地，一再結結實實地重數父親當年的是是非非；父親，竟也相當不滿於母親無法出外做事，為他分勞的瘖默，而怨嘆憤懣。一個是背已佝僂、髮蒼齒搖的老翁，一個是做了三十年拮据的主婦，鬢白目茫的老婦，吵架的頻率和火氣，卻仍不亞於年輕夫婦。三十年生活和彼此的折磨下來，他們仍沒有學會不懷仇恨的相處。那一切的一切，竟似那般毫無代價的發生？所有的傷害，竟也是聲討無門的肆虐嗎？

那些年，大哥不肯步父親的後塵去謀拿份死薪水的工作，白手逞強地為創業擠得頭破血流，無暇顧家，很自然的，那份責任就由我肩挑。說起來是幸運，也是心裡那份要把這個家拉拔得像人樣的固執驅策著，畢業後的那幾年，我一直拿著必須辛苦撐持的高薪，剩下來的時間又兼做了好幾份額外工作，陸陸續續掙進了不少金錢，家，恍然間改觀了不少。

然而，個性一向平和的我．闖蕩數年，性子裡居然也冒出了激越的特色，在企業部門裡，牝雞司晨的崢嶸頭角，有時竟也傷得自己招架不住；從前，那種半是聽天由命的不落力的生活，這會兒竟變得異常迢遙。

而母親也變了，或者僅只是露出她婚前的本性，或者是要向命運討回她過去貧血的三十年，她對一切，突然變得苛求而難以滿足。僅僅是衣著，便看出她今昔極端的不同。從前，為兒女蓬頭垢面、數年不添一件衣服、還曾被誤為是為人燒飯的下女的她，現在每逢我陪她上布肆，挑上的都是瑞士、日本進口的料子；我自己買來裁製上班服的衣料，等閒還不入她的眼。如此幾趟下來，我居然也列名大主顧之中，每逢新貨上市，布行一個電話就搖到辦公室去。我總恃著自己精力無限，錢去了好歹會再來；而且實在的，也覺得過往那些年，媽媽太委屈了，往後的日子，難道還可能再給她三十年？我做得到的，又何必那樣吝惜？因此，一季季的，我總是帶上大把鈔票，在媽媽選購後大方地付帳。

媽媽自己不會上街，因此，不但她的，即連父親的襯衫、西褲、毛衣、背心，也是我估量著尺寸買的。媽媽是自以為半在方外的人，除了擺不脫紅塵中的愛恨嗔怨之外，許多現實中瑣碎的事，她早已放手不管，所以，每當為自己買了一件衣服，總也不忘為妹妹添購一件。那幾年，真的十足是個管家婆，不僅管著食衣住行，而且許是自己從前要什麼沒什麼，匱乏太過，所以當自己供得起時．居然婆婆媽媽到逼著弟妹們在課餘去學這學那，唯恐他們將來像自己一樣，除了讀書，萬般皆休，人顯得拘謹而無趣；或竟至到擔心他們一技不精，還要他們多學幾樣，以確保將來無虞。想想，難道我竟也深隱著類似媽媽的恐懼嗎？

在那種日子裡，又怎由得你不拚命賺錢？

而母親，是否窮怕了呢，還是已瀕臨了「戒之在得」的老境，竟然養成了旦夕向我哭窮的習慣，有時甚至還拿相識者的女兒加油添醋地說嘴，提到人家怎麼能幹又如何孝順，言下之意，竟是我萬千不是似的。

數年前，我意外動了一次大手術，在病床上身不由己地躺了四十天，手術費竟還是朋友張羅的。在那種身心俱感無助的當兒，我才發覺毫無積蓄是一件多可怕的事！至此，我才開始瞞著母親，在公司搭會。但是，她竟精明也多疑到千方百計地盤查，為我藏私而極不痛快。當時，她攢聚的私房錢不下數十萬，卻從不願去儲存銀行，只重重鎖在她的衣櫃深處；她把錢看得重過一切，家裡除了她疼至心坎的大哥之外，任何人向她要錢，總有一份好罵，而且最後往往慳吝地打折出手，甚至不甘不願，遠遠地把錢丟到地板，由著要錢的人在那兒咬牙切齒。

那些年，她的性子隨著家境好轉而變壞，老老小小，日日總有令她看不順眼的地方，她尖著嗓門、屋前屋後地謾罵著，有時幾至無可理喻的地步。那些小的，往往三言兩語就和她頂撞起來，口舌一生，母親就一把眼淚一把鼻涕地哭自己命苦。一個人忤逆了她，往往就累得全家每一個人都被她輪番把老帳罵上好幾天。我是怕了那夜以繼日的吵嚷，所以，誰不順她，我就說誰；而我也學會了她罵時，左耳進右耳出的涵養，避免還嘴。弟妹們往往怨怪我「縱壞了她」，又譏諷我是「愚孝」，讓她有樣可比，顯得弟妹們不孝。然而，為著從前她的種種，如今又有什麼不能順她的？我們都欠她啊。

那十年裡，我交往的對象個個讓她看不順眼，有時她對著電話筒罵對方，有時把豪雨造訪的人擋駕在門外；在我偶然遲歸的夜裡，她不准家人為我開門，由著我站在闃黑的長巷中，聽著她自四樓公寓傳下來一句一句不堪的罵語……而我已是二十好幾的大人了呀！然而，她應該還是愛我的吧？在別人都忤逆她時，她會突然記起，只有這個女兒知道她的苦衷；儘管我甚少在家吃飯，買菜時，她總不忘經常給我買對腰子；很多晚上，在我倦極欲眠時，她走進我的房間，絮叨著問這問那，睡眼矇矓中，我彷彿又看到考上大學後，我拈香叩頭時所瞥見的那張類似觀音的慈母的臉。

其實，那麼多年，對於婚姻，我也並非特別順她，只是一直沒有什麼人讓我掀起要結婚的激情罷了。我僅是累了，想要躲進一個沒有爭吵和仇恨，而又不必拚命衝得頭破血流的環境而已。母親一再舉許多親友間婚姻失敗的例子，尤其是拿她和父親至今猶在水火不容的相處警告我：

「不結婚未定卡幸福，查某囡仔是油蔴菜籽命，嫁到歹尪，一世人未出脫，像媽媽就是這樣。像妳此時，每日穿得水水的去上班，也嘸免去款待什麼人，有什麼不好？何必要結婚？」

走過三十餘年的淚水，母親的心竟是一直長期泊在莫名的恐懼深淵。在她篤信神佛、巴結命運的垂暮之年，一切仍然不盡人意。兄弟們的事業、交遊、婚姻，無一不大大忤逆她的心意；而最令她不堪的是，她一心一意指望傳續香火的三個兒子，都因受不住家裡那種氣氛而離家他住，沒有一個留下來承歡膝下。女兒再怎麼好，對她而言，終究不比兒子，兒子才是姓李的香火呀！婚姻，叫她怎能恭維？

不巧就在這時，我也做了結婚的決定。媽媽許是累了，或者是我堅持的緣故，她竟沒有非常劇烈地反對，到後來允肯時表現的虛弱和無奈，甚至叫我不忍。事情決定以後，她只一再地說：

「好歹總是妳的命，妳自己選的呀。」

婚禮訂得倉促，我也不在乎那些枝枝節節，只是母親拿著八字去算時辰後，為了婚禮當日她犯沖，不能親自送我出門而懊惱萬分：

「新娘神最大，我一定要避。但是，查某囡仔我養這麼大。卻不能看伊穿新娘服，還只能做福給別人，讓別人扶著她嫁出門，真不值得。」

為了披著白紗出門時，母親不能親送的事，我比她更難過，她曾在那樣困苦的數十年中，護翼我成長成今天這個樣子，無論如何，都是該她親自送我出門的。依我的想法，新娘神再大，豈能大過母親？

然而，母親寧願相信這些。

婚禮前夕，我盛裝為母親一個人穿上新娘禮服。母親蹲在我們住了十餘年的公寓地板上，一手摩搓著曳地白紗，一頭仰望著即將要降到不可知田裡去的一粒「油蔴菜籽」。

我用戴著白色長手套的手，撫著她已斑白的髮；在穿衣鏡中，竟覺得她是那樣無助、那樣衰老，幾乎不能撐持著去看這粒「菜籽」的落點。我跪下去，第一次忘情地抱住她，讓她靠在我胸前的白紗上。我很想告訴她說，我會幸福的，請她放心，然而，看著那張充滿過去無數憂患的，確已老邁的臉，我卻只能一再地叫著：媽媽，媽媽！

——選自《油蔴菜籽》，九歌

● ——— ○ **筆記／從身世記憶體現時代記憶　凌性傑**

廖輝英在三十四歲懷孕、第三度住院安胎後，毅然辭掉高薪工作。她用十六天寫下〈油蔴菜籽〉，獲得第五屆中國時報短篇小說首獎。後來小說改拍成電影，她和侯孝賢聯手拿下金馬獎改編劇本獎。寫小說的廖輝英，始終為女性發聲，質疑這個社會中因為性別所造成的種種不平等。她說：「〈油蔴菜籽〉無疑是個人的身世記憶，但更是那個時代女性總體命運的寫照和吶喊！從身世記憶體現時代記憶，本來就是作家的使命。」廖輝英身處其中，寫女性題材的意圖是：「立意突破命運、找尋自己人生出口的漫長而苦澀的生命經驗。」

台灣社會轉型之際，廖輝英與李昂藉小說創作拋出性別議題，讓我們看見女性的命運及出路。李昂的《殺夫》酣暢淋漓、廖輝英的《不歸路》委婉曲折，呼喚女性主體覺醒，對抗傳統性別權力結構，已然成為台灣女性文學的重要標誌。〈油蔴菜籽〉寫出了兩代女性的命運，故事中的母親承受婚姻帶來的痛苦，身不由己但只能向命運低頭，母親告訴女兒：「查某囡仔是油蔴菜籽命，嫁到歹尪，一世人未出脫」，這篇小說中，植物象徵當時女性集體命運，亦是謀篇命題的關鍵意象。小說結尾，母親已老，女兒披上嫁紗道出追求幸福的心聲，讓讀者預見更有希望的未來。女性如何擺脫宿命？如何為自己的存在做決定？這些問題構成廖輝英小說的基本面貌。廖輝英擅長經營婚戀題材，藉由塑造女性形象來強調主題意識，挑戰舊時代的價值觀。

社會情境改變，女性擁有受教育的機會，具備經濟獨立的能力，不再淪為被男性支配的第二性。小說的社會意義，或許在於揭發種種痛苦，召喚群眾理性反省並改造集體的命運。在性別論述中，女性除了是生成的，亦是社會建構或束縛造成的。〈油蔴菜籽〉勇於質疑「重男輕女」的概念，以淺近的語言、平實穩妥的敘事，破除尊卑之分，爭取生存的尊嚴，完成了最真切的提醒。然而壓迫與被壓迫的故事在人類社會中從未消失，我們始終需要作家的良心，一字一句刻畫那最珍貴的公平正義。

廖輝英，生於一九四八年，台灣台中人。台灣大學中文系畢業。著有小說《不歸路》、《油蔴菜籽》、《盲點》、《今夜微雨》。（《油蔴菜籽》曾改編為電影）。雜文《愛是一生的驚嘆號》、《賭一場愛的輪盤》、《愛，不是單行道》等。九〇年代小說作品「老台灣四部曲」：《輾轉紅蓮》、《負君千行淚》、《相逢一笑宮前町》、《月影》。其中《輾轉紅蓮》、《負君千行淚》改編為電視劇。

安的故事

——葛亮

惠子曰：「子非魚，安知魚之樂？」
莊子曰：「子非我，安知我不知魚之樂？」

一

安和我是生在一個星座上的兩條魚。安是二月十九日生的，用她的話來說，是獨占魚頭。我是三月十七日生的，僥倖抓住了魚尾巴。

我當然不會否認安曾經是我最好的朋友。可是，當我接到她的電話時還是錯愕不已。安說，毛毛，我要生孩子了，預產期是明年六月。你要不要做孩子的乾爹，教父也成。

我想說，好。可是我沒有及時說出來。

因為這個「好」字，是應該建立在一連串預設上的：安和誰生了孩子，安什麼時候結婚了，或者安又和誰戀愛了一場，最關鍵的是，安現在在哪裡？

我已經三年沒有安的消息了。

我和安的相識並非偶然。那時候軍訓剛剛結束。到了晚上，來自五湖四海的兄弟們就跑到新校區附近的雞毛店狂歡。這所大學把新校區建在長江以北一個前不著村後不挨店的地方，大有占山為王的氣魄。附近有些農家就開了些掏大學生腰包的雞毛小店，開始是星星之火，到我入學時已呈燎原之勢。

豪飲之後，我把自己攤到床上正五臟翻騰，聽到說樓下有傳呼找我，說是個老鄉。現在想我當時肯定是喝糊塗了，我是個本地學生，在大學裡是天然的強勢群體，這樣還有人淚汪汪地找我認老鄉，不是無病呻吟麼。

不過我還是一腳高一腳低地下去了。樓下沒有老鄉，我就扯著嗓子喊，老鄉，老鄉。我現在已經忘了當時臉紅脖子粗的鳥樣子，總之樣子是很鳥，趕得上現在的行為藝術潮流。我喊著喊著，胃裡顫慄起來，於是扶著牆根，有一搭沒一搭地往外吐酸水。

這時我感到有隻手在我背上一下下地拍起來，拍得很體貼，讓我想起媽媽。想起媽媽我鼻子又酸了，我就一邊吐一邊哭。這麼吐著哭著，酒就有些醒了。我抬起頭來，眼睛還是矇矓的，看到一團白影子，我想是個裙子的輪廓。白影子揚了揚手裡兩個泛著金屬光澤的東西，對我說，看來，這兩罐啤酒是白買了。這是個好聽的聲音。白影子的聲音細細的，很好聽。我又聽到它說，你等我一下。白影子飄走了一分鐘後又飄回來。我覺出有溼紙巾在我臉上擦，擦著擦著，眼睛就像玻璃一樣被擦得清晰起來。我終於看見了，白影子是個陌生的女孩子。

妳是誰？我當時的傻樣子很虔誠，一定很像亞當問上帝。對方就回答說，老鄉啊。然後就自說自話地笑起來，是那種足以叫對方無地自容的笑。你們男生聽到老鄉一般比聽到媽來了還興奮，乒不厭詐吧。我叫安我找你有事，我們到那邊去坐會兒。

坐定下來，安說，我知道你叫毛果。這個名字夠難聽的。不過我知道你的畫畫得很好，在威尼斯的青年展上得過獎的對吧。別這樣看我，我至多是個獵頭族，沒有狗仔隊那麼卑劣。你的資料是團委老師給我的。我現在正式邀請你加入我們學生會宣傳部。加入之後，我就是你的領導，你就是我的下屬。你聽明白了麼。

我想我聽明白了。安真是個言簡意賅的人。這時她啪的一聲打開了手裡的「藍帶」。我剛想說，我不能再喝了。可是舌頭還打著結，怎麼也說不出來。等我把舌頭整理好要說出來時，安已經把一瓶啤酒灌進自己肚子裡去了。喝完，她長舒了一口氣，說，總不能浪費。接著又長舒了一口氣，把另一罐啤酒也灌下去了。我想安真是個節約的人。

接下來我們又閒談了一會兒，準確地說，是安在閒談，我在閒聽。所以我知道安是北京人，之所以考到南京來是因為想在南方生活一陣兒但討厭更南方特別是更南方地區的男人。還有安當時被爸媽逼著填了志願填的是國貿系結果分數不夠被調到中文系來了。用她自己的話來說，是死得其所。

我終於問安，妳剛才怎麼認出我來的。安就有些驚異地說，你不知道軍訓時候你在女生中間就已經很有知名度了，現在說話動輒就臉紅的男孩子可不多。不過我算是開了眼，今天看到你還有這麼醜陋的一面。

總之，那天我在安跟前算是把臉丟盡了。

以後的日子裡，我受到了安不少的奴役。大體講，就是為開學以來接踵而至的軍訓彙展、校園文化節和秋季運動會等等的宣傳工作鞠躬盡瘁。安是宣傳部副部長，她對手下很兇。說是手下，其實能被她使喚的也就四個人。除我以外，還有兩個法學院的仁兄，在我的腦海裡已是面目模糊了。再就是一個俄語系的叫黃鶯的女孩，寫得一手好魏碑，還長著一雙美麗的大眼睛。可是，由於她在安跟前長期像個忍氣吞聲的小媳婦，大眼睛就總是有些黯然。

安的專制沒有使我垮下來。但令我惱火的是，她在藝術上和我存在著巨大的分歧。安總是認為我畫出來的東西太過抽象，沒有主題。我對這一點始終不得要領，後來我終於大致摸清了她的思路。安的意思是，如果是畫軍訓的宣傳櫥窗，就應該畫一頂紅星閃閃的軍帽和一些槍枝。如果是近視預防週就應該畫一個學生戴著靶子一樣一圈圈的酒瓶底眼鏡。我說以此類推如果是全國衛生日是不是我最好畫一個抽水馬桶。安說，對，這是個基本原則，畫以載道嘛。我說載什麼道，這哪裡是藝術，分明就是政治。安就正色道，宣傳機構是政治的喉舌，說白了就是國家機器的一部分，本來就是政治。安的樣子非常認真。安認真的時候，眼睛就高速地眨動，哪怕是最為自信的時候。我突然覺得這時候安其實滿可愛的。

現在回想起來，安對我還是很不錯的，主要體現在部裡一月一度會餐的時候。安其實是個很節約的人，當之無愧的守財奴。比如在我要求部裡多買些排筆和三十六色的宣傳色時，安就會眉頭一皺，說排筆就不用了吧，多描幾筆顏色不就填滿了麼。三十六色是不是太多了，宣傳畫風格貴在清新，不用搞得這麼斑斕，二十四色夠用啦。如此種種。不過當大家知道安把公款省出來，是為了在大家吃喝時能夠多一道醬豬手或是魚香肉絲，就都對她冰釋前嫌。安對我的好是體現在吃喝時為我擋酒，先是說誰也不許灌毛毛，把他灌倒了他的活就誰來幹。那種時候大家都是人來瘋，對她就有些顛覆權威的衝動，就都舉著酒杯滿桌追著我跑。安就大義凜然地說，好，我替他喝。一揚手就是一杯。大家就起鬨，感情深，一口悶。安就說，好，一口悶。就又一口悶了一杯。由於安的倡導，我們會餐都是水滸吃法，就是所謂大塊吃肉，大碗喝酒。而且喝的是白酒。安是我見過的酒量最好的人，從來沒有被放倒過。每次吃完，我們都挺胸凸肚地在安的帶領下仰天大笑出門去，換來些雞毛店老闆敬畏的目光。

雖則如此，我在宣傳部裡是愈來愈待不下去。不光是因為把別人拍拖和學習的時間全部用在賣苦力上。而且這些應制而作的東西畫得多了，竟然有些出人意表的副作用。那時我還給一個朋友辦的時尚雜誌畫些插圖。有天我去送稿子，他突然對我說，你的風格怎麼愈來愈通俗了。我說通俗好啊，陳逸飛、丁紹光不都是走的通俗路線麼。他想了想說，我是給你面子，其實是愈來愈俗了。不過，大俗即雅嘛。我聽了就想把畫扔到他臉上去。

我的藝術生命快給安毀了。我和安的上下級關係分崩離析是遲早的事，不過還是來得太快。是因為紀念田漢百年誕辰的話劇節，安分配給我的任務是為參演劇目做一組海報。我想這終於是件關乎藝術的事情，就大有摩拳擦掌之感。花了兩天一夜，完工的時候，我的自信心簡直膨脹到極點。這樣的作品如果學生會有史料博物館應該成為館藏品。我把海報做成了黑白系列，絲網版風格，極其繁複而唯美。畫得我手都痠了，就算是伯恩．瓊斯也未必有這樣的耐心。

我去找安來看的時候是有些莫名其妙的討好心理的。我等著安的臉上綻開花一樣的笑容。安進來一看，愣住了。我想她是驚豔了。誰知道她愣了幾秒鐘之後咬牙切齒地說，這是什麼呀，一塊塊一綹綹的，主題呢主題呢，重畫。我也愣了，愣了一分鐘之後我說，安，這畫是該重畫，不過就不是我的事了。

我就這樣離開了宣傳部。

爸媽很欣慰，認為這是成熟的表現。說早該收收心了，不要以為進了大學就進了保險箱，學習成績還是要抓。靠小聰明成不了事。以後要想出國深造，GPA是最關鍵的。

那年的學習我到底是抓晚了，學分成績掉到三十名，真是很慘痛。後來我就一邊發憤學習一邊想，我和安的關係算是完蛋了，我可能會懷念她的。

不過這又是我一廂情願的想法。很快安又來找我了，安說毛毛，我們買賣不成仁義在，大家還是朋友是不是。我說是，又想就這個比方真讓人沒辦法說不是。

不過安在確定我們還是朋友之後就又不怎麼找我了。她說毛毛其實我早就號準了你是個乖小孩，我其實以前主要是在利用你，你還把我當朋友我真的很感動。

二

後來我真的很長時間沒和安有什麼接觸，經常在路上遇到也就是點點頭，或者聊上個把句。不過幾次偶遇，她給我的印象都有些新意。其實安是個很好看的女人，她是在大學迅速地從女孩質變到女人的那類。她的美不在風情，而在於她身上散發的活力。這活力是有感染力的，像是久雨後的陽光，讓你覺得生活剎那間美好起來。

這以後我的生活比較平淡，拿了幾次獎學金，順便談了一次戀愛。是個法文系的女孩。我們的關係很融洽。在我早上賴床不起的時候，她就去漢陽路上給我買肉夾饃，然後託傳達室的看門大爺給我送上去。後來我們和平分手了，因為她拿到了國外大學的Offer。不過我沒有想到這件事會受到安的干涉，安把那個女孩找出來凶神惡煞地問人家是不是把我給甩了。女孩就戰戰兢兢地對我說，毛果我們好聚好散你何苦找了個女殺手來。我就給安打電話說安妳不要管我的事好不好。安說毛果我覺得這個女孩很襯你，我已經默默祝福你們很久了，誰知道是個潘金蓮。我說安妳又亂用詞了，我原以為妳比以前成熟了呢。安沉默了一會說，毛毛，我們是拴在一根繩上的。

後來我知道安的話是有來處的，原來雙魚座的形狀就是尾巴拴在一起的兩條魚。

有關安的傳聞那時候有很多，比較確鑿的是安走馬燈一樣地換男朋友。但是也有很多男生以忝列為她的一任男友為榮。學院裡大多數人都知道安和我的特殊關係，但是怎麼個特殊法，連我自己也說不清楚。有個新加坡的交換生找到我，說要正正經經地追求安，要我幫忙接近安。我說，哥們兒你真是太不體貼了，我自己剛剛失戀啊。我相信他是有誠意的，最近他總是在宿舍裡練張國榮的歌。上廁所的時候都是〈風再起時〉，因為張是安唯一的偶像。我還是幫他把安約出來喝茶。

我的好意被安很沒禮貌地拒絕了。安說就是那個小白臉啊。我說什麼小白臉，我們班好多女生為這帥哥寤寐思服呢。安就說，毛毛你記住，帥是一種狀態，男孩子要麼帥，要麼不帥，如果帥不起來淪落為漂亮，那是最可悲的。她想了想又說，好好努力，你會是個帥男人的。

安那時已經辭去了宣傳部的工作，位於市中心的大學本部有更多的精采可以令安如魚得水。安在百忙之中會經常出其不意地關心我一下。就這一點來說，我是感到有些幸福的。可我卻是個不太稱職的朋友，當然我不是個喜歡介入他人生活的人。主要也要歸結於安的生活太過瞬息萬變。常常有關她的消息在校園裡不脛而走了一大圈，到我這裡塵埃落定時，已成為舊聞了。

不過當我聽說安和一個黑人已經同居了一個月還是感到有些吃驚。消息是從那個新加坡哥們兒那裡來的，他和其他的留學生會有些即時的交流，這些交流當然是任何方面的。我不能排除他在這件事情上因為個人情緒有添油加醋的嫌疑。但是由於無風不起浪和三人成虎的原則，我沒辦法為安在輿論上做任何的澄清。校方對這種事情是有些嚴厲的對策的。我可不希望自己的朋友成為殺一儆百的工具。我迅速地撥了安的手機號碼，裡面傳來一個親切而冰冷的女聲，告訴我這個號碼已停機。我記得我當時罵了一句粗口，或者是在心裡罵的。

就在我通過各種途徑想找到安的時候，她又給了我一個出其不意。那天我和一幫哥們兒正在東園打球。一個正要投三分球的傢伙突然把動作定格了，同時臉上呈現出十分詭異的痛苦表情。這時候我們看見安和一個高大的黑色身影沿著看台走過來。雖然很遠，也還是能看出這個男人健壯的輪廓。一個哥們兒就酸溜溜地說，看來安喜歡的是大隻佬，夠性感的。另一個聲音接上來，恐怕喜歡的是他無處不大吧。接著一群壞小子就都壞壞地笑。我突然有些煩躁，卯足了勁把球砸過去，說行了行了，說著說著就往下三路上引。

這時安看到了我，興奮地向我揮手。我想安妳千萬別過來，過來會自討沒趣的。想著想著安就過來了。安說，毛毛。來，我給你介紹Mark。我迅速地調整了一下情緒，很配合地抬起頭來，做出一個禮貌的笑容。Mark已經把手向我伸過來了。這其實是個挺好看的黑人，的確是黑，五官長得令人舒服，有點類似於丹佐．華盛頓的類型。鼻子的比例稍大些，臉上就又多了些牛一樣的溫厚。Mark說了句Nice to meet you，突然像個孩子一樣指著我，Hi，毛老師。他陰陽怪氣的中文把大家嚇了一跳。我愣了一下，突然想起來怪不得這張臉面善，我之前在留學生部做過三個月的兼職漢語教師。由於是大班授課，加上我對這些黑白學生的細微差別本來就辨識不清，到後來乾脆採取聽之任之的態度，所以剛才竟沒有認出他來。拜師生之誼所賜，氣氛幾乎在瞬間得到了改善。我很熱情地邀請Mark加入我們。Mark很乖地用眼睛徵詢了一下安的意見，然後大方地上了場。我相信我的哥們兒在十分鐘後都會對Mark有了好感。他是個很不錯的球員，很認真，而且時時有些發揮，把球打出美感來了。尤其是三步上籃的時候，那一躍間可以看到黑得發亮的肌肉在輕微地律動。他在球場上爭取著，卻沒有歐美人一貫的殺氣，是很中庸而溫和的爭取。我想這和安有關。我朝安看了一眼，她幫Mark拿著外衣，靜靜地站在秋天的陽光裡，像個幸福的小婦人。

以後Mark經常會來找我打球。打完了我們就和安去找地方吃飯和消遣。我們三個人都是肉食動物，所以經常光顧的地方是圖門燒烤和清真大盤雞。有天Mark突然杞人憂天地說如果有天所有的哺乳類和鳥類動物都死絕了，我們三個人怎麼辦。安毫不猶豫地回答他，那我和毛毛就把你吃了，因為你個頭最大。有時候我就到安和Mark租的房子去，這是個筒子樓改造的小套間，被安布置得很舒適。我和Mark躺在床上看discovery，安就到廚房裡給我們做沙拉吃。安做的沙拉很好吃，Mark說安用的是「媽媽之選」沙拉醬，所以調出來的沙拉有媽媽的味道。

一個單身漢和一對小夫妻有時候可以營造出一種最奇妙的溫暖感覺。這種感覺是安和Mark帶給我的。

冬天的時候，Mark要回家過聖誕節。安的姑媽在美國，她辦了手續，和Mark一同走了。我在學期末收到一張選課表，學校在搞教改，據說在課程調整上也有新舉措。我意外地發現週五下午開了一門散打課，就毫不猶豫地把這門課的編碼填了上去。記得之前有哪個武警中隊的特警分隊在學校表演過一次，散打的一招一式令我十分心儀。我對沒有嘗試過的東西抱著一種有分寸的好奇心，而且散打在當時也沒有跆拳道今時今日在大小健身俱樂部那麼普及。我把選課表掃描了，用E-mail傳給安。告訴她我報了哪些有趣的課，並給了她一些建議，因為安想迅速地補上以前落下的學分。在元旦前一天，我收到了安發來的一張明信片和一個大包裹。明信片上是堆著雪的科羅拉多山脈，安告訴我Mark的家在丹佛，就在山脈附近。安說包裹裡是給我的元旦禮物，她說算了一下，我在聖誕之前是收不到了。我打開一看，是一對比賽用的拳擊手套，紅色的，讓我想到安風風火火的時候。包裹裡還夾著一張小紙片，上面寫著：毛毛，很高興你去學散打。男人，要有些攻擊性。你會成為一個很棒的男人。

三

開學後我才發現選的課太多，不得不進行車輪大戰。安和以往一樣逍遙，二月底的時候說要和我一起過生日，卻在三天之後蹺課去了北京。我的經驗是做為安的朋友，你實在不能太認真了，你要習慣於她給你製造的驚奇。

五月的時候出了件有關民族尊嚴的大事情。出事的第二天，安突然給我打來電話。當時我正忙著，受哲學系一個哥們兒之託，我畫了一些標語牌，諸如打倒NATO之類。他說要插到麥當勞門口去。安說，毛毛，我和Mark分手了。當時校園裡非常吵，我大聲地朝電話裡喊，什麼？安也吼起來，我和Mark分手了，我要見你。

我走進「答案」吧的時候，安正心不在焉地拿著個小瓶子往一隻斑點狗身上噴。這隻斑點狗是老闆的，叫Bob。我走過來的時候，Bob揚起頭想和我打個招呼，卻一連打了好幾個大噴嚏。安就跟著乾笑了幾聲。我吸了吸鼻子，說，Poison。安有些驚奇地說，毛毛你懂這個啊。我其實不懂，我碰巧有個過鼻不忘的嗅覺和一個永遠走在時尚前沿的小姨。她那天就是渾身洋溢著這樣的香氣到我家裡，然後對媽媽說，Poison，要兩千多塊一瓶啊。眼下安正把叫Poison的香水往斑點狗身上灑。

這是Mark送我的生日禮物，我又不用香水，給我也是浪費。他根本不了解我。安好像在和自己說，答案吧裡打著青藍色的燈光，所有東西的輪廓都變得消極和不肯定了。安看上去很瘦。

毛毛你怎麼不問我和Mark怎麼了。安問我。

我搖了搖頭，剛要開口。安說，你是不是以為是因為轟炸大使館事件啊。

可人民總是無辜的。我說了這麼一句不痛不癢的話，然後發現自己的智商真是很低。

安說，Mark認為美國政府不需要道歉，他退學回美國去了。你看，你也許覺得愛情和政治拉扯上關係是電影裡才有的事。可是，實際上也是有的。藝術來源於生活，真是精闢。

可是，我愛他。安使勁撫弄斑點狗的短毛。斑點狗Bob開始舒服地哼哼，很快被搓弄煩了，逃開去。

好了，我就是告訴你一聲，無非而已。安突然一轉頭，很流氓地打了個響指，喊了一聲，買單。

我發現我是一直站著的。

安以後很少出現，連大課都不來上了。我週五去上散打課，有時看見她遠遠地站在體育館門外，我想過去跟她說句話，她就走開了。安送我的拳擊手套非常襯手，但即使我的動作再標準，打到對手身上也並不著力。教練指著對手對我說，記住，這是你的敵人。

可是，他不是我的敵人。我說。

一個月以後，安在更衣室門口截住我。安問我，毛毛，大使館事件算過去了麼。你可以陪我去麻醉一下麼？

我想了想說，好。

安說，我都快要瘋了。

我們打車來到了四興路，這裡好像是這座城市的三里屯。有些殘破，聚集了很多外國人和其他各式各樣的人。

「賽萬提斯」吧比以往冷清了許多，不過音樂還算到位。Hip-Hop還是很High，隨時準備叫人彈到天花板上去。我和安要了兩瓶馬丁尼，走到二樓拐角的一張桌子坐下來。安小口地喝著酒，我看到她的眼睛隨著音樂的節奏一點點亮起來。毛毛，我們下去跳舞。安把外衣甩到了椅子上，她裡面穿了一件絲質的短恤，是很炫很暴露的那種，好像是有備而來的裝束。我們面對面懶洋洋地跳了一會兒。

過了九點半，人多起來。音樂也變得熱烘烘的了。舞池裡的氣氛被烘烤得激昂了。人們簇擁著，開始沒有章法地混亂地扭動，好像和身邊的空間作著鬥爭。DJ也有些興奮了，不時地把手伸到空中，在音樂的高潮處大吼一聲。人群中就湧出如林的臂膀呼應他。安被感染著，突然發出了讓我感到陌生的嘶叫。我看見她甩著頭，把身體劇烈地晃動起來，像是一面迎風招展的旗幟。安開始大幅度地跳起扭腰舞。在她身邊的很多人漸漸就成了觀摩者，自己有一搭沒一搭地動作著，看著這個頎長眩目的年輕女孩放縱忘我的表演。跳這種舞，安並不需要舞伴。

這時有些老外突然圍攏了安，舞動著，群星捧月似的。不覺間我就給他們擠到圈子外面去了。其中有個裝束性感的黑人，左耳上打了一排閃亮的耳釘。他舞得很辣，就有不少人叫好。我也看呆了，沒想到男人也可以在公共場合把舞跳得充滿挑逗意味。他扭動著，一面就把身體朝安貼過去。安處變不驚似地一路舞著。他得寸進尺，就勢攬住了安的腰。安沒有抗拒，很自然地把手搭在他肩上了。我和眾人看著，不得不承認他們舞得很美，配合默契。這對不相識的男女，進退在節制與失控之間，處處是一觸即發的生命力。舞得從容，如同黑白兩色的獸類。我知道，能和安如此默契的人太少了。

安的表情是有些迷醉了，她半倚在黑人的懷中。那黑人的手有些放肆，開始探進安的絲質短恤。安開始掙扎，他猛然抱緊了安。

這時候，我在無知覺的情況下衝進去，一把推開了安。一個勾拳擊向黑人的下腹部。這麼強悍的一個人，腹部也還是柔軟的。我瞪大眼睛看著他在我面前慢慢矮了下去。我愣在了那裡，安拉著我逃了出去。

我們跑了很久，安說，毛毛，我跑不動了。

我說，安，那不是Mark。

安說，我知道。

六月裡的夜風有些涼。

我問安，回去麼。安說，不。

我們往前走了一陣兒，走進了叫作「明斯克」的表演吧。台上有個女人在唱〈三年〉，這是個很高大美麗的女人。穿著陰丹士藍的旗袍，除了妝化得濃些，並沒有什麼張揚的地方。嗓音也好，卻和一般的女中音有些稍稍的偏差，差在哪裡，說不清楚，卻是沉鬱澹定的。

安突然低低地說，她不是個女人。

我有些吃驚：她就又說，你看她胯骨那麼窄。

我就笑了，說安妳怎麼突然那麼俗了，又不是要生養孩子。

安說，不是的。就不說話了。

我們又走到街道的冷風裡了。這時我聽到安說，表面的東西，是靠不住的。

四

實習的季節到了，安去了北方的一個濱海城市。那裡有些德國人留下的紅瓦白牆，還有一座著名的棧橋。

安給我寄來很多照片，到後來幾乎是沒有挑揀的。也許是直接把膠卷拿去就沖印了兩套或者更多，將其中一套寄給了我。所以這些照片裡就有了很多即興的東西。

有一組照片的主角是安和一些城市雕塑，這些真人大小的雕塑在城市裡很流行。安的造型也是千篇一律，就是和這些雕塑接吻，無論男女老少，童叟無欺地熱吻。因為要將就這些雕塑的千姿百態，安吻出敬業精神來了。有一張是個老大爺埋著頭看報紙，我想像得出安曾經嘗試過如何矮下身子也搆不到他的嘴。安就到了他身後，艱難地勾著腦袋，用唇結結實實地捉住了他。為了表示自己的勝利，安一邊騰出手來，衝著鏡頭打了一個V字。

有幾張是模糊不清的，安說北方太冷了，鏡頭上起了霧。在寒冷的北方，安積極地消耗著她的熱情，和這些人形青銅器，換取一些冰冷的吻。

後來安給我發了封E-Mail，要我用快遞寄一些南京的鹹水鴨和香肚。安說，成敗在此一舉了。我知道安是需要我的幫助去滿足她的某些怪念頭了。

一個月以後安給我寄來一張光碟。在看之前我問她裡面是些什麼，安說是關於一個南京的老太太。安說，我以你的名義送給她那些鴨子和香肚，她終於答應接受了我的採訪。

這個祖籍南京的老太太是個德國醫生的遺孀。她的丈夫在一個清冷的早晨失了蹤，她就一個人坎坎坷坷地活到了現在。她已經一百歲了。電視台為了採訪她挖空了心思。她沒有拒絕過，只是當他們談起要做這樣一個具有跨世紀意義的專題時，她就偏過頭去，留下大片的沉默給他們。

在一次沉默的間歇，安掃視了這個潔淨而黯淡的房間，覺得時間一點點地在身邊融化掉了。老太太的床頭掛著巨大的相框，裡面是個表情嚴肅的少婦，身後是一級一級的台階。安的目光也順著台階一級一級走上去，輕輕地說，中山陵。老太太眼裡還瞌睡著，嘴裡卻接上去，說，嗯，中山陵，秦淮河、桂花鴨、香肚……不知道是說給誰聽的，安聽進去了。安就想著，中山陵秦淮河是搬不來了，那是沒辦法的事。安對我說，其實也簡單，我告訴她東西是一個小老鄉寄來的，她沒怎麼想就答應了接受採訪。

我就想起了一些往事，我說，安，妳又打著老鄉的旗號招搖撞騙了。安就笑著反問我，你不是她的老鄉麼？

我看了這張光碟。老太太給我留下很好的印象。她坐在輪椅裡，有些佝僂了，但是她在採訪的過程中總不忘把自己挺得更直些，提醒著自己當年的優雅。她很重視這次採訪。她是個認真的人，認真地梳了一個老式的髻，絲絨旗袍也認認真真地把盤釦扣到了領口。她認真地講述著，她認認真真地見證了這座城市的殖民、沒落、新興以及細枝末節的風風雨雨。可是她始終是個異鄉人。

在她的邊上，坐著一個青年。他長著淺咖色的眼睛和一個英挺的鼻子。安說，這是老太太最小的孫子，還留著四分之一的德國血統。安說，我覺得他愛上我了。我剛想說恭喜，安又說，不過後來發現是錯覺。

安回到學校的時候有些衣錦還鄉的意思。安是他們那一屆實習成績最卓著的學生。安參與製作的那個專題片在文化部獲了大獎，又被送往柏林參加國際紀錄片年展。

安所在的電視台當然沒有忘記安的汗馬功勞。他們作了承諾，說會給安在編制裡專門留下一個名額，一直到安畢業，隨時等她回來正式簽約。

安說，毛毛，那裡太冷了。

五

後來，那個男人在系裡出現的時候，沒人表現出太多的驚異。他說他是電視台新聞部的主任，代表台裡來看看安。安實在是太風光了，電視台派個人來看看她學習和戰鬥過的地方，也不是什麼大不了的事。

那天我正拿著申請函畢恭畢敬地站在系辦公室裡，等著系主任的大紅章蓋下來，好去申請借用學校禮堂，辦個向希區考克致敬的電影節。系主任正打電話，那個男人站在旁邊。他看上去有三十多了，臉色陰沉沉的，目光疲憊。他把右手的食指和中指交替著絞來絞去，好像有些急躁，不像個省級電視台派來的欽差大員。

系主任打了好幾個電話，皺了眉頭，說這孩子跑到哪裡去了。看見我在旁邊，就說，毛果，去把安給我找來，告訴她台裡來了領導要見她。我有些猶豫，說，主任，那這個……系主任就有些不耐煩了，說，拿來，拿來，我給你蓋。看了一眼我手裡的紙，說毛果你呀你，下學期保研名單就出來了，你還忙著紀念這個向那個致敬的。你導師老說你是個學術好苗子，怎麼玩心還那麼重。要是這學年名次進不了前三，誰也保不住你。

我一邊欣賞著系主任的朱紅大印，一邊向電梯走過去。這時候聽見後面的聲音，你是毛果？我回過頭看見那個男人，不知道他是什麼時候跟上來的。他說，安經常提到你，你是安的……他把聲音拉長了，好像等我來填空。我就填上：師弟。哦，他沉默了一下，說，安說你是她的男朋友。

我的腦海立刻浮現出安嘻嘻哈哈的樣子，心中有些憤然，想安啊安，你一定是覺得自己年紀一把沒有男朋友太不正常，又拿我出來墊背。

我愣了愣，聽到那個男人問我，你真是安的男朋友？我在他眼裡看到奇異的光。他接著又問，你不是安的男朋友吧？這回令我感到更加奇異的是，我在他的口氣中聽到了哀求。

我說，唔……

他說，我們談談吧。

六

我找到了安。安有些厭惡地說，不去。真沒想到他把你也捲進來了。我說，得了吧，是妳把我捲進來的，沒有妳，他怎麼知道我的名字。我說，安，妳在外面鬧緋聞，又拉我做男二號。

安笑著說，毛毛，要對自己有信心。那個人根本排不上號。

我有些八卦地問安，這人結婚了沒有。安說，結過，離了。接著安警惕地觀察了我一下，說，我先聲明，這和我毫無關係。

安說，毛毛，我發誓，我在電視台和任何人都相敬如賓，一點作風問題都沒有。這個人真是魔怔了。非說上帝告訴他我是他生命中的另一半。可是他把他原來的那一半給扔了。人一輩子又不是七巧板，別人哪有功夫陪著他去拼拼貼貼。他是個基督徒，毛毛你說基督徒是不是都有些自欺欺人，有一次他拉我去看一個教友受洗，我看他們吃了個麵包片就說是領了聖體，心裡滿足得不得了。

我說，安，就事論事，妳這樣攻擊別人的宗教信仰總是不對的。

其實我對這個基督徒朋友是有些同情的，安事不關己的口氣實在是太冷漠了。他對安這樣執著多半是因為他對安缺乏了解。後來這個男人在一個大雨傾盆的週末手捧一束紅玫瑰在女生宿舍樓下站了兩個多小時。此舉未免矯情，但是輿論漸漸對安不利了。

後來，安在文學院門口扇了這個男人一記耳光。

後來，安找了草場門的一個黑社會組織叫「金陵世家」的教訓了那個男人一頓，結果教訓得沒了分寸，把人打殘了。

安幸運地沒有被追究刑事責任。學校給安記了大過，勒令退學。安頭上還戴著光環，就這樣迅速地自毀了前程。

安的父母這時候出現了，他們從北京千里迢迢趕來，希望校方在對安的處理上手下留情。我一個師兄告訴我，安的父母當著眾人的面分別要把一大疊錢塞到副校長和系主任手裡。師兄冷笑了一聲，說沒想到安有這樣一對不通世故的父母。這樣的一個安。

安的父母是北京一個大型科研機構的高級工程師。我沒想到安的家庭背景其實和我的很相似。這樣一個安。

安的父母找到我們家來，說知道我是安最好的朋友。他們在南京不認識什麼人，希望看看我父母有沒有什麼路子，能夠幫到安。他們對我的父母說，我們知道，你們也是知識分子，可為什麼你們就教育得出毛果這樣的孩子呢。後來又加了一句，我們也是病急亂投醫。

我的爸媽於是知道，這對老實人，是連客氣話都說不妥當的。

可是爸媽深深地同情著這對和他們年齡相仿的夫婦。他們又聊了很久，聊到老三屆，聊到上山下鄉，聊到他們最風光和最不風光的歲月。有太多心有戚戚的東西可以聊，話題漸漸偏離了原先的主旨。後來，安的父母也很自如了。直到爸爸說，你們說的事，我盡力而為。他們這才猛醒，又恢復到了剛才有些侷促的模樣，口裡千恩萬謝著，說幸好遇到爸爸這樣一個有路子的人。其實爸爸又有什麼路子，有的也就是一副好人的熱心腸。

臨走的時候，安的父親對爸媽說，你們到北京來一定要找我們，咱們是有共同語言的，咱們都是一個層次上的人。

同樣是一句不得體的恭維話，被實心實意地說了出來。

他們走後，媽媽淡淡地說，沒想到安是這樣一個女孩子，毛果，你以後不要和她來往了。

為了安的事，爸爸拐彎抹角地託了很多人。先是找到祖父一個多年未見的老朋友，以前在教育部任過職的。老先生就交代了還在部裡做事的一個學生。這學生的連襟居然就是我們學校管學生工作的副校長的中學同班同學。

不管是什麼原因，學校終於網開一面，把安的處分改為留校查看。

爸爸嘆了口氣說，毛果你千萬別出這種事情，實在是太麻煩，太難辦了。

安第二天晚上打電話到我們家，我聽到安的聲音，就故作輕鬆地對安說，安，恭喜妳，改判死緩啦。

安說，毛毛，請你爸爸聽電話。

我想安還算人情練達，懂得向我老爸道謝。

可是看到爸爸聽著聽著電話言語就激動起來了，說妳這孩子，怎麼這麼固執，這種事情上容得妳剛愎自用麼。妳怎麼就不為妳父母想想，妳知道他們多麼不容易。後來爸爸就不說話了，只是不斷地嘆氣。

原來安要求學校撤除對她新的處分決定，她對副校長說不必多此一舉了，因為她明天就要回北京去了。

爸爸嘆了口氣說，毛果，你要是這樣，我就和你斷絕父子關係。

我立刻給安打電話，安把手機關上了。我給安留了言。

第二天清早，安把電話打過來，告訴我她正在往飛機場的路上。

我說，安，妳等著，我要去送妳。安笑了，算了，我每年回北京，也沒見你送我。

我不知道說什麼好。

安說，你是想說，這次和以前不一樣了是麼。她停了一下說，對我而言，沒什麼不一樣。

七

我沒有料到我會這樣想念安。

是在一個月後了。

安走了一個月。安什麼都沒有留下。

我終於從媽媽那裡騙來了安家裡的電話。安的父親告訴我，安沒有回過家，他當沒有安這個女兒。

我給安發了很多封E-Mail，安沒有回。

我的手機二十四小時開著，等著安打來。

朋友們開始說，毛果，你表現出的症狀像是失戀了。我說，得了，我哪有你們那麼庸俗。

我對他們說，我要去北京。

我對爸爸說，我要去北京實習。

媽媽說，別人實習是為了將來找工作鋪路，你湊什麼熱鬧。既然確定要讀研了，好好收收心吧。還有一輪面試，不要掉以輕心。

元旦的時候，我收到安寄來的一個包裹，是一瓶皮革修復劑，拳擊手套專用的。

我按照投寄單上的地址給安寫了信。信退回來了，查無此人。

三月的時候，我拿到了香港一所大學的錄取信。

臨走的時候，一幫狐朋狗友去送行。

在候機廳，一個女孩子突然哭了起來，然後是兩個和更多。

我突然覺得很煩躁。我說，哭什麼，要是安，就不會哭。

所有的人沉默了，好像打破了一個禁忌。我知道，這個禁忌是不要在我面前提起安。這個禁忌被我自己打破了。

有個師妹輕輕地說，毛果，安，不大好。她不讓我們告訴你。可是，你要走了。

我用目光斥退了別人阻止她說下去的企圖。接下來，她表達得很流利。

其實，安回北京之前，已經在準備出國了。忙了三個月，考托考Ｇ。安的英文一直很棒。安說過，英文不好，去「天上人間」做小姐都沒人要。安的考試發揮得很好，雖然申請得遲了，還是拿到了美國三間大學的Offer。安挑了丹佛。這所大學，在科羅拉多山腳下。簽證的時候，安被一個一團和氣的簽證官拒簽了。理由是她沒有正式的學位證明，疑有移民傾向。安轉簽了加拿大，後來是英國，都被拒了。安在簽澳洲的時候，交給出國仲介一萬塊的保簽費。那個公司信誓旦旦，說除非發生意外，否則是簽定了。結果，在一次領事館例行的抽查中，安的申請被抽了出來，因為不符要求，再次被拒了。安找到仲介公司，公司說，小姐，這就是意外。千分之三的機率，可以去買六合彩了。

安說，她出國是出定了。她走了別的路，而且因此出了名。安把白天和晚上的所有時間都砸到了三里屯和所有的涉外酒店。安說總會有老外看上她，出了國再熬上一年，怎麼著也把婚給離了。是，那以後，有不少老外看上安，可是沒人有興趣和她結婚。安卻收不住自己了，安陷進去了。安分不清自己這樣，到底是為了出國，還是為了謀生。有次在昆侖飯店，安碰上了個喜歡ＳＭ的德國人。安被打得遍體鱗傷。安報了警。做這一行的，報了警就等於自首。安在醫院住了一個星期，就被送進了收容所。

安住院的時候，在北京實習的師妹去看了她。安說，答應我，不要告訴毛毛。

師妹說，我臨走的時候，安說了一句話，我們都不懂。

安說，毛毛跟我拴在一根繩上。可要是和我一起，在劫難逃。

我知道我不該流淚。真的痛，是魚的鱗片被刮下來，一刀，再一刀。

安說我和她一起，在劫難逃。

尾聲

我已經三年沒有安的消息了。

我當然不會否認安曾經是我最好的朋友。可是，當我接到她的電話時還是錯愕不已。安說，毛毛，我要生孩子了，預產期是明年六月。你要不要做孩子的乾爹，教父也成。

在這種情況下，我當然應該說，好。可是我沒有及時說出來。

我聽到電話那頭傳來的長音。

是安把電話掛斷了。

——選自《七聲》，聯合文學

筆記／一個星座上的兩條魚　石曉楓

不同於飽受西方文學思潮影響的新一代作家，葛亮年紀雖輕，走的卻是傳統寫實的路子，一副要讀者坐下安靜聽故事的老作派，但老實裡還是見出些謙虛的自信，單看「安的故事」這個題名，就有些俗題雅寫、簡題繁寫的氣概。

故事果然也說得驚心動魄，在淡然平實的筆觸裡，我們卻看到一名神采俱足、光豔照人的女子，葛亮把他筆下的安寫活了，安的爽利痛快、安的有話直說、安的活力飛揚、安的任性自我，那彷彿是一名不受天地管束的女子。可偏巧這女子和敘事者「我」，是「生在一個星座上的兩條魚」，於是僥倖抓住魚尾巴的「我」，冷眼旁觀著獨占魚頭的安，一廂波瀾不驚，一廂卻轟轟烈烈。

但是「我」的內心果真波瀾不驚嗎？小說裡這名觀看者的位置其實是可疑的，他是安的師弟、是安「買賣不成仁義在」的摯友，但同時又具有「友達以上、情人未滿」的曖昧身分，這層身分誰也不說清，卻被一名安的仰慕者戳破，或者在陌生人面前，才更容易吐露內在的願望吧？而在行雲流水的生活紀錄裡，我特別喜歡文字中那種天長地久的理解與真情。當安失戀後往北方實習，敘事者看著安寄來的一疊照片，千篇一律和雕塑接吻，「在寒冷的北方，安積極地消耗著她的熱情，和這些人形青銅器，換取一些冰冷的吻。」這樣的註解裡，淡然中見理解、體貼中有心疼。而當安和南京老太太「搏感情」而獲得採訪機會時，「我就想起了一些往事，我說，安，妳又打著老鄉的旗號招搖撞騙了。」這也是平淡處很動人的回想，有著滄海桑田、情誼俱在的時間感。

小說以循規蹈矩的「我」，對照安的命運多舛；以「我」的淡然平和，對照安的燦然明麗，歸根結柢，「原來雙魚座的形狀就是尾巴拴在一起的兩條魚」，這個雙魚的意象貫串全篇，然而直至小說末尾，師妹轉述的一句話，才亮出了安的底牌，「安說，毛毛跟我拴在一根繩上。可要是和我一起，在劫難逃。」行文至此，不僅敘事者對多年的糾葛與情誼痛至落淚，讀者當然也痛，為安的遭遇、為安細膩的苦衷、為安與「我」永遠拴在一起的深沉情感。小說寫到這個地步，就無關技巧，而是誠懇的問題了。

葛亮，生於一九七八年。原籍中國南京。香港大學中文系哲學博士，現任教於香港浸會大學中文系。在台出版短篇小說《謎鴉》、《七聲》、《戲年》、《浣熊》。長篇小說《朱雀》、《北鳶》為「中國三部曲」系列作品。其中《朱雀》獲選二〇〇九《亞洲週刊》十大中文小說。

附錄

台灣小說發展簡史

楊富閔

日治時期台灣現代小說

目前關乎日治時期台灣文學的探究，學界大抵將一九二〇年代視作台灣新文學運動的起點，此一階段隨著日本殖民統治的漸趨穩定、印刷媒體的日益成熟、風起雲湧的社會改革運動等因素，無論台灣本土或來自中國、日本等地的知識分子，紛紛提出關於殖民性（coloniality）、現代性（modernity）、本土性（nativity）的深刻言論。而落實在「文學」此一範疇的成果：至少就有張我軍（一九〇二—一九五五）發難而掀起的「新舊文學論戰」，以及「台灣文化協會」與其機關媒體《台灣青年》、《台灣》、《台灣民報》等重要刊物的發行。

值得注意的是，特別在「小說」此一文類，雖然殖民初期的官方媒體《台灣日日新報》即有為數不少的文言作品陸續刊登，然而「現代小說」的誕生仍咸以筆名追風的謝春木（一九〇二—一九六九）〈彼女は何処へ〉（〈她將往何處去〉）與署名為鷗的〈可怕的沉默〉為主要說法。此一階段的小說特色是：語言混雜、篇幅短小卻深藏寓意，無論形式與內容，都顯示小說家在殖民性與現代性之間的兩難抉擇，最具代表性的為台灣新文學之父的賴和（一八九四－一九四三），其小說〈一桿秤仔〉、〈不如意的過年〉批判性強烈，〈蛇先生〉更藉由反省迷信偏方，呈顯出殖民性與現代性之間，本土性的弔詭存在。可以說，在銜接三〇年代台灣話文論戰與鄉土文學運動的位置上，賴和其人其作都具有特殊的文學史意義。

一九三〇年代台灣小說的發展，隨著文藝結社風氣的興起，文藝刊物的創辦發行，不僅發表空間相對增加，作家作品在質與量上亦有明顯提升。一九三五年全島性文藝組織「台灣文藝聯盟」的成立，機關誌《台灣文藝》雜誌的發行，可視為日治時期台灣新文學運動的集大成。事實上三〇年代的殖民地台灣，隨著城市規畫的日漸完備，日常生活與物質消費等小說題材，成為較之於二〇年代有所不同的特殊現象。除此之外，日本殖民政府也在一九三五年舉行「始政四十周年」博覽會，藉以向世界展示殖民成果。此時台灣小說尤以描述都市經驗為受矚目：蔡秋桐（一九〇〇－一九八四）的〈興兄〉、朱點人（一九〇三－一九五一）的〈秋信〉、王詩琅（一九〇八－一九八四）的〈沒落〉，皆反映台灣歷經都市發展所產生的個人主義與世代問題，更加彰顯了殖民性、現代性與本土性之間的糾葛曖昧。

一九三七年蘆溝橋事變爆發，中日戰爭全面開打，邁向四〇年代的台灣文學面臨的改變是：一九三七年的漢文欄廢除、台灣日語世代作家的成熟與皇民化主題文學的出現。代表的作家作品如龍瑛宗（一九一一－一九九九）的〈植有木瓜樹的小鎮〉、呂赫若（一九一四－一九五一）的〈清秋〉、王昶雄（一九一六—二〇〇〇）的〈奔流〉、周金波（一九二〇—一九九六）的〈水癌〉，而在國族認同成為小說難以迴避的命題的情況下，人物刻畫與心理轉折皆更顯幽暗複雜。另一個重要的現象是：四〇年代台灣文學也出現了兩份關鍵刊物：分別是以張文環（一九〇九—一九七八）為代表的《台灣文學》，與以西川滿（一九〇八—一九九九）為代表的《文藝臺灣》，除了匯聚台灣日語作家與日人作家的文藝創作，在文學理論上也多有斬獲，其中島田謹二（一九〇一—一九九三）的〈臺灣の文學的過現未〉（〈台灣文學的過去、現在與未來〉）、黃得時（一九〇九—一九九九）的〈晩近の臺灣文學運動史〉（〈晚近的台灣文學運動史〉）所各別提出的文學史論述，更成為日後台灣文學論述基礎。

戰後初期以迄一九五〇年代台灣小說

戰後初期作為文學史上的分期，指的是一九四五年至一九四九年。台灣在結束了五十年的日本殖民統治過後，陸續進行一系列以「去日本化、再中國化」為目標方針的文化重建工作，而負責接收的台灣省行政長官公署，則是當時官方最高的治理機構。其中與文學發展甚有關聯的，是一九四六年四月「國語推行委員會」的成立，與一九四六年十月二十五日報紙「日文欄」的禁止，其清楚呈現出戰後台灣語言秩序的複雜樣貌，以及優勢語言的此消彼長。當時本地較為活躍作家如葉石濤（一九二五—二〇〇八）、吳濁流（一九〇〇—一九七六）、楊逵（一九〇六—一九八五）

等；重要文學場域如《台灣新生報》的「橋副刊」。而發生於一九四七年的二二八事件不僅重挫台灣中國的文化交流，此一歷史悲劇也成為台灣小說日後不斷重述的母題。

一九四九年國民政府播遷來台，台灣文學進入橫稱「反共抗俄文學」的五〇年代。五〇年代台灣小說的發展呈現幾個面向：其一係以黨政軍作為官方文藝政策的執行部門，通過中國文藝協會、中國婦女寫作協會、台灣省青年寫作協會等單位，進行系統性、獎勵性的文學生產。當中「中華文藝獎金委員會」的設置，更帶來台灣長篇小說的第一個高峰，經典的得獎作品如潘人木（一九一九—二〇〇五）的〈蓮漪表妹〉、孟瑤（一九一九—二〇〇〇）的〈懸崖勒馬〉、王藍（一九二二—二〇〇三）的〈藍與黑〉、師範（一九二七—）的〈沒有走完的路〉。其次是女作家群的湧現。她們的作品著眼於台灣空間的在地書寫，代表作家如劉枋（一九一九—二〇〇七）、畢璞（一九二二—二〇一六）、艾雯（一九二三—二〇〇九）、童真（一九二八—）等，而由張漱菡（一九二九—二〇〇〇）主編的《海燕集》以女性作家作品為收錄對象，尤其展現了性別書寫援用「以小搏大」的方式，介入家國大敘述的能動性。第三是《文友通訊》作者群的出現。戰後不少嫻熟日語書寫的作家，這時候仍處於重新學習中文的階段，加上發表空間的短縮，促使鍾肇政（一九二五—）於一九五七年發起《文友通訊》，凝聚了當時本省籍作家李榮春（一九一四—一九九四）、施翠峰（一九二五—）、廖清秀（一九二七—二〇一五）、陳火泉（一九〇八—一九九九）、許炳成（一九三〇—一九八七）等人，以此同仁刊物評閱文章，相互砥礪。

而在戰前接受私塾漢文教育，經歷了日本殖民統治，並前往滿州國與北平發展，最後返台定居的鍾理和（一九一五—一九六〇），也是《文友通訊》的成員之一。五〇年代堪稱是鍾理和創作的高峰，代表作品如「故鄉系列」的〈竹頭庄〉、〈山火〉、〈阿煌叔〉、〈親家與山歌〉，以及〈同姓之婚〉、〈菸樓〉、〈原鄉人〉、〈假黎婆〉等。其中《笠山農場》是中華文藝獎金委員會得獎作品，更是戰後本省籍作家長篇小說的先河之一。由於他的漢文素養與中國經驗，鍾理和不同於跨越語言一代作家，必須中斷寫作生涯，在以反共抗俄為口號主流的年代，其人則以自傳性書寫所凸顯的客家文化，令人耳目一新。

一九六〇年代的現代主義小說

關於台灣六〇年代文學的探討，大抵強調發生在五、六〇年代之交的現代主義運動，這一運動被視為戰後台灣文化、思想、言論界對於官方高壓管制的迂迴批判，以及在冷戰局勢中對於美援文化的移植、接受與轉化。

事實上，現代主義潮流瀰漫六〇年代的台灣社會，以「現代」為名的藝術形式如現代畫、現代音樂、現代劇場、現代建築等層出不窮。對於「現代文學」內容的詮釋，則早在五〇年代末期即已展開，具體事件如：以紀弦（一九一三—二〇一三）為首的「現代派」及《現代詩》詩刊的發行、以及「藍星詩社」與「創世紀」等不同審美風格的詩人社群，他們通過詩作詩論的寫作與辯論，更進一步理論化「現代文學」的內涵。而若要論與「小說」最為相關的，尚需提及創刊於一九五六年的《文學雜誌》與一九六〇年的《現代文學》。

《文學雜誌》係由夏濟安（一九一六—一九六五）等人共同興辦，明華書局所發行，前後共計出版四十八期。創刊號卷末之〈致讀者〉一文即闡明：「我們的信念是，一個認真的作家，一定是反映他的時代，表達他的時代精神的人。」、「我們並非不講求文字的美麗，不過我們覺得更重要的是：讓我們說老實話。」的聲明，在在彰顯著《文學雜誌》自外於五〇年代官方文藝論述的立場。而就《文學雜誌》內部來看，其一方面著力於西洋文學的翻譯、中國古典文學的研析、及引進新批評與比較文學等概念，其中夏濟安的〈評彭歌「落月」兼論現代小說〉一文更為小說批評樹立典範；另一方面夏濟安在學院內鼓勵小說創作，對當時台大外文系青年學生如白先勇（一九三七—）的提攜，則播下日後《現代文學》創刊的苗種。

創刊於一九六〇年三月的《現代文學》雜誌，與《文學雜誌》皆是具備學院派特質的雜誌，其主要成員白先勇、陳若曦（一九三八—）、王文興（一九三九—）、歐陽子（一九三九—），多來自刻正就讀台大外文系的大學生。《現代文學》發刊詞寫道：「我們感於舊有的藝術形式與風格不足以表現我們作為現代人的藝術情感」、「我們尊重傳統，但我們不避模仿傳統或激烈的廢除傳統。」為此雜誌發展方向奠定了基調。《現代文學》同仁一方面計畫性地譯介西方現代文學經典至台灣，製作如「卡夫卡專輯」、「吳爾芙專輯」、「沙特專輯」等；另一方面也刊登小說創作，並挖掘優秀才俊，不少作家的初篇小說即發表在《現代文學》：如王禎和（一九四〇—一九九〇）的〈鬼．北風．人〉、施叔青（一九四五—）的〈壁虎〉與奚淞（一九四七—）的〈封神榜裡的哪吒〉，這些作品無論就形式或內容來看，皆頗具現代主義的風格特色。

盱衡六〇年代台灣現代主義小說的特色展現，總結來說，首先是在文字的鍛鍊經營，如王文興每每刻意顛倒句型、錯置語序，說明他不僅注重文字的「義」，也講究作為視覺效果的「形」與朗讀韻律的「音」；其二是對於內在心靈的深刻挖掘，尤其體現在書寫現代人意識苦悶與分裂的題材。事實上，台灣社會在追求理性、秩序、現代化的發展進程中，也導致傳統價值的崩壞與瓦解，而白先勇小說筆下的民國人物與海外遊子，益發細緻表達了這種身心流離失所的精神危機狀態。

一九七〇年代回歸現實脈絡下的台灣小說

七〇年代台灣文學無疑是在釣魚台事件、退出聯合國等國際外交劇變中寫起的。世界局勢的變化，一方面挑戰由國民黨政府所代表的中華民國的合法性；一方面也讓長期依附美援文化的台灣社會，回歸自身文化脈絡，重新摸索新的形式與內容。此一階段台灣小說大抵關注工農漁業、土地倫理、環保生態、勞資對立等議題。

七〇年代的台灣小說，我們看到楊青矗（一九四〇—）從〈在室男〉寫到〈工廠人〉，描寫出外人在工廠現代化的管理制度中，個人精神的歧異出路。他們或自我去勢，或揭竿追求工人正義，小說同時將場景移至縣市鄉鎮，另闢區域文學的景觀。而黃春明（一九三五—）的〈蘋果的滋味〉，則以江阿發一場不知算幸或不幸的車禍，戲謔性地呈顯了台灣／台灣人主體在強勢西化下的錯亂扭曲。陳映真（一九三七—）〈夜行貨車〉的詹奕宏最後將戒指套在劉小玲手上，說出：「跟我回鄉下去」，但在故鄉的去回之間，這部開向南方的夜車，真能在瞬息萬變的七〇年代駛出一條可行的徑路？而王禎和的〈小林來台北〉的故事以航空公司為背景，藉由鄉下人小林的老實與城市人職員的勢力做形象的對比設計，進一步衝突化、美學化了城與鄉的緊張關係。洪醒夫（一九四九—一九八二）的〈散戲〉以沒落的歌仔戲與新型的庶民娛樂歌舞團兩相映照，再度扣問了現代與傳統之間：該是延續？抑是斷裂？吳念真（一九五二—）的〈病房〉聚焦台北邊境的偏遠礦區，透過工業傷害中的礦工視線，直指貧富懸殊落差與醫療資源不均等問題。王拓（一九四四—）定錨基隆八斗子漁港的小說〈金水嬸〉，則凸顯傳統家庭面臨開枝散葉，倫理秩序繼而瓦解崩潰的殘酷現實。只是當金水嬸為了籌措積欠鄉鄰的會錢，避走台北幫傭，為何一心繫念的卻是子孫不在的老家？七〇年代台灣小說中的「故鄉」是安享天年的桃花源？還是俗話所講「人親戚，錢性命」的惡地形？鄉土小說內涵的各種糾結拉扯，格外發人深思。

　　除此之外，七〇年代台灣小說的發展尚有幾個重要現象：首先，「聯合報文學獎」與「中國時報文學獎」開始占據小說生產的關鍵位置。一方面副刊的高能見度，致使獲獎小說旋即引起話題；二方面又提供新秀作家發表舞台，促進文壇世代交替。再者，七〇年代爾雅所印行的「年度小說選」，經由不同主編的精挑細選，則更具縱深地呈現七〇年代之間的小說風貌，對於勾勒小說史圖像、建構小說典律意義甚鉅。第三，日治時期台灣作家作品的整理與出版亦須同步注意：如葉石濤、鍾肇政主編《光復前臺灣文學全集》小說共八冊的推出，對日後台灣文學的體制化意義非凡。另外，四〇年代台灣經典日語作家的張文環，先於日本發行《地に這うもの》，隨後在台灣翻譯出版為《滾地郎》；龍瑛宗則開始連載小說〈紅塵〉，並發表單篇作品如〈夜の流れ〉（〈夜流〉），向闊別已久的台灣文壇重新投石問路。這些在回歸現實脈絡下重新發現的「日治時期」文學，亦是七〇年代台灣小說的重大事件。仍需一提的是：崛起於六〇年代現代派作家白先勇與王文興，各自在七〇年代出版代表作品：《臺北人》與《家變》，而陳若曦則推出以文革為背景的小說《尹縣長》，替七〇年代台灣小說增添精采一頁。

一九八〇年代以迄解嚴後的台灣小說

八〇年代的台灣文學可謂延續一九七七至一九七八年間的鄉土文學論戰，以及一九七九年底的美麗島事件等多起社會反抗運動而來。經此歷程，有關於「台灣意識」與「中國意識」的討論也正式浮出檯面，各個領域以「台灣」為名的出版物相繼出現，而在文學方面，由葉石濤主編的《1982年台灣小說選》標舉台灣為名，可視為指標性的存在。

八〇年代的台灣小說在外在環境劇烈的變動之中，無論內容題材或形式技巧皆別開生面，女性小說與政治小說尤受青睞。前者反映了台灣在經濟起飛、生活條件改善過後，女性如何在家庭、職場與婚姻等情境，重新定義個人自我與兩性關係，代表作品如廖輝英（一九四八—）的《不歸路》、袁瓊瓊（一九五〇—）的《自己的天空》、蕭颯（一九五三—）的《霞飛之家》、蘇偉貞

（一九五四—）的《陪她一段》；後者則顯示台灣言論與思想的禁錮漸趨鬆綁，在民主運動與街頭抗爭的聲浪下，過去較為敏感禁忌的小說題材，如社會主義式的關懷與政治犯的故事受到矚目：代表作品如李喬（一九三四—）的《告密者》、陳映真的《山路》、施明正（一九三五—一九八八）的《島上愛與死》、宋澤萊（一九五二—）的《打牛湳村》。

一九八七年台灣解嚴，以迄九〇年代的台灣文學，則進入了後現代與後殖民交錯並置的歷史階段。此一階段多元身分認同與族群歷史記憶的書寫蔚為風潮，作家無不以解構單一史觀為旨趣，並重新挖掘、建構、書寫這塊土地的故事。原住民文學如拓拔斯·塔瑪匹瑪（一九六〇—）的《最後的獵人》、《情人與妓女》；夏曼·藍波安（一九五七—）的《八代灣的神話》、《冷海情深》，在原漢議題的著墨之外，也帶來部落文化傳承與環境生態倫理等思考，拓展了台灣小說的書寫視域；而在老兵凋零、眷村紛紛改建之際，眷村文學的出現意味著離散敘事的重要轉折。眷村是一九四九國府遷台的歷史產物，眷村小說的內容又往往與家國想像、土地倫理、成長啟蒙密切關聯，代表作品如袁瓊瓊的《今生緣》、蘇偉貞的《離開同方》、朱天文（一九五六—）的〈小畢的故事〉、朱天心（一九五八—）的〈想我眷村的兄弟們〉與張啟疆（一九六一—）的《消失的□□》。此外，二二八與白色恐怖的書寫，亦是解嚴後小說選材的重點。它既與台灣社會對於歷史真相的還原訴求有關；也與檔案史料的相繼出土、口述歷史的整理採錄有關，而二二八與白色恐怖的文學書寫，更挑戰作為虛構的小說與作為真實的歷史兩造之間的界限，代表作品如舞鶴（一九五一—）〈調查：敘述〉、李昂（一九五二—）《迷園》、陳燁（一九五九—二〇一二）

《泥河》、林燿德（一九六二—一九九六）《一九四七高砂百合》與賴香吟（一九六九—）的〈虛構與紀實〉。至於性別議題的辯證思考在九〇年代的台灣也益加地豐富，其中同志酷兒的書寫展現爆破主流論述的力道，這些作品或以私密的自白體、書信體坦述禁忌的情慾想像，或以天馬行空的奇幻、科幻故事演繹異色世界，如邱妙津（一九六九—一九九五）《鱷魚手記》、陳雪（一九七〇—）《惡女書》與紀大偉（一九七二—）《膜》等。

二〇〇〇年後台灣文學在長篇小說的表現備受矚目，二〇一五年由國家文化藝術基金會與文訊雜誌社主辦的「二〇〇一—二〇一五華文長篇小說20部」票選活動，脫穎而出的前五部作品依序為：駱以軍（一九六七—）《西夏旅館》、吳明益（一九七一—）《複眼人》、陳玉慧（一九五七—）《海神家族》、吳明益《單車失竊記》、施叔青《行過洛津》。《西夏旅館》將固有的離散主題形上化為文明的消散；《複眼人》交錯以科幻小說與生態關懷；《海神家族》將台灣複雜的殖民與後殖民歷史極大化；《單車失竊記》總綰了台灣不同族群的戰爭記憶；《行過洛津》以清代鹿港為場景，開拓了台灣大河小說的格局。這份名單除了顯示一九二〇年代以來，台灣小說在技巧形式的實驗翻新，與題材內容的求新求變，同時也彰顯了小說家如何以文學作為媒介，持續努力不懈地帶領讀者：發現歷史、想像台灣，看見世界。

國家圖書館出版品預行編目資料

人情的流轉：國民小說讀本 / 凌性傑, 石曉楓主編. -- 初版. --
台北市：麥田出版：家庭傳媒城邦分公司發行, 2016.02
面；　公分. -- (中文好行；9)

ISBN 978-986-344-324-7 (平裝)

857.61　　105001786

中文好行 9

人情的流轉

國民小說讀本

編　　著　凌性傑・石曉楓
書系主編　凌性傑
責任編輯　張桓瑋

國際版權　吳玲緯
行　　銷　艾青荷　蘇莞婷
業　　務　李再星　陳玫潾　陳美燕　杻幸君
副總編輯　林秀梅
副總經理　陳瀅如
編輯總監　劉麗真
總 經 理　陳逸瑛
發 行 人　涂玉雲

出　　版　麥田出版
城邦文化事業股份有限公司
104台北市中山區民生東路二段141號5樓
電話：（886）2-2500-7696　傳真：（886）2-2500-1966、2500-1967
E-mail：bwps.service@cite.com.tw
發　　行　英屬蓋曼群島商家庭傳媒股份有限公司城邦分公司
104台北市中山區民生東路二段141號2樓
書虫客服服務專線：(886)2-2500-7718；2500-7719
24小時傳真服務：(886)2-2500-1990；2500-1991
服務時間：週一至週五09:30-12:00；13:30-17:00
郵撥帳號：19863813　戶名：書虫股份有限公司
讀者服務信箱E-mail：service@readingclub.com.tw
歡迎光臨城邦讀書花園　網址：www.cite.com.tw
麥田部落格：http://blog.pixnet.net/ryefield

香港發行所　城邦（香港）出版集團有限公司
香港灣仔駱克道193號東超商業中心1樓
電話：(852)2508-6231　傳真：(852)2578-9337
E-mail：hkcite@biznetvigator.com

馬新發行所　城邦(馬新)出版集團【Cite(M)Sdn. Bhd】
41, Jalan Radin Anum, Bandar Baru Sri Petaling,
57000 Kuala Lumpur, Malaysia.
電話：(603)9057-8822　傳真：(603)9057-6622
E-mail:cite@cite.com.my

設　　計　好春設計　封面插畫／薛慧瑩
電腦排版　宸遠彩藝有限公司
印　　刷　沐春行銷創意有限公司

初版一刷　2016年2月25日
初版九刷　2022年1月18日
定價／400元
ISBN：978-986-344-324-7